KB043116

걷기를 생각하는 걷기

걷기를 생각하는 걷기

울리 하우저 지음 | 박지희 옮김

두시의나무

한평생 소보다 노래를 좋아하며 사신
아버지에게 이 책을 바친다.
아버지는 아주 괜찮은
노래 실력을 지닌 낙농업자였다.

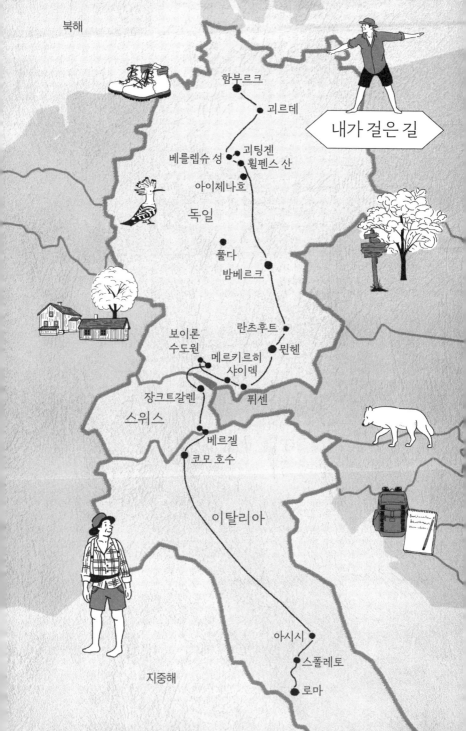

발트해

북해

함부르크

괴르데

베를렙슈 성

괴팅겐

휠펜스 산

아이제나흐

독일

풀다

밤베르크

란츠후트

보이론
수도원

메르키르히
샤이덱

뮌헨

장크트갈렌

스위스

퓌센

베르겔

코모 호수

이탈리아

내가 걸은 길

아시시

스폴레토

로마

지중해

시작하며

길에서 만날 행복을 기대하며 집을 나섰다. 이 걷기 여행이 특별한 여행이 된 이유는 어느 날 즉흥적으로 출발했기 때문만은 아니다.

걸으며 알게 된 사람들. 우연처럼 만난 사람들. 전혀 모르던 그들과 나는 깊은 관계를 맺게 되었다.

요즘 나는 세상이 나쁘다고 말하는 사람을 만나면 세상은 좋은 곳이라고 말해준다. 내가 직접 경험했기 때문이다.

이 여행은 내 꿈을 이루어주었다. 내게는 밖에서 더 많은 시간을 보내고 싶다는 꿈이 있었다. 예전처럼. 울타리를 넘어 다니고 주변을 구석구석 누비던 어린 시절과 똑같이. 다음에는 무슨 일이 벌어질지 궁금해하며 항상 몸을 움직이던 그때처럼.

그건 아주 오래전 일이다. 지금은 예순을 바라보고 있다. 돈을 어느 정도 모으고 나서 나는 사장에게 사직서를 내밀었다.

모든 것이 빠르게 지나간다. 시간은 총알같이 흐른다. 인생은 두 차례 긴 휴식 사이에 짧게 나타나는 섬광 같다. 우리에게 남은 날은 매일 하루씩 짧아진다.

언젠가 여든다섯 살 노인이 내게 해준 말은 영원히 잊을 수 없을 것이다. 만약 인생을 처음부터 다시 한번 살 수 있다면 봄부터 가을까지 더 자주 맨발로 땅을 밟고 다닐 거라고. 더 자주 강과 시냇물에 몸을 담그고 저녁이면 지는 해를 지켜보겠다고. 그리고 가능하면 많은 아름다운 풍경을 눈에 담겠다고.

나는 별다른 걱정거리가 없었고, 노인이 말한 것을 언제든 시도할 수 있었다. 그래서 용기를 내어 무작정 걸어보기로 했다.

순간의 생각은 진짜 여행이 되었다. 그것도 꽤나 긴 여정이. 나는 함부르크에서 로마까지 걷게 되었다. 거의 대부분의 경로를 걸어서 이동했다. 처음엔 무거운 등산화를 신고 빠르게 걸었으나 나중엔 맨발에 샌들을 신고 어슬렁어슬렁 걸었다. 내 발가락들도 세상을 보고 싶어 했다. 그렇게 두 발로 걸었다. 어릴 때의 나처럼.

100일 동안 약 2,000킬로미터를 걸어서 이동했다. 시나리오도 없이 영화 한 편을 찍은 듯하다. 젊었을 때 서부 영화의 대표 주연 배우로 평가받았던 영화감독 클린트 이스트우드가 이런 말을 했다고 한다.

"말을 타고 도시에 들어서면 나머지 스토리는 저절로 만들어졌다."

내 영화도 그랬다. 아무런 계획이 없었다. 아는 거라곤 가는 방향과 주소 몇 개뿐이었다. 그저 태양이 빛나는 남쪽으로 가고 싶었다. 아침엔 저녁때 내가 어디에 있게 될지 알 수 없었다. 무엇이 나를 기다리고 있을지 몰랐다. 내게 주어지는 상황을 그저 받아들였다. '그건 그렇지만'이 아니라 '안 될 이유가 없잖아?'라는 태도를 갖지고 다짐했다.

내 몸과 마음의 소리에 귀를 기울이고 모든 상황에 집중했다. 그러자 함께 걷는 제삼자의 입장에서 나를 보듯, 여러 상황을 경험하는 내 모습을 흥미롭게 관찰할 수 있었다.

나는 걷는 일에서 무엇을 배울 수 있는지 알고 싶었다. 내 발과도 더 친해졌다.

걸으면서 거지와 은행가, 제빵사와 농부, 의사와 수도승을 만났다. 신발업자와 외과 의사를 찾아가기도 했다. 어떤 이들은 내게 선물을 주었고, 어떤 이들은 내가 가진 것을 빼앗아 갔다.

가끔 동행이 생길 때도 있었지만 여행 내내 거의 혼자였다. 멧돼지가 길을 막을 때도 있었다. 멧돼지가 모기보다 귀찮지 않을 거라는 생각은 착각이었다.

지금은 코모 호숫가의 밤나무 아래에 앉아 이 글을 쓰고 있다. 코모 호수는 이탈리아 북부에 있다. 학생 때 이후로는 이렇게 연필로 글을 쓸 기회가 없었다. 조금 있으면 바렌나로 가는 배가 출발한다. 친절한 이탈리아인 로달노(로날도 아님. 그는 그런 이름을 가진 사람이 '벨~라 이딸리!'에 다섯 명밖에 없다고 했다)가 바렌나에 사는 지인 집에 묵을 수 있게 해주었다. 내가 로달노를 알게 된 곳은 길거리였다. 동네 유일한 식당의 영업이 끝나버려 식당 문 앞에서 어쩔 줄 몰라 하던 나를 그가 뭔가 먹을 것이 있는 곳으로 안내해주었다.

나의 걷기 여행은 그렇게 내내 유쾌하고 좋았다. 여행하는 동안은 남이 재촉하거나 내 마음이 급해져도 절대로 서두르지 않겠다고 마음먹었다. 현재를, 순간을 즐기라는 말은 쉽게만 들린다.

그러나 전에는 아무리 노력해도 그런 경험을 할 수 없었다. 이번 여행에서 나는 드디어 현재를 즐길 수 있었다. 지금은 만나는 모든 사람에게 걷기 여행을 시도해보라고 말한다. 나처럼 멀리 갈 필요는 없다. 주변을 다니는 정도로도 충분하다.

걷는 게 뭐 대단한 일은 아니지 않은가. 알록달록한 등산 조끼나 등산화, 반사 밴드가 달린 야간용 바지는 필요하지 않다. 할 수 있다고 생각하지 않으면 해낼 수 없다. 내가 가장 하고 싶은 말은 자신을 믿으라는 것이다. 당연하듯 교통수단을 이용하지 말고 걸어서 이동해보라. 머리로만 생각하지 말고 몸을 움직여보라. 굳었던 근육을 풀어주고 최대한 활용하라. 자신을 발견하라. 늘어나는 대로 쭉쭉 뻗고 발길이 이끄는 대로 가라.

당신이 어디에 살든, 그곳까지 가는 데 얼마나 걸릴지 모르지만 일단 한번 가보길 권한다. 백 번 설명한들 무슨 소용인가. 당장 밖으로 나가 걸어보기를!

잠깐 온전히 내 것이었던 시간

습관처럼 모든 길을 자동차로 다니던 시절이 있었다. 하루는 길에 있는 이정표가 눈에 들어왔다. 차를 멈추고 이정표를 자세히 들여다보았다. 돌을 조각한 것이었는데 길을 알려준다기보다는 무슨 기념비 같았다. 200년 전에 유명한 사람이 이 길을 지나갔다고 새겨져 있었다. 그 사람의 이름은 기억나지 않지만 군인이라고 쓰여 있었던 것 같다. 이 나라에는 말을 타고 있는 남자들의 동상이 곳에 따라 대리석상으로도 참 많이 있지만, 이 사람을 기념하기 위한 예산은 부족했나 보다.

이정표 주변을 둘러보았다. 숲이 있고 길이 있었다. 둥글둥글한 돌들 옆으로 깎은 듯 각진 돌들이 누워 있었다. 누군가가 아주 먼 옛날에 이놈들을 버리고 간 듯이.

호기심이 생겨 돌을 따라 가보았다. 이정표 뒤로 도로에서 숲으로 이어지는 작은 오솔길이 나 있었다. 유난히 화창한 아침이었고 시간은 많았다. 숲으로 가는 길은 완만한 경사로였다. 하늘엔 아직 달이 얼굴을 내밀고 멀리서 창백한 빛을 내보내고 있었다.

나는 계속 걸었다. 한 걸음 한 걸음 조용히 발을 내디디며 무척 몰두했다. 숲의 분위기는 엄숙했다. 나무 덤불에서 새들이 놀라 달아났다. 이런 이른 아침에 사람이 올 거라고 전혀 예상하지 못했겠지. 마음으로 새들에게 사과했다. 미안, 놀라게 하려던 건 아니었어. 나는 발소리를 죽이려고 애를 쓰며 걸었다. 이렇게 아름다운 여름날 아침에는 모두에게 친절하고 싶었다.

숲길이 내게 손을 내미는 것이 느껴졌다. 어서 와. 조금 더 안으로 들어와. 잠시 나랑 있어줘. 나는 뒤를 돌아봤다. 텅 빈 도로에 세워둔 내 차가 나무에 가려져 더 이상 보이지 않았다.

이 아침은 온전히 내 것이구나. 나는 생각했다. 계속 이어지는 오솔길에는 나밖에 없었다. 숲 가장자리에서 나무들이 울타리를 치듯 둘러서 있었다. 나무들은 키가 크지 않았지만 나이가 많은지 주름이 많았고, 내게 고개를 숙여 무언의 인사를 건네고 있었다. 나뭇가지가 팔처럼 길게 뻗어 나와 내 머리 위에 지붕을 만들고 있었다.

길 입구는 흙바닥이었는데 조금 안쪽으로 들어가니 돌이 깔린 길이 나타났다. 이 돌길도 아주 먼 옛날부터 있었던 것 같았다.

나는 돌을 좋아한다. 오래전 사람들은 돌로 성을 쌓고 헛간을 만들고 부엌을 지었다. 돌로 만든 것 중에서도 내가 가장 좋아하는 건 돌길이다. 돌이 깔린 바닥은 안정감을 준다. 돌길을 걸으면 마음이 편해진다. 이 돌들은 아직은 인내심이 있던 사람들이 두 발로 걸어 다니며 한자리에 오래 머물던 시대를 기억하고 있을 터였다.

사방을 둘러보아도 인기척은 없었다. 나는 눈을 감고 바람을,

바람의 숨결을 느껴보려고 노력했다. 숲의 공기가 따뜻하고 부드러웠다. 모든 것이 매혹적이었다.

돌길은 길지 않았다. 400미터쯤 될까. 멀리 길 끝에 다시 아스팔트가 깔린 도로가 보이고 도로 왼편으로 마을이 보였다. 갑자기 트럭이 지나가는 소리에 정신이 번쩍 들었다. 중세 기사들이 여행하던 시대의 모습을 한창 열심히 상상하던 중이었다. 말안장의 가죽이 부딪히는 소리. 말의 코에서 김이 나는 모습. 마을은 어떻게 만들어졌을까? 사람들이 이곳에 정착하기로 마음먹고 벌판을 경작하여 작물을 심고 돌로 집을 짓는 장면이 그려졌다. 또 다른 마을과 교류하며 물물교환을 하기 위해 길을 닦고 돌을 깔았겠지.

나는 항상 길을 따라 걷기를 좋아했다. 가장 좋아하는 길은 시작되는 길이었다. 이 길이 어디로 이어지는지, 얼마나 긴지를 모를 때 내 가슴은 마구 뛰었다.

마냥 계속 걸으며 더 많은 것을 느끼면 얼마나 좋았을까. 하지만 그럴 수 없었다. 차를 세워놨기 때문이다. 현대의 말. 내 낡은 벤츠를 그냥 길가에 세워두고 가버릴 수는 없었다.

차에 올라타 시동을 켰다. 아쉬웠다. 계속 걸었다면 얼마나 좋았을지 상상했다.

위대한 여정을 위한 작은 배낭

작은 배낭을 꺼낸 건 그로부터 얼마 지나지 않아서였다. 아들이 어릴 때 쓰던 것이라 크지 않았지만 더 큰 배낭은 필요 없었다. 나는 그 배낭을 가득 채웠다. 짧은 바지 한 벌, 긴 바지 한 벌. 양말 두 켤레, 티셔츠 세 장. 부드러운 갈색 스웨터를 넣어야 할지, 두툼한 베이지색 스웨터를 넣어야 할지 몰라 여자친구에게 물어보았다. 결국 두 가지 다 챙겼다. 마지막으로 잠옷을 넣었다. 잘 때만큼은 편해야 하니까.

창고에서 등산화를 꺼냈다. 마지막으로 산에 갔을 때 신고 그냥 넣어둬서 흙이 덕지덕지 묻어 있었다. 갈색 가죽으로 만들어진 이 등산화는 열다섯 살쯤 되었다. 군데군데 벗겨지고 구겨진 채였다. 자주 닦아주지도 않았다. 신발은 관리를 잘 해줘야 하는데 나는 신발을 관리할 마음이 하나도 없는 사람이다. 등산화에 발을 넣고 밖으로 나섰다. 이걸 신고 알프스에 오르고 바다에 간 적도 있으니 이 녀석은 이미 산과 바다를 잘 알고 있었다. 수백 킬로미터를 함께한 신발이라 나도 신발도 서로 익숙했다.

여행 출발을 이틀 앞두고 여자친구가 지인을 모두 초대했다. 사람들이 저마다 선물을 하나씩 들고 왔다. 나침반, 담배, 물집에 붙이는 반창고, 그리고 휴대용 조니 워커 한 병. 그들은 내게 어느 방향으로 갈 건지, 언제 돌아오는지 물었고 나는 일단 도시에서 벗어난 후에 그다음은 그때 가서 생각해보겠다고 대답했다.

나 자신을 찾겠다고 휴대폰을 끄고 무작정 떠나겠다고 생각한 적은 없었다. 나를 자세히 관찰하고 발견하겠다는 마음도 전혀 없었다. 그저 어떤 일이 생길지 궁금할 뿐이었다. 이렇게 아무런 준비도 없이 집을 나서면 무슨 일이 벌어질까? 다용도로 활용할 수 있는 바지와 티셔츠, 양말을 따로 준비하지 않았다. 걷기 앱이나 혈압계, 칼로리 계산기 같은 것도 없었다. 내가 챙긴 거라고는 사진을 찍기 위한 휴대폰과 충전기가 전부였다.

배낭을 어깨에 메고 거울에 내 모습을 비춰보았다. 역시 키 큰 남자가 메기엔 너무 작은 배낭이었고 장기 여행에도 맞지 않아 보였다. 내 얼굴을 향해 씩 웃어보았다. 이번 여행을 함께할 젊은 친구가 여기 있군. 지금부터는 나 자신하고만 대화하며 모든 상황을 그대로 받아들여야 했다. 이번 여행은 출발점만 명확하고 그다음은 정해진 게 하나도 없었다.

집의 계단을 내려와 건물 일층 상점 앞에 이를 때까지 아들과 여자친구가 나를 배웅해주었다. 우리 건물 일층에는 불프 씨네 빵집이 있는데 함부르크의 모든 빵을 다 맛보아도 이 집 빵이 제일 맛있다. 불프 씨가 자기도 나처럼 훌쩍 떠나고 싶다고 말했다.

내가 여행을 떠날 수 있는 건 다 내 여자친구 덕분이다. 언제 돌아오게 될지 모르겠다고 말하니 그녀는 이렇게 대답했다. "두 주 후에 볼지도 모르고, 기차를 타고 두 시간 만에 올지도 모르지. 다시 얼굴 보면 좋겠네. 올 때 연락해."

　　모든 남자가 이렇게 너그러운 여성을 만나게 되길. 모퉁이를 세 번 돌아 열 시간쯤 걸었을까. 나는 숲속에 있었다.

첫날

첫날 묵을 장소에 도착할 무렵 폭우가 쏟아졌다. 내가 있는 곳은 아직 북쪽 지방이었고 막 여행을 시작한 터라 날씨의 습격이 크게 놀랄 일은 아니었다. 그저 적절한 타이밍에 비를 피할 수 있게 되어 좋았다.

특히 배낭이 젖지 않아서 기뻤다. 가방을 덮을 어떤 것도 챙겨 오지 않았기 때문이다. 비가 많이 오면 어떻게 할 거냐는 여자친구의 물음에 그런 일은 일어나지 않을 거라고 말했었다. 내 소신을 지키길 잘했다.

함부르크 시내를 걸을 때만 해도 하늘은 맑았다. 엘베필하모니 크리스털 유리로 뒤덮인 엘베 강변의 콘서트홀 의 유리벽이 오후 햇빛을 반사하며 찬란하게 빛나고 있었다. 엘베 다리를 건너 함부르크를 떠나야 하는 순간에 이 장관을 발견한 것이 아쉽기만 했다. 여행 첫날의 날씨로 이보다 더 좋은 날씨는 바랄 수 없었다.

이전에는 이렇게 긴 구간을 걸어본 적이 없었다. 이번 여행은 몹시 편하고도 몹시 낯설었다. 내가 해야 할 일은 그저 걸어가는 것뿐.

내 시야에는 여전히 아스팔트, 컨테이너, 크레인, 대형 트럭, 공장, 건설 부지만 들어왔다. 도로에 차들이 가득했다.

원래 가려고 했던 길은 수로와 강을 따라 이어지는 둑길이었는데 그 길을 찾지 못했을뿐더러 물어물어 찾아가기가 너무 귀찮았다.

트램이 다가와 정차했을 때, 올라타고 싶은 마음이 간절했다. 내 몸도 그걸 원했다. 나는 트램에 올라탔고 30분 후 뤼네베르크에 도착했다. 내 진짜 걷기 여행은 여기서부터 시작이었다.

오래된 벽돌 건물이 가득한 도시의 첫 풍경은 내가 함부르크에서 더 이상 걷고 싶지 않았던 도심 모습과 다르지 않았다. 어쩔 수 없이 차들이 오가는 간선도로를 따라 걷다 보니 로터리가 나왔고 어느 방향으로 가야 할지 막막했다. 종종 이 도시에 차를 타고 왔기 때문에 대충 어떻게 가야 할지 알고 있었지만 지금 내가 걷고 싶은 길은 조용한 숲길이지 도로 표지판이 안내하는 자동차 도로가 아니었다.

막막해하던 내게 처음 친절하게 길을 알려준 사람은 오픈카를 타고 가던 남자였다. 그도 나처럼 지붕 없이 여행 중이었지만 두 발이 아닌 네 바퀴로 이동하고 있었다. "오른쪽으로 쭉 가세요." 그가 웃으며 말했다. 그때 그 차에 올라타 편하게 교외로 나갈걸 그랬다. 그랬다면 이제부터 이야기할, 나무 덤불을 뚫고 지나가는 험난한 과정을 피할 수 있었을 텐데.

오픈카 남자가 알려준 방향으로 글라이더 비행장 주위를 두르고 있는 울타리를 따라 한참 걷다 보니 나 자신이 바보처럼 느껴졌다. 오른쪽으로는 평소에 내가 차로 자주 지나다니던 고속화도로가 있었다. 저 길로 갔으면 벌써 도착했을 것이다. 얼굴을 찌르는 나뭇가지와 싸우며 울타리에 난 작은 구멍을 통해 비행장에 들어갔다. 비행장에 있는 사람들에게 출구가 어딘지 물어볼 생각이었다. 들어가 보니 머리 위로 아마추어 비행가들이 소리 없이 날고 있었다. 흔들리는 날개가 불안해 보였다. "저쪽으로 가세요." 한 남자가 하늘 쪽으로 손을 뻗으며 내게 말했다. 내 생각에 그는 하늘로 날아가는 길을 말하는 것 같았다. 헛웃음이 나왔다. 그냥 나침반이나 지도를 볼걸. 하지만 벌써부터 그것들의 도움을 받고 싶지는 않았다.

"몸이 시키는 대로 막 올라가야 좋지." 그날 오후 내게 전화한 발터가 말했다. 발터는 여자친구의 아버지다. 그는 나침반이랑 던져버리고 본능이 이끄는 대로 가라고 했다. 여든여섯 살의 이 노인은 지금도 어릴 때 베저강 부근의 높은 산에 올라간 이야기를 할 때마다 눈이 반짝반짝 빛난다. 산꼭대기에 올라가 높은 봉우리 뒤에 무엇이 있는지 보고 싶었는데, 막상 올라가 보니 하늘밖에 보이지 않더라는 이야기. 발터는 지금도 근육이 탄탄하다. 자신이 젊음을 유지하는 건 어린 시절 덕분이라고 말한다. 아주 어렸을 때 몸을 움직이는 일이 얼마나 행복한지 느낀 적이 있고, 지금도 그 느낌을 잊을 수 없어서 계속 움직인다고.

나는 아직 평평한 지역을 여행하는 중이었고 산은 저 멀리 남쪽에나 있었다. 들길을 따라 풀밭과 목초지, 들판을 걸었다. 그리고 석양이 질 무렵 드디어 숲에 도착했다. 괴르데 숲. 북부 독일에서 제일 큰 삼림 지역이다. 천천히 숲의 그림자로 걸어 들어갔다. 첫날 밤은 숲속에서 자야 했다.

녹색 세계

평평한 땅을 몇 킬로미터 걷다가 마침내 골짜기에 도착했다. 북부 독일의 산지는 대부분 평평해서 지형이 몇 미터만 내려가거나 올라가도 웅장한 장관을 연출한다. 나 같은 북부 사람에게는 얕은 골짜기도 굉장한 볼거리다.

한참을 더 걸었을까. 괴르데 숲의 역사 깊은 사냥터 궁전이 나왔다. 예전에는 귀족들이 사용했지만 지금은 아무도 사용하지 않아서 몹시 낡았다. 궁전 건물 앞 갈림길에서 왼쪽 길을 택했다. 이 주변은 그래도 아는 지역이다. 몇 년째 친하게 지내는 바바라와 케니의 호텔이 근처에 있었다. 두 사람은 뼈대만 남은 성터를 사서 스트레스가 많은 대도시 사람들이 편안히 쉴 수 있는 낙원을 만들었다. 사람들은 이 호텔의 넓은 정원을 좋아하고 아침부터 바비큐를 먹는다. 호텔이 제공하는 음식 재료는 모두 유기농 식품이다.

나는 여름 저녁의 어스름을 즐기며 걸었다. 이틀 전만 해도 사무실에 앉아 동료들과 작별인사를 했다. 복도에서 마주치는 사람마다 내게 즐겁게 다녀오라고 말해주었다. 그 생각을 하며 걷고 있는데 갑자기 내가 성스러운 공간에 들어온 듯한 느낌이 들었다. 웅장하고 거대한 나무들이 신전 기둥처럼 나를 둘러싸고 있었다. 물웅덩이들이 구름을 비추었고 땅바닥엔 짙은 어둠이 깔렸다.

하늘에 진한 먹구름이 끼었지만 내가 호텔까지 가도록 기다려주는지 비를 내리지 않았다. 왼편으로 문 위에 사슴뿔 같은 장식을 단 삼림 관리소가 보였고, 오른편에 작은 숲 박물관이 나타났다. 동글동글한 돌이 깔린 돌길을 따라 뒤베콜드 마을로 들어섰다. 점술가가 산다는 소강당 건물을 지나쳤다. 오늘 보니 건물 앞마당에 작은 천막이 세워져 있었다. 그는 원래 함부르크에서 기계공으로 일했는데, 인도에서 명상을 배워온 뒤부터는 건물 뒤에 사우나를 지어놓고 사람들에게 명상을 가르친다고 했다. 사우나를 마치면 곧장 숲으로 들어가 고요한 숲속에서 인생을 돌아보는 수업을 연다고 들었다.

호텔에 다다르자 구름이 품고 있던 물을 쏟아내기 시작했다. 하늘이 마지막까지 열어두었던 커튼을 쳐버렸다. 캄캄해진 하늘에서 굵은 빗방울이 떨어졌다. 나는 유리로 된 처마 밑에서 이런 상황을 지켜보았다. 다리가 몹시 무거웠다. 왼쪽 발뒤꿈치에 생긴 물집을 발견하고 반창고를 붙였다. 발을 쓰다듬으며 고생했다고 다독였다. 문득 감격스러워 두 뺨이 뜨거워졌다.

드디어 도시에서 떠나왔다. 그리고 잠잠한 거인들을 바라보고 있었다. 수직으로 곧게 뻗고 웅장한 왕관을 쓴 거인들이 빽빽한 잎으로 하늘을 가리고 이파리 끝으로 물방울을 떨어뜨리고 있었다. 잠시 나무들 사이로 햇살이 한 줄기 비치는 듯하더니 다시 축축하고 반짝거리는 녹색 세계가 되었다.

이곳에 오는 사람들마다 이런 광경을 보는가 싶었다. 공기는 따뜻했고 습기를 머금어 무거웠다. 나는 만족하며 기지개를 쭉 폈다. 배낭을 집어 들고 호텔 안으로 들어갔다.

어느 아침의 깨달음

다음 날 아침, 햇살이 나를 깨웠다. 태양이 찬란하게 빛나며 속삭였다. 이봐요 아저씨, 일어나. 잠을 자기엔 세상이 너무 아름다워! 나는 기뻐서 창문으로 뛰어내릴 뻔했다. 밤공기를 피부로 느끼고 싶어서 밤새 창문을 활짝 열어놨었다.

발소리를 내지 않으려고 애쓰면서 밖으로 나갔다. 숲 골짜기에 새벽안개가 일렁이고 있었고 비가 내린 후의 고요함이 깔려 있었다. 마치 이불처럼 고요함이 숲을 덮고 있었다. 풀이 젖어 축축했지만 맨발로 풀밭을 걸어보았다. 여름은 참 좋네 하고 생각했다.

부드러운 바람이 내 얼굴을 스쳤다. 나는 숲의 가장자리를 따라 풀밭을 걸으며 아직도 물방울을 계속 떨어뜨리는 고요한 숲을 구석구석 탐구했다. 밤에 그렇게 요란한 폭풍이 지나갔는데도 마치 아무 일 없었다는 듯 조용했다. 공기가 서늘하고 맑았다. 오늘 아침의 숲은 그동안 내가 봐온 어느 숲보다도 아름다웠다. 쌓여 있던 나무더미 뒤에서 노루 한 마리가 얼굴을 내밀었다.

나무들이 물을 흠뻑 머금고 서 있었다. 할 수만 있다면 나무마다 이름을 부르며 인사하고 싶었다. 안녕. 난 어제 처음 이곳에 왔어. 너희들과 이야기해도 되겠니? 그러나 안타깝게도 나는 식물의 이름을 기억하는 일에 재능이 없었다. 너도밤나무와 떡갈나무를 구별할 수 있고 소나무와 낙엽송의 차이는 알고 있지만, 생각해보면 나무들에게는 이런 구분이 별로 중요하지 않을 것 같았다.

맨발로 풀을 밟다가 이번에는 작년 겨울부터 바닥에 쌓여 있는 아직 썩지 않은 갈색 낙엽들 위에 조심스럽게 발을 올려보았다. 여기서는 아무도 내 행동에 신경 쓰지 않았다. 발끝에서부터 느껴지는 감각을 음미했다. 비가 온 뒤라서 그런지 낙엽 쌓인 바닥은 놀랄 만큼 부드러웠다.

시냇가에서 멀지 않은 곳에 밀짚 더미가 쌓여 있었다. 햇빛이 지푸라기 사이사이에 푹 스며들어 노란빛을 내고 있었다. 나는 짚 더미에 누워 눈을 감고 따스함을 몸으로 받아들였다. 이제 막 여름이 시작되었으니 내가 앞으로 이 계절을 누릴 날은 많이 남아 있다. 태양이 점점 고도를 높일 것이고, 며칠 있으면 밤하늘에 게자리가 등장하겠지. 게자리는 내 별자리이기도 하다. 낮이 가장 길고 밤이 가장 짧은 날을 만끽하고 싶었다. 또 태양빛이 구석구석 뻗어나가 모든 걸 감싸는 모습을 몸으로 경험하고 싶었다.

어쩌면 이번 여행을 하는 동안에 세상의 떠들썩한 뉴스를 실시간으로 접하지 못하게 될지도 몰랐다. 그렇다 해도 나는 내 발을 걷게 할 것이고 내 영혼에 휴식을 선물하기로 했다. 내 앞에 펼쳐지는 길을 따라 걸으며 몸을 움직이기로 했다. 뭐든지 받아들이고 또 뭐든지 버릴 생각이었다. 무엇도 나를 흔들지 못할 것이다. 다시 생각해도 이번 여정을 시작하길 정말 잘했다는 생각이 들었다.

나 자신의 변화를 위해, 새로운 것을 경험하기 위해 익숙한 것을 버리는 중이었다. 나 자신에게 새로운 열정을 불어넣고 싶었다. 걷는 법을 배운 후 거의 50년이 넘는 기간 동안 그렇게 하지 못했다. 지금 걷는 이 일이 아마도 내가 태어나서 해온 어떤 일보다 위대한 행동인 것 같았다.

돌아보면 이제껏 살면서 당연한 듯 자연스럽게 걸어 다녔지만 정작 '어떻게' 걷고 있는지 깊이 생각해본 적이 없었다. 한 걸음 내디딜 때마다 내가 발을 어떻게 내려놓는지, 골반을 어떻게 움직이는지, 매 순간 내 몸의 근육들에서 어떻게 힘을 받아 사용하는지 관심을 가져본 적이 없었다. 지구 위 모든 것을 땅으로 끌어당기는 힘에 대해서도.

짚더미에서 벌떡 일어나 오른쪽 다리를 들고 한동안 버텼다. 몇 초 지나지 않았는데 내 몸은 심하게 흔들렸고, 다음 순간 다시 다리를 땅에 내려놓을 수 있다는 사실에 기뻤다. 이번에는 왼쪽 다리를 천천히 들고 똑같이 버텨보았다. 내 체중은 금세 오른쪽 다리로 옮겨져서 넘어지지 않도록 균형을 유지했다.

이번에는 내가 어떻게 걷는지 유심히 지켜보았다. 앞으로도 뒤로도 걸어보고, 언덕을 올라갔다가 내려왔다. 내 움직임을 이렇게 자세히 지켜본 적은 이제까지 없었다. 하루 종일 걸을 때마다 이런 동작을 했다니 신기했다. 그러니 우리는 우리 자신의 행동이나 모습을 잘 안다고 생각하지만, 알고 보면 숨을 마시고 내쉬는 일처럼 우리도 모르게 하고 있는 움직임이 참 많은 것이다.

한 걸음을 내디딜 때마다 내 몸은 균형에서 벗어나지만 그럼에도 항상 안정적으로 서 있게 된다. 또 독일에서는 대단한 일을 해낸 사람을 두고 "잘 서 있는 사람"이라고 표현하지 않는가.

이날 아침에 또 깨달은 점이 있다. 앞으로 나아가려면 항상 내딛는 발에 내 몸을 맡기고 내려놔야 한다는 걸. 발이, 근육과 힘줄이, 관절이 나를 온전히 받쳐줄 것이라는 믿음으로 말이다. 내 인생도 마찬가지였다. 모든 결정의 순간, 그렇게 인생에 나를 맡겨야 항상 과거의 상태에서 벗어나 앞으로 나아갈 수 있겠구나 싶었다.

걷기란 한 장소에서 다른 장소로 우리의 몸을 이동시키는 가장 단순한 방식이다. 신발이 없어도 걸어가는 것은 가능하다. 하지만 항상 변화하려는 힘과 저항하는 힘, 그리고 균형이 필요하다. 행동하지 않으면 아무 일도 일어나지 않는다.

할 수만 있다면 내가 등 근육을 쓸 수 있다는 사실을 처음 깨달은 아기 때의 순간을 기억해내고 싶었다. 모든 아기는 생후 3개월 무렵 자기 몸에 비해 터무니없이 큰 머리를 갑자기 들 수 있게 되고 몸의 균형이 잡히는 느낌을 알게 된다. 머리를 들어 주변을 볼 수 있게 된다.

새로운 시야를 얻게 된 후에는 너무 신나서 그때부터 계속 머리를 들고 균형을 유지하려고 노력한다. 이때는 여전히 목 근육만 당길 줄 알지 등 근육 늘일 줄은 모르는 상태다. 하지만 그것도 잠시, 몇 주 후에는 이런 노력의 보상을 받는다. 드디어 등을 구부리고 팔과 다리를 뻗을 수 있다. 얼마나 흥미진진한가. 환호하고 기뻐서 울부짖을 수밖에 없다. 그야말로 순수한 즐거움이다. 천천히 공간감각을 익히게 되고, 새로운 동작들은 우리를 도와줄 수 있기만을 기다리던 더 많은 근육을 깨운다. 그러다 어느 날 갑자기 자연스럽게 걷고 일어설 수 있게 된다.

나는 가능하다면 그 느낌을 다시 한번 생생하게 경험하고 싶었다. 바닥에 목석처럼 누워만 있던 존재가 똑바로 일어서서 걷는 사람이 되는 과정은 정확히 어떤 느낌일까? 나중엔 나무에 오르고 숲속을 뛰어다니고 하루 종일 몸을 움직이게 된다. 아이의 몸은 머리가 생각한 모든 것을 자연스럽고 문제없이 해낸다. 예를 들면 아기 때 발을 입으로 빨지 않았던 사람은 아무도 없을 것이다. 얼마나 재미있을까! 나는 분명 화려한 기술을 선보였을 것이다.

지금 그걸 해보려고 시도했더니 아무리 끌어당겨도 내 발과 얼굴 사이의 거리가 50센티미터 정도 났다. 양손으로 발을 붙잡고 코 쪽으로 끌어당겨도 마찬가지였다. 이상한 사람으로 보일 수 있으니 그만두기로 했다.

인간의 두뇌는 몹시 효율적이라서 반드시 필요한 것에만 공간을 내준다. 어떤 근육을 한동안 사용하지 않으면 유연성을 잃어버리는 것은 물론 어떻게 사용하는지도 잊게 된다. 근육을 움직이는 것이 어떤 느낌이었는지 더 이상 기억할 수 없다.

하지만 우리에겐 몸과 정신에 깊이 새겨진 기억이 있다. 개인이 지닌 기억이 아닌 집단 기억이다. 인류가 처음 두 발로 일어섰던 시기의 기억이다. 사막과 초원을 걸어서 이동하며 살아남고, 산맥과 골짜기, 얼음과 눈보라에서 살아남은 기억. 사냥의 기억. 새로운 것을 향한 호기심. 나무나 강 뒤에 무엇이 있는지, 미래에 무는 일이 벌어질시 알고사 했던 기억. 인류 발달 과정을 담은 이런 기억들은 인간 뇌의 가장 오래된 부분, 원시 뇌라고도 불리는 해마에 저장되었다.

훌륭하지 않은가. 내 안에 인류가 살아온 지식이 저장되어 있고 그것을 내가 꺼내기만 하면 된다니.

늑대의 발자국

아침을 먹고 있으니 케니가 다가와 인사를 했다. 어제저녁에는 무릎 통증으로 힘들어 보였는데 아침이 되자 싹 나은 것 같았다. 그가 오랜 세월 전해져 내려온 처방이라는 허브 물약을 무릎에 문지르며 말했다. "이게 효과가 제일 좋아."

케니는 감성적인 북유럽 사람으로 신중하고 생각이 많은 남자다. 이제까지 다양한 일을 하며 전 세계를 여행했지만 이곳에 와서야 비로소 마음이 편안해졌다고 했다. 나무가 보호해주는 것 같다고 했다. 생계를 위해 호텔을 운영하고 있긴 하지만 그가 진짜 이곳에 사는 이유는 숲 때문이었다. 꽤 많이 걸어야 하고 무릎 통증이 있는데도 그는 하루도 숲을 돌아보는 일을 게을리한 적이 없었다. 케니는 늑대의 자취를 쫓고 있었다.

괴르데 숲에 마지막으로 모습을 드러냈던 늑대는 150년 전에 총에 맞아 죽었고, 그 후부터 이 숲은 인간들이 차지했다. 최근에 다시 늑대가 출현하기 시작했는데 이 녀석들이 양만 공격하는 건 아니라고 했다.

늑대는 비밀리에 독일 숲을 하나씩 점령하고 있었다. 심지어 거대한 대도시인 함부르크 부근에서도 목격되었다고 한다. 현대 사회에 그런 일이 일어날 거라고는 상상도 하지 못했다. 독일 정부는 일 년에 한 차례씩 얼마나 많은 늑대가 살고 있으며, 무리로 이동하는 녀석인지 고독하게 다니는 녀석인지에 관한 데이터를 발표하고 있다. 그리고 늑대의 습격을 받았다는 농장 이야기가 거의 매주 뉴스로 보도된다. 늑대야말로 원하는 것을 반드시 이루는 대표적인 짐승 아닌가. 이들은 숲에만 숨어 있지 않았다. 담을 넘어 사람을 공격하기도 했다.

케니는 이곳 주정부로부터 숲의 늑대를 지켜봐달라는 부탁을 받았다. 공식적인 직함은 '늑대 자문가'다. 늑대가 자문을 받을 것 같진 않지만 아무도 더 나은 이름을 찾지 못한 듯했다. 케니는 늑대의 자취를 읽을 줄 알았다. 늑대들은 사람이 닦아놓은 길을 이용해 체력을 아낀다. 그리고 이정표와 말뚝에 자기만의 흔적을 남긴다. 늑대의 발자국은 개의 발자국보다 조금 더 크며, 뒷발이 앞발보다 훨씬 더 크고 깊은 자국을 남긴다. 늑대는 위대한 여행자다. 자기 영역을 감시하며 다니기 위해 수백 킬로미터를 이동한다고 한다. 늑대에게 뜨거운 동질감을 느꼈다.

케니에게 늑대의 자취를 살피러 갈 때 혹시 나도 같이 가도 되냐고 물었더니 흔쾌히 따라오라고 해주었다. 하지만 오늘 오후에는 호텔 투숙객 몇 명과 함께 나갈 일정이 있다고 했다.

늑대를 만날지도 모른다는 생각이 몹시 유혹적이었지만 한곳에 오래 머물고 싶지 않았다. 아쉽지만 짐을 싸서 출발했다.

감격의 목적지로

괴르데 지역은 걸어서 여행하기 좋은 곳이다. 국립공원이 다 그렇듯이, 수많은 희귀한 식물과 동물이 살고 있으며 어느 한 종만 가득 모여 있는 곳이 드물다. 75제곱킬로미터에 다양한 종이 가득 뒤엉켜 사는 세상이다. 이 지역이 그렇게 된 데는 30년 전쟁 종교개혁 이후 가톨릭과 프로테스탄트 사이에 벌어진 종교전쟁 의 덕이 크다. 독일을 무대로 전쟁이 벌어졌기 때문에 산과 들판이 모두 불에 타 황무지가 되었다. 그때 독일의 유서 깊은 벨프 왕가의 후계자, 비교적 앞을 내다볼 줄 알았던 군주인 아우구스트 2세가 '삼림 황폐화를 막기 위한 법률'을 제정했다. 사냥을 위해 숲을 보존하려는 목적도 있었다.

　괴르데 숲은 수백 년간 권력자들의 사냥터로 사용되었다. 사냥꾼들은 사냥터 주변에 울타리를 두르고 도망치지 못하는 사슴을 마음껏 사냥했다. 그건 동물들에게 안 좋은 일이었지만 나무들에게는 좋은 일이었다. 사냥터 바깥의 나무가 벌목되는 동안 안쪽 개체는 오랫동안 살아남았다. 참나무가 340년 넘게 굳건히 서 있었고, 가문비나무도 140년 동안 도끼날을 피할 수 있었다. 다양한 수종이 이렇게 오래 유지된 경우는 드물다.

오전에 케니의 아내 바바라와 잠깐 대화를 나누었다. 그녀는 이곳에 살면서 집 밖으로 뛰어나가 몇 시간이고 숲을 누비고 다니고 싶은 마음이 들지 않은 적이 하루도 없었다고 말했다. 어쩌다 시내에 나가기라도 하면 수많은 사람과 빠르게 달리는 차들, 소음 때문에 반나절도 버티지 못하고 숲으로 돌아온다고 했다. 관심을 달라고 구걸하는 알록달록한 글자가 사방에 붙어 있고, 상점은 귀가 아프도록 음악을 크게 틀어놓으며, 걸어 다니는 사람은 휴대폰만 바라보고 있어서 인사를 하고 싶어도 눈을 마주치지 않는다고.

그리고 품에 안을 수 있는 나무도 없다고. 잠깐, 시내에도 나무는 있지 않나? 나는 물끄러미 바바라를 쳐다보았다. 내 얼굴에서 물음표를 읽은 그녀가 말했다. "시내에도 가로수가 있긴 하지요. 하지만 이곳에 살면 살수록 나무들과 깊은 우정을 나누게 돼요. 몇 년 전까지만 해도 이런 이야기를 사람들에게 할 용기가 없었어요. 저를 미친 여자로 볼까 봐요. 그러나 나무와의 친밀한 관계가 자신감을 주었고 지금은 전혀 부끄럽지 않아요." 나는 끄덕이며 내게도 그런 깊은 관계가 있었던가 하고 떠올려보았다. 내가 평생 몸담았던 사무실에서는 아무도 눈앞의 사람들을 끌어안지 않았다.

충분히 쉬었고 대화도 이만하면 충분했다. 뒤베콜드의 친절한 호텔을 뒤로하고 즐거운 마음으로 길을 나섰다. 이곳에서 숲을 따라 동쪽으로 걸으면 엘베 강변의 모래사장을 따라 걷는 편안한 길이 나오지만 나는 다른 방향으로, 남쪽으로 가고 싶었다. 걷다가 호텔 뒤편에서 떡갈나무 기둥에 붙은 작은 이정표를 발견했다. 황동으로 된 작은 표지판에 구불구불한 검은색 화살표가 그려져 있었다. 발트해에서 도나우강을 거쳐 아드리아해로 유럽을 가로지르는 산책길이 그려져 있었다. "지중해는 이쪽으로 가시오." 내가 이제부터 따라가야 하는 표지판은 바로 이것이었다. 어릴 때 보물찾기를 하며 작은 종이쪽지를 찾아다닌 것처럼 이 표지판을 찾아야 했다. 어쩌면 두 달 뒤에는 이탈리아에 도착할 수 있을 것 같았다. 그러려면 하루에 25킬로미터씩 걸어야 하겠지.

얼마나 감격했는지 모른다. 아드리아해라니. 몸이 따뜻해지는 것 같았다. 해변에 서서 손가락으로 모래를 만지는 내 모습이 선했다. 공기는 따뜻할 거고 해가 빛나겠지. 새파란 하늘에 하얀 구름이 높이 떠 있을 것이다. 무척 좋겠지. 하지만 그곳은 여기서 아직 수천 킬로미터나 떨어져 있었다.

대략적인 경로를 머릿속으로 생각했다. 빨리 북부 독일 저지대를 벗어나 조금 더 많은 시간을 중부 독일에서 보내고 싶었다. 그러면 8월 초에는. 나는 주먹을 세게 쥐었다. 뮌헨에 도착할 수 있을 거야. 그 후엔 남동쪽으로, 알프스를 넘어 이탈리아의 트리에스테 방향으로 간다. 그 도시는 오스트리아 제국이 왕성하던 시절, 쿠르츠라는 이름의 어린 총리 말고 합스부르크 가문이 다스리던 항구도시였다. 알프스를 넘는 코스는 힘이 들 테니 미리 준비를 해두었다. 알프스 산악 협회로부터 산장과 쉼터를 이용할 수 있는 이용권을 발급받고 배낭에 얇은 등산 지도도 챙겼다.

유럽을 통과하는 여행자들은 여러 개의 경로를 선택해 이동할 수 있는데 내가 서 있는 길은 6번 길이었다. 핀란드에서 출발하여 중간에 괴르데 숲을 지나 마지막으로 터키에 도착하는 경로다. 여기서 처음으로 좌우를 조심스럽게 살피며 걸어야 했다. 뤼네부르크에서 다넨베르크로, 엘베강을 건너 되미츠로, 그리고 거기서부터 루드비히스루스트로 이어지는 216번 고속도로를 횡단해야 했기 때문이다.

고속도로를 건너가자 오솔길이 꺾어지며 숲속으로 나를 안내했다. 길바닥엔 마른 나뭇가지가 떨어져 있었고 덤불과 나무에서 새들이 놀라 달아났다. 한 무리의 개미가 한데 뭉쳐 있기에 옆으로 흩어서 제 갈 길을 갈 수 있게 해주었다. 길을 따라 커다란 구멍이 하나씩 나 있었다. 지금 저 안에 여우가 숨어서 내가 지나가길 바라고 있겠지 하고 상상했다. 햇빛도 자취를 조금 감추기 시작했다. 아직 여름이 올 기미는 보이지 않았고 북쪽 지역에는 다음 달에도 여름이 오지 않을 것 같았다. 하지만 나는 일 년 중 가장 아름다운 계절을 끔찍한 날씨 속에서 보낼 가능성으로부터 한 걸음씩 멀어지고 있었다.

나 자신이 영화 〈포레스트 검프〉 주인공이 된 것 같았다. 주인공이 무작정 그렇게 뛰는 것을 보고 정말 깊은 감명을 받았었다. 미국을 여행할 때 이 영화의 몇몇 촬영지에 갔던 기억이 난다. 한껏 흥분해서 차에서 운동화를 꺼내 신고 달렸었지. 그때 생각이 나서 고요한 숲속 적막을 깨뜨리며 신나게 달렸다. 내가 숲의 악동이라는 생각이 들면서 몹시 즐거웠다.

주변을 둘러보자 울퉁불퉁한 나무뿌리, 가시 돋친 나뭇가지,

금이 간 나무껍질, 연한 새싹들이 보였다. 나무 이파리들의 색상은 그 위에 그늘을 만드는 존재로 인해 달라졌다. 빛을 적게 받는 이파리일수록 진한 녹색을 띠었다. 때때로 나무 사이로 구름이 흘러가는 모습을 볼 수도 있었지만 이 숲의 나무들은 공간을 빽빽하게 채우고 있었다. 가끔씩 딱딱거리는 큰 소리가 고요했던 숲에 울려 퍼졌다. 딱따구리였다. 붉은 깃털로 몸을 감싼 이 새는 강하고 뾰족한 부리로 나무 기둥을 두드렸다. 딱따구리는 아주 인내심이 많은 사냥꾼이라서 다른 새의 새끼가 자기 부리 크기만큼 충분히 클 때까지 기다린다. 그러고는 한입에 꿀꺽 삼킨다고 한다.

숲에는 왔다가 가는 손님이 많았다. 나도 그중 한 명이었다. 이곳에 있는 개체 중에 사연이 없는 존재는 없었다. 너도밤나무는 서식지인 카르파티아 산맥에서 이곳까지 온 것이고, 날렵하게 생겼지만 강하고 넓은 가슴을 가진 붉은사슴은 원래 절벽에 사는 동물이었다. 괴르데 지역을 다스리던 사냥을 사랑하는 제후를 위해 수백 년 전 이탈리아의 사르데냐 섬까지 가서 야생 동물을 수입해 왔다고 한다. 시간이 지나면서 동물의 수는 늘어났고 사냥꾼은 점점 줄어들었다. 그리고 늑대가 출현했다. 초식 동물은 늑대의 좋은 사냥감이었다. 사람 외엔 별다른 천적이 없었던 동물들은 늑대를 보고 어떻게 대처해야 할지 몰랐을 것이다. 멧돼지는 소리를 지르고 노루는 있는 힘껏 도망쳤을 것이다. 야생 양의 일종인 무플런은 겁에 질려 제자리에서 굳어버렸을 것이다. 달리 방도가 없었을 것이다. 사람들도 마찬가지였을 것이다. 평평한 지대인 북부 독일에서 늑대로부터 살아남기 위해 필요한 재능은 단 하나다. 매우 빨리 달리는 것.

　케니는 나에게 반드시 자연 보호 구역인 브레저 구역을 통과해서 가라고 당부했다. 이 구역의 절반은 나무가 드문드문 서 있는 황무지였고, 나머지는 후테 숲의 일부로 목동들이 옛날부터 돼지와 큰 가축을 치는 곳이었다. 숲의 목초지에 도토리와 나무 열매가 많아서 가축에게 먹일 먹이가 많기 때문이다.

　브레저 구역으로 가던 길에 갑자기 컹컹거리는 소리를 들었다. 재빨리 긴 나무줄기를 찾아서 두 손으로 꽉 잡았다. 무엇이 나타나든 대비를 해야만 했다. 그리고 눈앞의 길을 주의 깊게 살폈다. 돌을 던지면 닿을 만한 거리에 큰 멧돼지 한 마리가 길을 건너고 있었고 그 뒤를 약 일곱 마리의 새끼 멧돼지가 따라가고 있었다. 어미가 머리를 들고 나를 노려보았다. 나는 상황을 파악하고 가만히 서 있었다. 이 녀석과 싸우고 싶지 않았다. 야생 멧돼지로부터 나를 보호해야 했다. 성난 수컷 멧돼지가 사람들을 공격했다는 이야기를 익히 들어 알고 있었다. 야생 멧돼지와의 만남은 이것이 마지막이길 바랐다. 나중에 다른 숲에서 그림자를 보긴 했는데 그 녀석은 뒷걸음치는 중이었다.

　브레저 구역에서 잠시 휴식을 취하기로 했다. 낮은 언덕 아래에 놓인 나무 그루터기에 앉아 숨을 골랐다. 살면서 이렇게 자연 상태 그대로인 숲은 처음이었다. 아름다운 자연 풍경을 지켜보고 있자니 눈이 감겨서 잠깐 졸았다. 잠시 후 정신을 차려보니 수많은 개미가 내 다리를 타고 올라오고 있었다. 일어나서 발을 털자 쉽게 떨어졌다. 그래도 귀까지 올라오지 않고 다리쯤 올라왔을 때 깨어나 다행이라고 생각했다. 다시 걸을 채비를 하고 눈앞의 나무들을 바라보았다. 연필과 종이가 있었더라면, 이 풍경을 그림으로 그릴 수 있다면 얼마나 좋았을까. 미술관에서 본 그림들, 예를 들면 카스파르 프리드리히 독일 낭만주의 화가. 계절 변화와 자연 풍경을 주로 그렸다 가 캔버스에 그린 풍경이 생각났다.

강인한 뿌리 위로 보이는 나무들은 비바람에 심하게 상한 모습이었지만 여전히 하늘을 향해 곧게 솟아 있었다. 어떤 나무에게는 이번 여름이 마지막일지 모른다. 다음에 부는 바람을 이기지 못하고 땅에 넘어질 수도 있었다. 죽었지만 땅에 묻히지 못한 나무들을 쳐다보았다. 죽은 나무에도 생명이 가득했다. 단골손님들이 나무를 완전히 점령하고 있었다. 벌레와 새, 들쥐. 나무의 무덤은 하늘소와 올빼미에게 집이 되었다.

나무는 점점 썩어가고 있었지만 나는 죽음이 이렇게 아름다울 수 있구나 하고 생각했다. 혹시라도 지나가는 늑대를 볼 수 있을까 해서 그곳에서 잠시 시간을 보냈다. 이곳에 늑대가 자주 나타난다고 케니가 말했다. 하지만 아쉽게도 한 마리도 나타나지 않았다. 사실 늑대들은 사람을 피해 멀리 다닌다고 한다. 내 여자친구와 그녀의 아름다운 초록색 눈을 떠올렸다. 이곳의 아름다움과 여자친구 생각에 잠겨 있자니 몇 시간이고 머무를 수 있을 것 같았다.

하지만 서둘러 일어나야 했다. 천막이나 텐트가 없기도 했고 이곳에서 노숙을 하고 싶지 않았다. 나는 굉장히 많은 지점에 망보는 공간이 있다는 사실에 무척 놀랐다. 사방에 사냥용 오두막이 있었다. 어떤 것은 대충 못으로 때려 만들었고, 또 어떤 것은 꽤 공을 들어 만들어 푹신한 쿠션끼지 놓아두있다. 가장 사주 보이는 형태는 트레일러였는데, 요즘 사냥하는 사람들은 이것을 빈터에서 빈터로 옮기며 숲을 누비는 것 같았다. 독일의 환경운동가 호어스트 슈테른이 언젠가 말한 적이 있다. 요즘 사냥꾼에게 필요한 것은 돈도, 좋은 동료도, 인내심도 아니라 민첩한 손가락 하나라고.

숲을 빠져나가며 오늘 밤 묵을 숙소를 정했다. 숙소까지는 10킬로미터 넘게 걸어가야 했는데 이미 시간은 오후가 되어 있었다. 오솔길을 따라 걸었더니 탁 트인 벌판이 나왔다. 마을에 도착했을 때는 주위가 어두워져 있었다. 마을은 중앙 광장을 중심으로 집들이 둥글게 옹기종기 모여 있는 형태였다. 이곳 벤틀란트 마을은 슬라브족 특유의 이런 거주 형태를 천 년이 넘도록 계속 유지해왔다고 한다. 유랑하는 부족이 자녀를 많이 낳을 수 있는 지역을 찾아다니던 시절부터 말이다. 마침내 오늘 묵을 방에 들어가 창문을 활짝 열었다. 하루 종일 고생한 발을 자유롭게 해주고 피곤한 머리를 깨끗한 베개에 파묻으니 그대로 잠이 들었다.

벤틀란트의 매력

수제 잼과 방목한 닭의 달걀로 만든 요리를 아침으로 먹으면서 여행을 온 후 처음으로 당혹스러운 순간을 맞이했다. 호텔 손님 중에는 자전거를 타고 여행하는 사람, 차로 전국을 일주하는 사람, 출장 중인 사람이 있었다. 그들은 내 이야기를 듣더니 스마트폰을 꺼내 이곳에서 이탈리아까지 걸어가려면 몇 킬로미터나 걸어야 하는지를 검색했다. 나는 거리에 대해 크게 생각해본 적이 없었다. 그들이 물었다. "그래도 적어도 어떤 방향으로 가야 하는지, 얼마나 많이 걸어야 하는지, 구간별로 어떻게 갈 것인지 알아야 하지 않나요?" 나는 그 질문들에 어떤 대답도 하고 싶지 않았다.

나는 즐겁게 여행 중이었다. 아프지 않았고 위험한 순간도 없었고 햇볕에 화상을 입지도 지치지도 않았다. 뒷목이 뻐근하고 근육이 놀라거나 약간 뭉친 것이 전부였다. 게다가 이 정도는 스트레칭으로 풀 수 있었다.

내가 일하던 사무실 풍경이 생각났다. 동료들은 지금쯤 사무실에 앉아서 신문을 보며 쓸데없는 소식들을 읽고 있을 터였다. 반면 나는 자연에서 자유를 누리고 있었다. 책에나 나오는 이야기처럼 날씨가 좋으니 어디 걸어볼까 하고 훌쩍 떠나왔다. 반년 동안의 자유. 주머니는 가벼워지겠지만 돈보다 시간이 생겼다. 내 무릎은 이제야 앉아 있는 것 말고도 다른 일을 할 수 있게 되었다.

사무실에서는 몸을 움직일 일이 거의 없었다. 우리는 우리가 잘 서 있다고 말하지만 실제로는 그렇지 않다는 사실을 잘 알고 있다. 서 있기 위해 필요한 근육들을 가장 덜 쓰고 있다. 글루테우스 막시무스(gluteus maximus). 이건 마치 먼 옛날에 멸종한 공룡 이름처럼 들리지만 사실 아직도 생생하게 살아서 사무실 의자 방석에 파묻힌 채 퇴근 시간만 기다리는 엉덩이 근육 ^{대둔근}의 이름이다. 이 근육을 가장 많이 사용하는 동작은 엉거주춤한 자세로 쪼그려 앉는 것이다. 그러나 사무실에서 대체 누가 이런 동작을 하겠는가.

대둔근이라고 불리는 이 근육에 대해 예전에는 상체를 굽힐 때 몸 전체를 단단히 고정시키는 역할을 할 거라고 생각했다. 그래서 이 근육이 없으면 선 채로 뭔가를 집어 드는 일을 할 수 없다고 생각했다. 오늘날 이 근육은 존재 이유를 잃어버렸다. 왜냐하면 아무도 이 근육이 왜 존재하는지 모르기 때문이다. 현대인 네 명 중 세 명은 하루 종일 컴퓨터 앞에 앉아서 일한다. 거의 모든 작업에 의자가 필수적이다. 심지어 의자에 바퀴도 달려 있다. 그런데 많은 사람들이 오랫동안 앉아서 시간을 보낸 후에 극도의 피로감을 느낀다. 왜냐하면 척추를 곧게 세우는 데 기여하는 거대한 등 근육인 척추기립근 역시 거의 움직이지 못하기 때문이다. 반면 몸이 앞으로 쓰러지지 않게 버티는 근육들은 계속 긴장하게 된다. 한쪽만 혹사당하는 상태, 그리고 통증으로 인해 몸이 기울어지는 상태를 전문용어로 큰 불균형이라 부른다.

나는 오랜 시간 앉아 있는 생활에 질렸다. 출근할 때는 자동차에, 출장을 갈 때는 기차나 비행기에 앉아 있어야 했다. 누군가를 만나도 앉아야 했다. 대화를 해도 앉아야 했고, 밥을 먹어도 앉아야 했고, 생각해보면 걸어가며 할 수 있는 일은 커피를 마시는 것뿐이었다. 너무 오랫동안 사무실에 몸이 묶여 있었다. 앉은뱅이도 아니고 침대가 아니면 항상 앉아서 지냈다.

때때로 책상에서 일어나 창문까지 걸어가서 강물을 바라보기는 했다. 우리 집 뒤에는 엘베강이 흘렀다. 하늘은 높고 강은 넓었다. 지나가는 배에 달린 알록달록한 깃발이 펄럭였다. 친구들과 흥겨운 시간을 보낼 때마다 나는 〈비둘기(La Paloma)〉스페인 작곡가 세바스티안 이라디에르가 작곡한 곡으로 여러 언어로 번역되어 사랑받은 대중가요 를 불렀다. 내겐 파란 하늘 높이 날고 싶은 열망이 있었다. 별빛을 반사하는 밤바다 위를 날며 밤하늘을 누비고 싶은 마음도. 가사 중에 폭풍이 등장하는 부분이 가장 부르기 어려운 대목인데, 자주 부르다 보니 언젠가 이 부분도 잘 부르게 되었다. 노래를 알고 있다면 나와 함께 불러보자. "내게로 오라, 꿈꾸는 나라로." 밖에선 바람 소리가 들리는데 사무실 공기는 답답했다. 아마 그때 깊은 생각을 하게 된 듯하다. 햇빛이 비치면 누군가가 블라인드를 내렸다. 빛이 너무 밝다고. 내 눈은 먼 곳을 바라보기를 원했으나 모니터를 벗어나지 못했다.

우리 눈은 작은 네모를 응시하는 데 지쳤다. 수시로 깜빡이지 못하니 각막이 긴조해진다. 최근에는 사무실 환경이 눈을 얼마나 혹사시키는지 검사해볼 수 있는 무료 앱도 생겼다. 내 눈이 피로한지 확인하기 위해 앱을 다운받을 필요는 없었다. 내겐 자연이 필요했다.

마을을 떠나며 길게 이어지는 창고 건물을 지나치던 중 진드기 한 마리를 발견했다. 하필 손이 잘 닿지 않는 위치에 붙어 있어서 놈을 잡으려면 바지를 벗어야 했다. 막대기로 떼어내려고 시도해보았지만 잘 되지 않았다. 가만히 서서 나를 불쌍히 여겨줄 누군가가 지나가기를 기다렸다. 조금 뒤 한 여성이 자전거를 타고 지나가기에 큰 소리로 도움을 요청했다. 그녀가 가던 길을 멈췄다.

멀리서 그 여성이 내 쪽으로 오는 것을 바라보며 초조해졌다. 그래, 이제는 무슨 일이든 받아들이는 수밖에 없어.

이 지역은 익숙한 곳이었다. 30년 가까이 이곳 주변을 오갔으니 거의 전문가라고 봐도 된다. 벤틀란트는 독일에서 주민 수가 가장 적은 지역이다. 도로에 최초로 신호등이 설치된 때가 1974년이다. 이곳에서 베를린까지는 기차로 두 시간 반, 함부르크까지는 자동차로 30분 정도 걸린다. 한때는 엘베강이 동과 서를 나누고 있었다.

예전의 분단 구역은 오늘날 광활한 자연지대가 되었다. 내 아들은 이곳에서 뛰어놀며 컸으며 늘 바지 주머니에 개구리를 넣고 다녔다. 나는 한동안 친구들과 함께 이곳의 작은 농장 하나를 빌려 별장처럼 활용했다. 우리 옆집에 살던 농부 쾨프케 씨는 닭을 키웠다. 그래서인지 한 주 걸러 한 번씩은 여우가 찾아왔다. 하루는 프리다도 사라졌다. 우리가 키우던 예쁜 양이었다. 농장 뒤로 나 있는 오래된 오솔길을 따라 걸으면 엘베강까지 갈 수 있었다. 그때 함께했던 친구 클라우스는 사냥꾼들이 쓰는 단어를 많이 알았다. 노루가 두 마리 이상 보이면 그는 그런 무리를 노루 '패'라 불렀다. 가벼운 몸으로 폴짝폴짝 예쁘게 뛰기 때문이었다. 다른 동물 무리는 '떼'라 불렀지만 노루만은 항상 다르게 불렀다.

이곳의 자갈과 흙은 빙하기가 끝난 상태 그대로 남아 있었다. 언덕이 있지만 여전히 평평한 지역이라 바람이 불면 풍력발전기 날개가 돌아갔다. 오랜 옛날 매머드가 이 지역에 살며 가장 좋아하는 먹이로 자작나무를 먹었다고 한다.

벤틀란트는 규모가 크다. 벌거벗고 뒤틀린 나무 둥치가 군데군데 쓰러져 있는데, 거대하고 두꺼운 나무 기둥을 배경으로 누구나 화보 사진을 찍을 수 있다. 나는 방금 짐승을 사냥한 사냥꾼처럼 포즈를 취해보았다. 짙은 회색에 죽죽 갈라진 떡갈나무 껍질은 코끼리 피부를 생각나게 했다. 마침 나는 이 순간에 딱 맞는 모자도 쓰고 있었다. 여자친구가 생일 선물로 준 것인데 호주의 오지에서 쓰는 모자라 했다. 모자가 커서 길을 가다가 강에 이르면 돈과 바지를 모자에 쑤셔넣고 강을 건널 수 있다고 들었다. 그 이야기를 듣고 나도 지갑과 바지가 들어가는지 확인해본 적이 있다.

이곳을 흐르는 엘베강은 강폭이 꽤 넓었다. 이 강은 자주 강줄기의 모양을 바꾸는 편이었다. 그래서 사람들은 뭍 쪽에 제방을 멀찍이 쌓아서 강이 비교적 자유롭게 봄을 비틀게 해수었다. 강은 또 필요 없어진 물을 강 밖에 보관했다. 제방 안팎에 작은 호수와 물웅덩이가 있었는데, 내 아들은 그곳에서 장구벌레, 소금쟁이와 함께 수영을 배웠다.

물웅덩이와 연못으로 이루어진 엘베 늪지대 주변에는 수련이 군락을 이루고 있었다. 연잎 표면의 왁스 성분이 물을 튕겨내어 진주 같은 물방울들이 햇빛을 받아 반짝반짝 빛났다. 내가 즐겨 앉아 있던 장소에는 비버가 살았다. 녀석이 나뭇가지를 물고 가는 것을 자주 볼 수 있었다. 나는 녀석을 방해하지 않았고 녀석도 나를 신경 쓰지 않았다.

늪지는 맨발을 드러내야 하는 땅이다. 오지 모자와 건빵 바지를 입고 신발을 벗은 내 모습은 독일보다는 아프리카 사파리에 더 어울렸을 것이다. 이 장소에 오면 나는 조용히 앉아 자연에서 벌어지는 일을 관찰하며 이해하려고 애썼다. 농가와 엘베강에서 고작 몇 미터 떨어진 이곳에는 수많은 생명이 있었다. 무언가는 뿌리를 내렸고 눈 깜짝하는 사이에 계절이 바뀌었다. 봄, 여름, 가을, 겨울. 계절은 하루가 다르게 다른 색깔을 입었다. 계절마다 고유한 분위기가 있었다. 나는 가끔씩 아주 추운 1월에 두꺼운 양말과 장화를 신고 눈 위에 모닥불을 피워둔 채 몇 시간씩 앉아 있었다. 하늘의 별을 바라보았다. 밤하늘이 너무 화려하고 아름다워서 심장이 멎는 것 같았다.

이 땅의 주인은 새들이었다. 하늘에서 가장 막강한 권력자는 매의 일종인 물수리였다. 놈은 아주 높은 곳에서 땅의 모든 것을 내려다보았다. 3,000미터 높이에서도 동물의 움직임을 볼 수 있다고 했다. 아주 작은 생쥐까지도. 나도 매의 눈을 가질 수 있으면 좋겠다고 생각했다. 인간은 왜 가까운 곳밖에 보지 못하는 걸까?

독일에서 거의 볼 수 없게 된 모든 것이 벤틀란트에 있다고 해도 과언이 아니었다. 옛 방식만 따르는 고집스러운 인간부터 제멋대로인 동물까지. 노루 중에 검은 털을 가진 노루도 있다는 사실을 이곳에서 처음 알았다. 가죽 딱정벌레는 하늘소 비슷하게 생겨서 엘베 강변의 죽은 나무에 사는데, 죽을 때까지 자기 둥지를 떠나지 않는다고 한다. 이 종이 워낙 희귀하다 보니 유럽연합 행정부까지 나서서 곤충 수집과 지역 개발을 금지했다. 강의 제방이 비교적 넓게 지어진 것도 그래서라고 했다.

벤틀란트는 기적 같은 역사를 잔뜩 품고 있다. 핵폐기물 사건도 있었다. 수년 전, 독일 정부는 이 버려진 땅이 쓰레기장으로 아주 적합하다고 생각했다. 특히 핵폐기물을 버리는 쓰레기장으로. 법의 결정권자들은 자신들이 모든 것을 다 계산했다고 생각했지만 시민들의 격렬한 반발은 예상하지 못했다. 농부들이 농기계를 끌고 몰려왔고 조용히 살던 시민들도 용기를 냈다. 이들은 핵폐기물을 실은 열차를 막아섰고, 선로에 몸을 묶어가며 불복종 시위를 펼쳤다. 하지만 컨테이너에 실린 핵폐기물이 철조망으로 통제된 숲의 임시 저장소까지 이동하는 일은 막지 못했다. 그 쓰레기는 언젠가 땅속에 매립될 것이다. 반드시 고어레벤 지역이 아니더라도 다른 곳에 자리를 잡겠지. 독일은 2009년부터 원전을 단계적으로 없애기로 하고, 기존에 프랑스로 보내 재처리하던 고준위 핵폐기물도 자국에서 처리하기로 했다. 그 때문에 함부르크 인근의 고어레벤 암염광산을 임시 저장소로 지정했으나, 핵폐기물이 옮겨질 때마다 수천 명의 시민들과 충돌을 빚고 있다.

우리는 지금의 독일이 깨끗하고 안전한 에너지로의 전환을 주도하고 있는 것에 대해 이 지역 사람들에게 고마워해야 할 것이다. 이들이 수고하고 싸워낸 결과다. 무엇을 어떻게 사용해야 할지 생각하는 사람들, 미래가 어떻게 될지 걱정하는 사람들 덕분이다. 벤틀란트에는 이미 십여 년 전부터 새로운 길을 고민해온 사람들이 많이 살고 있다.

내 여행도 벤틀란트를 따라 계속되었다. 나무들이 마음을 편안하게 해주었다. 숲의 친구들은 웅장한 왕관에 꽃 장식을 달고 싱그러운 녹색 잎을 풍성하게 흔들었다. 나는 그 모습에 감탄하며 위를 올려다보았다. 당당히 서고 자세를 곧게 펴는 것이 어떤 모습인지 이곳 벤틀란트에서 배울 수 있었다.

풀이 무성하게 자란 길을 따라 숲속을 계속 걸어가자 넓은 들판이 나왔다. 벌써 저녁 8시, 공기가 부드러워져 있었다. 시간이 지날수록 날씨가 좋아졌고, 따뜻한 태양 빛에 익숙해져서 어느 순간 맑은 여름 날씨가 당연하게 느껴졌다. 가쁜 숨을 가라앉히기 위해 잠시 앉아서 휴식을 취했다. 조금 쉰 후에 멀리 보이는 떡갈나무를 지나쳐 밭 하나를 가로질러야 했다. 내 생각에는 30분 정도 더 걸으면 오늘 묵을 숙소에 도착할 수 있을 것 같았다.

멀리서 소형 오토바이 하나가 달려왔다. 내가 손짓을 하자 속도를 줄이고 멈추었다. 소년이 헬멧을 벗었다. 이제 열한 살이 되었다는 소년은 모터크로스 가파른 비탈을 누비는 모터사이클 경주의 일종 경기를 위해 연습하는 중이라고 했다. "마을로 가시려면 계속 직진하세요." 소년이 말했다. 나는 고맙다고 말하며 자리에서 일어섰다. 그런데 아이가 알려준 방향으로 한참 걸었는데도 아무것도 나타나지 않았다. 오히려 내가 가려고 하는 숙소에서 몇 킬로미터나 멀어져버렸다. 소년에게 더 자세히 물어보지 않았던 나 자신에게 화가 났다. 아무리 저녁 풍경이 아름다웠어도, 소년이 귀찮아할 것 같다는 느낌이 들었더라도 물어볼 건 물어봤어야 했다. 그래도 큰길을 따라 열심히 걸었더니 저녁 식사 시간에 딱 맞게 숙소에 도착했다. 머리가 잘 모르면 발이 이끄는 대로 가면 된다. 송어 요리를 시키고 와인을 실컷 마시고 싶었지만 꾹 참고 햄을 얹은 빵 한쪽만 먹었다.

자려고 침대에 누우니 내가 왜 이 여행을 하게 되었는지 돌아보게 되었다.

내 오랜 벤츠의 수명이 다했을 때

내 차는 마침내 생명의 끈을 놓아버렸다. 주유소에서 기름을 가득 채운 뒤였다. 나는 내 낡은 벤츠를 사랑했다. 흔치 않은 웨건 모델로, 최근 기술이 도입되기 전 전통적인 생산 라인에서 만들어진 차였다. 끌고 다니며 관리하기에는 어려움이 전혀 없었다. 그 차는 친구 닐스에게서 샀다. 닐스는 내게 이 차는 관리를 잘 해야 한다고 말했다.

닐스에게 차 말고도 단어를 하나 배웠다. 내가 하도 그 단어를 오랫동안 자주 사용하니까 친구들은 모두 내가 그 단어를 만들어 낸 줄 안다. 닐스는 그 단어를 핀네베르크에 사는 중고차 판매자에게 배웠다고 했다. 핀네베르크는 함부르크 인근의 작은 도시인데 함부르크 사람들은 그 도시에 아무도 살지 않는다고 생각한다. 아무튼 그 판매자는 팔아치우고 싶은 차마다 '치코(chicco)' '알맹이'라는 뜻의 이탈리아어 라고 불렀던 것 같다.

새 차를 살 수도 있었지만 사지 않았다. 정비소 사장인 스벤 씨가 내게 자기 차를 팔고 싶어 했다. 내 기억에 아마 벤츠 E클래스

였을 것이다. 좋은 차다. 물론 스포츠카처럼 소리 나게 하려고 수만 가지 장치를 채워 넣은 요즘 차에 비하면 여전히 소박한 기계다. 내 친구 하나는 아들이 차를 개조한 후에 무슨 단추를 눌러야 할지 모르겠다고 말했다. 그녀의 아우디에서는 지금 페라리 소리가 난다.

나는 어떤 단추에 어떤 기능이 연결되는지 쉽게 예상할 수 없는 기계는 좋지 않다고 생각한다. 기계가 사람에게 경고를 한답시고 삑삑거리고 번쩍거리다니. 터치스크린도 너무 많고 정보도 너무 많다. 이번에 출시되는 모델은 교통체증이 생기면 5분 전에 알려준다고 들었다.

어느 날 스벤 씨가 내 차가 끝난 것 같다고 말했다. 벤츠의 수명이 다했으며 이제부터 주말에 교외에 가고 싶으면 기차를 타야 한다는 뜻이었다. 나의 걷기는 그때부터 시작되었다.

열차를 타고 벤틀란트로 가는 여정은 편안했다. 함부르크를 떠나 엘베강을 건너 도시로 통근하는 사람들이 사는 위성도시들을 지나갔다. 뤼네부르크에 내린 뒤에는 완행열차로 옮겨 타야 했다. 이 완행열차를 타게 되면 정말이지 벤틀란트 부근 젖소 농장의 모든 소와 인사하며 몇 시간 동안 천천히 이동해야 했다.

커다란 창문으로 초록빛 풀밭과 넓은 들판을 볼 수 있었다. 대지 위에는 사람이 만든 길이 참 많았다. 한번은 열차가 역에서 문을 열고 평소보다 길게 정차했다. 자전거를 든 사람들이 끝도 없이 내리는 모습이 보였다. 그러는 사이 바람 한 줄기가 열차 안으로 들어왔다. 가볍고 부드러운 바람이었다. 나는 숨을 깊이 들이마셨다. 그러자 갑자기 누군가가 내 등을 탁 치며 말하는 것 같았다. 이 친구, 여기 있었구먼! 여기서 뭐해? 나랑 같이 밖으로 가자! 날씨가 기가 막혀! 나는 홀린 듯 열차에서 내렸다. 눈앞에 숲이 있었다.

세 갈래의 길이 나를 기다리고 있었다. 하나는 포장도로였고, 다른 두 개는 흙길이었다. 길 상태와 상관없이 가운데 길을 선택했다. 그 길은 높은 언덕으로 올라가다가 다시 내리막이 되었다. 언덕 아래 풀밭에 거대한 나무 기둥이 쓰러져 있는 것이 눈에 들어왔다. 누군가가 말을 타고 가면서 건너뛰려고 일부러 둔 것 같았다.

숲을 따라 계속 걸었다. 좁고 구불구불한 길. 독일에는 생각보다 숲이 많은데 어떤 숲에 가면 하품밖에 나오지 않는다. 소나무와 전나무만 단조롭게 심어놓은 목재 생산용 숲이 그렇다. 나무들이 일렬로 쭉 늘어서 있고, 변화가 보인다 싶으면 벌목 기계가 근처에 있다. 품질이 좋지 않은 나무를 잘라내버리는 전기톱. 그 숲은 살육당하기 위해 존재한다.

하지만 내가 걷는 이 숲에는 볼거리와 놀랄 거리가 있었다. 빛이 비치는 쪽으로 걷고 있었는데 나도 모르게 어두운 덤불에 갇혀 길을 잃고 말았다. 분명 내가 길을 따라 걷는다고 믿었지만 출구를 찾을 수 없었다. 여기저기 폭풍에 쓰러진 나무들이 길을 막고 있었다. 뿌리가 허공에 떠 있었고 나무의 숨이 끊어져 있었다. 날씨는 어느 때보다도 화창했지만 야생은 거칠고 잔혹했다. 그 자연 속에서 한없이 무한한 자유를 느꼈다.

세 시간쯤 뒤 원래의 목적지에 도착했다. 강변도시 히차커 인근에 위치한 작은 집이었다. 독일 사람이라면 히차커라는 지명을 뉴스로 접한 적이 있을 것이다. 엘베강이 범람할 때마다 집들이 물에 잠긴 영상과 함께. 자연이 가진 힘은 가끔 소름이 끼칠 정도로 위대하다. 이제는 강가에 제방이 설치되어 더 이상 강이 범람하는 일은 생기지 않는다. 뉴스에 이 소도시가 등장하는 일도 없어졌다.

별장 이웃인 친구가 나를 발견하고 놀라서 물었다. "여기까지 어떻게 왔어?" "걸어왔지." 내가 대답했다. "집에 갈 때는 어떻게 하려고? 우리가 데려다줄까?" 친절한 제안이었지만 나는 이렇게 대답했다. "괜찮아. 혼자 갈 수 있어."

본격적으로 신발을 벗고 걸었다. 물웅덩이가 나오면 용감하게 뛰어넘었다. 혹시나 수련이 다칠까 봐 살짝 옆으로 밀어주면서. 톨렌도르프(Tollendorf) '굉장히 좋은 마을'이라는 의미라는 좋은 이름을 가진 마을 뒤에서 백합이 핀 길을 발견했다. 폭신한 흙이 깔린 아름다운 길 옆으로 들판과 잡목 숲이 그림처럼 자리하고 있었다. 시간이 멈춘 듯한 화려하고 고요한 풍경과 만족감이 내 마음을 가득 채웠다. 차를 타고 왔다면 이 길을 결코 발견하지 못했을 것이다.

백합 길 끝에는 숲속 마을 고벨린이 있었다. '고벨라'는 뒤베콜드처럼 슬라브어에서 유래한 것으로 존경한다, 숭배한다는 뜻을 지닌다. 나는 이 길을 숭배하게 되었다. 이곳에 사는 희귀 조류인 숲종다리와 수줍은 멧새들은 나와 꽤 비슷했다. 녀석들도 해 질 녘의 백합 핀 들판 풍경을 사랑하는 것 같았으니까. 그리고 얼마나 단순하게 사는지. 성경의 마태복음에는 "들의 백합화가 어떻게 자라는지 보라. 일도 하지 않고 옷을 지어 입지도 않는다"라고 나와 있다. 그 당시 사람들의 불안과 걱정을 지적하는 이 내용을 생각하며 나도 생각했다. 거봐, 차가 없어도 다닐 만하잖아.

벤틀란트에 사는 친구가 잘 도착했냐고 전화를 걸어왔다. 무척 걱정한 모양이었다. 전화로도 모자랐는지, 숲속 기차역인 라이트슈타데 역에서 열차를 기다리던 나를 찾아왔다. 역 앞에는 독일에서 가장 작은 기차역의 폐쇄를 반대한다는 플래카드가 걸려 있었다. 우리는 열차 선로까지 나와서 그 위에 서 있었다. 그렇게 하지 않으면 완행열차가 시간을 낭비하지 않으려고 역에 정차하지 않은 채 그냥 지나치기 때문이었다. 다행히 열차는 역에 정차했고, 나는 일요일 밤이 되기 전에 함부르크 시내로 돌아갈 수 있었다.

인류가 걸은 수많은 길

며칠 후, 사무실 동료가 묻는 말에 나는 다시 두 발로 걸어 다니려는 결심을 다시 떠올리게 되었다. "울리, 주말에 뭐했어?" 내가 대답했다. "어, 기차역까지 걸었지. 맨발로 말이야." 누군가가 말했다. "정신이 나갔구먼." 또 다른 동료는 이렇게 말했다. "자네랑 어울려."

건기는 의외로 쉽지 않고 낯선 활동이다. 조깅이야 잘 알고 있었다. 일주일에 한 번, 혹은 두 번 운동복으로 갈아입는다. 차를 타고 어디론가 이동한다. 내린다. 한 바퀴 돈다. 45분 뛴다. 땀을 흘린다. 차를 타고 집으로 돌아온다. 씻는다. 끝. 자기 집 대문 앞에 녹지가 있는 행운아가 아닌 이상 실제로 뛰는 시간보다 뛸 수 있는 장소까지 갔다 오는 데 더 많은 시간을 들여야 한다. 계산을 해보았다. 예를 들어 6킬로미터를 한 바퀴 뛰기 위해 들어가는 시간 동안 걷는다면, 더 먼 거리를 이동할 수 있었다. 거리 차이가 크지는 않지만 더 편안하며 옷을 갈아입을 필요도 없고 달릴 수 있는 장소까지 갈 필요도 없었다.

나는 자주 걸어 다니기로 다짐했다. 걷기는 도심에서도 충분히 할 수 있었다. 가끔은 출근할 때 자전거를 타는 대신 걷고, 가끔은 전철을 타지 않고 약속 장소까지 걷기로 했다. 조금만 일찍 출발하면 지각할까 봐 걱정할 필요도 없었다. 억지로 하는 운동이 아니라 그냥 몸을 움직이는 것이었다. 운동복을 입을 필요도, 기구를 챙길 필요도 없었다. 그냥 집을 나가 걸으면 되었다. 그러자 전보다 더 많은 것이 눈에 들어왔다.

함부르크 시청 근처에서 순례자에게 길을 안내하는 이정표를 발견했다. 이정표는 시청 옆의 야고보 대성당으로 길을 안내했다. 성당 안으로 들어가 중앙 통로를 거쳐 측면 예배당까지 걸어갔다. 그곳에는 커다란 지도가 펼쳐진 책상이 있었고 수염을 기른 남자가 앉아 끊임없이 길을 묻는 사람들에게 참을성 있게 설명을 해주고 있었다. 함부르크에서 뤼베크나 스웨덴 예테보리로 가려면 어떻게 가야 하는지. 폴란드로 갔다가 다시 거기서 바티칸이 있는 로마까지 가는 경로가 어떻게 되는지. 스페인 빌바오부터 걸을 수 있는 순례길이 있는지. 마그데부르크부터 브라운슈바이크를 지나 베저강 부근의 코르베이 수도원까지 이어지는 고풍스러운 순례길이 추천할 만한지. 이스라엘의 예루살렘에 가려면 북부 아프리카로 들어가는 경로가 좋은지, 아니면 터키를 경유하는 편이 나은지.

여행사가 따로 없었다. 이곳에서 유럽 대륙은 날짜로 계산되었다. 하루에 25킬로미터씩 걸을 수 있으니까 175킬로미터 정도의 거리는 일주일 치였다. 쉬지 않고 한 달 내내 걸으면 750킬로미터. 비행기로는 한두 시간 안에 갈 수 있는 거리였다. 대부분의 사람들은 멀리 가고 싶으면 공항으로 간다. 하지만 이곳을 찾는 사람들은 걷고 싶어 했다. 어떤 순례자는 이틀밖에 시간이 없었고, 어떤 순례자는 3주 동안 걸어갈 수 있는 경로를 물었다. 어떤 사람은 일 년간 여행하고 싶다고 말했다.

나는 모든 방향으로 길이 그려진 지도를 하나 집어 들었다. 내 바지 주머니에 쏙 들어가는 크기였다. 오호, 이것 좀 보게. 산티아고 순례길로도 알려져 있는 '야고보의 길'이 표시되어 있었다. 유럽 남서쪽에 있는 오래된 길. 순례자들이 부르는 노래 〈울트레이아〉는 계속 걷는다는 뜻이다. 계속 걸어서 성자 야고보의 유해가 안치된 곳까지 간다. 야고보는 예수의 제자로 사도 요한의 형이다. 대부분의 순례자는 스페인의 대서양 쪽 연안까지 먼 길을 걸어서 마침내 산티아고 대성당에 이르러 거대한 향로가 흔들리는 것을 보며 다른 순례자들과 부둥켜안고 기쁨의 눈물을 흘린다.

어떤 이들은 천 년 넘게 이어진 이 순례 여행을 일부러 힘들게 체험한다. 신발을 신지 않고, 씻지 않은 채 길에서 자며, 자신에 대한 처벌로 남루한 차림에 쇠사슬을 두르고 걷는다. 낡은 순례 안내서에 나오는 이런 '성 야고보 순례의 고행길'은 사실 옛 가톨릭의 오래된 경건 훈련 중 하나였다. 로마의 사도 베드로 무덤이나 에베소의 사도 요한 무덤을 찾아가는 것도 마찬가지였다. 이들은 예루살렘에서 십자가에 못 박힌 예수와 자신이 어떤 방식으로든 연관되어 있다는 느낌을 얻고 싶어 했다.

야고보의 길은 역사가 시작된 이래 인류가 세계를 돌아다니기 위해 걸은 수많은 길 중 하나다. 사람들은 항상 이동했고 이동해야만 했다. 성경에도 걸어 다녔다는 이야기가 수두룩하지 않은가. 이집트를 탈출한 이스라엘 민족이 광야를 전전한 이야기부터 예수의 제자들이 전도 여행을 다닌 이야기까지. 사도 바울은 걸어서 다메섹에서 아라비아 광야로 갔고, 그곳에서 다시 예루살렘으로, 소아시아로, 그리스로 걸어서 이동하여 마지막으로는 배를 타고 로마까지 갔다. 사도 도마는 인도의 마드라스로, 야고보는 스페인으로 걸어갔다.

5세기부터 12세기까지 아일랜드의 방랑 수도사들은 순례자의 지팡이와 성경을 들고 유럽을 두루 돌아다니며 교회와 수도원을 세웠다. 그들은 '그리스도를 위해 집을 버린 자들'이길 원했다. 현재 독일에는 약 서른 개의 길이 야고보의 길로 이어진다. 순례길은 옛 교역로와 새로이 형성된 도보 길을 따라 북쪽에서 남쪽으로, 동쪽에서 서쪽으로 독일 전역을 가로지른다. 게다가 순례는 인류의 가장 오래된 영성 훈련이다. 불교 신자는 높은 산에 올랐고, 이슬람교도는 메카로 향했으며, 힌두교도는 갠지스강을 향해 걸었다.

야고보 대성당에 다녀온 후부터 내 마음속에는 나도 언젠가 저렇게 오랜 시간 동안 걸어서 여행하고 싶다는 소원이 생겨났다. 어떻게 해야 그런 여행을 할 수 있을지 고민하기 시작했다. 머릿속이 걷는 여행에 관한 생각으로 가득했다. 모두가 어디론가 여행을 떠나지만 걸어서 가는 사람은 없었다. 심지어 헬스장에 가도 대부분의 운동이 복부, 다리, 엉덩이에 집중되어 있었다. 발 운동은 보질 못했다. 친구들에게는 언젠가 바다까지 걸어갈 생각을 하고 있다고 말했다. 그랬더니 북해나 발트해를 생각하느냐는 질문이 돌아왔다. 나는 일부러 잠시 뜸을 들이다가 내뱉었다. "아니, 지중해로 갈 거야." 친구들은 믿지 못하겠다는 반응이었다. 내게 월급을 주는 아르네에게 전화를 걸었다. "얘기 좀 하고 싶은데요." 아르네와는 이야기가 잘 통하는 편이었다. 그는 내 소파에 앉아 등받이에 팔을 걸치고 내 이야기를 들었다. "괜찮다면, 반년 정도 여행을 하고 싶어요." 내 말이 끝나자마자 그가 불평을 했다. 회사가 잘 돌아가야 하는데 직원이 갑자기 나가버리면 말이 되느냐고. 힘들 것 같지 않느냐고. 그리고 이렇게 덧붙였다. 하지만 나를 이해한다고, 분명 좋은 경험이 될 거라고. 나는 다양한 고용주들을 경험해보았다. 어떤 사장은 나 같은 사람은 꽁꽁 묶어놓아야 한다고 말했다. 하지만 아르네는 달랐다. 보수적이지만 유연한 사람이었다. 흔쾌히 내 요청을 받아주었다. 마지막으로는 여자친구에게 조금 오랫동안 집을 떠나 있어도 될지 물었다. 다른 선택권은 없다는 투로 말하긴 했지만.

운동이 부족한 사람들

나는 사람들을 관찰하기 시작했다. 어떻게 걷는지, 서 있는 자세는 어떤지. 계단을 오르고 내려가는 사람들. 엘리베이터를 기다리는 사람들. 엘리베이터에서 쏟아져 나오는 사람들. 그들이 신은 신발과 뒤축, 굽을 유심히 살펴보았다. 조명 달린 휠체어와 개가 앉아 있는 유모차도 보았다. 자동차 핸들에 매달린 남자들이 검투사처럼 도시를 빙빙 돌고 있었다. 전동 킥보드를 탄 청소년들이 캐리어를 질질 끌며 지나가고 헬멧을 쓴 꼬마들이 아이스크림을 먹었다. 오, 헬멧을 쓴 꼬마들. 요즘 아이들은 그 상태로 세상에 나오는 것 같다. 태어나자마자 머리에 헬멧부터 쓰는 것이 아닐까? 그러고는 걷지도 못하면서 바퀴가 달린 각종 놀이기구에 올라탄다. 부모는 꼬마 뒤를 따라가며 계속 "천천히"라고 소리를 지른다. 도시에서 그나마 자유를 누리는 건 아이들뿐이다.

　　운동하는 사람들을 관찰하는 일은 정말 재미있다. 자전거를 타는 사람은 대부분 쫓기듯 페달을 밟고 뛰는 사람은 헉헉거린다. 다들 끙끙대며 거친 숨을 몰아쉬지만 그들 중 누구도 하늘을 바라보지 않는다. 많은 사람들이 이어폰을 꽂고 있었다. 어떤 이들은 뛰면서 이어폰으로 통화를 했다. 나는 아직도 허공에 대고 이야기하는 일이 낯설다. 뛰지 않고 서서 심각한 통화를 하는 이들도 있었다. 업무상 회의를 하는 걸까? 편안한 시간까지 유용하게 활용해 시간을 절약하는 듯했다. 손목만 바라보며 걷는 이들도 있었다. 몇 보 걸었는지 알려주는 장치 때문이었다. 맥박 수치도 보여준다고 들었다.

독일에서 사람들이 평균적으로 하루에 1,000보를 걷는다는 신문 기사를 읽은 적이 있다. 누가 그걸 세었는지 모르겠지만 그렇다고 한다. 어쨌든 그 기사는 현대인이 잘못된 편안함을 추구한다는 내용을 제목에서부터 강조하고 있었다. "더 아프고, 더 가지며, 더 해야 하는 시대." 그리고 무엇이 병의 원인이고, 건강하려면 어떻게 해야 한다는 등 장황한 내용이 이어졌다. 과연 이 내용을 자세히 읽는 독자가 몇이나 될까?

"부정적인 태도가 노년의 건강을 해친다."(캐나다 토론토 대학 연구팀)

"늦은 저녁 식사 때문에 뚱뚱해지는 것은 아니다."(런던 킹스 칼리지 연구팀)

"영양실조가 국제적으로 증가하고 있다."(2016 세계영양보고서, 워싱턴)

사람들이 많이 걷지 않기 때문에 수천억의 비용이 쓰인다. 해마다 전 세계 300만 명이 단지 충분히 움직이지 않았기 때문에 죽는다고 한다. 정말 그럴까? 나는 수치를 믿지 않지만 이 내용은 맞을지도 모른다고 생각했다.

우리는 확실히 편하게 살고 있으며 움직이는 일에 인색해졌다. 침대에서 버스로, 열차에서 사무실로, 자동차에서 주차장으로, 엘리베이터로, 다시 주차장으로, 자동차로. 우리는 생필품을 살 때조차 걸을 필요가 없다. 저렴한 배송비를 내면 누군가가 우리가 주문한 것들을 메고 계단을 올라와 집까지 가져다준다.

건강이 괜찮다고 해도 관절이 문제다. 독일에서는 다섯 명 중네 명이 어깨와 목의 통증, 척추 압박감, 허리 디스크 증상을 호소한다. 독일의 공공의료보험회사 DAK는 최근 "근골격계 질환으로인해 노동할 수 없는 일수가 319.5일이며 이 질환은 보험 역사 100년 만에 다시 가장 빈번한 질병이 되었다"라고 발표했다. 감기와우울증이 그다음 순위에 올랐다. 전 세계 소아비만 환자 수도 몇년 사이에 열 배나 증가했다. 독일에서는 남자아이의 절반, 그리고여자아이의 삼분의 일만이 허리를 구부려 손끝을 바닥에 댈 수 있다. 학교 체육 수업에서 운동장을 두 바퀴 뛰는 일도 힘들어하는학생이 많다고 한다. 그렇지만 운동량을 줄일 수는 없지 않은가.앞으로 공공보험료가 더 많이 나가리란 건 당연한 이야기다.

사람들을 걷게 하려는 시도는 꾸준히 있었다. 걸으면 행복해진다고 광고하는 보험회사 광고들. 최근에 본 어떤 광고에서는 가족 삼대가 숲속을 걸으며 만족해하는 장면이 나오다가, 5분만 걸어도 몸에 활기가 생긴다는 설명이 나왔다. 몸을 움직이는 것이 수명을 늘린다는 연구 결과도 있지만 그런 모든 이야기에도 사람들은 점점 더 몸을 움직이려 하지 않는다.

몸을 움직이지 않는 이유는 움직이지 못하는 환경에서 살기 때문이다. 학교와 사무실에 앉아 있고 소파와 TV 앞에 앉아 있기 때문이다. 의사들은 걷기를 권장하기보다는 알약을 처방한다. 우리 역시 몸을 가만히 두고 싶어 한다. 어떤 사람들은 움직이지 않으면 병이 나지만, 문제를 못 느끼는 대다수 사람들은 움직이지 않고도 편하게 산다. 그래서 삶을 바꾸는 대신 알약을 선택하고 편안한 생활을 고수한다.

농촌 극단과 개구리 콘서트

여행을 시작한 지 벌써 나흘째. 나는 크게 힘들이지 않고 첫 100킬로미터 걷기에 성공했다. 걷는 게 본래 어려운 일도 아닌 데다, 첫날 생긴 물집은 바로 반창고를 붙인 덕에 거의 다 나았고 배낭도 충분히 들고 다닐 만큼 가벼웠다. 휴대폰을 수시로 들여다보긴 했지만 시간이 지날수록 뉴스에 흥미가 사라졌다. 습관적으로 나도 모르게 들여다보는 것이었다.

숲이 끝나고 이번에는 늪과 황야지대가 나왔다. 연못 가까이 다가가니 연못가에 앉아 있던 개구리들이 크게 호를 그리며 물속으로 뛰어들었다. 그러나 잠시 후 다시 물 밖으로 나와 혀를 길게 빼고 앉았다. 나한테 혀를 내민 게 아니라 배가 고픈 것 같았다.

녀석들이 어떻게 이 황야에서 먹이를 구하는지 좀 더 관찰하기로 했다. 흔들리는 연잎 위에 가만히 앉아 있는 개구리의 주둥이 위로 갑자기 잠자리 한 마리가 내려앉았다. 아아, 나는 내심 이런 일이 벌어지지 않길 바랐다. 잠자리를 좋아하기 때문이다. 수많은 곤충 중에 잠자리는 가장 사랑스러운 종류가 아닌가. 커다란 눈과 우아한 비행. 잠자리는 많은 재능을 가진 진정한 곡예사였다. 바람을 타고 허공에 멈출 수도 있었고 뒤로 날 줄도 알았다. 곤충 중에서는 비교적 크기가 크기 때문에 몇몇 SF 영화에서 굉음을 내며 날아다니는 괴물로 등장하기도 한다. 그러나 실제로 잠자리는 소리를 내지 않는다. 날개가 바람에 스치는 붕붕 소리조차 내지 않는다. 헬리콥터를 처음 개발할 당시에 사람들은 잠자리를 모델로 설계도를 그렸다고 한다.

길에 사람이 하나도 없는 것이 놀라웠다. 사냥꾼도 농부도 만날 수가 없었다. 가축을 치는 사람들만 간신히 만날 수 있었다. 그건 커피 한 잔이 간절히 마시고 싶어졌을 무렵이었다. 독자들을 위해 조금 설명하자면, 북부 독일 평야는 대부분 농지라서 논밭이 넓게 펼쳐져 있는 대신 여행자가 쉬어갈 만한 장소는 거의 없다. 그래서 긴 시간 동안 물 한 모금 못 마시고 걸었던 나는 동네를 표시하는 이정표가 나오기만을 바랐다. 정확히 말하자면 물레방아가 그려진 표지판을 만나길 원했다. 졸졸 흐르는 시내 위로 돌아가는 물레방아. 선입견일지 모르지만 방앗간에 가면 왠지 시골 아낙들이 모여 앉아 차를 마시며 케이크를 나눠 먹을 것 같았다.

마침내 사람들이 둘러앉은 모습을 발견한 나는 반가운 마음으로 걸어갔다. 그런데 가까이서 보니 이들의 모습이 여간 희한한 게 아니었다. 남자들은 검은 정장을 입고 여자들은 가면을 쓰고 있었다. 신사 숙녀들의 실루엣이 햇빛을 받아 빛났다. 담배 연기가 피어올랐다. 나는 미소를 띠고 다가가 간식을 좀 얻을 수 있을지 물었지만, 곧장 아무것도 얻지 못할 것 같은 우울한 예감이 들었디. 특히나 기피는 기내힐 수 없을 섯 같았다.

이 광경 전체가 내게는 하나의 연극 같았다. 북부 독일 지역의 유명한 명물 중 하나는 재능 있는 아마추어들이 연출하고 연기하는 연극이다. 함부르크 온소르그 극장에서 독일 사투리로 테네시 윌리엄스나 셰익스피어의 희곡을 공연하는 것이 가장 유명하다. 이런 행사를 통해 시골의 남성과 여성이 짝을 구하기도 하고, 일 외의 취미 활동을 할 수 있다. 내가 물었다. "여기서 연극을 하시나 봐요?" 한 여성이 굉장히 언짢다는 듯한 말투로 대답했다. "지금 연습 중이에요." 그녀의 시선이 내게 나가는 길은 저쪽이라고 분명히 말하고 있었다.

알겠다고 고개를 끄덕이지도 못한 채 돌아서다가 달려오던 말과 부딪힐 뻔했다. 진짜 말이 아니라 한 남자가 말의 탈을 쓰고 있었다. 시커먼 말 머리는 상 파울리 함부르크의 홍등가 의 창문에 흔히 장식되어 있거나 성인용품 상점에서 볼 법한 해괴한 모양이었다. 이 남자는 손수레를 끌고 있었는데 그 수레에 탄 여성은, 어떻게 표현해야 할지 정말 모르겠는데, 상체를 꽉 조여서 두 가슴이 거의 하늘을 보고 있었다. 두 사람이 너무 순식간에 지나가서 더는 자세히 볼 수 없었다. 나는 그래도 작별인사를 열심히 하고 이곳을 떠나게 되어 기쁜 마음으로 걸어 나왔다. 분위기를 깨는 사람은 되고 싶지 않았다. 이곳의 규칙은 그동안 익숙해진 숲의 규칙과 많이 달랐다.

나는 뤼네베르크 황무지 가장자리에 위치한 바트보넨타이히로 이동했다. 하늘이 눈부시게 빛났다. 풀밭의 개구리 떼가 엄청난 환영 인사를 건넸다. 여기저기서 꽥꽥, 윙윙, 개골개골 울어대는 소리 때문에 귀가 아플 지경이었다. 휴대폰으로 이 소리를 녹음해서 도시 친구들에게 보낼까 잠시 고민했지만 그들을 너무 부러워하게 하고 싶지 않았다. 또 내가 느낀 감동과 전율을 그대로 전하는 게 불가능할 것 같았다. 결국 이 순간을 혼자 즐기기로 하고 여자친구를 생각했다. 그녀도 개구리들의 콘서트를 정말 좋아했을 텐데.

서툰 솜씨로 셀카를 찍어 여자친구에게 보냈다. 답장이 왔다. "울리, 지쳐 보이는데? 괜찮은 거지?" 나도 곧바로 답장을 보냈다. "아주 괜찮아! 오늘도 30킬로미터나 걸었어!" 내게 부족한 건 커피 한 잔뿐이었다.

걸음을 이해하는 법

바트보덴타이히의 숙소는 여행 전체를 통틀어 가장 비싼 곳이었다. 대형 버스 주차장이 보이는 냉랭하고 작은 방에서 하룻밤을 묵기 위해 65유로 ^{한화로 약 8만 8,000원} 나 내야 했다. 약국에 들러 새 반창고를 사려고 했더니 친절한 약사가 반창고계의 '롤스로이스'라며 한 제품을 추천했다. 무척 비싼 놈이었다. 상자 겉면에 가득한 글씨가 이 반창고는 모든 상처를 빠르게 아물게 해준다고 광고하고 있었다. 나는 발꿈치마다 이 반창고를 붙이고 하루 종일 떼지 않았다. 저녁때 반창고를 떼어보니 과연 물집이 사라지고 없었다.

아직은 컨디션이 좋았고 걷는 데 무리가 없었다. 이번 도보 여행을 위해 특별히 몸을 단련한 것도 아니었다. 늘 하던 대로 가볍게 축구를 하고, 복싱 연습을 조금 하거나 공원을 뛴 정도였다. 그 정도면 충분할 거라 생각했다. 걷다가 조금 지치면 쉬면서 회복하면 되니까. 그래서인지 내가 지쳐 보인다는 여자친구의 메시지가 의외였다.

나는 내 몸과 이제까지 그래도 잘 지내왔다. 많은 일을 겪었고 운도 좋았다. 내 몸은 더 세심한 관리를 받을 수도 있었지만 크림 조차 제대로 바르지 않는 주인을 만나서 그러지 못했다. 나는 머리 카락이 빠지고 얼굴에 주름이 생기는 것도 신경 쓰지 않는다. 세월을 거스르지 않고 자연스럽게 나이 드는 사람이 좋다. 그렇지만 수명을 연장해주는 의사들도 참 고마운 사람들이다. 가장 아프고 싶지 않은 부위를 나더러 고르라면 다리일 것이다. 아, 무릎 관절로 할까? 소리를 못 들으면 보청기를 끼면 되고, 안경은 이미 쓰고 있었다. 가능하다면 오랫동안 내 두 발로 걷고 싶다.

그럼에도 불구하고 발을 관리한 적은 한 번도 없었다. 대도시에는 입 안을 들여다보는 의사들이 가득하다. 치아는 정말 중요하니까. 하지만 발은? 대부분의 사람은 발을 거의 신경 쓰지 않는다.

내가 사는 동네 길모퉁이에 스포츠의학과 병원이 하나 있다. 대기실은 항상 만석이다. 나도 오랜 시간 사무실에 앉아 있느라 허리에 무리가 와서 한 번 갔었다. 우선 엑스레이 사진을 찍어야 했다. "움직이지 마세요." 간호사가 말하고 방 밖으로 나갔다. 나는 내 뼈 사진이 예쁘게 나올 수 있도록 꼼짝 않고 있었다. 의사가 깔창을 처방했다. 어째서? 이유를 알 수 없었지만 의사에게 묻지 않았다. 그곳에 온 다른 사람들과 똑같은 생각이었기 때문이다. 더 나빠지지만 않으면 그걸로 괜찮으니까.

많은 사람이 반드시 물어보아야 하는 건 물어보지 않는다. 나는 뭔가를 처방받기 위해 의사에게 갔고 뭔가를 처방받았으니 만족했다. 그 후 언젠가 신문에서 깔창이 나쁘다는 기사를 읽었고 그 깔창은 지금 어딘가 상자 안에 처박혀 있다.

의사가 내게 내린 진단은 일자목 증후군이었다. 서구 사회에서 매우 흔한 증상이라 했다. 이 증상이 목보다 더 아래로 내려가면 요추 증후군이다. 두 단어로 이루어진 이 병명들 중간에 '통증'이란 단어가 숨어 있을 것 같았다. 물론 사람마다 연상되는 것은 다 다르겠지만. '유럽'이라는 단어만 해도 정말 다양한 이미지가 연상되니 말이다.

일자목 증후군이 있어도 사는 데 지장은 없다. 운동을 하면 더 좋아지지만 나는 마사지를 받으러 다녔다. 그곳에 가면 어디가 아픈지 설명을 해야 했는데 어느 곳이 어떻게 아프다고 설명하기가 너무 힘들었다. 그냥 뭔가 이상한 느낌만 들었기 때문이다. 몸의 언어는 이해하기 쉽지 않았다. 특히 내 몸이 내는 소리는 너무 작았다.

쉬웠던 것이 어려워지고 어려웠던 것이 고통스러워져도, 모든 것이 힘들고 고통스럽다는 사실을 우리는 더 이상 아무것도 할 수 없게 될 때 비로소 깨닫는다. 아무것도 할 수 없게 될 때까지는 오랜 시간이 걸린다. 다리가 후들거리고 관절이 아프고 인대가 늘어난다. 부드러웠던 것들이 딱딱해진다. 우리는 또한 감각이 둔해져서 몸이 뻣뻣한 것에 익숙해진다. 그러면 우리 신체는 더 이상 아무것도 재생하지 못하고 퇴화한다. 그러고는 적신호를 보낸다. 많은 이들이 이 신호를 받으면 어쩔 줄 몰라 한다.

하지만 이 신호에 어떻게 대처하는지 아는 사람들이 있다. 치료를 위해 만났다가 친한 친구가 된 커스틴도 그중 한 명이다. 커스틴 괴츠 노이만은 세계 여러 대학으로 강연을 다니는데, 특히 미국 남캘리포니아 대학에서 가르치는 보행 및 운동 분석 전문가다.

현재 국제 보행 분석 집단인 '관찰을 통한 보행 지도자 협회' 대표를 맡고 있다. 그녀는 일본으로 출강을 다니며 몇 주마다 한 번씩 유럽의 정형외과 전문의와 외과 전문의, 물리치료사, 도수치료사들에게 보행 원리를 설명한다.

어느 날 사무실 동료 니나가 내게 커스틴을 만나보라고 추천해주었다. 나는 그녀에 대해 아무것도 모른 채 무작정 전화를 걸어 니나의 소개를 받았다고 이야기했다. "어머, 정말 반갑군요!" 커스틴의 첫 대답이었다. 그녀는 지금 미국 캘리포니아에 있으며 곧 독일로 온다고 했다. 이 유능한 물리치료사는 가족과 함께 독일 튀링겐과 LA를 오가며 일하고 있었다.

온 세상이 그녀의 지식을 얻고 싶어 했다. 범죄학자들은 범죄 증거를 확보하기 위해 사람의 보행 패턴을 더 잘 관찰하고 이해하는 방법을 배우려 했다. 도수치료사들은 움직임의 효과와 원인을 더 잘 이해하길 원했다. 의사들은 운동이 힘들어 체중 감량을 쉽게 포기하는 비만 환자들에게 용기를 주고 싶어 했다. 정말로 중요한 일들이다. 그러나 공공의료보험 창구에서는 보험 가입자 20퍼센트가 보험료 80퍼센트를 청구하고 있다. 이들은 생활 습관을 바꾸기보다는 무릎 관절 수술을 택한다.

커스틴을 만나 독일부터 이탈리아까지 걸어가겠다는 계획을 이야기했다. 그리고 사람들이 너무 적게 움직이는 문제와 걷기가 지닌 놀라운 치료 효과가 과소평가되고 있는 문제, 사람들이 운동을 제외한 모든 일에 시간을 쏟는 문제까지 이야기했다.

우리는 대체로 빠른 해결법을 찾고 싶어 한다. 그것이 나쁜 방법일지라도 해결하려고 발을 동동 구른다. 떨쳐내려고 애쓴다. 다른 사람을 쥐어짜서라도 문제에서 벗어나려 한다. 한때 함께 일했던 상사는 내게 이렇게 말했다. "문제가 생겼는데 자네가 빨리 해결해봐." 근육도 비슷하게 일한다. 어느 한 근육이 힘들어지면 전혀 관련 없던 다른 근육이 그 근육이 하던 일을 떠맡는다. 그러면 근육 기형이 생긴다. 우리가 의사에게 달려가게 되는 모든 신체 증상이 다 그렇게 생겨난다. 중요한 건 진짜 원인을 알아내는 건데 그러기 위해 시간을 내기에는 우리 모두가 너무 바쁘다. 진짜 원인이 뭔지 별로 알고 싶지는 않고, 의사에게 뭔가 처방을 받아서 빨리 증상을 없애기만 하면 된다.

건강에 대한 우리의 생각이 이렇게 단순하다. 게다가 나처럼 원인 따위엔 관심이 없는 게으른 유형도 있다. 내게 가장 편안한 진단은 오래 써서 마모되었거나 나이가 들어서라는 내용이다. "심각하게 생각하실 필요는 없습니다. 환자분 나이가 있으니까요." "아, 그렇지요. 제가 나이 먹은 사실을 잊고 있었네요, 하하하."

커스틴은 통증이 생기는 이유가 관절이나 연골, 척추가 닳아서가 아니라 사람들이 너무 적게 움직이기 때문이라고 했다. 또 움직임은 생각에서 시작된다고 했다. 우리가 생각하는 방식, 우리의 생각이 신체에는 전부 언어와도 같다. 기분이 나쁠 때와 행복할 때 우리는 다르게 걷는다. 우리가 만족할 때와 슬플 때 우리는 다르게 서며 다르게 움직인다. 우리의 생각은 즉시 몸으로 표현된다. 뜻이 있는 곳에 길이 있다고 하지 않는가.

생각은 에너지다. 우리는 매일 수천 가지 생각을 한다. 그중 3

퍼센트만이 생산적이고 유익한 생각이고, 25퍼센트는 해로운 생각이며, 나머지 생각은 전부 일시적이고 의미 없는 생각이라고 한다. 한 번 떠올린 또렷한 생각은 우리 몸에 차곡차곡 쌓인다. 나쁜 생각을 하면 몸에 기운이 빠지는 것을 느끼고, 좋은 생각을 하면 컨디션이 좋다고 느낀다.

이것이 커스틴과 대화하며 이해한 요점이다. 최대한 쉽게 설명해보려고 노력했는데, 곧 생각의 힘이 관절 상태를 결정하고 몸의 컨디션을 지배한다는 말이다. 나머지는 800개의 근육과 206개의 뼈를 어떻게 관리하느냐에 따라 조금씩 달라진다. 잘못된 몸의 움직임이 일상과 삶을 망가뜨리는 것은 당연한 결과다. 몸속에서 일어나는 수많은 복잡한 과정을 나는 대충 이렇게 요약할 수밖에 없지만 커스틴은 훨씬 더 잘 설명해주었다.

그녀는 우리 몸이 우리에게 선물하는 가능성을 강조한다. 신경과 근육, 힘줄과 인대가 함께 만드는 움직임은 놀랍다. 최근에는 근막의 놀라운 역할과 작용 방식도 밝혀졌다고 한다. 하나의 동작을 위해 신체 각 부위가 조화롭게 움직이는 모습을 보면 흡사 한 음을 내기 위해 서로 음정을 맞추는 오케스트라 같다고 커스틴은 말했다.

점점 더 많은 사람들이 질병에 시달리고 고통스러워한다는 이야기를 들으면 커스틴은 항상 이렇게 대답한다. 우리가 전부 이겨낼 수 있다고.

그러고는 젊었을 때처럼 한번 뛰어보라고 용기를 내보라고 한다. 한번은 일흔 살 환자에게 이렇게 말했다고 한다. "20년 전으로 되돌아간 것처럼 걸어보세요. 그냥 한번 시도해보라니까요. 정말 그렇게 되길 원한다면 저와 함께 내일에는 조금 더, 모레에는 그것보다 더 잘 걸을 수 있도록 노력해봅시다." 커스틴은 자기 환자들이 생각만 했을 뿐인데도 걸음을 내딛는 자세가 크게 좋아지는 경험을 아주 많이 했다고 말했다. 정말 흥미로운 이야기였다. 독일에 그런 말도 있지 않은가. 다른 사람에게 용기를 주고 싶다면 나부터 고개를 들어야 한다고.

커스틴이 휠체어에 앉은 소녀의 영상을 하나 보여주었다. 열다섯 살이라는 그 소녀는 척추가 휘어져 있어서 수많은 수술을 받았다고 했다. 담당 의사는 소녀가 평생 휠체어를 타고 다녀야 한다고 말했다. 그 상황에서 커스틴이 소녀를 만났다. 영상 속에서 커스틴이 소녀에게 가장 큰 소원을 묻자 소녀는 다시 뛸 수 있게 되는 거라고 말했다. "그래? 그럼 우리 같이 뛰어볼까?" 그러자 소녀는 커스틴의 도움을 받아 실제로 한 걸음을 내딛는 것이었다. 나는 내 앞에 앉은 여성이 진정한 의사이자 진짜 능력 있는 물리치료사라는 사실을 그제야 알았다. 방금 본 영상은 몹시 감동적이었다. "할 수 있어. 일어나서 같이 걷자."

커스틴을 찾는 사람은 대부분 자기 통증을 더 이상 어떻게 할 수 없다고 여기는 사람들이다. 허리 수술을 받은 지 일 년이 지났는데도 통증을 느끼지 않고는 100미터도 걷지 못하는 사람. 한때 운동선수로 활동했지만 부상으로 허리를 다쳐 휠체어를 타야 하는 사람. 더 이상 계단을 오르지 못하는 사람. 하루를 고통으로 시작해서 고통으로 마무리하는 사람.

커스틴은 저기 아래에 있는 두 발이 더 이상 제대로 기능하지 않는다고, 더는 나아지지 않을 거라고 말하는 머리의 주장에 설득당하지 말라고 말한다. 그녀가 말했다. "모든 사람은 인생의 어느 시기에 있든지 자신을 새롭게 변화시킬 수 있어요. 진심으로 변화를 원한다면. 마음을 열고 문제를 진심으로 받아들인다면. 핑계를 대며 무기력하게 주저앉지 않는다면." 오늘날 의사들이 환자를 대하는 방식을 보면 환자나 의사나 자신들의 잠재력을 전혀 모르고 있다고 커스틴은 말했다. 예를 들어 엑스레이 촬영은 단지 순간을 촬영하는 것이다. 정지된 사진, 쉬고 있는 뼈의 사진일 뿐이다. 그런 사진으로 어떻게 움직임을 분석할 수 있느냐는 것이 커스틴의 의문이었다. 움직이는 동안 생기는 통증은 역시 움직이는 동안 관찰하며 분석해야 한다. 진찰대 위에 누운 환자에게서는 신체를 움직일 때 생기는 압박을 관찰할 수 없다.

그녀는 몸 전체에 작용하는 힘을 근육이 어떻게 만들어내는지 궁금했다고 했다. 하나가 다른 것에 영향을 주어 작거나 큰 압박을 만드는 이른바 생체역학 메커니즘. 즉 어떤 원리로 신체가 움직이는지, 무엇이 각 근육에 일하라는 신호를 보내는지, 어떻게 앞으로 나아갈지, 어떻게 상체를 흔들지, 어떻게 돌아야 할지를 과연 무엇이 어떻게 명령하는지 말이다.

커스틴은 나처럼 독일 동북부 라인 지방에서 자랐다. 노래하듯 말하는 그녀의 말투에서 친근함이 느껴졌다. 그녀가 자신의 강좌에 오라고 나를 초대했다. 아직 한 자리가 남아 있다고. 그래서 나는 나흘간 머물며 걸음에 대해 배우기로 했다.

자신을 내세우지 않는 편인 그녀는 깅의 제목도 단 두 단어로 표현했다. "걷기 이해하기." 그러니까 강의의 제목이 '이렇게 걸어야 옳다'거나 '이렇게 걸으면 나쁘다', 혹은 '이렇게 걸으면 허리 통증이 사라진다!'가 아니었다. 환자를 치료할 때도 항상 정답을 내놓는 것이 아니라 질문을 던졌다. 환자가 자기 문제를 정확히 이해하는지, 치료가 가능할 것 같은지, 그리고 진심으로 치료받고 싶은지 물었다.

커스틴이 말하는 더 나은 삶을 위해 중요한 세 가지는 이렇다. 자신을 바로 알기. 자신을 새롭게 바라보기. 자기 몸의 잠재력을 발견하고 활성화하기. 세 번 정도 치료를 받으면 환자들은 대부분 호전됐다. 하지만 정말 중요한 건 그다음부터였다. 환자 혼자서 매일 자신을 돌보며 아침, 점심, 저녁으로 각 20분씩 근육을 훈련해야 했다.

만남을 앞두고 나는 조금 불안해졌다. 어떻게 보면 내가 여행을 떠나기 이틀 전에 커스틴이 함부르크에 오는 것은 좋은 기회였다. 한편으로 나는 걷기에 관해 하나도 모르는 문외한이라, 수년간 운동 치료를 해온 전문가를 만나는 일이 걱정되었다. 나는 그저 걷고 싶었지, 걷기에 관해 토론하려던 건 아니었으니까.

그래서 커스틴에게 내가 걷는 것을 봐달라고 부탁했다. 그녀가 어떻게 생각할지 궁금했다. 나는 꽤 잘 걷는다고 자부해왔다. "특별히 봐주길 원하는 부분이 있나요?" 그녀가 물었다. 나는 그 질문이 이해되지 않아서 그냥 내가 걷는 모습을 봐주면 좋겠다고 대답했다. "흠, 아쉽네요. 하지만 통증이 있으면 어디가 아픈지 말해줘요." 당시 내 몸에는 아픈 구석이 하나도 없었다. 목의 뻣뻣함도 사라졌고, 그저 여행 날짜가 되기만 기다리고 있었다. 커스틴은 자신이 도울 수 있는 사람은 진심으로 자기 인생을 바꾸고 싶은 사람이라고 말했다. 그것이 정말 잘 걷고 싶은 사람과 그냥 막연히 걷고 싶은 사람의 차이라고 했다.

무슨 이야기인지 알겠지만 나는 다만 여행을 떠나고 싶었다. 커스틴에게 내가 잘 걷는지 그냥 봐달라고 했다. "좋아요. 그럼 저기까지 걸어갔다가 와보세요." 내 등산화에 깔창을 깔지 않은 상태였고, 나는 걷는 데 자신이 있었다.

다시 자리에 앉으면서 조금 흥분이 되었다. "어땠나요?" 커스틴이 크게 한숨을 쉬며 말했다. "골반이 너무 앞으로 나와 있어요. 아마도 엉덩이 근육이 너무 짧아서 척추를 당기는 것 같아요. 몇 개 근육들은 전혀 사용하지 않고 있고요. 다리가 그렇게 길면서 보폭은 짧고, 걸을 때 뒤꿈치가 거의 들리지 않네요. 전반적인 소감은, 울리, 당신은 앞으로 걸으면서 동시에 몸을 뒤로 당기는 것 같아요."

55년 평생 아무도 내게 그런 말을 해주지 않았다. 이 모든 사실을 단번에 받아들이기는 어려웠다. 분명한 건 내가 나를 잘 알지 못한다는 사실이었다. 내 걸음걸이, 내 발, 내가 움직이는 모습도. 어쩌면 나흘간 걷기 훈련을 받으면 조금 나아지지 않을까? 어쩌면 내 몸이 어떻게 움직이는지 더 잘 이해할 수 있을지도 몰랐다. 하지만 내 마음은 계속해서 빨리 여행을 떠나라고 재촉하고 있었다.

한때 정말 많이 걸어 다녔다. 맨발에 슬리퍼만 신고도 잘 걸었다. 신발을 살 때는 조금 작더라도 모양이 예쁘면 사서 신는 편이었다. 290~300밀리미터 사이즈로는 예쁜 신발을 찾기가 쉽지 않기 때문에 타협을 해야 했다. 유행에 민감한 여자들은 내게 이왕이면 더 세련된 신발을 신으라고 조언하곤 했다. 여성의 말은 일단 듣는 게 좋다. 커스틴은 내게 며칠 더 있으면서 걷기를 이해해보라고 말했다.

하지만 내가 빨리 떠나고 싶어 하는 것을 알고는 잘 다녀오라고 말하면서 여행을 하다 보면 아마도 몸이 아플지도 모른다고 했다. "몸이 좀 많이 흔들려요. 그러니까 어딘가 아프면 충분히 쉬세요. 몸이 내는 소리에 귀를 기울이세요. 무슨 일이 생기면 연락하고요." 나는 작별인사를 하면서 좋은 소식으로 연락하겠다고 말했다. "그래요. 정말 못 말리겠네요."

그녀는 또 스탠딩 코미디언 한스 디터 휘슈의 말을 들려줬다. 참, 휘슈도 라인 지방 사람이다. "당신이 하지 않으려면 그 사람이 하게 내버려둬라."

옥수수밭 한가운데에서

나는 커스틴에게 여행 도중에 연락해도 되는지 물었다. "물론이죠. 무슨 일이 없어도 연락하세요." 여행 도중에 커스틴과 만날 수도 있었다. 다음 주부터 한동안 아우크스부르크 독일 남부 바이에른 주의 도시 에 머물 예정이라고 했기 때문이다.

커스틴은 내 온라인 동행자가 되어주었다. 나는 들판과 숲에 서 있는 내 모습을 사진으로 찍어 보내고 걷는 동영상도 찍어서 보냈다. 휴대폰을 바닥에 세워서 동영상 촬영 버튼을 누른 후에는, 최대한 엉덩이를 펴고 뒤꿈치와 발목, 발가락에 몸무게를 고르게 실으며 걸으려고 노력했다. 그리고 원래 균형을 잡기 위해 존재하는 엄지발가락에는 힘을 주지 않으려고 애썼다. 내가 평소에 걷는 것보다는 나아 보이기 위해서.

커스틴은 바로바로 답장을 해주며 힘을 주는 문장들도 보내주었다. 그리고 발을 성큼성큼 내딛지 말고 조금 더 조심스럽게, 부드럽게 내디디라는 말도 해주었다. 마치 걷는 소리를 내면 안 되는 인도 수도승이 된 것처럼 살금살금 걸으라고도 했다. 그것도 시도해보긴 했는데 잘 되지 않았다. 언젠가 수도원을 찾아가 걷는 명상을 배운 적이 있는데 마치 슬로 모션처럼 무척 조심스럽고 의식을 집중하며 걸어야 했다. 그건 너무 따분하고 힘들었다.

커스틴을 알게 된 지 벌써 일주일이 지났다. 200킬로미터를 무리 없이 걸었고 발에 생긴 세 개의 물집은 나의 롤스로이스 반창고가 완벽하게 보호해주었다. 아들 니클라스에게 전화를 걸어 케니에게 만능 연고를 받아오라고 부탁했다. 니클라스가 내 여행에 며칠간 동행하며 자신의 스무 번째 생일을 함께 축하하기로 했다.

초여름에 태어난 내 아들은 맑은 햇살 같은 데가 있다. 우리는 꽤 많은 곳을 함께 돌아다녔다. 녀석이 여섯 살 때 내가 가려는 방향과 반대 방향으로 한참 걸어간 적이 있다. 넓은 들판에서 나는 녀석이 숲으로 사라졌다가 다시 나타나는 모습을 지켜보기만 했다. 아이가 느끼는 자유로운 느낌을 빼앗고 싶지 않았기 때문이다. 나중에도 이 녀석은 자기만의 길을 찾았고 가장 높은 자리에도 올라섰다. 열여덟 살에 국내 청소년 8인승 보트 경기에서 챔피언 타이틀을 따냈다.

나는 계속 들판을 따라 걸었다. 함부르크와 하르츠^{독일 중북부}^{산지} 사이에는 평평한 평지만 있다. 이곳 사람들은 우스갯소리로, 아침에 누가 커피 마시러 가는지 다 보인다고 말한다. 하지만 실상은 많은 이들이 자동차를 타고 지나가며 커피를 받아간다. 오늘날 많은 사람의 생활패턴을 들여다보면 도시에 보행자를 위한 길보다 차선이 많은 넓은 대로가 더 필요해 보인다. 브라운슈바이크^독^{일 북부 도시}에 가까이 갈수록 간선도로에 차들이 가득했다. 폭스바겐 물류센터가 눈에 들어왔다.

　나는 전혀 즐겁지 않았다. 계속되는 트럭 행렬의 압박 때문에 길 끝으로 밀려나다 못해 도랑에 빠지기도 했다. 차량 운전자에게 도로 위 보행자는 귀찮고 신경 쓰이는 존재다. 그래서 보행자들은 발을 다르게 사용하는 이들에게 환영받지 못한다. 보행자를 지나 좀 달려보려고 하면 신호등이 막는다. 나도 자주 경험했던 일이다.

　또 머리에 헤드셋을 낀 전기자전거족은 어떤가. 안전해야 할 보행로를 경주 트랙으로 바꾸기 일쑤다. 배터리 위에 앉아 전기로 이동하는 인간들은 운동하는 것도 아니면서 산책하는 사람들을 괴롭힌다. 한번은 쌍둥이처럼 차려입은 활기 넘치는 커플이 보행로를 달리며 내 뒤에서 계속 따르릉거린 적이 있었다. 그때만큼은 나도 참을 수가 없어서 그들을 저주했다. 배터리가 방전되고 고혈압에 걸려라.

　나는 도시보다 지방 사람들이 더 좋았다. 자전거를 타고 재빨리 지나가다가도 다시 핸들을 돌리고 다가와 헉헉거리며 이렇게 묻곤 했다. "순례자이신가요?" 그러고는 그들이 원하는 것이 대화인지, 아니면 그저 단순한 끄덕임인지 내가 미처 알아채기도 전에 다시 페달을 밟았다.

　작은 개울이 나타나서 나는 개울을 뛰어넘고 한참을 달리듯이 빠르게 걸었다.

　저녁 무렵 공사 중인 도로를 만났다. 원래라면 도시의 자동차가 이 도로에 가득했을 텐데 우회로를 알리는 표지판이 서 있었다. 차가 없어 조용해진 길가에는 상점들만 있었다. 상점을 찾는 사람은 별로 없었다. 요즘 사람들은 보통 인터넷에서 주문하거나 지하 주차장에 세워진 차에 올라타 거대한 쇼핑몰을 찾으니까. 예전에는 밭으로 사용되었을 법한 공터에 세미 트레일러_{뒤에 짐차를 끌고 갈 수 있는 견인차}가 잔뜩 세워져 있었다. 화물 운전자 구인 광고와 함께.

파란 하늘 아래 들판을 걷다가 도로를 걷게 되면 벌써 몸이 아프다. 도시 계획가들은 대부분 풍경을 고려하지 않으며 아스팔트를 아끼지 않는다. 오면서 벌써 몇 번이나 기둥과 다리를 보았는데 그것들이 왜 거기에 있는지 이해할 수 없었다. 차들은 그리로 지나가지 않았고 내 눈에는 마치 누군가가 기둥과 다리를 주문해놓고 가져가지 않은 것처럼 보였다.

인간이 세상을 지배하는 방식은 이상하다는 생각이 들었다. 시간을 분 단위로 쪼개고 영역을 구분하고. 사람들은 갑자기 최초의 인류가 우리의 도로와 벽들을 보면 무슨 말을 할까 궁금해졌다. 어떤 사람들은 우리가 겪는 수많은 어려움이 대략 만 년 전에 인류가 정착하면서부터 시작되었다고 주장한다. 사람들은 갑자기 사유지가 생기자 이 영역을 지키기 위해 울타리를 치기 시작했다. 집을 지었고, 다른 집보다 자기 집이 크기 때문에 주거공간을 공유하지 않았다. 오늘날 우리는 부동산을 소유하며 어딘가로 옮길 수도 없는 그것을 위해 많은 돈을 투자한다. 그러고는 하루 종일 앉아 있다. 내 생각에는 앉아 있기 중독에 걸린 사람들은 어느 날 유유히 떠나는 사람들과 갈등을 겪는 것 같았다. 질투를 하는 것 같기도 했다. 저 사람 봐, 어떻게 저렇게 쉽게 떠날 수 있지? 어떻게 저렇게 마음 가는 대로 실행할 수 있지? 이른바 방랑벽을 가진 사람의 대답을 들어보면 둘 중 하나다. 떠나지 않으면 참을 수가 없어서. 아니면 더 나은 인생을 살기 위해서.

계속 걷다 보니 숲이 끝나고 밭이 시작되었다. 이곳의 건조하고 석회질 없는 토양에서는 옥수수가 자라고 있었다. 고랑 사이에서 키 큰 짐승이 우적우적 소리를 내고 있었다. 항상 그랬듯이 노루는 나를 보고 깜짝 놀랐다. 난 널 해치지 않아. 옥수수를 빼앗지도 않아.

옥수수밭부터는 노루들이 내 여행 친구가 되어주었다. 그곳에는 꿩이나 토끼보다 노루가 더 많았다. 늦은 오후에 걸어가다가 옥수수 줄기 사이에서 모습을 드러낸 노루를 만나면 정말 반가웠다. 매일 옥수수가 쑥쑥 자라는 모습을 볼 수 있었다. 4월 중순에 파종하는 옥수수는 3개월이 지나면 꽃을 피운다. 완전히 자라면 2미터 정도까지 크는 옥수수는 곡물 중에서는 거인이다.

고랑 사이로 걸어보았다. 옥수수 탈곡기가 지나가려면 놀랄 만큼 넓은 통로가 필요하다. 농부는 거의 만나지 못했다. 현대 농업에서는 여러 개의 버튼 앞에 앉아 모든 일을 할 수 있다. 농장에서 농부가 말에 고삐를 매고 새벽부터 늦게까지 손을 쉬지 않는다는 내용은 오늘날 발도르프 유치원^{자연친화적인 교육을 중시하는 유치원}에서 부르는 동요에나 나오는 얘기다. 동물들은 우리에 있고 기계가 쉬지 않고 일한다.

거름 냄새가 무척 심했다. 그 옥수수밭 한가운데에서 나는 휴대폰으로 녹색당 대표 안톤 호프라이터의 열정적인 연설을 재생했다. "꿀벌이 죽어가고 빙하가 녹고 있으며 독일 내 곤충의 사분의 삶이 사라졌다. 우리는 이제 앞으로 어떤 세상에 살고 싶은지 고민해야 한다. 인간과 지구에게 무엇을 기대해야 할지 고민해야 한다." 그는 농업에 생태적인 사고방식을 도입하고 한 종류만 농작하는 관행을 없애야 한다고 주장했다. 옳은 말이었다. 내가 투표를 제대로 하고 있다는 생각이 들었다.

문제가 무엇인지 알아채는 것과 문제를 해결하기 위해 자신을 변화시키는 것, 아니 행동하는 것은 아주 다른 이야기다. 기후변화 문제만 봐도 그렇다. 아무도 기후변화를 원치 않지만 아무도 이를 막기 위해 행동하지 않는다. 편안함을 포기하는 일은 쉽지 않다. 자동차가 우리 일상을 지배하고 있다. 환경운동가들도 일 년에 세 번씩은 남쪽 휴양지로 날아가 햇빛을 충전하고 온다. 친환경적인 삶은 꽤 힘들기 때문이다.

환경 문제라면 내가 지금 제일 잘하고 있다는 생각이 들었다. 내가 남긴 발자국이라고는 낡은 신발 속에 남은 것이 전부였다. 이지젯(Easy Jet) 대신 이지고잉(Easy Going)'느긋하게'라는 영어 표현이다.

농촌에서 사는 삶

발길 닿는 대로 걸었다. 매번 넓은 도로가 나타났는데 나처럼 느긋하게 즐기며 걷고 싶은 도보 여행자에게 넓은 차도는 오히려 힘든 구간이었다. 길가의 포아풀 단맛이 나는 볏과 식물 을 뜯어서 씹어보았다. 어떤 사람은 치실 대용으로도 쓴다는데 나는 이미 치실을 가지고 있었다.

한번은 고속도로 부근에서 짙은 푸른색을 띠고 맑고 투명하게 반짝이는 호수를 발견했다. 물에 뛰어들어 실컷 수영했다. 그렇게 차들이 빨리 달리는 곳 가까이에서. 나는 호수의 시원함을 만끽했으나 다른 사람들은 그저 쳐다보기만 해야 했다. 호수 주변에는 주차장이 없었다.

자동차가 오가는 것 말고는 지나가는 사람이 없었다. 텅 빈 땅이군. 나는 생각했다. 땅이 텅텅 비어 있었고 마을들은 낡아 있었다. 상점의 문들이 닫혀 있었고 길에는 사람이 없었다. 몇 년 전에 어떤 건축가를 만나서 농촌 이탈에 관해 이야기할 기회가 있었다. 그는 유일한 해결 방법은 대도시로 갈 수 있는 넓은 길을 많이 놓는 것이라고 했디.

　나는 라인 지방의 오르소이라는 소도시 출신이다. 한때 요새가 있었던 오르소이는 초원과 강으로 둘러싸인 아름다운 마을이다. 성벽을 따라 보리수가 심겨 있는데 어린아이가 보기에도 멋진 풍경이라 자주 성벽으로 놀러 간 기억이 있다. 보리수 꽃이 피면 여름이 시작되었다. 나무 아래를 걸으며 달콤하고 은은한 여름 꽃 향기를 맡고 있으면 구름 위를 걷는 것 같았다.

　내 부모님은 작은 상점을 운영했다. 우리는 우유와 치즈, 잼 등을 팔았다. 인구가 3,000명가량인 그 도시에서 식료품을 파는 가게는 우리 가게를 포함해서 모두 여덟 곳이었다. 빵집은 네 곳, 정육점은 두 곳. 소와 돼지 도축을 하는 날이면 내 방에서 거리 하나를 두고 떨어진 도축장의 소리를 들을 수 있었다. 발굽이 덜커덕하는 소리가 나면 말들이 라인 강변의 초원으로 이동하는 날이었다. 신발 가게가 두 곳, 식당이 딸린 여관이 열 곳, 바지와 셔츠를 파는 가게가 서너 곳 있었다. 학교에서 돌아오면 우리는 숙제를 끝내자마자 밖으로 뛰어나가 초원에서 축구를 하고 놀았다. 시간이 얼마나 됐는지 알고 싶으면 성당의 종탑을 바라보았다. 거대한 종이 15분마다 시간을 알려주었기 때문이다.

　아버지는 낙농업자였다. 아버지는 새벽 3시면 일어나 농장에 나가 소젖을 짰다. 방학 때는 우리도 아버지와 함께 트럭을 타고 우유 배달을 나갔다. 가장 먼저 빵집에 우유를 배달하고, 다음은 병원, 그다음은 양로원이었다.

　오전 8시부터 본격적으로 바쁜 일이 시작되었다. 그 시간이 되기 전에 나는 주먹만 한 빵을 열 개씩 먹어두곤 했다. 아버지의 우유 트럭 앞에 줄을 선 사람들은 항상 밝고 친절한 인사를 받았다. 아버지의 비즈니스 원칙은 대화였기 때문이다. 아마존이 이제 와서 '새로운' 고객 서비스를 제공하고 배달 혁명을 일으킨다고 하지만 우리는 이미 옛날부터 그런 서비스를 해왔다. 다른 사람에게 항상 친절해야 한다고 아버지는 습관처럼 말했다.

우리 가족은 합숙 훈련소였다. 나는 가족들로부터 다른 사람과 대화하는 법을 배웠다. 사람과 악수할 땐 눈을 바라봐야 한다고 부모님이 가르쳐주었다. 그래서 나는 지금도 사람의 눈을 똑바로 바라보지 못하는 사람은 수상하다고 생각한다.

우리가 살던 작은 도시에서는 모두가 서로 연결되어 있었다. 어릴 때 나는 아버지가 우리 집에 드나드는 모든 사람에 관해 속속들이 알고 있는 것이 너무 신기했다. 우리 가족의 작은 통나무집은 항상 북적거렸다. 말도 안 되는 시간에 사람들이 대문을 두드렸다. "그냥 어떻게 지내나 궁금해서 왔어." 어머니는 아이들을 재웠지만 나는 자지 않고 부엌에서 손님 심부름을 했다. 우리 집을 찾은 손님들은 좀처럼 집에 갈 생각을 하지 않았다.

아버지도 자주 초대를 받아 커피를 마시거나 아이스크림을 먹으러 다른 집을 방문했다. 아버지는 몹시 사교적인 사람이었고, 상점과 여섯 아이를 보살피는 일은 어머니가 거의 도맡아 했다. 아버지는 매일 집에 늦게 돌아왔고 어머니는 아버지가 그러는 걸 좋아하지 않았다. 그때로부터 벌써 이렇게 오랜 시간이 지났는데 이제 도보 여행을 하는 중에 갑자기 아버지가 하루도 빼먹지 않고 매일 이야기하며 즐거워하던 문장이 생각났다. "현재를 즐겨라."

한번은 굉장히 긴 하루를 보내고 온 아버지가 TV를 보다가 잠이 들었는데 갑자기 소파에서 벌떡 일어나더니 소리를 질렀다. "혹시 내가 잘못한 거 있으면 외상으로 달아둬!" 많은 사람이 밀린 돈을 월말까지 미루다가 지불하는 것처럼 아버지도 안 좋은 감정은 뒤로 미뤄둔 모양이다.

내 어린 시절은 가로 295미터, 세로 350미터 면적의 작은 마을 공동체 밖으로 나간 적이 없었다. 필요한 것은 모두 몇 미터만 걸어가면 해결할 수 있었다. 그러다가 이곳에 거대 슈퍼마켓 체인인 알디(Aldi) 독일에서 시작된 초저가 대형 슈퍼마켓 가 생겼다.

나는 정말이지 그렇게 나이가 많지 않다. 그렇지만 50년도 안 되는 기간 동안 크고 작은 도시가, 그리고 작은 마을이 완전히 달라지는 모습을 경험했다. 내게 있어서 현대화가 시작된 시기는 우리 마을이 1975년에 650년간 유지해온 마을의 관행 대신 라인란트 주의 법을 따르기 시작한 때였다. 그리고 내 사전에 새로운 단어가 등장했다. 볼 때마다 '황무지'라는 말이 연상되는 단어, '고객용 주차장'이었다. 초록 풀밭이 있던 자리에 각진 컨테이너 같은 건물이 들어섰다. 그곳은 자신을 '셀프 마켓'이라고 했다. 그리고 마을 사람들이 그곳에서 장을 보기 시작했다. 당시 어렸던 나는 셀프 마켓이 무슨 뜻인지 알 수 없었으나 직접 물건을 담아야 한다고 했다. 지금은 대부분의 마트가 그런 방식이지만 그때까지만 해도 그런 시스템은 존재하지 않았다.

내게 익숙했던 방식은 손님이 점원에게 필요한 것들을 말하면 점원이 우유와 치즈, 버터 등을 직접 담아주는 것이었다. 독일의 지역 저축은행인 슈파카세는 자동인출기를 설치해서 더 이상 사람들이 창구 앞에 줄을 설 필요가 없게 했다. 그 당시 어린이였던 내가 받은 인상은, 저 사람들은 마을 사람들과 대화하고 싶지 않은가 보다 하는 것이었다. 그때부터 우리는 모두 혼자 물건을 사고 돈을 인출해야 했다.

슈파카세로 말하면 한때 사람들이 서로 만나서 대화할 수 있었던 마을 사랑방이었다. 내게 물건을 구입하는 일은 대화와 교류를 의미했다. 손님과 점원은 서로 어떻게 지내느냐고 반갑게 인사를 나누었다. 우리 가게에서 혹시라도 손님이 구입한 우유를 잊고 가져가지 않으면 우리 형제가 자전거를 타고 그 집에 가져다주기도 했다.

농촌 마을을 지나쳐 걸으면서 나는 계속 어린 시절을 추억했다. 일요일마다 사람들이 생크림을 사기 위해 우리 가게 앞에 줄을 섰던 일이 기억났다. 생크림을 다 팔고 남은 것이 있으면 우리 할아버지는 이웃 소년들을 불러 한 입씩 먹여주었다. 아이들에게 그게 얼마나 즐거운 일이었을까. 지금은 아침에 빵 한 개 또는 음료수 한 캔을 사고 싶어도 갈 수 있는 곳이 없다. 작은 식료품 가게는 모두 문을 닫았다. 우유 한 팩을 사려고 해도 차가 있어야 한다.

예전의 삶은 다 어디로 갔을까? 다들 무엇을 하며 시간을 보내는 걸까? 일만 하는 걸까? 자동차로 출근하고 저녁에 퇴근하면 곧장 대형마트로 달려가는 걸까? 그곳에서 사람들을 만날까? 카트를 세우고 서서 이런저런 대화를 나눌까, 아니면 휴대폰으로 사진들을 넘겨보며 뉴스나 검색할까? 혼자 편하게 사는 지금이 더 행복할까? 다른 사람 신경 쓸 필요가 전혀 없어서? 농촌을 지날 때마다 따뜻한 농촌 마을을 기대했지만 그런 곳을 한 곳도 찾을 수 없었다. 물론 따뜻하게 교류하는 농촌 공동체도 있겠지만 적어도 내가 들른 동네들은 그렇지 못했다. 대부분의 여관이 문을 닫았고, 꽤 아름답게 꾸며진 공원의 의자는 녹이 슬어 있었다. 간신히 찾아낸 작은 상점은 거의 마사지숍이거나 미용실이었다.

그런데 어느 화창한 아침, 문이 활짝 열린 식료품점을 발견하고 그곳에 들어갔다. 천장에 소시지가 몇 줄 매달려 있었고, 카운터 뒤에서 한 여성이 웃으며 나를 맞았다. "뭐가 필요하신가요?" "아, 저는 그냥 구경하러 왔습니다." 나는 멋쩍게 대답했다. 빵이 놓여 있었고 찬장에 대형 마트에서 파는 잼이 있었다. 이곳에서는 택배와 편지도 부칠 수 있었고 서비스 커피도 한 잔씩 따라 마실 수 있었다. 파는 물건이 많지는 않다. 그 옛날 오르소이 마을의 슈미트 식료품점에서 팔던 것과 같은 조각케이크는 없었고, 우리가 자주 나무를 타고 오르던 성문 앞 하게만 상점에서 팔던 것 같은 수제 아이스크림도 없었다. 갑자기 고향이 몹시 그리워졌다. 아버지 같은 분도 없었다. 새벽부터 러닝셔츠만 입고 문 앞에 서서 오가는 사람들에게 친근하게 인사를 건네셨지. 아버지는 집에서 10킬로미터 근방에 사는 이웃에 관해서라면 모르는 것이 없었다. 가족의 역사는 물론 아주머니들의 결혼 전 이름까지 다 알고 있었다. 하지만 아버지에게 로마에 관한 이야기는 꺼내지 않는 것이 좋았다. 언젠가 성당 공동체에서 로마로 여행을 간 적이 있었는데, 돌아와서는 그 도시가 몹시 더러웠다는 말만 계속하셨다.

　　마침내 작은 상점 하나를 발견했다. 상점 안에 흰색 플라스틱 탁자가 놓여 있어서 그곳에 앉아 커피 한 잔을 주문했다. '마을 가게'라는 이름의 상점은 영업시간이 길지 않았지만 가게 주인이 매우 친절했다. 나는 사장과 대화를 나누었다. 나의 도보 여행과 늑대, 어머니와 아들에 관해. 수잔네 뮐러 씨의 아들은 인도를 여행하고 있다고 했다. 나는 그녀에게 이 마을에 별일이 없는지 물었다. "그러게요. 마을 교회 목사님이 아주 좋았는데 다른 곳으로 가셨어요. 이 마을 유일한 술집인 '트라우베' 주인만 좋아하고 있지요." 그녀는 또 이곳의 아마추어 연극 팀이 이번 여름에도 감자 창고에서 공연을 한다고 했다. 올해의 작품은 특별히 정신병원에서 벌어지는 이야기라고 했다.

　　이 마을에는 의용 소방대, 농촌 여성회, 남성 중창단이 있고, 운동장에서 시민 조찬회도 열린다고 했다. 마지막으로는 얼마 전에 한 호주 청년이 그녀의 상점에 나타났다고 했다. 자기 조상을 찾고 있다고. 그의 목적지는 파리, 베를린, 그리고 이곳 부르크도르프였다고 했다.

　　이런 대화가 무척 편안하고 좋았다. 옛날을 추억할 필요가 없었다. 내게는 과거를 자꾸 회상하고 추억하려는 습관이 있는데, 좋지 않은 습관인 데다 내 기억이 바르지도 않았다. 잘 포장하려고 해도 지금보다 옛날이 더 안 좋았던 게 사실이다. 뮐러 씨는 이곳 사람들이 관계 문제로 괴로워한다고 했다. "아가씨들이 벌써 스무 살부터 우울증 약을 먹고 있어요." 농촌 생활도 문제가 있는 것 같았다.

　사장은 자신이 상점을 열게 된 이유를 들려주었다. 전화를 걸지 않고도 좀 편안하게 사람들과 깊은 대화를 하고 싶었다고 했다. 또 특별한 만남의 장소를 만들고도 싶었다고. 집 앞에 있던 은행은 문을 닫았고, 일주일에 한 번 이웃 마을 쵤데의 지덴토프 씨네 정육점에 가서 신선한 고기를 받아올 때 말고는 사람들을 만날 기회가 없다고 했다. 일주일에 50유로 내지 100유로 정도의 상점 수익만으로는 생활이 어렵다고. 마을 사람들이 많은 돈을 쓰는 품목은 평면 TV와 자동차이며 가까운 곳에는 대형 마트가 있다고 했다.

　나는 커피를 한 잔 더 부탁하고 빵을 먹으며 또 다른 이야기를 들었다. 햇빛도 들지 않는 커다란 강당 같은 공간에 앉아서 하루 종일 귀에 이어폰을 꽂고 괴롭게 하루를 보내는 사람들의 이야기였다. 이들은 하루 종일 통화를 해야 했다. 말해야 하는 내용이 정해져 있어서 어떤 질문에는 무조건 어떻게 대답하는 식이라고 했다. 통화 시간도 정해져 있다고 했다. 뮐러 씨는 지난달에 그런 콜센터 직원 중 세 명이 갑자기 죽었다는 이야기를 들었다고 했다. 심장마비였다는데 지역 신문에는 그런 내용이 하나도 실리지 않았다고 했다. 뮐러 씨의 상점을 나오면서 일간지 코너를 훑어보았다. 전원생활과 패션 관련 잡지가 꽂혀 있었다.

만들어진 길

부르크도르프를 떠나면서 씁쓸한 기분이 들었다. 공장 같은 콜센터에서 죽었다던 사람들 이야기가 자꾸 생각났다. 누군가가 이 문제를 꼭 해결해주길 바란다. 이것 말고도 알려지지 않은 문제가 더 많이 있을 것이다. 우리는 더 많이 인정받고 존중받고 싶어 하는 동시에 다른 이들에게는 관심을 가지지 않는 사회에 살고 있으니까. 이제부터 수화기 저편의 상대에게 무조건 친절해져야겠다고 다짐했다.

　　세상의 소리에 귀를 닫고 내가 내딛는 한 걸음에 집중했다. 하늘에 구름이 떠 있는 모습을 관찰하고, 내 주변의 모든 것, 거미와 나비, 올빼미와 딱정벌레, 갈대와 달팽이에게 관심을 가졌다. 한번은 오소리가 내 발에 달려들었고, 한번은 여우 한 마리가 푸른 풀밭을 붉은 꼬리로 쓸며 지나갔다. 가끔씩은 밭 가장자리에 앉아서 바람이 밀밭에 물결을 일으키는 장면을 구경했다. 밀 이삭들이 춤을 추며 한번은 이쪽으로, 한번은 저쪽으로 몸을 구부렸다. 나는 아예 쪼그리고 앉아서 바람이 밀밭을 스치고 지나가는 소리에 귀를 기울었다. 작은 더듬이와 날개로 붕붕대는 작은 날파리도 관찰했다. 들쥐도 찾아보았다. 들쥐를 잡는 방법을 잘 알고 있었으니까.

평평한 길을 며칠씩 걷다 보니 경사와 언덕이 있는 산지가 그리웠다. 한 번씩 내려왔다 올라가는 재미없는 평지는 나와 맞지 않았다. 평지에서 할 수 있는 일이라곤 직진뿐이었다. 나는 한 시간에 4킬로미터씩 이동하고 있었다. 내 휴대폰에 이런 기능이 있는 줄은 오늘 알았다. 누구든 나쁜 마음만 먹으면 내 위치를 파악하고 나를 뒤쫓을 수 있을 것 같았다. 호밀밭의 도망자. 쫓기는 신세가 아니라서 다행이었다. 걷는 게 지루하고 피곤해지면 가방에서 휴대폰을 꺼내어 행진곡을 틀었다. 실제로 행진곡은 빨리 걷게 되는 효과가 있었다. 다른 사람이 보면 이상하게 여기겠지만 그로서 짜펜슈트라이히 독일의 가장 중요한 국가 행사에서 군악대가 연주하는 특별한 음악를 배경음악으로 깔고 독일 중북부의 니더작센 땅을 척척 걸어가는 내 모습을 볼 사람은 아무도 없었다. 미텔란트 운하에 이르렀을 무렵에는 시간당 6킬로미터까지 속도를 내보았다. 오래 속도를 내진 못했다. 운하에 떠가는 배와 속도를 맞춰서 걸으려고도 애를 써보았지만 배가 훨씬 빨랐다. 그러다 보니 어느 순간 눈앞에 황량한 지역이 나타났다.

내가 좋아하는 활동 중 하나는 사람들에게 길을 묻는 일이다. 말을 걸기 전부터 그들이 무슨 대답을 할지 예상해본다. 내가 도시 이름을 대며 그곳이 어디에 있고 어떻게 갈 수 있는지 물으면 대부분은 이렇게 저렇게 가라고 말해주지 않았다. 대신 그곳은 멀다고, 혹은 너무 멀지 않느냐고 말했다. 이런 대답을 들으면 라인 지방의 우스갯소리가 생각난다. 어떤 사람이 수족관에서 헤엄치는 물고기를 바라보며 나는 저렇게 할 수 없다고 말했다는 이야기. 갑자기 이 이야기가 깊이 이해되었다. 어머니들도 가끔 이렇게 말하지 않는가. 누구누구야, 엄마가 추우니까 너도 겉옷을 입으렴. 사람은 항상 자기중심적으로 생각하는 법이다.

한번은 정말 퉁명스러운 사람을 만난 적이 있었다. 운하에서 낚시꾼이 고기를 낚고 있기에 다가가서 뭘 잡느냐고 물었을 뿐이었다. 그녀는 자기 양동이를 보라는 듯 들어올리며 "생선"이라고 대답했다. 많은 낚시꾼이 차를 가까이에 주차할 수 있는 장소를 낚시 장소로 선택한다. 내 생각에는 낚시할 때도 창의적으로 생각하면 좋을 것 같았다. 강물이 계속 새롭게 유입되어 영양분이 풍부한 운하의 갑문 뒤에서 낚시하면 더 많은 생선을 잡을 수 있지 않을까? 이런 비법을 기꺼이 알려줄 수 있었는데, 퉁명스러운 낚시꾼은 그런 기회를 원치 않는 것 같았다.

내가 조심스럽게 제안하고 싶은 점은, 할 수만 있다면 길을 물을 때 절대로 커플이나 부부에게는 묻지 말아야 한다는 것이다. 여자는 왼쪽 방향일지도 모른다고 생각하며 오른쪽이라고 말해줄 테고, 남자는 조금 더 정확한 길을 알려주고 싶은 욕심에 자신도 한 번도 가보지 않은 길을 알려줄 테니까. 그러고 나면, 내가 항상 겪은 일이기도 한데, 두 사람의 말다툼이 시작된다. 영리하게 재빨리 그 자리를 피하지 않으면 안 된다.

잊어버리기 전에 또 한 가지 팁을 전수해야겠다. 현대의 휴대폰 기술은 정말 대단한 내비게이션 시스템을 갖추고 있다. 깊은 숲속에 있어도 위성사진은 우리가 있는 숲의 모든 나무를 위에서 하나하나 다 보여준다. 정말이지 환영할 만한 감시 시스템이다. 과거에는 신이 모든 것을 내려다보았는데, 지금은 구글이 지구 전체를 내려다보고 있다. 내 말이 믿기지 않으면 지금 지도 앱을 다운받아 자기 위치를 검색해보라.

공공기관과 정부가 도보 여행자를 위해 만든 지도만 들고 여행하기에는 무리가 있다. 내가 이 여행을 시작하며 처음 선택했던 유럽 순례길은 교차로를 지나면서 끊어졌다. 지도를 잘못 봤나 싶어서 검색해봤더니 다른 순례자도 비슷한 경험을 했다는 글을 발견했다. 어쨌든 한참을 더 걸으니 다시 원래 가려던 길로 들어가긴 했으나 결국 지도의 도움을 받지 않고 길을 찾아가야 했다.

나처럼 걸어서 여행할 수 있다는 사실을 아는 사람들은 적고, 또 자신은 그렇게 할 수 없을 거라 생각하는 사람들은 계속 더 많아지고 있기 때문에 이들의 거부감을 없애려는 사회적 노력도 계속되고 있다. 예전에는 숲이 있으면 걷는 사람들이 모였는데, 요즘은 "산책로. 주차장 있음" 표지판이 없거나 유럽 관광청이 홍보하는 길이 아니면 찾지 않는다. 표지판과 광고마다 후원기업 로고가 줄줄이 쓰여 있는 건 당연하고. 최근에 생긴 산책길들은 옛 순례길처럼 교회나 성당으로 이어지는 대신 한 바퀴 돌 수 있도록 조성되었고 번호가 달려 있다. 사람들은 번호 순서대로 산책로를 하나씩 '클리어' 하는 것을 좋아한다. 그래서 방향을 나타내는 화살표와 거리를 알려주는 단순한 이정표를 반기는 나 같은 사람은 남동쪽으로 10킬로미터를 걷고 싶을 때 7번 번호판을 만나면 어떻게 해야 할지 모르겠다.

길잡이라는 뜻의 단어 '오리엔테이션(orientation)'은 해가 뜨는 동쪽 방향을 나타내는 단어 '오리엔트(orient)'에서 유래했다. 그런데 많은 사람이 이런 방향성을 잃어버렸으니 길을 만들고 이름 붙이는 사람들은 그 길에 뭔가 특별한 게 있다는 느낌을 담기 위해 머리를 쥐어짜야 한다. 한 예로 독일 중부 소도시 노이마르크트 인 데어 오버팔츠에 생긴 아름다운 산책로가 있다. 지역 일간지에 따르면 이 길을 조성하기 위해 들어간 3만 7,000유로^{한화로 약 5,000만 원}는 지역 공공의료보험에서 지출됐다고 한다. 숲을 통과하며 여유롭게 걷기 좋은 약 2킬로미터의 이 산책로 이름은 '레지투고(Resi to go)'다. 여행사들은 이 길을 "마음 힐링"이나 "여유 테이크아웃" 같은 묘한 표현으로 홍보하고 있다.

'레지'는 독일 포크송 〈레지, 트럭을 타고 널 데리러 갈게〉에 나오는 레지가 아니라 어떤 어려움에도 다시 원래 모습을 되찾는 힘을 뜻하는 '회복탄력성(영어로 resilience)'을 줄인 말이다. 회복하는 힘이라고 설명할 수 있겠다. 이 단어의 어원인 라틴어 '레질리르(resilire)'는 '되돌아오다', '반동', '다시 튀어 오르다' 같은 의미를 지닌다. 전부 움직임을 표현하는 개념인데도 오늘날 우리는 입만 움직이는 듯하다.

짧은 바지를 입은 키 큰 소년

처음에는 논과 밭을 가로질러 걷는 건 생각도 하지 못했다. 내 친척들이 대부분 농부이기도 했고 나도 체면이 있었기 때문이다. 하지만 이제는 서슴없이 경작지로 걸어 들어갔다. 고양이로 치면 나는 집고양이가 아니라 들고양이였고, 내가 원하는 대로 행동했다. 컨디션 관리를 위해 크게 노력하지 않았다. 계절은 매일 여름에 더 가까워지고 정해진 기한도 기다리는 사람도 없었다.

가끔 가벼운 소나기가 오거나 먹구름이 보슬비를 뿌렸지만 그런 변화도 반가웠다. 갑자기 장난기 많은 소년 크리스티안이 떠올랐다. 크리스티안의 얼굴에는 하늘의 별보다 더 많은 주근깨가 있었다. 밝은 금발에 몹시 마른 몸을 가진 소년은 신발도 양말도 신지 않았으며 스위스 치즈를 연상시키는 티셔츠를 입고 다녔다. 구멍이 숭숭 뚫렸다는 의미다. 소년의 할아버지가 입던 바지를 잘라서 소년에게 만들어준 바지는 허리가 너무 커서 멜빵을 달아야 했다. 바지 주머니도 워낙 커서 거대한 호밀빵 한 덩이가 들어갔으며 버둥거리는 야생 토끼를 넣고도 산림 관리인 아저씨 앞을 태연하게 지나갈 수 있었다. 성직자이자 작가 빌헬름 휘너만의 아주 경건한 성장소설《천국에서 온 마을 아이들(Die Kommunionkinder aus Himmelreich)》의 주인공 크리스티안은 내가 여덟 살 때 가장 닮고 싶었던 인물이었다. 그 뻔뻔한 소년은 내 우상이었다. 과수원에서 배를 훔치고 할아버지를 욕하는 이웃집 소년을 마구 두들겨 패주는 인물이었다.

내 모습을 내려다보았다. 나는 무릎까지 오는 건빵 바지를 입고 있었다. 마 소재의 바지는 내 몸과 일체나 다름없었고 이동 중에 필요한 모든 것을 담은 보물창고였다. 나는 무엇이 어디에 들어 있는지 전부 알고 있었다. 바지 뒤 오른쪽 주머니에는 돈이, 왼쪽 측면 주머니에는 빨간색 주머니칼과 닐이 선물해준 금색 장식의 나침반이, 바지 앞 오른쪽 주머니에는 모기 퇴치 스프레이와 하모니카가 들어 있었다. 가끔씩은 걸으며 씹어 먹기 좋은 오이나 당근도 오른쪽 주머니에 넣곤 했다.

크리스티안을 동경한 때로부터 거의 50년이 지나고서 나는 다시 키 큰 소년이 되었다. 여전히 항상 야외에 있고 싶고, 사방을 헤매고 다니는 일을 사랑한다. 어릴 때 우리는 그걸 '모험'이라고 불렀다.

어려서부터 나는 모든 순간이 금방 지나가버린다는 사실을 알았다. 마을에 장례식이 있으면 수업을 빠져야 했다. 조문객에게 케이크를 다 배달한 뒤에 다시 학교로 돌아갈 수 있었다. 한번은 죽음이 수학 시간과 국어 시간 사이에 찾아왔다. 다른 아이들이 미술 시간에 꽃을 그리고 있을 때 나는 향로를 들고 벽 앞에 서서 아름답고 슬픈 노래를 불렀다. "우리는 이 세상에 잠시 손님으로 와서 쉬지 않고 헤매며 아파하다가 저 고향으로 간다."

　　오르소이 마을 묘지에는 내게 고향을 의미하는 모든 사람이 잠들어 있다. 베르너 삼촌은 미용사였고 우리 옆집에 살았다. 점심 시간마다 우리 집 부엌에 찾아와 웃기는 이야기를 해주곤 했다. 대단한 애연가였던 삼촌은 말끝마다 기침을 했다. 헤르만 삼촌은 내게 카드놀이를 가르쳐주었고 내가 가을에 강가에서 연을 날리다가 잃어버렸을 때 새 연을 사 주었다. 또 내가 항상 전쟁에 관해 물으면 대답을 피하던 프리츠 삼촌은 어느 날 갑자기 울면서 자신은 아무것도 모른다고 말했다. 공장에서 일을 배우던 중 공장장이 쇠사슬로 때리기에 그 길로 도시를 떠나 사막에서 지냈다고 했다. 험한 일을 겪고 돌아왔더니 전쟁이 끝나 있었단다.

　　고향을 떠올리게 하는 모든 남자들 중 최고는 슈테르트 삼촌이다. 평생 한 번도 병원에 간 적이 없었던 삼촌이 처음 병원에 입원했을 때는 일흔여섯 살이었다. 그는 전화로 이렇게 말했다. "울리, 이곳은 정말 견딜 수가 없구나. 그렇다고 이곳을 벗어나 참고 지낼 생각은 없다. 나는 네 엄마처럼 강하지 못해. 나는 이 정도면 충분해." 그리고 삼촌은 세상을 떠났다. 그는 농장 뒤편에 있는 나무 아래에 묻히길 원했지만 그 이야기를 조문객들에게는 하지 말라고 했다. 삼촌은 평생 익숙한 장소 밖으로 벗어난 적이 없었다. 하지만 단 한 번, 내 어깨에 의지해서 세상을 둘러보았으면 좋겠다고 말한 적이 있다.

　　내가 기억하는 한, 나는 항상 걸어서 내 나라를 여행하고 싶었다. 여태 그걸 실행에 옮기지 못했던 이유는 그 소망을 잊고 있었기 때문이다. 이제 오랫동안 품었던 소망을 다시 기억해내며 나는 기쁘게 계속 걸음을 내디뎠다.

태어나 똑바로 걷는 일

아기는 걷기 시작할 때부터 모든 즐거움이 시작되지 않을까? 더이상 힘을 들여 몸을 뒤집고 돌리고 기어갈 필요가 없이 어느 순간 똑바로 서서 제대로 설 수 있게 된다. 더 이상 이리저리 흔들리지 않고 자기 몸의 균형을 스스로 잡아 중력에 저항할 수 있다. 그러고는 모든 공간을 하나씩 점령하며 더 많은 것에 호기심을 가지고 앞으로 나아가지 않는가.

이 모든 것이 기적 같다. 한 아기의 극적인 성장. 적어도 내게는 그랬다. 넘어져도 다치지 않는 푹신한 아기 매트 위에서 나는 빠르게 성장했다. 포동포동한 팔다리에 두 뺨이 발그레한 아기. 하지만 다른 아기들이 뛰어다니기 시작했을 때 나는 여전히 바닥에 누워 있었다.

아기가 서기 시작하여 똑바로 걷는 시기는 대개 첫돌 즈음이다. 나는 그보다 반년을 더 누워 있어야 했다. "애가 드디어 섰어!" 나를 잠시 맡아주시던 내 할머니는 기뻐서 덩실덩실 춤을 추셨다. 어머니에게 전화한 것도 모자라 이 기적을 축하하기 위해 즉시 우리 집으로 달려가셨다.

다른 사람처럼 나도 어머니 뱃속에서 40억 년의 진화 과정을 38주 만에 해치우고 단세포에서 인간으로 성장했다. 짧은 시간 동안 물고기처럼 아가미가 있었고 손가락과 발가락 사이에 물갈퀴가 있었다. 태어나서 7주 동안은 아기 원숭이와 거의 다를 바가 없었다. 하지만 시간이 지나면서 원숭이보다는 사람의 모습을 갖춰 갔지만 좀처럼 일어서지 못했다. 정말 오랜 시간의 기다림 끝에 똑바로 서는 날이 찾아왔고, 드디어 내게도 진짜 균형 감각이 생겼다.

네 발로 걷는 동물은 직립 동물보다 더 안정적으로 걸으며 균형을 잡기 위해 계속해서 주의할 필요가 없다. 오늘날까지 우리는 인류가 왜 네 발로 걷다가 두 발로 걷게 되었는지 정확한 이유를 알아내지 못했다. 한 가지 가설이 있다. 우리 조상이 너무 작아서 초원에서 뛰어다니는 동물을 볼 수 없었는데, 시간이 지나면서 몸집을 키우고 일어서게 되었다는 내용이다. 다른 가설도 있다. 털이 없는 맨 피부에 하루 종일 햇빛을 받아서 괴로웠던 인류가 조금씩 빛이 닿는 면적을 줄이려고 하다가 결국 똑바로 섰다는 이야기. 또 그 결과 바람을 온몸으로 받을 수 있어서 잔뜩 달아오른 몸을 잘 식힐 수 있게 되었다고.

모든 일어선 생명체에게는 바닥을 기어다닌 과거가 있다. 갓난아기가 아니라도 기는 행동은 자유롭게 움직이기 위해, 더 안전해지기 위해, 자신감을 얻기 위해, 자신의 가능성을 알기 위해 하는 행동이다. 그러다가 똑바로 서게 되면 세상을 다르게 받아들이는 일이 가능해진다. 더 높이, 더 멀리 볼 수 있게 된다. 기어갈 때와 달리 눈이 방향을 안내하고 발은 따라가게 된다.

　　그러나 이렇게 성장하기도 전에 내 몸은 너무 빠르게 자랐다. 서는 일에 익숙해지기까지 더 많은 시간이 필요했다. 나는 계속 넘어졌고, 또 계속 일어났다. 어머니는 내 다리에 힘이 생길 수 있도록 어린 나를 잘 먹였다고 했다. 나는 우유를 마시고, 죽을 한 그릇 먹은 뒤, 후식으로 과일을 먹었다. 그런데 어느 순간 걸을 수가 없게 되었다. 너무 뚱뚱해진 것이다. 나는 아기 비만 환자가 되었고 어머니는 절망에 빠졌다.

　　의사는 내게 무릎 수술을 해야 한다고 말했다. 그때 내 나이는 두 살이었다. "말도 안 돼!" 내 할아버지가 외쳤다. 다른 병원에 갔더니 의사가 아이에게 매일 무엇을 먹이는지 물었다. "이 아이는 더 많이 움직이고 더 적게 먹어야 합니다." 그 의사는 내 다리에 부목을 대고 내가 넘어지지 않도록 발목이 높은 신발을 처방했다. 나는 그해 여름 내내 마당에서 뒤뚱거리며 집을 떠나지 못했다.

　　몸은 경험을 저장한다고 한다. 무슨 일이 있었는지 근육이 기억한다고. 지금 이렇게 여름을 만끽하며 내가 아주 오래전에 잃어버렸던 여름을 되찾고 있다는 기분이 들었다.

깊은 우주에서 발견하는 지평선

나는 기대를 품고 먼 곳을 바라보았다. 어쩌면 하르츠 산이 윤곽으로나마 희미하게 보이지 않을까 해서. 하지만 아직 그 정도까진 오지 못한 것 같았다. 브라운슈바이크와 힐데스하임 두 도시 사이, 시끄럽고 차가 많은 복잡한 지역을 간신히 뚫고 지나왔다. 이제 나는 꽤 괜찮은 조합의 길 찾기 방법을 이용하고 있었다. 그냥 직감을 따라 걷다가 휴대폰 내비게이션을 이용하는 것이다. 하지만 휴대폰 배터리가 워낙 빨리 닳아서 내비게이션은 두 시간 정도만 사용할 수 있었다.

한번은 개를 데리고 산책 나온 여성과 마주쳤다. 그 여성이 잡고 있던 개의 목줄은 엄청나게 길었는데, 제동 기능이 작동하지 않았고, 그녀의 '애기'는 나를 보자마자 흥분해서 내게 뛰어왔다.

그때 나는 풀밭에 앉아 쉬고 있었다. 햇살이 아름답게 빛나고 있었고, 그 순간을 즐기며 콧노래를 부르고 있었다. 신이 사람을 넓은 세상으로 보내는 이유는 기적을 경험하게 하려는 거라고 생각한다. 갑자기 그 개가 달려들었고 개 주인은 저 멀리 있었다. 나는 놀라지 않았다. 언젠가부터 당황하지 않게 되었다. 나는 아주 태연하게 일어나 흥분한 개를 진정시키려고 노력했다. "착하지. 가만히 있어." 뒤늦게 쫓아온 개 주인은 나와 개를 보고서 안심했다. "죄송해요. 노루인 줄 알았어요." 그녀의 말에 나는 몹시 감동받았다. 눈가가 촉촉해졌다.

맞다. 나도 자연의 일부였다. 어느 순간 자연에 속하게 된 것이다. 말똥가리가 내 친구였고 종달새가 내 형제였다.

힐데스하임의 농경지를 따라 걸었다. 나무는 거의 없었고 순무와 밀이 빽빽하게 심겨 있었다. 이곳에서는 요즘 사람들이 잊고 사는 경계선을 볼 수 있었다. 마지막 빙하기에 빙하가 지나간 흔적이 북부 독일 저지대 곳곳에 아직 남아 있었다.

오래전에 빙하가 이 지역을 뒤덮으며 모든 생명을 차갑게 얼려버렸다. 그 시대의 뉴스는 모래와 자갈과 바람에게 전해졌다. 내년에는 더 추워질지 따뜻해질지 말고는 별다른 소식이 없었다. 그 시절의 독일은 지금과 아주 다른 모습이었다. 강들의 이름이 그대로 빙하기의 이름이 되었다. 빙하의 침식작용으로 알프스에만 존재하는 자갈이 다른 곳에 잔뜩 쌓여 있는 것을 발견한 과학자들이 빙하기 이론을 만든 후 자갈이 발견된 지대(대개 강의 퇴적지형)의 이름을 빙하기에 붙였다. 북부 지역의 빙하기는 엘스터 빙기, 잘레 빙기, 바이크셀 빙기로 나뉘며, 남부 지역에는 귄츠 빙기, 민델 빙기, 뷔름 빙기, 리스 빙기가 나타났다. 오늘날 이곳은 차들이 오가지만 교통량은 많지 않았다.

한 걸음씩, 나는 미지의 땅을 정복했다. 오른발, 왼발, 왼발, 오른발. 전진, 그리고 멈춤. 내 조상이 길을 걷다가 하늘과 땅이 만나는 지평선을 발견했을 때로부터 수백만 년이 흘렀다. 나도 내 조상이 걸었던 길을 걷고 있었다.

세계는 계속 움직여왔고, 여전히 움직이고 있으며, 고정된 것처럼 보이는 모든 것이 사실은 움직이고 있었다. 인류는 이 땅에 살기 시작한 순간부터 이 사실을 계속 생각해왔다. 지평선은 현실과, 종이나 영역을 뛰어넘는 어떤 것을 구분하는 경계선을 긋는다. 오랫동안 아무도 하늘이 왜 하늘이고 땅이 왜 땅인지 명쾌하게 설명하지 못했다. 왜 땅은 낮고 하늘은 높은지 말이다.

그래서 사람들은 항상 이야기를 만들어냈다. 세상이 처음 생겨난 때에 관한 이야기들을. 호주 원주민을 지칭하는 애버리진(aborigine)은 '최초부터(ab origine)'라는 뜻의 라틴어에서 나온 말이라고 한다. 이들은 지구를 관통하는 길이 있다고 믿는다. 이 길에 관한 노래와 이야기가 지금도 입에서 입으로 전해지고 있다. 태양도 별도 없었던 시기, 두껍게 깔린 먹구름 아래 끝없는 어둠 속에서 생명이 탄생했을 때. 그리고 타는 듯이 뜨거운 환경에서 본능이 생겨났을 때. 노인은 젊은이에게 계속해서 태초에 그들의 조상이 어떻게 황야의 동굴에서 잠을 잤으며, 조상의 꿈꾸는 능력이 어떻게 새로운 생명을 만들어냈는지를 전한다. 호주의 무지개 뱀이나 도마뱀에 대한 환상적인 신화는 그렇게 탄생했다. 별이 가득한 안개 이야기와 손에 커다란 칼을 든 창조의 정령이 땅 이곳저곳을 칼로 잘라내어 산과 계곡이 생겼다는 이야기. 나는 인류가 이야기로 세계의 비밀을 열어보려 했던 시도들을 사랑한다. 서로가 깊이 연결되어 있다는 사실을 말하는 이야기. 결국 모든 것이 하나였다는 이야기. 하나에서 모든 것이 나 있다는 이야기.

지구 탄생에 관한 온갖 추측에 최초로 질서를 가져온 사람은 알프레드 베게너 대륙이동설의 주창자 라는 창의적인 기상학자였다. 유럽 대륙의 풍경이 눈에 들어올 때마다 나는 그의 이름을 떠올렸다. 그는 1911년 12월 6일 친구에게 이런 편지를 썼다. "남아프리카, 아프가니스탄의 남쪽 해안선, 호주 서쪽 해안선의 식물군과 암석이 놀랍도록 일치하는 것을 보면 어쩌면 정말로 석탄기에 거대한 하나의 대륙이 몇 개로 쪼개졌는지도 몰라."

베게너의 동료들이 그 당시에 보인 유일한 반응은 고개를 흔드는 것이었다. 베게너 이전에도 자신의 관찰로 인해 비웃음을 당한 사람들이 있었다. 어떤 이는 지구가 원반이라 주장해서, 또 어떤 이는 지구가 둥글다고 주장해서였다. 그러나 베게너는 세계 최초로 대륙과 대양의 발생 방식을 과학적인 근거를 들어 설명한 사람이었다. 그는 2억 년 전에 지구에 존재했던 하나의 원시대륙에 '판게아(Pangaea)'라는 이름을 붙였다. 고대 그리스어로 'pan'은 전체, 'gaia'는 대지를 뜻한다. 시간이 흘러 지금처럼 일곱 개의 대륙으로 분리되기 전까지 각각의 대륙은 하나로 뭉쳐져 있었다.

알프레드 베게너는 여러 차례 탐험에 나섰다가 세상을 떠났다. 마지막에는 그린란드에 고립된 동료들에게 식량을 전달하려고 떠났다가 돌아오지 못했다. 그래서 그는 수십 년 후에 다른 과학적인 발견들이 더해져 지구의 대륙판이 계속 이동하고 있다는 자신의 주장이 마침내 인정받는 모습을 보지 못했다.

그는 시대를 너무 일찍 앞서갔다. 그게 문제였다. 많은 위대한 사람들이 이 같은 이유로 살아 있을 때 고통을 받았다. 언젠가 벤틀란트와 아프리카의 연관성이 떡갈나무와 코끼리 덕분에 발견된다면 누군가가 내게 고마움을 느끼지 않을까?

소울메이트

이동주의(mobilism)란 지구물리학자들이 세계의 움직임과 대륙 이동을 설명하는 이론이다. 나는 이 단어가 무척 좋다. 내가 하는 일과도 비슷하다고 생각한다. "하우저 씨는 무슨 일을 하시나요?" "아, 저는 이동주의를 실천하고 있습니다."

하르츠 산지는 지난 수억 년 동안 일어난 일을 직접 경험했다. 한때 지면 아래로 사라져서 땅 밑에 묻혀 있다가 8,500년 전에 대륙판이 크게 이동할 때 다시 솟아올라 부활할 기회를 얻게 되었다. 현재 하르츠 산의 제일 높은 봉우리인 브로켄은 해발 1,141미터에 위치한다.

지금처럼 중북부 유럽에 모습을 드러낸, 아니 더 정확히 표현해서, 우뚝 선 모습은 불과 만 년 전에 형성된 것이다. 하르츠 산은 아프리카 판과 유라시아 판이 일 년에 몇 센티미터의 속도로 서로 부딪히면서 생겨났다. 이 두 판은 지금도 부딪히는 중이며 지질학자들은, 왜 벌써부터 걱정하는지 모르겠지만, 4,000만 년 후에 시칠리아가 지금의 로마까지 이동하고 유럽 대륙은 라인강을 경계로 분리될 거라고 주장했다. 멀리 내다보길 좋아하는 이 사람들은 우리가 사는 동안 이런 변화가 일어나지 않아서 걱정인 듯하다.

하르츠 산지의 융기는 내 평지 여행의 끝을 의미했다. 드디어 낮고 평평한 저지대 작센에서 벗어났다. 심장이 뛰었다. 웅장한 하르츠의 습곡이 갑자기 모습을 드러냈다. 다소 완만한 밀밭 언덕 위로 높은 봉우리가 곡선을 그리며 솟아나 있었다. 밀밭 한가운데에는 운 좋게 톱날을 피한 참나무 한 그루가 섬처럼 외롭게 서 있었다.

여권보다 약간 큰 책 한 권을 꺼내 들고 책장을 넘겼다. 한스 위르겐 폰 데어 벤제의《느슨한 생각(Lose Gedanken)》이었다. 작곡가이자 시인이었던 폰 데어 벤제는 열렬한 걷기 예찬가였으며 주로 1930년대와 1940년대에 독일 전역을 걸어 다니며 떠오르는 생각을 늘 소지하던 노트에 쓰곤 했다. 나는 단 몇 개의 단어로 변화와 효과를 표현하는 그의 방식을 좋아한다. 예를 들면 이런 문장들이 있다. "식물이 여행을 하고 글도 여행을 한다. 5세기에 앵글로색슨족이 유랑할 당시, 완두콩은 아직 유틀란트까지 가지도 못했다." 앵글로색슨족은 유틀란트와 독일을 거쳐 브리튼 섬에 정착해 영국 왕조를 세웠고, 유틀란트 반도는 지금의 덴마크를 가리키며, 덴마크 민화에는 안데르센 동화로도 알려진 《완두콩 위의 공주》를 비롯해 완두콩이 자주 등장한다. 혹은 이런 문장들도 있다. "여행이 주는 매력은 너무 매혹적이라서 떠날 생각만으로도 낯선 환경에 대한 두려움과 적대감이 사라진다. 철새들이 이동할 때면 송골매가 천적 관계인 지빠귀와 피리새 무리와 함께 난다. 하지만 매는 연약한 새들을 공격하지 않고 작은 새들도 매를 두려워하지 않으며 평화롭게 함께 이동한다."

이 유식한 시인은 1966년에 세상을 떠나기 직전까지도 얇은 재킷과 챙 넓은 모자를 쓰고 걸어 다녔다. 방수 장화나 커다란 트렁크는 한 번도 챙긴 적이 없으며 항상 윗부분이 트여 있는 얇은 서류가방에 돋보기와 다크초콜릿 몇 조각을 넣어 다녔다. 목이 마르면 샘물이나 시냇물을 마셨다.

그는 몽상가였고 자연 풍경을 사랑했다. "지구는 별이다. 그러므로 우리는 하늘에 살고 있다." 나는 미소를 지었다. 그의 말이 옳았으니까. 나는 조용히 앉아 그다음에 무슨 글이 이어질지 기대했다. "확신하건대, 이 평야와 이 산, 이 농경지를 걸으며 경험하지 않은 사람은 결코 이곳 풍경과 지형, 역사의 비밀을 완벽히 이해할 수 없다. 모든 설명은 무의미하다. 왜냐하면 본질적인 것은 정신적인 것이므로. 나는 나를 낳아주고 앞서간 조상과 영웅들에 대해 다시 충만하게 깨닫고 그들의 속삭임을 듣게 되었다. 풍경만 봐서는 아무것도 느낄 수 없다. 바쁘고 정신없는 시대의 손이 거의 닿지 않은, 고립되고 황량한 넓은 들판과 길에 잠겨 자기 자신까지 잃어버려야 한다."

폰 데어 벤제는 구릉지의 오르막과 내리막, 현무암 바위의 형상, 강을 따라 걷는 길을 사랑했다. 그는 항상 하루 코스로 주변 지역을 걷다가 베저강 근처의 자기 집으로 돌아가 잠을 자고 외박은 거의 하지 않았다. 그의 세계는 거대했지만 그의 행동반경은 자기 집 주변의 약 100킬로미터 정도로 좁았다. 그의 오랜 친구이자 유산 관리인인 디터 하임 씨는 아흔 살이 넘었어도 아직 건강하게 지내고 있다.

나는 하임 씨를 찾아간 적이 있다. 그 순수하고 생기 있는 노신사는 먼저 세상을 떠난 자기 친구를 존경하고 그리워했다. 한스와 함께 걷고 길을 잃고 자연에 압도당했던 시절이 인생 중 가장 좋았다고 말해주었다. 그는 지금도 하늘의 별 텐트 아래에서 꿈을 꾸기 위해 침낭에서 자는 것을 즐긴다고 했다. 내게도 침낭은 있지만 나는 방에서 편하게 자는 것이 더 좋다. 바트간더스하임 하늘 아래 커다란 창으로 달빛이 들어오면 그것으로 충분했다.

고전적인 영혼

바트간더스하임은 처음으로 오랜 시간을 머문 곳이었다. 나는 주말을 통째로 그곳에서 보냈다. 배우 슈테판 울리히와 친구가 되었기 때문이다. 높은 탑이 있는 로만 양식의 아름다운 성당 앞에서 연극이 상연될 예정이었다. 니더작센 주에서 가장 큰 야외 축제가 방문객을 맞이하고 있었다. 올해의 작품은 시인 프리드리히 쉴러의 희곡 〈간계와 사랑〉이라고 했다. 상연 작품도 내 마음에 쏙 들었다.

맥주를 마시다가 리허설을 마치고 맥줏집에 들른 슈테판과 우연히 대화를 하게 되었다. 개방적 사고를 지닌 정 많은 친구였다. 슈테판은 내게 동료 배우들과 연출가들을 소개했고 우리는 야외 천막에 설치된 탁자 주변에 서서 이야기를 나누었다. 걷기와 올바른 자세에 관해. 긴장과 이완, 편안함에 관해. 어떻게 해야 몸의 중심을 잃지 않고 위아래로 몸을 뻗을 수 있는지에 관해. 척추를 곧게 유지하려면 엉덩이 근육을 단련하고 체중을 발바닥 정중앙에 집중해야 한다는 이야기. 골반과 몸의 무게 중심을 잘 잡으려면 등이 무너지면 안 된다는 이야기. 발을 디딜 때는 나무가 땅에 뿌리를 내린다고 생각하고 굳게 땅을 디뎌야 한다는 이야기까지.

슈테판은 열띤 목소리로 하르츠 산지 주변으로 여행 다닌 이야기를 해주었다. 그는 여름에 종달새가 날갯짓하는 모습을 관찰했다고 했다. 그 새는 수직으로 날아올라 빠르게 날개를 퍼덕여 정지한 채 지저귄다고 했다. 또 팔츠 지역을 다스리던 황제가 이곳저곳을 여행하며 제국을 지배한 이야기도 해주었다. 독일의 왕이 신성로마제국 황제가 되면서 처음에는 카를 대제가, 다음에는 오토 1세가 자주 바트간더스하임에 머물렀고, 그래서 옛날부터 이곳에서 세계적인 연극이 상연되었다고 했다. 독일은 어느 정도 부강해진 후부터 유럽을 지배한 고대 로마제국의 영광을 자기들이 이어간다고 생각했다. 그래서 가톨릭과 고대 로마의 전통을 잇는다는 의미로 신성로마제국이라는 명칭을 사용했다.

저녁때 오토 1세에 대해 조금 찾아보았다. 오토 1세는 작센의 류돌핑 가문에서 태어났으며 원정군을 이끌고 이탈리아를 점령했다. 몇 달만 있으면 (원정군은 없지만) 나도 그렇게 할 예정이었다. 바트간더스하임에서 이탈리아 국경까지는 아직 두 달이나 더 걸어야 했지만.

나는 하르츠 변두리에 있는 이 작은 도시가 좋았다. 도시 한가운데에는 천 년이 넘는 역사를 가진 황제의 대성당이 있었고, 성당에서 멀지 않은 곳에 넓은 공원과 신선한 크림을 사용하는 괜찮은 아이스크림 전문점도 있었다. 에스프레소를 마실 수 있는 건 물론이고. 이 도시는 아주 세심한 계획 아래 만들어진 듯했다. 대규모 주차 공간 대신 넓은 놀이터에 시소와 그네가 있어서 아이들이 마음껏 뛰놀 수 있었다. 누군지 모르지만 이런 생각을 한 사람에게 공로상을 줘야 마땅하다.

극단 사람들에게 내 도보 여행은 큰 흥밋거리가 되었다. 연출가는 내게 반드시 스위스를 통과하라고 말했다. 알프스 고지대에서 베르겔 골짜기로 내려가는 길이 기막히게 아름답다고 했다. 나는 손을 저으며 트리에스테 항구를 보고 싶다고 말했다. 오스트리아 쪽 알프스로 가야 한다는 뜻이었다. "그래도 스위스 쪽 길이 더 예쁜걸요." 연출가가 계속해서 말했다. 한 배우는 특이한 휴대폰 앱에 대해 이야기했다. 그 앱은 현대인이 너무 빠르게 움직일 경우 영혼이 따라가지 못하므로 적절한 여행 속도를 알려준다고 했다. 비행기로 여행할 때 특히 그렇다고 했다. 나는 흥미로운 이야기라고 생각했지만 앱을 다운로드하고 싶진 않았다.

걷는 행동으로 인해 사람들이 내게 존경심을 느끼고 있는 것 같았다. 내 이야기를 들으면 누구나 친근하게 다가와 말을 걸었다. 나를 손가락으로 가리키며 이렇게 말할 수도 있었을 텐데. "저 사람, 혼자 이 주변을 헤매고 다닌대."

빌프리드는 씨는 걷지 못했다. 그는 위절제 수술까지 받았지만 체중이 200킬로그램 아래로 내려가지 않았다. 나는 도시 밖으로 산책을 나갔다가 휠체어를 타고 축구 경기를 보러 가는 중이던 그와 만났다. 경기장에 지정 좌석이 있다고 했다. 시간당 15킬로미터의 속도를 낼 수 있는 전동 휠체어는 그가 직접 샀다고 했다.

의료보험이 제공해줄 수 있는 휠체어는 걷는 속도로밖에 움직이지 못해서 그에겐 너무 느리다고 했다. 상황이 어떻든 빌프리드 씨는 만족한 표정으로 곧바로 내게 휠체어 자랑을 했다.

나는 오래된 고지도를 들고 그에게 길을 물었다. 중세 시대의 명칭이 적혀 있고, 이 도시의 수백 년 전 모습이 담겼으며, 마차를 타고 다닐 여유가 없는 사람은 모두 걸어 다녀야 했던 시절의 지도였다.

오솔길이 표시되고 버려진 땅은 숲과 다르게 그려졌다. 돌 십자가와 기념비, 성당과 예배당이 표시되어 있었다. 교수대의 위치도 나와 있었고, 마차의 말을 바꾸는 여관이 특히 잘 보이게 그려져 있었다. 지도는 몹시 복잡하게 접어야 했는데, 전부 펼치면 가로세로 1미터 정도인 것 같았다. 이 지도는 내가 함부르크에 있을 때 데네케 씨가 보내준 것이었다. 나는 독일에 아직도 옛길이 남아 있는지 찾아보다가 인터넷에서 그의 이름을 발견하게 되었다. 옛길을 따라 걸으면 과거로 여행을 할 수 있을 것 같았기 때문이다. 어렸을 때부터 오래된 옛길은 나를 흥분시켰다. 내가 자란 동네인 니더라인 라인강 하류 지역 지방에는 로마 시대에 만들어진 길들이 있었다. 그래서 꼬마였을 때 나는 그 길을 따라 계속 걸어가면 어느 순간 로마에 도달할 거라고 생각했다.

디트리히 데네케 씨는 독일 옛길 연구 협회의 회장이다. 그는 교수로 일하다가 은퇴한 후에는 지방 곳곳을 다니며 역사의 흐름 속에 잊힌 많은 길들을 찾아냈다. 로마로 향하는 길뿐만 아니라 오늘날 아스팔트와 보도블록에 가려지거나 수풀에 감춰진 길도 잘 알고 있어서 누군가가 그런 길을 찾는다면 그를 찾아가야 했다.

역사지리학자라는 직업은 오늘날 거의 찾아보기 힘들지만,

데네케 씨는 기록을 들춰보고 문헌을 뒤지며 지도를 연구하고 책속에 파묻혀 살고 있다. 한때 존재했던 정착 구조를 재발견하고 사라진 마을을 확인하기도 한다. 그는 6년간 하르츠 산지 서쪽과 베저강 유역의 고산지대 사이를 샅샅이 연구했다. 데네케 씨는 이 구간만 해도 너무 많은 것들이 숨어 있어서 평생을 바쳐도 다 찾아내지 못할 거라고 말했다.

동쪽에서 서쪽으로, 북쪽에서 남쪽으로 가려는 사람은 모두 중부 독일을 지나가야 한다. 이곳에서 길이 만나고 전쟁이 일어났다. 이 지역은 가톨릭이었다가 개신교로 종교가 바뀌기도 했다. 주민들은 대부분 가난했다. 그림 동화로 유명한 그림 형제는 이곳에 와서 숲을 다니며 옛이야기들을 수집했다. 백설 공주와 흑기사, 그리고 장화 신은 고양이 이야기. 여러 겹의 성벽과 말굽을 닮은 언덕도 이곳에서 찾을 수 있다. 오늘날 이곳의 아마추어 극단들은 그림 동화 이야기를 연극으로 상연하고 있다.

데네케 씨가 중부 독일을 집중적으로 연구한 이후 50년이라는 세월 동안 이곳 풍경은 빠르게 변했다. 고속도로와 국도가 생기고, 주유소와 공장지대, 주차장이 들어섰다. 아무것도 없던 들판에는 지역 병원이 세워졌다. 데네케 씨는 아직도 아스팔트 아래에 원래 있던 흙길이 기억난다고 했다. 그러다 독일에 기적적인 경제 발전이 일어나 약 천 년에 걸쳐 천천히 만들어졌던 모든 것이 순식간에 사라지며 새로운 것으로 바뀌었다고 했다. 엄청난 개발 바람이 불었다. 발전한 기술은 시장을 전쟁터로 만들어 더 많은 소비를 부추겼다. 1948년에 오일 붐이 일었고 국가와 기업이 원유를 개발하려고 땅을 점유하기 시작했다. 그때부터는 변화가 없었던 영역이 거의 없다고 봐도 무방하다. 쓰레기와 금속, 비료와 데이터, 플라스틱과 제약 분야까지.

데네케 씨의 옛날 지도를 한 손에 든 채, 나는 지나가는 운전자들에게 길을 가다가 맞아 죽은 여행자를 위한 추모비가 어디에 있는지, 혹은 뤼트게로트라는 이름의 남자가 어디서 처형당했는지 물었다. 그는 아마도 소도시 아인베크에서 가장 마지막으로 사형당한 사람일 터였다. 나는 또 바트하르츠부르크에서 남쪽으로 이어지는 황제의 길이 아주 멀리 있는지, 19세기에 독일을 통일한 재상 비스마르크가 실제로 이곳의 탑까지 애완견과 함께 자주 거닐었는지 물었다. 내 질문을 받은 사람들은 무척 재미있어 하거나 당혹감을 감추지 못했다. "여기는 교수대가 아니라 비행장이에요." 어떤 사람이 정색하며 말했다. 그들은 나를 과거에 사로잡힌 사람처럼 쳐다보았다. 문득 한 친구가 내게 '고전적인 영혼'을 지녔다고 말한 게 떠올랐다. 나의 영혼은 지금 시간을 넘나들며 여행을 하고 있었다.

나중에 독일 중부 도시 괴팅겐에 들렀을 때 데네케 씨를 직접 만날 수 있었다. 그전까지는 전화 통화를 한 게 전부였다. 데네케 씨는 괴팅겐의 교수아파트에 살고 있었다. 그의 이웃 중에는 베르너 하이젠베르크와 막스 플랑크도 있었다. 두 사람은 모두 노벨상을 받은 양자물리학자다. 이들은 왜 하나가 전부이며 모든 것이 하나인지, 그리고 어떻게 거대한 것을 작은 것 속에서 찾을 수 있으며 어떻게 작은 것을 거대한 것 속에서 찾을 수 있는지 제대로 설명할 줄 아는 사람들이 있다. 또한 물리학을 넘어서 현실과 인식, 자유의지와 표상이 무엇인지도 고민했던 천재들이다.

데네케 씨와 고대의 길을 걷다

오늘의 지도교수 데네케 씨가 완벽하게 준비를 마치고 나를 기다리고 있었다. 응접실 책상 위에는 최초로 인쇄된 독일 여행 지도책 《여행 소책자》의 복사본이 놓여 있었다. 450년 전에 제작된 이 책은 성직자와 기사들, 말을 탄 귀족부터 허리를 숙이고 수레를 끌던 시종까지 공무를 수행하기 위해 길을 떠난 사람들이 다니는 길을 표시한 것이다. 1150년에 도시의 개수는 40개였는데, 250년 후에는 3,000개가 되었다. 독일과 유럽 역사상 짧은 시간 안에 이렇게 수많은 마을이 높은 성벽과 망대, 군대를 갖춘 도시로 뒤바뀐 적은 없었다.

그 전에도 순례자들에게 길을 안내하기 위해 로마로 가는 길을 하나의 지도에 담으려는 시도가 있었다. 그 지도는 남쪽을 향하고 있었다. 로마가 지도의 오른쪽 맨 위에 있었고 북부 독일은 맨 아래쪽이었다. 내게는 그 지도가 더 매력적이었다. 남쪽으로 가려는데 계속 영원한 겨울 나라로 향하는 지도를 보려니 헷갈렸기 때문이다. 관점을 바꿔야 한다. 그러면 세상이 달라 보인다. 지도에는 "이것은 로마로 향하는 길이다. 독일의 한 도시에서 다른 도시로 가는 길을 마일마다 점으로 표시하였다"라고 쓰여 있었다. 점과 점 사이의 거리는 1마일, 오늘날의 단위로 바꾸면 7.4킬로미터다. 이 지도 제작자의 이름은 에르하르트 에츨라우브. 순례자들은 점수를 모으며 남쪽으로 여행했을 것이다.

유럽 대륙의 모든 길은 로마로 향한다. 대표적인 중간 도시는 서쪽의 캔터베리^{영국}, 칼레^{프랑스}, 파리^{프랑스}, 툴루즈^{프랑스}, 동쪽의 크라쿠프^{폴란드}, 부다페스트^{헝가리}, 빈^{오스트리아}, 북쪽의 브뤼헤^{벨기에}, 브레멘^{독일}, 비보르크^{러시아}, 뤼베크^{독일}, 로스토크^{독일}, 슈체친^{폴란드}, 그단스크^{폴란드}, 그리고 마지막으로 남쪽의 밀라노^{이탈리아}, 베네치아^{이탈리아}, 로레토^{이탈리아}였다.

데네케 씨가 아주 열정적으로 설명을 해주어 나는 즐겁게 그의 설명을 들었다. 우리는 그의 응접실에서 한참을 이야기하다가 비로소 시간 여행을 하기 위해 길을 나섰다. 신성로마제국의 시대로, 카롤링거 왕조 시대로, 그리고 더 오래전, 먼 옛날 도로 건설의 최강대국이었던 고대 로마제국의 시대로. 로마 사람들은 교통로에 관해 누구보다 박식했으며, 그래서 독일 중부 도시 모군티아쿰(오늘날의 마인츠)에서 보내는 소식이 약 1,200킬로미터 떨어진 로마까지 전달되는 데 사흘이면 충분했다. 모든 길에 몇 마일마다 말 교환소가 있어서 지친 말은 쉬게 하고 새로운 말을 타고 달려갈 수 있었기 때문이다.

우리는 마차를 탔다. 마차는 작은 자동차나 다름이 없었다. 데네케 씨는 마차를 들판으로 몰았다. 옛 유럽은 도시 밖으로 몇 킬로미터만 나오면 있었다. 데네케 씨가 고대의 길들, 교역로, 뒷길, 넓고 빠른 마찻길과 보행로, 가파른 사다리 길과 조금 덜 가파른 지름길 등을 보여주었다. 숲에서는 마차 바퀴가 다닌 길과 도랑, 흙이 주저앉은 부분을 볼 수 있었다. 특히 뤼베크에서 뉘른베르크까지 이어지는 남북 대로의 흔적이 이곳 숲의 덤불숲으로 이어져서 끊어져 있는 점이 인상 깊었다. 나는 중세 초기의 고속도로에 서서 옛날 사람들이 석회암을 캐던 채석장을 바라보았다. 이제는 돌로 뒤덮인 옛 국도 옆에는 과일나무들이 심겨 있어서 여행자들이 오며 가며 사과와 배를 따 먹었을 것 같았다. "저쪽을 보세요." 데네케 씨가 밭 주변에 살짝 솟아오른 부분을 가리키며 말했다. 그것은 옛날 농부들이 과일을 지키기 위해 아무나 수레를 끌고 밭에 들어가지 못하게 쌓아둔 턱이었다. 물론 높이가 낮아서 뻔뻔한 사람들은 마음만 먹으면 턱을 넘어 밭에 들어갈 수 있었다.

우리가 오래된 길을 따라가는 동안 몇 미터 너머의 도로에는 신형 자동차들이 쌩쌩 달리고 있었다. 문득 데네케 씨가 세상을 떠나면, 옛 세계에 대한 이런 지식과 옛길들도 언젠가 세상에서 잊힐 것 같다는 생각이 들었다.

데네케 씨는 기억에서 사라진 오래된 시대로 되돌아가는 문을 열었고 나는 그와 동행했다. 맨발로 혹은 샌들을 신고 돌길 위를 걸어가는 농부와 군인의 모습이 눈에 보이는 듯했다. 형편이 좋은 사람들은 가죽신발을 신었을 테고, 신분이 더 높은 사람들은 마차를 타고 다녔을 것이다. 유랑하는 가수들이 마술사와 악당이 사는 동방 세계의 이야기를 멋들어진 목소리로 들려주었겠지. 순진한 민중은 길에서 사람이 처형되는 모습을 호기심 반 즐거움 반으로 지켜보았을 테고, 술통이 숲속에 굴러다녔을 것이다. 목동과 장사꾼은 계속해서 지역을 옮겨다니고, 숯장수와 광부들은 근처 하르츠 산지의 광산으로 일하러 떠났을 것이다.

북부 독일에 제일 처음 놓인 국도는 1780년에 생겼다고 데네케 씨가 알려주었다. 그 길은 하노버에서 괴팅겐으로 이어졌다. 오늘날의 연방 국도는 대부분 옛 국도를 그대로 넓혀서 사용하고 있다고 했다. 독일이 역사를 가득 품고 있다는 생각이 들었다. 다만 아스팔트가 역사를 살짝 덮고 있을 뿐.

데네케 씨는 아주 잘 걸었다. 나도 여든세 살에 그처럼 잘 걷고 싶다. 그는 또 사람들이 늑대 같은 침입자로부터 자신을 보호하기 위해 쌓은 흙벽의 잔해를 보여주었다. 도시의 명칭을 보면 과거를 알 수 있다고도 했다. 예를 들어 '마르'나 '툰'으로 끝나는 이름을 가진 도시는 대체로 게르만 부족이 세운 마을이라고 했다. 한때는 울타리만 두르고 그런 이름을 단 마을이 많이 생겼다고 했다. 하지만 16세기경에 이런 부족 마을의 절반이 사라졌다. 이곳에도 많은 변화가 있었던 걸까?

우리는 속도에 관해 이야기를 나누었다. 당시의 짐마차는 하루에 23킬로미터를 이동했고, 말을 탄 전령은 중간에 말을 갈아탈 수 있어서 106킬로미터를 갔다고 했다. 말은 전력으로 질주하면 한 시간에 18킬로미터를 갈 수 있으며, 빠르게 걷거나 수레를 끄는 경우에는 시간당 8킬로미터를 갈 수 있다.

나폴레옹의 군대는 걸어서 하루에 약 60킬로미터씩 행군하며 유럽을 정복했으며, 도시마다 잠시 머물면서도 활발히 편지를 주고받았다. 그리하여 1075년 12월 8일 로마의 교황이 쓴 편지가 1076년 1월 1일에 독일 중북부 도시 고슬라에 도착했다. 도로와 교량 공사가 하느님의 마음에 아주 쏙 드니 가파른 경사지대에서 무거운 재료를 옮길 때 필요한 말을 더 많이 빌려줄 수 있다는 내용이었다. 나폴레옹 군대의 규모는 모든 말과 마차를 한꺼번에 들어 올려 몇 미터 떨어진 숲의 새로운 길 위에 내려놓지 않으면 길이 망가질 정도였다. 우리는 또 숲의 연회를 연상시키는 기념비를 보았다. 300리터의 맥주가 따르기도 전에 비워졌다는 내용이 쓰여 있었다.

우리는 맥주의 고장 아인베크를 찾아갔다. 13세기에 남부 바이에른 주 가을 맥주 축제인 옥토버페스트로 유명한 도시 뮌헨의 주도에서 자기들만의 맥주를 개발하기 위해 아인베크의 수도사 두 명을 강제로 끌고 갔다고 전해진다. 아인베크의 아들인 영화배우 빌헬름 벤도우는 역사에 남을 만큼 웃기는 유행어 "대체 말들이 어디서 달린다는 거요?"를 남겼다. 이 경마장의 두 남자 이야기경마장에 처음 온 엉뚱한 남자가 경마장의 다른 남자와 대화하는 이야기. 엉뚱한 남자가 계속해서 대체 말들이 어디 있냐고 묻는 대사가 웃음을 불러일으킨다는 코미디언이자 만화가인 로리오의 애니메이션으로 더욱 유명해졌다.

나도 데네케 씨에게 비슷한 질문을 반복했다. "대체 이 길이 어디로 이어지나요? 알프스를 넘어가나요?" 나는 그에게 트리에스테 항구로 걸어갈 계획을 이야기했다. "아, 혹시 다른 길을 택하실 생각은 없나요? 라인강 계곡을 따라 강 상류로 올라가다 보면 어느새 건너편에 이탈리아가 보일 겁니다. 옛 로마인들이 알프스를 건너던 셉티머 길(Septimer Pass)을 따라 걸으면 어떨까요? 정말 아름답거든요."

그 길로 가면 오래된 순례자 숙소 터는 물론이고 로마의 이정표, 사원 유적, 자갈이 깔린 아름다운 옛길을 볼 수 있다고 했다. "그 길로 가다가 코모 호수를 건너 로마로 가면 됩니다. 마르틴 루터 독일의 종교개혁가. 그의 종교개혁으로 인해 가톨릭과 개신교가 나뉘었다 도 그렇게 로마까지 걸어갔지요. 그 길로 가려면 제게 전화하세요. 자세한 경로를 알려드릴게요."

로마까지? 나는 잠시 고민했다. 로마까지 가지 못할 이유가 없었다. 심지어 루터가 걸었던 길이라는데. 전 세계 개신교를 탄생시킨 종교개혁이 일어난 지 500년이 되는 이 시점에 말이다. 저자가 여행을 한 해는 2017년이다. 나는 가보기로 했다.

길과 사람

내 컨디션은 최상이었고 날씨도 내 편이었다. 지금까지 얼마나 많은 길을 걸어왔는지 되돌아보았다. 프랑켄 지방 독일 바이에른 주의 북부지방 에서는 길 오른편의 보리수 뒷길을 통해 숲으로 들어갔다가 다시 과거의 농부들이 닭과 달걀을 시장으로 옮길 때 사용했다던 '계란길'로 나왔다.

독일에서 가장 큰 숲인 2,000제곱킬로미터 규모의 팔츠 숲에서 비바람에 화석처럼 변한 바위 절벽 위에 올라 넘실대는 나무의 바다를 내려다보았다. 아마 오래전 인간이 땅을 경작하기 전에, 그리고 로마인들이 이른바 '튜턴족의 분노(Furor teutonicus)'이 라틴어 표현은 로마제국 시대 사람들이 게르만족 특유의 폭발적인 공격성을 가리켜 표현하던 말이 다를 두려워해서 수비대를 모두 도망가게 하기 전까지도 모든 땅이 이런 모습이었을 것이다. 한때 독일 황제가 다스리던 이 지역의 황폐한 산등성이는 옛 권력의 몰락을 상기시켰다. 옛 로마인들의 길은 숨은 골짜기를 따라 라인강으로 이어졌다. 검 끝처럼 날카로워진 절벽의 뾰족한 바위가 갈라진 절벽 사이를 지나가는 여행자를 감시했다. 여러 개의 독수리 둥지가 트리펠스 요새의 절벽을 마치 보석처럼 장식하고 있었다. 이 요새는 한때 여행을 다니며 제국을 통치하던 독일 황제가 머물던 곳이었다.

이 아름다운 곳에 올라 화려한 색상의 사암 벽에 도마뱀처럼 붙어서 바위의 온기를 느끼고 있자니 이처럼 놀라운 경험이 또 있을까 싶었다. 촉촉하고 따뜻한 공기가 날씨를 더욱 기분 좋게 해주었고 먼 곳 하늘에서는 번개가 번쩍였다. 시간이 흐르면 이 순간도 과거가 되겠지.

튀링겐에서 나는 홀레 아주머니가 살고 탄호이저의 동굴이 있는 회르젤베르게 산을 지나게 되었다. 홀레 아주머니는 그림 동화에 등장하며 불쌍한 아이에게 상을 주고 나쁜 아이에게 벌을 주는 신적인 존재다. 탄호이저는 바그너 오페라의 주인공이다. 이곳에 사는 켈트족의 신과 영혼들은 사람들의 꿈에 찾아와 세상의 비밀을 동화로 설명해준다고 한다. 습도가 높고 시원한 바람이 잘 부는 이곳에는 마녀가 쓸 법한 약초들과 제라늄이 지독한 향기를 풍기며 땅주인 행세를 하고 있었다. 걷다가 만난 한 농부가 내게 체리를 건네주며 자신이 까마귀 울음소리로 날씨를 알 수 있다고 말했다. 그곳에서 가까운 마을인 부를라 인근 고속도로에서는 이틀에 한 번씩 교회 종탑의 태엽 감는 일을 하고 있다는 난민들을 만났다.

독일 중부의 플레밍 구릉지에서는 기르는 돼지에게 직접 끓인 감자 수프를 먹인다는 농부들의 이야기, 그리고 밤에 사슴을 사냥한다는 밀렵꾼들의 이야기를 들었다.

초원처럼 보이는 늪지가 나오더니 오리나무 위에 커다란 해오라기가 앉아 있는 게 보였다. 암벽 위에는 알을 품고 있는 올빼미가 있었는데, 그곳에서 50킬로미터도 떨어지지 않은 곳에서 도로공사가 한창이었다. 이곳에 화려한 깃털의 새들이, 저곳에 거대한 불도저가 있었다. 나는 그곳의 숲 관리인 후베르투스 씨를 알게 되었다. 그는 원래 장비 운전사였는데, 그의 상사가 새로운 중장비를 배워 오라고 해서 일을 그만두었다고 했다. 사슬과 집게발이 달린 새로운 기계를 들이면 몇 년 전까지 서른 명 정도가 붙어서 해낸 일을 두 시간 만에 해치울 수 있다고 했다. 지금 그는 조용한 슈프레 강가에서 생맥주를 팔며 손님들에게 메기와 습지 거북이의 생태에 관한 이야기를 들려주고 있다.

나는 또 길을 걷다가 과거에 기술자로 일했다는 슈테판 씨를 알게 되었다. 그는 잘나가는 보일러 작업자였다고 했다. 친근하고 예의 바르게 일했기 때문에 누구나 안심하고 집 문을 열어주었다고 했다. 연락을 받으면 즉시 그 집으로 갔다. 베를린 이쪽 끝에서 저쪽 끝으로 이동해야 했어도 손님을 가리지 않았다. 베를린의 교통체증 때문에 길이 몹시 막혀도 말이다. 그래서 하나의 일정을 소화하려고 하루 종일 도로에 있는 때가 많았고, 그렇게 인생을 헛되이 보냈다고 했다. 매일 소음과 불쾌한 기분으로 하루를 보내고 저녁때는 몹시 지쳐서 잠들었다. 슈테판 씨는 독일에 번아웃이라는 단어가 알려지기 전부터 번아웃되어 있었다. 마침 친구 하나가 그에게 전화를 걸어 100킬로미터쯤 떨어진 곳에 작은 집이 매물로 나왔다는 이야기를 했고 그는 일을 그만두었다. 그리고 사흘 뒤엔 아내와 함께 숲속에 있었다.

숲에는 할 일은 별로 없지만 자연이 있었다. "지난 15년간 이 숲에서 살면서 사람을 만난 적이 없었어요." 그가 내게 말했다. 이 근방에 사는 소수의 노인들은 너무 나이가 많아서 밖으로 나오지 않는다고 했다. 한동안 그는 이 고독한 곳으로 관광객을 끌어오려고 노력했다고 했다. 몇 킬로미터에 이르는 아름다운 산길과 오리나무 군락, 속이 들여다보이는 깨끗한 개울을 보여주고 싶었다고 했다.

하지만 시간적 여유가 없는 사람들은 꿀벌과 말벌의 차이를 찾아보고 밤에 뱀장어나 흰꼬리수리를 다 관찰할 정도로 이곳에 오래 머물지 못했다. 현재 슈테판 씨는 카메라를 설치하여 사진을 촬영해주고 있다. 모델이 나무들 속에 혼자 서 있는 모습이나 강에서 낚시하는 모습, 무척 역동적인 동물 사진과 사슴의 짝짓기 모습 등 다양한 순간을 사진으로 남기고 있다. 수사슴끼리 싸움을 시작하면 땅바닥에 누워 최고의 순간을 담아냈다. 그는 도시가 전혀 그립지 않다고 했다.

그가 숲 가장자리에서 사는 데 드는 비용은 월 350유로. 한화로 약 47만 원이다. 그의 집에서는 나이팅게일이 노래하는 소리가 들렸다. 노을이 질 무렵 강 낚시의 아름다운 풍경을 필름에 담아내고, 보름달이 마법 같은 빛을 밝게 빛내는 밤에 이 나라에서 가장 아름다운 숲의 웅장함 속에서 잠드는 삶. 나무 그루터기 주변에 앙증맞은 노루귀 꽃이 자라고, 이끼와 블루베리 새싹 위로 반짝이는 아침 이슬이 내리고, 가을에는 사슴이 우는 소리가, 봄에는 후투티가 지저귀는 소리가 계절을 알린다고 했다.

걷는 여행을 하며 나는 이렇게 자연에 푹 잠겨 있는 사람들을 여러 명 알게 되었다. 독일 서부의 아이펠 고원에서 만난 탐험가는 자전거로 독일의 들길을 여행하고 있었다. 한때 광부였던 그는 과거에 자전거를 타고 로마에 다녀왔다고 했다. 그리고 베르히테스가든 국립공원 빔바흐 계곡의 산장 주인 베른트 씨도 있었다. 제철소 작업반장이었던 베른트 씨는 '조직 재정비'라는 이름으로 작업팀에서 제명할 팀원 세 사람을 지목하라는 회사의 지시를 거부하고 사표를 썼다. 그는 지금 가파른 산들로 둘러싸여 있고 돌과 자갈이 가득한 깎아지른 듯한 높은 절벽 위에서 산장 일을 하고 있다.

하늘은 위대하고 강력하며, 사람은 아무것도 아닌 존재다. 절벽에서는 폭포가 떨어진다. 이곳에서는 빗줄기에 산이 흠뻑 젖으며 강한 구름 폭풍이 풍경을 결정한다. 폭풍이 지나가면 우윳빛 안개가 끼고 아무것도 보이지 않는다. 아무것도 예전과 같지 않다. 산 위부터 산 아래까지 식물들이 다 쓰러져 발밑에 깔렸고, 벼락 맞은 낙엽송이 쪼개지고 바람에 쓰러져 대자연 앞의 무력감을 소리 없이 호소하고 있었다. 봉우리 중 하나인 트리쉬벨의 만년설이 끝나는 경계선, 그 돌무더기 위에서 나는 마멋을 보았다. 마멋들은 풀과 건초로 푹신하게 만든 구덩이를 쉴 새 없이 들락거렸다. 반년 동안 컴컴한 굴속에서 시간을 보냈으니 이제 자연을 즐길 시간이었다.

나는 이 사람들을 찾아다니다가 만난 것이 아니라 걷다가 만났다. 삶과 일에 대해 더 이상 지시받고 싶지 않은 사람들. 그들은 자기 삶의 노예가 아니라 진정한 주인이었다. 돈과 안정을 포기했지만 아무것도 잃지 않았고, 몇 분에 한 번씩 울리는 휴대폰 벨소리와 문자 알림음을 더 이상 신경 쓰지 않았다.

그중에서도 엔리코 씨의 이야기가 유독 마음에 남았다. 그는 자동차 공장의 컨베이어 벨트에서 일했다. 그런데 그 직업을 일부러 골랐다고 했다. 작업시간이 정해져 있고 며칠씩 쉬어서 자신의 꿈을 마음껏 이룰 수 있어서였다. 그의 꿈은 여행을 하며 매일을 인생의 마지막 날인 것처럼 사는 것이었다. 그는 내게 자기 휴대폰을 보여주었다. 그가 다닌 여행 기록이 사진첩에 가득 담겨 있었다. 산티아고 순례길 중에서 바다를 따라 걷는 길인 북쪽 경로를 걸으며 하루도 빠지지 않고 일출을 보았다고 했다. 한번은 피레네 산맥 어디쯤에서 아마도 500년이 넘었을 것 같은 거대한 밤나무를 두 팔로 안아보려고 시도한 적이 있었다. 그런데 갑자기 나무기둥 반대편에서 한 여성이 손을 내밀었고, 두 사람이 함께 밤나무를 안아줄 수 있어서 너무 행복했다고 했다. 엔리코 씨가 대뜸 내게 물었다. "그런데 하우저 씨, 그렇게 불쑥 나타나 인사하면서 지금까지 도대체 얼마나 많은 사람을 놀라게 한 건가요?"

이야기와 사람

하르츠 산지를 빙 두르며 걸었다. "길 위에 상쾌한 아침 공기가 가득하고 새들이 즐겁게 지저귀면 내 마음도 점점 더 상쾌하고 즐거워진다. 이런 위안이 얼마나 절실했는지 모른다." 시인 하인리히 하이네가《하르츠 기행》에서 쓴 글이다.

마음이 내키면 내려온 길을 다시 거슬러 올라갔다. 항상 전진만 하고 절대 뒤돌아보지 않는 사람? 나는 그런 사람이 아니다. 많은 이들이 그렇게 하다간 여행이 끝이 없을 거라고 말했다. "그러지 말고 더 빠른 길을 택하는 게 어때?" 모두 맞는 이야기다. 하지만 강물도 때로는 한 바퀴씩 돌아서 흐르지 않는가. 인생은 구불구불하고, 오르락내리락하며, 좌우로 흔들리기 때문에 재미있는 게 아닐까? 자연에 처음부터 끝까지 곧기만 한 직선은 존재하지 않는다.

라이네강을 따라 상류로 올라가보았다. 강은 농촌 지역인 아이히스펠트를 지나갔다. 나중에는 일곱 개의 시내로 갈라지며 내 옆에서 졸졸 흘렀다. 해가 계속 뜨겁게 내리쬐었고, 나는 시냇물에서 수영을 하며 몸을 식혔다. 함부르크에 문자를 보내 날씨가 어떠냐고 물었더니 싸늘한 대답이 날아왔다. "지금 이곳에 없는 걸 다행이라고 생각해!"

나는 뇌르텐하르덴베르크를 향해 걸었다. 그곳에서 수준급 레스토랑이 딸린 5성급 호텔과 골프장, 욕조가 나를 기다리고 있었다. 카를 그라프(백작) 폰 하르덴베르크 씨가 나를 초대해서 그의 호텔에서 하룻밤을 보낼 수 있게 되었다. 한때 웅장했던 암벽 요새는 오늘날 거대한 폐허가 되어 있었다. 약 천 년 전, 마인츠의 대주교가 두 개의 무역로를 지키기 위해 이곳에 요새를 지었다. 그러나 돈이 부족해진 가톨릭 성직자들이 700년 전에 이 성과 토지를 한 가문에 양도했다. 가문의 친족들이 한바탕 전쟁을 치른 뒤 가문의 일부가 성의 뒷부분을, 나머지 일부가 성의 앞부분을 차지하게 되었다. 이것을 '성내 평화'라고 부르는 게 옳을까?^{성내평화는 원래 적과 전쟁할 때 성 안의 구성원끼리 싸우지 않는 전통을 말한다.}

하르덴베르크 백작 가문은 수세기 동안 독일 제국의 운명을 흔들었다. 가문 구성원 중 어떤 이는 시를 쓰고 어떤 이는 역사를 썼지만 변함없이 코른^{도수가 아주 높은 독일의 증류주}을 생산해왔다. 독일에서 두 번째로 큰 규모의 증류 공장을 대대로 운영하고 있는 이 가문의 문장에는 멧돼지가 그려져 있었다. 나는 하르덴베르크 씨와 신과 숲에 관해 이야기를 나누었다. 그는 농사보다 호텔을 운영하는 데 더 많은 직원이 필요하다고 했다. 2,000제곱킬로미터의 농지를 경작할 때는 기계를 다룰 사람 네 명만 있으면 된다고 했다. 나는 초대에 대한 감사의 표시로 디트리히 데네케 씨에게 받은 고지도를 선물했다. 하르덴베르크 씨는 데네케 씨와 그의 대단한 작업을 알게 되어 무척 기쁘다고 말했다. 나도 친절하고 푸짐한 대접에 조금은 보답을 한 것 같아서 기뻤다.

　원래 나는 하르덴베르크 가문의 친구를 한 명 알고 있었다. 필립 폰 하르덴베르크는 현재 태국의 교육제도를 바꾸는 일을 하고 있다. 하루는 정말 즉흥적으로 필립에게 전화를 걸어 사촌 중에 고성 호텔을 운영하는 사람을 소개시켜줄 수 있냐고 물었다. 원래 나는 여행하면서 친구들에게 전화하는 걸 좋아한다. 여행지를 어슬렁어슬렁 걸으면서. 진정한 모바일(이동하는) 통화란 그런 거니까. 그런 연유로 나는 그다음 날 아침 깎아지른 듯한 절벽에 있는 하르덴베르크 성 호텔 식당에서, 새하얀 천이 깔린 식탁에 앉아 아침을 먹을 수 있게 된 것이었다. 정말 오랜만에 신문도 읽을 수 있었다.

　세계는 내가 여행을 떠난 뒤에도 전혀 조용하지 않았지만 어떤 소식도 내 마음을 흔들어놓지 못했다. 나 역시 소식으로 돈을 버는 사람이다. 나는 이야기를 판다. 가장 좋은 이야기는 사람들이 한 번도 들어보지 못한 이야기 혹은 아직 듣지 못한 이야기다. 거의 모든 이야기가 글로 쓰였지만, 나의 개인적인 이야기는 아직 세상에 나오지 않았다.

　세계는 이야기다. 우리는 이야기 속에 살고 있다. 역사 속 이야기부터, 우리 자신이 주인공인 이야기까지. 같은 이야기와 비슷한 이야기. 무엇이 어떻다는 이야기 혹은 그 비슷한 이야기. 우리는 이야기를 듣고 우리의 생각을 이야기한다. 모든 것을 다 설명할 수 없지만 설명하려고 시도한다. 때때로 아무것도 모르면서 모든 것을 설명하려고 한다. 그 이야기가 상황에 적절하다면 괜찮다. 하지만 여전히 아무것도 모른다는 사실에는 변함이 없다. 나이가 들면서 나는 어떤 판단이나 의견도 완전히 신뢰하지 않게 되었다. 그런데, 무슨 이야기를 하다가 이야기가 여기까지 왔지?

옆 테이블에 앉은 사람들이 사업 이야기를 하고 있었다. 나는 휴대폰을 꺼냈다. 오늘은 어느 방향으로 걸을지 확인하기 위함이었다. 호텔 로비에는 이 지역 볼거리에 관한 책자들이 꽂혀 있었다. 독일의 시인이자 화가였던 빌헬름 부슈가 이곳에서 그리 멀지 않은 곳에서 인생 전성기를 보냈다고 나와 있었다. 좋아, 19세기 예술가를 만나고 가자. "대체 내가 걸으면서 먼 곳을 보면 안 되는 이유라도 있소? 아름다운 곳은 다른 데에 있고, 내가 있는 이곳은 그저 그렇단 말이오." 빌헬름 부슈의 그림책《플리슈와 플룸(Plisch und Plum)》에 등장하는 피에프 씨가 하는 말이다. 피에프 씨는 그 말을 하고 나서 발을 헛디뎌 물에 빠져 죽고 더 이상 아무것도 보지 못한다. 하지만 내겐 환한 태양이 앞길을 비추고 있었고 새로운 하루가 시작되었다. 봐야 할 것이 아직 많이 남아 있었다.

성에서 내려와 오른편 숲 쪽으로 걸으면 한 사람만 다닐 수 있는 좁은 길이 나왔다. 너도밤나무, 물푸레나무, 야생 마늘이 그늘을 만들어주었다. 해를 등지고 걸으니 목 뒤가 따끈따끈했다. 언덕길을 조금 올라가서 다시 내려오니 넓은 길이 나왔고, 계속해서 눈앞에 보이는 웅장한 산자락을 바라보며 걸었다. 눈이 호사를 누린다는 말이 있다. 이 표현은 먼 곳을 바라보는 즐거움에서 나왔을 거라는 생각이 든다. 얼마 전까지는 수평선밖에 보이지 않았는데. 나는 더 먼 곳의 풍경을 기대하며 발걸음을 옮겼다.

하얀 강물이 흐르는 계곡을 통해 빌헬름 부슈가 학교를 다녔다는 마을인 에버괴첸으로 갔다. 재능이 많았지만 자신감이 없었던 예술가가 지은 시는 당시의 독일 사람들에게 큰 환영을 받지 못했다. 왜냐하면 그가 쓴 시의 내용이 진지한 것인지 풍자적인 것인지 이해하기 어려웠기 때문이다. 자신도 가면을 쓰고 이야기에도 여러 겹의 가면을 씌웠던 시인. 내 기억에 남는 이야기는 장난꾸러기들이 나오는《막스와 모리츠》다. 빌헬름 부슈 자신이 어렸을 때 방앗간 주인 바흐만 씨의 아들 에리히와 친해져서 그해 여름 내내 저지른 장난이나 생각해낸 이야기들을 글로 쓴 것이라고 했다. 그의 생가는 아기자기하게 꾸며져 있었고, 집 뒤의 시냇물이 책에 나온 것과 똑같이 시원한 소리를 내며 흐르고 있었다.

부슈는 살면서 자주 이 집을 찾아왔고 오랜 동창과 옛이야기를 나누는 걸 좋아했다고 한다. 그는 마당의 나무 의자에 앉아 입에 긴 담배 파이프를 물고 다른 손에는 와인 잔을 든 채 뭔가를 골똘히 생각했다고 한다.

허리를 숙이고 천장이 낮고 좁은 공간으로 들어가 내 어린 시절에 영향을 준 그림을 그린 작가가 어떤 사람이었을지 상상해보았다. 생각해보면 그는 나쁜 그림들을 많이 그렸다. 주인공은 항상 매를 맞거나 벌을 받았고, 악동은 코른을 마신 채 주정뱅이가 되어 악당이 되고, 항상 더 안 좋은 상황이 되었다. 부슈가 그리 행복한 인생을 살았던 것 같지는 않다. 좋아하던 여성과의 연애도 잘 이루어지지 않았다. 하지만 그의 이야기는 오래오래 살아남았다. 빌헬름 부슈가 1908년 세상을 떠나고 나서 출간된 동화책《막스와 모리츠》는 당시 출판사로부터 거절당했지만 지금은 쉰여섯 차례나 개정되며 계속 팔리고 있다.

나는 수련 여행을 하고 있었다. 볼 것이 너무 많았고 배울 것도 너무 많았다. 독일의 자연에 대해, 사람에 대해, 그리고 과거와 현재에 대해 새롭게 알게 된 것이 많았다. 배운다는 의미의 독일어 '레르넨(lernen)'은 고대 게르만어 '리즈노얀(liznojan)'에서 파생되었다. 발자취를 따라간다는 뜻이다. 헤센 북부와 튀링겐 서부와 중부 독일을 이루는 이 남부 니더작센 지역에서 지금 내가 하는 일이 바로 그것이었다.

나무와 물과 산이 가득한 독일의 초록색 심장. 나는 시냇가를 따라 걷기 시작했다. 미끄러운 자갈과 바위 위로 균형을 잘 잡으며 걸어야 했다. 냇가에 쪼그려 앉아서 시냇물이 어떻게 물길을 내는지 지켜보기도 했다. 냇물은 때로는 빠르게, 때로는 천천히 흘렀다. 작은 바위 아래를 보면 송어가 모여 있었다.

나는 하루살이가 작은 입으로 바위에 낀 물때를 뜯어먹는 모습을 보려고 애썼다. 하루살이 유충은 물속에서 2년간 살다가 성충이 되면 날 수 있는데, 짝짓기를 위해 단 며칠을 살고 난 뒤에는 생을 마감한다. 나는 발로 물을 차며 자연이 내게는 조금 더 많은 시간을 허락한 점을 기쁘게 생각했다. 시냇물이 졸졸 소리를 내며 평화롭게 흘렀다.

강이나 시내가 구불구불 흐르는 곳은 물살이 세지 않아서 마음이 편해진다. 이건 오랜 옛날 인간이 아직도 사냥을 하며 깨끗한 물을 샘물에서 얻던 시절, 그리고 습지와 시냇가에서 사냥할 짐승을 발견할 수 있었던 시절의 기억과 관련이 있다. 인간이 두 발로 서서 중심을 잡기까지 오랜 시간이 걸렸듯이 이곳의 생명들도 자리를 잡기까지 꽤 오랜 시간이 필요했을 것이다.

이 모든 것은 수억 년 전, 우리가 빅뱅이라고 부르는 위대한 첫 신호와 함께 시작되었다. 그로부터 이런저런 과정을 거쳐 공간과 시간, 물질과 에너지를 비롯한 모든 것이 생겼다. 누가 이 모든 것을 만들었는지에 대해, 사람들은 싸울 수 있게 됐을 때부터 줄곧 싸워왔다.

가톨릭 가정에서 성장한 나는 창조주의 이야기도 꽤 괜찮다고 생각한다. 설명하기 어려운 것을 누군가가 간단하게 설명해주는 것이 나는 좋다. 그래서 일 년 중 가장 큰 명절인 부활절 저녁에 듣는 부활 이야기가 좋았다. 죽은 뒤에 다시 살아나는 일, 그걸 싫어할 사람이 누가 있을까? 신이 세상을 창조했다는 이야기도 내가 가장 좋아하는 이야기 중 하나다. 세상의 모든 것을 단 일주일 만에 만들었다는 이야기. 하느님이 말했다. "빛이 있으라." 그랬더니 빛이 생겼다. 하느님은 빛이 좋다고 생각했다. 하느님이 어둠과 빛을 둘로 나누고 어둠을 밤으로, 빛을 낮이라 불렀다. 밤이 되고 아침이 되었다. 그렇게 첫째 날이 지나고 일곱째 날까지 계속 세상이 만들어졌다.

하나에서 모든 것이 나왔다. 가톨릭의 신은 스스로 있는 존재, 영원 전부터 영원까지 있는 존재라고, 작곡가 슈베르트의 미사곡 〈상투스〉의 가사는 말한다. 그 가사를 듣고 있으면 내 할아버지가 생각난다. 우리는 할아버지의 장례식에서 이 노래를 불렀다. 돌아가신 지 그리 오래되지는 않았지만 내 할아버지는 말을 타고 다녔다. 마지막으로 탄 말은 조랑말이었는데 내 삼촌들이 차를 세워두는 자리 바로 옆에 마구간이 있었다. 할아버지는 매일 새벽에 일어나 조랑말에 수레를 달고 밖으로 나갔다. 그러고는 젖소 농장에서 그날 짠 소젖이 담긴 커다란 통을 가져왔다. 돌아온 할아버지는 다시 마을로 나가기 전에 길에서 묻은 흙을 수레바퀴에서 털어내곤 했다.

할아버지가 종을 치면 집집마다 사람들이 서둘러 나왔다. 비가 내려도 할아버지는 나가지 않는 날이 없었다. 무슨 일이 있어도 할아버지는 밖으로 나갔다. 날씨가 어떻든 자신을 돌보지 않았다. 전쟁터에 나갔던 할아버지는 옷과 머리가 젖는 것보다 더 끔찍한 일을 많이 겪었다고 하셨다.

할아버지가 일을 그만두셨을 때 나는 열두 살이었다. 할아버지는 전쟁터에서 6년이란 긴 시간을 보냈고, 턱을 총에 맞는 바람에 많은 걸 잃어야 했다. 한번은 할아버지가 크리스마스가 되기 전에 고향에서 휴가를 보내게 되어 어머니와 이모들에게 선물을 하려고 일 년 가까이 돈을 모은 적이 있었다. 그런데 누군가가 지갑을 훔쳐갔고, 그때 할아버지는 정말 서럽게 울었다고 하셨다. 나는 그런 이야기를 들으며 자랐다.

할아버지는 은퇴하기 전까지 자신의 꿈과 소원을 묻어만 두셨다. 그리고 은퇴한 지 반년 만에 예순네 살의 나이로 돌아가셨다. 오늘날에는 그 나이에 인생을 새로 시작하는 사람이 얼마나 많은가. 정말 슬픈 장례식이었다. 마을 전체가 항상 깨끗한 작업복을 입고 우유를 나르던 한 남자를 추모했다. 할아버지가 돌아가신 그날, 이런 생각을 했던 게 기억난다. 나는 꼭 내가 하고 싶은 일을 할 수 있을 때까지 기다리지 않고 가능하면 빨리 실천에 옮기겠다고. 빌헬름 부슈는 행복은 모든 길로 도망간다고 말했다. 그리고 불행이 언제든지 닥칠 준비를 하고 있다고 했다. 불행이 오든 말든, 나는 이 길 위에서 충분한 행복을 차곡차곡 모으기로 했다. 불행한 시간이 오더라도 견뎌낼 수 있는 기쁨의 창고를 만들 생각이었다.

잃어버린 시간을 찾아서

빙하 지형만 있는 썰렁한 북쪽을 걸어온 뒤여서 그런지, 라이네강, 베라강, 베저강 유역의 아름답고 변화무쌍한 길에 기분이 들떴다. 나는 자연에 안기는 느낌에 푹 빠졌다. 나 자신이 가볍고 말랑말랑해지는 것 같았다. 탁 트인 하늘 아래를 걷다가 뭔가 떨어져도 그냥 축축한 채로 걸었다. 완전히 충전된 기분으로 하늘에서 번개가 치는 순간을 경험하는 것도 환상적이었다. 물론 내가 있는 곳에서 아주 멀리 떨어진 하늘이라 그랬겠지만.

걸으면서 집도 도로도 없던 과거에는 이곳의 풍경이 어땠을지 계속 생각했다. 사람들이 더 빨리 달리기 위해 땅을 학대하기 전에는 산이 깎이거나 뚫리지도 않았을 것이고, 언덕도 납작해지지 않았을 것이며, 다리도 세워지지 않았을 것이다. 길은 자연 풍경을 해치지 않았을 것이다. 강변을 따라, 산 주변을 둘러서, 맨 처음 형성된 자연의 모습대로. 사람들은 인터넷이 아니라 장터에서 서로 만났을 것이다. 해가 뜨면 그날 하루가 시작되고, 해가 지면 그날 하루가 끝났을 것이다. 나는 잃어버린 시간을 되찾기 위해 걸어가는 기분이었다.

시간을 어떻게 하면 멈출 수 있을지 곰곰이 생각했다. 유치한 어린아이 같은 꿈이다. 나도 안다. 매일 저녁마다 놀라웠던 건 아침이 어디로 갔을까 하는 것이었다. 어떤 사람들은 삶이 지루하다고 말한다. 적어도 나는 평생 그런 문제로 괴롭진 않을 것 같다. 걸어서 여행을 하면서 내가 시간과 상관없이 존재하는 듯한 느낌을 받았다. 시간은 흘렀지만 나는 전혀 영향을 받지 않았다. 내 한계를 느끼기는 했다. 물속에 너무 오래 있거나 건너뛸 수 없을 정도로 도랑이 넓을 때. 대다수 시냇물은 충분히 뛰어넘을 수 있었지만 멀리 돌아가야 할 때도 있었다. 이 여행을 처음 시작했을 때처럼. 고속도로는 무척 귀찮은 장애물이었다. 방음벽을 따라 몇 킬로미터를 걸어가야 횡단할 수 있는 지점을 찾을 수 있었다. 도로는 길을 잇기도 하지만 길을 막기도 한다.

그건 뭐 받아들일 수 있었다. 또 하나의 문제는 끊임없이 계속되는 의문이었다. 나는 완전히 혼자였다. 나밖에 없었다. 그런데도 전혀 불편하지 않았다. 내게 뭐가 부족하지? 누군가가 필요할까? 지금 이 행복한 순간을 누군가와 나눌 수 있다면 더 좋았을까? 이런 생각을 계속했다. 관계에 대한 내 욕구에 대해, 주변 사람에 대한 내 애정에 대해. 여자친구와 아들, 형제들, 부모와 친구들에 대해서. 그들이 내 주변에 있는 게 좋았다. 그들 없이는 살고 싶지 않았다. 그러나 내 안에는 또 혼자 있고 싶은 깊은 갈망이 있었다. 나 자신과 꼭 붙어 있는 상태인 동시에 고립된 상태. 타인 및 자신과 좋은 관계를 유지하는 일은 정말 어려운 일이다. 어쩌면 가까운 사람들과 아주 조금은 거리를 두는 게 최선일지도 모르겠다.

지금은 혼자 있어야 하는 시간이었다. 나는 아무렇지도 않았다. 나와 함께였으니까. "자네에겐 자네밖에 없으니 자네 편이 되어야 하네." 이 말은 니더라인 지역이 낳은 작가이자, 인간을 깊이 이해했던 한스 디터 휘슈가 내게 해준 말이다. 그의 삼촌은 내 고향 마을 오르소이 출신이다. 휘슈는 "오르소이에 올빼미가" 돌아오게 해야 한다고 말했다. 그는 내게 설명을 하려 했지만 우리는 이미 같은 마음이었다. 운이 좋아서 나는 그가 죽기 전에 꽤 오랜 시간 대화를 나눌 수 있었다. 마지막으로 만났을 때는 헤어지면서 그가 내게 이렇게 말했다. "나는 신과 약속을 했네. 갈 사람은 가게 돼 있지."

우리 인생은 유한하다. 우리는 어느 날 이 세상에 태어나 보니 언젠가 다시 죽기 위해 태어난 것이라는 사실을 깨닫는다. 많은 사람들이 내면 세계를 무시하고 자신의 욕망만 가득 채우는 이유는 어쩌면 이런 사실을 떠올리지 않기 위해서가 아닐까? 미국의 심리학자 제임스 부겐탈은 말했다. "우리의 고향은 마음속에 있다. 이 원시적인 진실을 스스로, 또 자신만의 방식으로 새롭게 발견하지 않는 한, 인간은 방황하다가 아무도 없다는 슬픈 사실을 발견하고 절망하는 저주로부터 벗어나지 못할 것이다."

연결된 느낌

숙소까지는 10킬로미터 정도 남았다. 부족한 것이나 필요한 것은 아무것도 없었다. 오늘 걸어야 할 분량도 다 채웠다. 시계를 차고 있지 않았지만 여행을 하면 할수록 지금 몇 시쯤 되었는지 예상할 수 있게 되었다. 하늘 한번 쳐다보고 "네 시 반쯤일 거야"라고 말할 수 있는 능력이 왠지 멋졌다.

며칠 동안 몸이 원하는 대로 움직였다. 숲으로 들어갔다가 숲에서 벗어났다. 멧돼지가 튀어나올 것 같아 겁이 나면 박수를 크게 쳤다. 시냇가를 따라 걷고 산에 올라갔다. 암벽 위에 앉았다가 풀밭에 눕기도 했다. 마을들을 구경하다가 언덕 뒤로 몸을 옮겼다. 살이 빠졌는지 옷이 헐렁해졌지만 전혀 힘들거나 피곤하지 않았다. 혼잣말을 했다. 아저씨, 그래도 아직까진 몸이 괜찮은데?

괴팅겐 근처 동네에 사는 지인 게랄트의 집에서 잠시 쉬었다 가기로 했다. 한때 기사의 영지였던 그 동네는 옛 서독과 동독의 국경에서 멀지 않은 라이네강 상류 지역에 있었다.

지금은 오로지 추모비만이 독일이 분단됐던 과거를 상기시

켜주고 있었다. 동쪽에도 초록이 가득하고 서쪽에도 초록이 가득했다. 아무런 차이를 느낄 수 없었다. 과거에는 동독과 서독 사이에 깊은 수로가 있었다고 하는데 흔적을 찾을 수 없었다. 젊은 과학자였던 게랄트는 분단 후 서독으로 도망쳤다. 워낙 머리가 좋았던지라 감자를 깎아 비자 도장을 위조했다고 했다. 게랄트 휘터는 뇌과학자다.

그는 남들보다 더 많은 생각들, 예컨대 어떻게 살아야 하는가, 우리는 어떤 존재인가 같은 고민을 품은 사람들을 격려하고 그들에게 용기를 준다. 또 우리가 사회적 존재라는 사실을 이해할 수 있도록 돕는다. 뇌가 '관계'의 기관이기 때문이다. 게랄트는 과거의 경험이 어떻게 행동을 좌지우지하고 문제해결 방법을 결정하는지에 특히 관심이 있다. 그는 많은 사람들이 소비에 집착하고 자기 경험을 크게 신뢰하지 않는 이유를 아주 집요하게 연구하고 있다.

게랄트는 사람들이 어떤 과정을 통해 스스로에게 관심을 갖고 진짜 자신이 되는지에 주목했다. 나는 그에게 전화를 걸었다. 한바탕 웃으며 농담을 한 뒤에 내가 물었다. "요즘은 어떤 주제에 관심을 가지고 있어요?" 그는 신경과학자로서 좋은 생각이 좋은 기분을 만든다는 사실을 직접 실행하고 있다고 했다.

게랄트에게 걸으면 기분이 좋아지는 이유를 물었다. "그건 아마도 걷기가 몸을 움직이는 가장 좋은 방식이라서 그렇겠지. 일정한 속도로 걷다 보면 걸음과 몸의 다른 활동이 함께 하나의 리듬을 만들게 돼. 호흡과 심장박동, 혈액의 흐름 등이 말이야. 그리고 살아 있는 모든 것은 움직이며 더 나은 방향으로 변화하는데, 자네가 계속 움직이기 때문에 생명의 흐름에 동화되는 게 아닐까? 몸이 이끄는 대로 움직이면서 거대한 흐름의 일부가 되는 거지."

그는 또 옛 라틴어에서 유래된 단어인 '연결성(kohärerenz)'을 이용하여 설명했다. 이 단어는 전체에 소속되어 있다는 뜻도 지니고 있었다. "우리는 다른 것들과 관계를 맺고 우리 주변의 상황을 주도하려고 노력해. 자네의 생각과 느낌과 행동도 전부 하나로 연결되어 있어. 자네가 원하는 대로 하기 위해서 말이지."

"내가 원하는 대로 행동하기 때문에 즐겁단 말이지요?" 나는 게랄트에게 다시 물었다. "물론이지. 흐름을 거슬러 행동하려면 많은 에너지가 필요해. 하지만 지금의 자네는 실력 있는 카누 선수처럼 물살을 거스르지 않고 흐름을 타고 있지. 조금도 힘을 들이지 않고."

인생은 길게 잔잔히 흐르는 강물이다. 어디선가 들어본 문장이기도 하다. 지금 내 인생은 조용히 강물을 타고 있었다. 게랄트가 말했다. "어쩌면 누군가가 걷기란 무척 좋은 거라고 알려주기도 전에 이미 우리 내면에는 걷고 싶어 하는 정신이 자리하고 있었는지도 몰라." 나는 그의 표현이 몹시 매력적이라고 생각했다. "왜냐하면 우리 인간은 앉아 있기보다는 걷도록 만들어진 것 같거든. 우리 신체는 걷기에 적합하지, 오랜 시간 앉아 있는 것에는 적합하지 않아. 만약 그렇지 않다면 걷기보다는 앉아 있기 위한 근육이 더 발달했을 거고, 오래 앉아 있기 때문에 생기는 질병과 고통은 생기지도 않았을 거야."

나중에 그가 말한 내용을 다시 한번 깊이 곱씹어보았다. 그의 많이 옳았다. 걷는 일이 바로 우리가 원하는 것이었다. 하지만 대부분 인생을 그렇게 살지 못한다. 언제나 이것과 저것을 연결하여 생각하지 못하고 중간에 엉뚱한 것을 끌어다놓는다. 우리가 죽어야 비로소 이런 짓을 멈추기 때문에 게랄트는 '연결된 느낌'을 연습하라고 말했다. "불행한 사람은 많은 에너지를 필요로 해. 하지만 우리의 뇌는 최대한 에너지 소모를 줄이게끔 설계되었거든. 그래서 어려움을 회피하고 억누르려고 에너지를 사용하는 대신 해결책을 생각해내지." 조금 다르게 표현하자면, 문제를 해결하지 않고 문제가 있음에 슬퍼하기만 한다면 우리의 뇌는 피곤해질 것이다. "우리 인간은 문제로 인해 성장해. 만약 어떤 문제를 해결한다면 우리는 굉장한 성취감을 느끼게 될 거야. 그 느낌이 바로 연결된 느낌이야." 게랄트가 진지하게 말했다.

베라 계곡을 따라 고성 순례

게랄트는 자신이 가꾸는 정원을 보여주고 내가 떠나기 전에 딸기를 조금 챙겨주었다. 올해 마지막으로 수확한 딸기였다. 올해는 유난히 어둡고 추운 날이 많아서 열매가 많이 달리지 않았다고 했다.

이제 독일 개신교의 핵심 지역에 들어왔다. 개신교는 한때 소수 이교도 집단이라 불렸으나, 이 지역이 그토록 빨리 개신교로 개종할 수 있었던 이유는 기사장이었던 한스 지티히 폰 베를렙슈가 세 명의 작센 선제후의 후원과 바르트부르크 성주의 지시로 종교개혁가 마르틴 루터를 바르트부르크 성에 보호했기 때문이었다. 교황의 미움을 받아 죽을 뻔했던 마르틴 루터는 그 덕분에 안전하게 머물며 성경을 번역할 수 있었고, 그때까지 성직자들만 읽을 수 있었던 성경이 일반 민중에게도 전해지게 되었다.

이번에는 산비탈을 따라 이어지는 베라 강변을 걸었다. 베라 강은 수원지에서 시작하여 약 스무 구간을 지나 하노버 인근에서 풀다강과 합류한다. 걷다 보니 베를렙슈의 후손들이 사는 지역이 나타났다.

이들은 시크노 베라 세쿡에서 이어지는 원추형 산의 삼면을 차지해 살고 있다. 약탈기사 중세 때 기사 계급이 몰락하면서 도둑질로 생계를 유지했던 기사 였던 베를렙슈 가문은 약 600년 전에 이곳 절벽 위에 성을 지었고, 스무 대째 대를 이어 첫째 자녀가 성을 물려받아 관리하는 전통을 유지하고 있다.

성문에 걸린 가문의 문장에는 금색 방패 위에 빨간 띠를 두른 초록 앵무새 다섯 마리가 그려져 있었고, 수탉의 깃털이 꽂힌 금공도 그려져 있었다. 문장은 이 화려한 가문과 잘 어울렸다. 후손 중 한 명인 티몬은 마술사로 지금도 대중을 놀라게 하는 마술을 선보이고 있으며, 파비안 지티히 폰 베를렙슈는 나의 지인이라 내가 이 지역에 들르면 성탑 꼭대기 방에 머물게 해준다. 나도 지티히라는 이름을 가졌다면 좋았을 텐데. 참 세련되고 고급스러운 이름이다.

파비안은 내가 아는 사람 중에서 통돼지 바비큐에 입을 대지 않는 유일한 사람이다. 남작 가문의 후손인 이 남자는 생식을 하기 때문에 항상 자신이 먹을 것을 싸 들고 다녔다. 그러고는 식탁에 앉아 쟁반에 야채를 한가득 쌓아놓고 식사를 했다. 전부 생야채였다. 나는 프리트란트에 이르러 그의 성으로 걸어갔다. 저녁 풍경이 정말 아름다웠고 지는 노을이 마법의 빛처럼 인생을 감싸고 있었다. 파비안 덕분에 나는 성에서 하룻밤을 묵을 수 있게 되었다.

파비안은 현대의 너무 많은 영상과 정보와 일방적인 지식에 지친 사람들이 어떻게 하면 더 많은 생각을 하고 그들 자신만의 경험을 할 수 있을지에 대해 놀랄 만큼 열정적으로 고민하는 사람이다. 그는 여행자들에게 숙소를 제공하고 기사들이 결투하는 행사를 벌이며 성의 안마당에서 마을 축제도 개최했다. 지역 정부는 그의 노력에 대한 보답으로 베를렙슈 성을 도시의 볼거리로 지정하고 성으로 올라가는 길 입구에 "중세로 향하는 문"이라는 표지판을 세워두었다.

자정이 될 무렵, 그가 자신을 방문한 친구들을 꼭 만나보아야 한다면서 모닥불 모임에 나를 초대했다. 그는 우리가 서로를 잘 이해할 수 있을 거라고 했다. 정말이었다. 토어스텐은 과거에 마르틴 루터가 보름스에서 바르트부르크까지 걸었던 356킬로미터의 길을 조금도 쉬지 않고 70시간 이내에 걸어서 통과하는 세계 기록에 도전할 참이었고, 셀마는 지금 옛 루드비히슈타인 성을 개조한 유스호스텔을 운영하고 있었다. 앞으로도 나의 고성 순례는 계속될 것 같았다.

다음 날 아침 높은 지대를 따라 다시 길을 나섰다. 여전히 내 키는 대로 발길을 옮기고 있었다. 하지만 이곳에서는 길을 잃을 수가 없었다. 계속해서 성들이 모습을 드러냈기 때문이다. 과거에도 높은 산꼭대기에 세워진 이 성들은 강한 존재감을 드러내며 그 지역을 다스리는 지배 계급의 힘을 표시했을 것이다.

걸어서 여행을 하다 보면 역사가 달리 보인다. 민중의 역사가 특히 그렇다. 바퀴와 선로로 이동하게 되기 전까지 독일인은 걷는 민족이었다. 걸어서 이동해야 하는 삶은 힘들고 괴로웠다. 부유한 사람들은 마차에 앉아 하층민에게 돌을 던졌다. 상류층 사람들은 항상 자신들과 평민을 구별하여 생각했고 모든 손짓과 움직임으로 이를 표현했다. 그래서 화려한 의상을 입고 궁전 예법을 지키는 것은 물론이고 신발을 신을 때도 자신들만 가질 수 있는 우월감을 드러냈다.

귀족들은 일하지 않아도 되며 걸어 다니지 않아도 되는 부와 신분을 아름다운 구두에 발을 구겨 넣는 일로 표현했다. 자신의 평판에 몹시 신경을 쓴 부유한 사람들은 유난히 뾰족하고 높은 가죽 구두를 신고 발끝으로 간신히 서 있었다. 그 결과 모든 하중이 발가락에 쏠리고 팔다리가 부들부들 떨렸으며 균형을 잡기 위해 배를 잔뜩 내밀어야 했다. 또 이른바 '부리' 신발이라고 불렸던 신발은 신발 코가 너무 길었기 때문에 움직일 수 있으려면 신발 끝을 무릎이나 옷자락에 끈으로 매달아야 했다고 전해진다.

그러나 아무리 발가락이 비뚤어지고 발에 굳은살이 생겨 통증을 느껴도 그렇게 자신을 과시하는 게 유행이었다. 신발은 한 가지 사이즈로 제작되었다. 발에 맞든 맞지 않든 상관없었다. 높은 귀족 나리들은 어쨌든 그 신발을 신었으니까. 하인들이 신발을 신어서 발에 맞게 늘이는 역할을 했다. 그래서 신발 담당 하인을 뽑을 때는 주인의 발 사이즈와 발 크기가 같은 사람을 뽑았다.

나는 다음 목적지인 성을 향해 뚜벅뚜벅 걸었다. 숲을 지나 들판을 한참 걸어가자 성채가 눈에 들어왔다. 루드비히슈타인 성으로 가는 오르막길은 몹시 가팔랐다. 작은 문으로 들어가니 돌이 깔린 마당이 나왔다. 아이들이 술래잡기 놀이를 하고 있었다. 이런 광경을 꽤 오랫동안 보지 못했다. 귓구멍에 이어폰을 꽂고 있는 아이들 말고, 시끄럽게 떠들고 웃으며 발그레해진 얼굴로 땀을 뻘뻘 흘리는 아이들의 모습을. 예나 지금이나 뚱뚱한 아이는 숨을 헐떡

거리고 남자아이들이 여자아이들에게 장난을 치고 있었다. 이곳의 숙소는 일인실과 다인실로 구성되었고 복도에 공동 샤워실이 있었으며 식당에 벽난로가 있었다. 식당 구석에는 기타가 세워져 있었고 책장에는 악보들이 꽂혀 있었다.

오래전에 국경을 지키기 위해 세워진 루드비히슈타인 성은 오늘날 철새들의 쉼터가 되었다. 약 100년 전부터 독일에 청소년 운동이 일어나서 수많은 청소년 조직과 스카우트, 소년단이 생겨났고 자연으로, 야외로 나가서 야영을 하곤 했었다. "세상 끝까지 걸어가 위대한 모험을 하자!" 내가 열여섯 살 때 속했던 유소년 단체에서 캠프장에 텐트를 치며 부르던 노래가 생각났다. "높은 전나무는 계곡 저편의 별을 가리키고, 숲은 우리의 사랑이고, 하늘은 우리의 천막"이라는 가사가 있었다. 열네 살이 된 내 조카 야콥도 몇 년째 철새를 따라가는 캠프에 참가하고 있다. 이 단체는 지금껏 8,000명이 넘는 소년들이 했던 것처럼 야영을 하는 전통을 유지하고 있다. 이들은 불을 피울 줄 알고 표지판을 읽을 수 있다. 야콥은 숲속에 홀로 남겨져도 나오는 길을 찾을 수 있을 것이다.

아이들이 늦은 저녁까지 성 주변에서 뛰어놀자 한 중년 여성이 오더니 성 주변을 조용히 감상하고 싶은데 너무 시끄럽다고 아이들을 혼냈다. 그러자 아이들이 뛰던 것을 멈추었고 한 녀석이 말했다. "우리 여기서 놀면 안 된대." 나는 아이들에게 말했다. "아니, 마음껏 놀아도 된다. 여긴 너희들의 성이야. 어른들은 이미 다 마음대로 행동하고 있는걸." 나는 나이 든 사람들이 아이에게 아이답게 논다는 이유로 혼내면 안 된다고 생각한다.

다음 날 아침 또다시 과거로 여행을 떠났다. 루드비히슈타인 성에는 독일의 도보 여행자들에 관한 기록이 보관되어 있었다. 나는 오래되어 누렇게 변색된 베스트셀러들을 한 장 한 장 넘겨보았다. 나보다 훨씬 더 이전에 훌쩍 도보 여행을 떠난 남자들의 이야기가 있었다. "오랫동안 이야기로 듣기만 했던 나라, 이탈리아로 떠났다"거나 "단지 로마를 직접 보고 싶었다"는 이야기들. 나는 이 정도면 여행을 떠나기에 충분한 이유라고 생각했다.

1922년에 출간된 어느 자기계발서에는 도보 여행자를 위한 올바른 여행 방법이 실려 있었다. 해가 뜰 때, 혹은 뜨기 전에 출발해서 30분쯤 걸은 뒤 휴식을 취하는데 절대 앉아서 쉬면 안 된다. 그 후 두 시간 정도 빠르게 전진한 뒤 한 시간에 걸쳐 천천히 아침 식사를 한다. 이때도 오래 앉아 있게 되면 몸의 긴장이 풀리니까 잠시만 앉아야 한다. 그런 다음에는 세 시간 동안 '본격적으로' 걷는다. 느긋한 점심 휴식은 조금 미루는 것이 좋다. 점심 휴식 장소는 신중하게 고른다. '맑은 물이 흐르는 시냇가'나 '시야가 탁 트인 산꼭대기'에서 두세 시간 휴식을 한다. 짧게 낮잠을 잔 후에 다시 오후에 세 시간 동안 열심히 걸어서 다섯 시나 여섯 시 무렵에는 숙소에 도착해야 한다.

나는 또 전쟁터의 군인들이 힘들어했던 이유가 부상과 죽음 말고도 불편한 신발 때문이었다는 내용을 읽게 되었다. 대다수 연대에서 세 명 중 한 명은 발에 병이 생겨 고생했다고 쓰여 있었다. 이런 글을 읽고 데네케 씨가 설명해준 나폴레옹의 군대를 떠올려보니 하루에 60킬로미터씩 행군하는 일이 어쩌면 정말 혹독한 강

행군이었겠다는 생각이 들었다. 어떤 사령관은 이렇게 말했을 것이다. 전쟁에서 이기는 문제는 무기가 아니라 발에 달려 있다고. 불편한 군화 때문에 발에 병이 생긴 병사의 수가 적과 싸우다 부상당한 병사의 수보다 많았다는 전쟁 기록도 있었다. 물론 이건 또 다른 이야기다.

다리가 굽은 군인들은 뼈가 부러지는 부상을 입었다. 다른 군인이 걷는 속도를 따라가기 위해 더 많이 비틀거려야 했기 때문이다. 책에는 이렇게 쓰여 있었다. "발은 가장 충성스러운 하인이면서 동시에 독재자다." 나는 이 문장에 깊이 공감하며 고개를 끄덕였다.

56개의 사진과 16개의 그림이 담긴 책《방랑자(Wanderer)》의 일곱 번째 개정판에서 '앉아 있는 인생'에서 벗어날 수 있는 방법을 몇 가지 발견했다. 그리고 도시 사람은 자연 속에서 사는 사람과 다른 방식으로, 예컨대 느긋하게 산책하는 방식으로 걸어야 한다는 내용도 있었다. "현대의 시대정신 중에서 가장 최악은 모든 것을 한꺼번에 보려는 마음이고 여행 카탈로그의 노예가 되려는 것이다." "포기하는 기술은 천천히 한 단계씩 연습해야 얻을 수 있다."《활기와 품격(Frische und Anmuth)》이라는 책에는 신선한 공기에 관한 대목이 유독 신선했다. "사람은 일반적으로 1분에 7.5리터의 공기를 들이마시는데, 신체의 움직임에 따라 7배나 더 많은 공기를 들이마실 수도 있다. 열네 살에서 열여덟 살 사이 청소년의 폐활량은 성인의 두 배나 되므로, 이 시기에 공기(바깥)에 대한 갈증도 자연히 늘어난다."

'바깥에 대한 갈증'이라. 앞으로 이 표현을 자주 쓰게 될 것 같았다.

의족을 만드는 사람

루드비히슈타인 성에서 나올 때 걷지 않고 차를 탔다. 이유가 있었다. 하루는 숲을 걷다가 이 근처에 독일에서 가장 유명한 의족 제작 회사가 있다는 사실이 생각났다. 세계적인 휠체어와 의수, 의족을 제작하는 회사 오토복(Otto Bock)이 두더슈타트에 있었다.

전화를 걸어 회사를 구경할 수 있는지 물었다. "물론이죠. 내일 오전 11시에 오시겠어요?" "아, 제가 조금 먼 곳에 있어서요." "얼마나 멀리 계시는데요?" "지금 제가 걸어서 여행하는 중이거든요. 그쪽 회사까지 사흘 정도 걸릴 것 같습니다." 그렇게 대화를 나누다가 결국 그 회사에서 이쪽으로 차를 보내주겠다고 했다. 참 친절한 회사다.

두더슈타트는 독일의 동서를 잇는 고대 교역로 근처에 있는 도시다. 그래서 고딕, 르네상스, 바로크 양식으로 지어진 아름다운 옛 건물들이 많다. 오토복은 1차 세계대전이 끝난 후 나무로 목발과 의족을 만들어 크게 성장했다. 오토복의 성공과 함께 정형외과 관련 산업도 크게 증가했다. 그 전까지는 아무도 신체 부위를 다른 것으로 대체하는 문제를 고민하지 않았고 상상조차 하지 못했다.

현재 이 기업은 믿을 수 없을 정도로 대단한 기량을 발휘하는 수많은 장애인 운동선수들을 후원하고 있다. 그 선수들은 신소재로 된 인공 관절과 팔다리로 깃털처럼 가볍게 움직이고 뛰어오르고 달리며 공과 기구를 던진다.

오토복의 책임기술자 마르틴 푸슈 씨가 나를 위해 시간을 내주었다. 그는 인간의 가능성과 우리 신체의 경이로움에 푹 빠진 열정적인 개발자였다. 우리의 심혈관 시스템이 어떻게 우리의 물질대사를 일으키는지, 움직임을 만들어내기 위해 신경세포가 어떤 신경전달물질을 분비하는지, 척수의 사이신경세포 _{신경세포 사이의 소통을 가능하게 하는 세포} 가 어떻게 안정성과 추진력을 만들어내는지 같은 문제가 그의 주된 관심사였다. 우리의 모든 근육은 개별적으로 늘어날 수 있다. 한 사람의 내부 세계는 외부 세계만큼 복잡하다. 의식과 무의식, 영혼, 그리고 신체적, 정신적, 감정적 에너지 상태가 종합적으로 한 사람의 무한한 가능성을 만들어낸다.

이 중 어느 하나라도 부족하게 되면 비로소 푸슈 씨의 일이 시작된다. 현대 기술의 도움을 받아 부족한 신체 부분을 보완하고, 뇌에 있는 수십억 개의 뉴런이 근육과 소통하며 만들어내는 현상인 '움직임'을 일으키는 게 그의 일이다. 나는 그의 조언에 귀를 기울였다. 그는 내 양말을 지적하고 신발을 수선해야 한다고 말했다. 밑창이 심하게 닳아 있었다.

푸슈 씨는 원래 TV와 라디오를 고치던 기술자였다. 전선 하나로 전파를 잡아 작은 상자에서 소리가 나오게 하는 것만으로는 그 일을 계속할 만한 흥미가 생기지 않았다고 했다. 게다가 손님들은 수리가 너무 오래 걸린다고 불평했다. 푸슈 씨는 항상 앉아서 기계를 만져야 했던 그 직업이 정말 재미없었다고 말했다. 지금 그는 그때보다 더 의미 있는 일을 하고 있으며, 사람들은 계속 새로운 것을 개발하여 자신을 다시 움직이게 해주는 그에게 정당한 감사를 표한다. 그의 발명품들은 섬세하고 민감한 인공 소재와 금속으로 만들어진 작품들이었다. 신체에 대해 알면 알수록, 그리고 균형과 속도, 물리적인 한계 사이의 연관성에 대해 알면 알수록 이 일이 소중하게 느껴진다고 푸슈 씨는 말했다.

짧은 시간 동안 그 모든 지식을 소화하기란 어려웠다. 하지만 내 앞에 서서 사람이 움직일 수 있다는 사실이 얼마나 대단하고 가슴 뛰는 일인지 설명하는 이 사람에 대해, 나는 할 수만 있다면 다큐멘터리를 찍었을 것이다. 원숭이는 왈츠를 출 수 없고, 펭귄은 스케이트를 신고 달리지 못한다. 하지만 우리 인간은 넘어졌을 때 어찌해야 하는지 안다. 혹여나 아무것도 할 수 없다면, 새로운 방법을 고안해낼 것이다. 나는 푸슈 씨에게 내 걸음걸이를 평가해달라고 했다. 걷기보다는 어슬렁어슬렁 거니는 편에 가깝지만 흥미로운 걸음걸이라는 대답이 돌아왔다. "하지만 관절을 보호할 수 있는 걸음걸이예요." 그가 덧붙였다. "빠르게 걷는 걸음은 걸을 때마다 발목에 큰 충격이 가해지는데, 느리게 걸으면 충격이 덜해요. 설명하기 복잡하긴 하지만 하우저 씨는 조금 더 균형을 잡기 위해 집중하고 더 많은 근육을 사용해야 할 것 같네요."

푸슈 씨도 3년 전에 디스크 진단을 받은 후에 천천히 걸었던 것이 도움이 많이 되었다고 했다. 프로 운동선수들도 천천히 걷는 훈련을 받는다. 그래야 우리 뇌기 몸을 움직이는 동안 벌어지는 모든 과정을 세세하게 더 잘 기억할 수 있기 때문이다. 선수들은 느리게 움직임으로써 자신의 움직임을 보고 고쳐야 할 점을 파악한다. 천천히 움직일수록 더 많은 것을 알게 된다. 푸슈 씨는 또 이렇게 말했다. "우리가 걷는 건 위대한 일입니다. 우리는 다양한 장애물을 자연스럽게 넘어가면서 동시에 바람에 날리는 머리카락을 쓸어 올릴 수 있어요. 이보다 더 대단할 수가 없지요."

근육 사용하기

어슬렁어슬렁 거닌다. 이것이 내 걸음걸이에 대한 일반적인 의견이었다. 한번 느긋하게 걸어보라. 의외로 쉽지 않다. 나는 전부터 내 속도를 줄이고 여유롭게 여행 중이었다. 이런 방식의 걷기 운동을 널리 유행시켜보면 어떨까? 스마트 워킹. 모든 사람이 내 걸음걸이를 따라 했으면 좋겠다. 특히 여성들부터. 나는 여성들이 좀 더 편한 신발을 신고 천천히 걸으면 좋겠다는 생각을 전부터 해왔다. 어디 먼 나라로 가지 않아도 된다. 굳이 인도까지 가서 수염을 기른 현자들, 바가바 혹은 바바의 제자들, 하레, 크리슈나에게 내 행복을 허락받을 필요는 없으니까. 언젠가 이런 말을 들은 적이 있다. 무릎을 꿇고 스승을 칭송하는 모든 곳이 아쉬람^{힌두교 스승의 가르}침을 얻기 위해 스승과 제자가 함께 생활하며 수련하는 공동체 이라고.

나는 미련할 정도로 단순하게 지냈고 그만큼 자유로웠다. 편안하고 즐거웠다. 필요한 것은 다 가지고 있었다. 건강한 관절과 힘줄, 인대와 근육. 내 몸의 조직들은 아침마다 어디로 어떻게 이동하라는 지시가 떨어지기만 기다렸다. 특히 핵심 근육인 발목 뒤

장딴지 근육과 엉덩이부터 허벅지로 이어지는 근육이 그랬다. 함부르크의 복싱 선생 미하엘 뷔브케는 우리가 의도적으로 소절할 수 있는 신체 조직은 근육밖에 없다고 말했다. 물론 잠시 동안은 숨도 참을 수 있고 매우 강도 높은 명상을 통해 몸의 신진대사에 영향을 줄 수 있긴 하다. 그러나 근육을 움직이는 일은 아주 간단하다. 어떻게 움직이라고 명령하면 된다. 어느 뼈와 어느 뼈를 움직이라고 명령하면 근육은 그대로 움직인다. 우리의 명령대로 움직이기 위해 존재하기 때문이다.

　　모든 근육은 수천 개의 세포로 이루어져 있으며 그 세포들은 단백질을 저장한다. 근육은 항상 힘의 작용과 반작용이 일어나는 방식으로 움직인다. 공격 선수와 반격 선수를 가리키는 그리스 단어에서 유래했는데, 작용하는 근육을 주동근, 반발하는 근육을 길항근이라 부른다. 움직이는 과정에 도움을 주는 근육은 공력근이다. 이 어려운 용어들을 다 기억할 필요는 없다. 왜냐하면 우리가 원하기만 하면 이 근육들은 자연스럽게 움직일 것이므로.

　　미하엘은 물리치료사이기도 했다. 그보다 움직임에 대해 더 열정적으로 이야기하는 사람을 보지 못했다. 그는 학생이 그의 칭찬을 받기 위해 자발적으로 노력하며 샌드백을 치게 만드는 몇 안 되는 선생 중 하나다. 미하엘은 킥복싱 세계 챔피언이었고 복싱 경기 종류인 세미, 라이트, 풀 컨택트 경기에서 여러 번 우승했다. 이 함부르크 출신 선생은 모든 근육에 관해 잘 알았고, 근육의 라틴어 명칭은 물론 각각의 역할을 자세히 설명할 수 있었다.

　　미하엘은 우리가 어떤 근육을 사용하지 않으면 근육이 삐져서 더 이상 움직이지 않고 불만 섞인 목소리로 이렇게 말할 거라고 했다. "머리, 네가 나한테 이럴 수 있냐? 이렇게 멋진 근섬유로 이루어진 내게 움직일 기회를 주지 않다니!" 미하엘은 또 근육이 점점 우리의 무시에 익숙해지면 정작 움직이려고 할 때 아무런 반응을 보이지 않을 거라고 했다.

근육은 관심을 원한다. 그런 면에서 근육은 사람과 크게 다르지 않다. 내 근육들은 당연히 관심을 받고 있었다. 내 다리 근육들, 예컨대 앞정강근, 긴발가락폄근, 긴종아리근과 짧은종아리근은 최근에 할 일이 아주 많아졌다.

내 생각에, 내 몸은 아주 순조롭게 걷고 있었다. 나는 모든 것을 시도하는 일에 재미를 느꼈다. 한번은 오른쪽의 이끼를 밟아보고, 한번은 햇빛이 내는 길로 걸어보고, 또 한번은 숨어 있는 좁은 길을 따라 가보는 그 모든 일이 즐거웠다. "앞으로, 뒤로, 옆으로 걷자. 모자를 쓰고, 지팡이를 짚고, 우산을 쓰고." 어릴 때 부르던 동요가 생각났다. 체중을 왼쪽 다리에 싣고 한 다리로 서서 빙그르르 돌았다. 옆으로 걷다가, 두 발로 뛰다가, 왼발을 먼저 들고 오른발 뒤꿈치로 땅을 차며 걸었다. 그다음에는 발을 바꿔서 똑같이 했다.

나는 뒤로도 걸으려고 노력했다. 이른바 '뒤돌아' 걷기다. 의사들은 인대나 힘줄이 파열된 환자에게 재활 치료법으로 이 운동을 권한다. 나는 마치 아무도 만나고 싶지 않은 사람처럼, 등을 돌리고 조용히 뒤로 걸었다.

뒤로 걷는 일은 보폭을 좁혀야 함을 의미한다. 넘어지지 않으려면 그냥 걸을 때보다 더 많은 주의를 기울여야 한다. 무게 중심이 앞으로 이동하고, 장딴지와 허벅지가 더 많은 일을 하게 된다. 나는 직선 도로에서 뒤로 걷기를 시도하기로 했다. 처음이니까 약 100미터 정도만. 언덕이나 산등성이를 내려올 때도 뒤로 걸으면 좋을 것 같았다. 무릎 연골이 손상된 환자들에게는 이렇게 거꾸로 걷는 운동이 아주 큰 도움이 된다. 그렇게 뒤로 걷다 보면 어느 순간 다시 똑바로 걸을 수 있을 것이다. 숲과 평야는 웅장한 시설을 갖춘 아주 거대한 헬스장이다.

숲과 적막

숲속을 걷다가 독일에서 가장 고요한 방에 들어갔던 기억을 떠올렸다. 여러 겹의 벽으로 두껍게 차단된 공간. 그곳은 마이크 장치의 음질을 평가하는 공간이었다. 적막이 내 고막을 몇 배나 예민하게 했고 내 심장이 뛰는 소리가 들렸다. 숨을 쉴 때마다 측정기의 바늘이 움직이는 것이 보였다. 10분 정도 그 공간에 있다가 밖으로 나왔을 때 온몸에 생기가 도는 것 같은 강렬한 감각을 느꼈다. 그 느낌을 요즘은 매일같이 느끼고 있었다.

러시아 소설가 도스토옙스키는 가끔씩 고요함 속에 있는 것이 먹고 마시는 것보다 더 중요하다고 말했다. 항상 자신의 생각을 쓰고 경험에서 우러나온 것을 글로 썼던 이 작가의 말이 단순한 '좋은 글'이 아니라는 것은 현대의 신경생리학이 입증할 수 있다. 지난 몇 년간 신경생리학은 우리의 뇌가 단지 문제를 해결하거나 어려운 움직임을 조정하기 위해 존재하는 것이 아니라는 사실을 밝혀냈다. 흥미롭게도 우리 뇌는 쉬고 싶어 하며 우리가 멍하니 앉아 아무것도 하지 않는 상태를 좋아한다.

가만히 쉬었을 뿐인데 생각이 정리되는 경험을 한 적이 있는가? 특히 외부의 자극이 없고 아무런 소리가 들리지 않을 때 두뇌는 저절로 자동 모드를 시작한다. 우리 뇌에 이런 유익한 기능이 있어서 참 다행이다. 우리 활동과 별도로 두뇌가 일하는 능력은 인간의 기본 능력이자 생존 프로그램의 일부다. 의식과 정신이 한번은 이곳에, 한번은 저곳에 머무른다. 게다가 이런 현상은 무척 건강하다. 규칙적으로 휴식을 취하면, 예를 들어 몇 분, 한 시간 또는 하루 종일 시간을 내어 혼자 조용한 시간을 가지면, 상상력과 창의적인 생각과 관련 있는 두뇌 부위가 활발하게 움직이기 시작한다. 그러므로 결론은, 나가서 산책하라!

영국의 한 연구에 따르면 고요한 숲속을 산책하면 5분만 지나도 긴장이 풀린다고 한다. 연구자는 그 이유로 '주의력 회복 이론'을 들었다. 우리의 귀는 주변에서 위험한 소리가 들리는지 파악하기 위해 항상 긴장하고 있다. 그래서 소음과 각종 소리로 가득한 도시에서는 언제나 긴장 상태다. 이 소리가 무엇인지, 어떻게 대처해야 하는지 계속 판단해야 하기 때문이다. 그런 상황이 계속되면 우리는 지치고 예민해진다. 반면에 숲에서는 우리가 긴장해야 하는 소리가 그렇게 많이 들리지 않는다. 그래서 편안한 휴식과 회복을 제대로 누릴 수 있다.

한때 고요함은 그 자체로 중요한 가치였다. 이집트인들은 침묵을 마음을 다스리는 것으로 이해했다. 그들은 태양신 호루스를 고요의 신이라고도 불렀다. 로마제국에서는 도시 감독관이 지녀야 할 최고의 덕목으로 민중을 잠잠하게 하는 능력을 들었다. 수탉을 기르는 것도 금지되었다. 수탉의 울음소리가 잠을 방해했기 때문이다. 17세기에 라이프치히와 예나에서는 인생에 관해 고민하는 '박사님들'의 집 주변에 기술자가 작업장을 열지 못하게 했다. 한편 쇼펜하우어는 '야만적인' 채찍 소리를 무척 싫어했다.

인도 사람들은 성급하게 말하는 이유를 술에 취했기 때문이라고 표현한다. 다른 사람과 충분히 편안하고 안정감 있는 관계가 되어야 비로소 말을 할 수 있다고 생각하기 때문이다. 그리스 학자 피타고라스는 자신의 제자들에게 5년간 침묵을 배우게 하고 그런 후에야 스승에게 첫 질문을 할 수 있도록 했다. 시인 릴케는 이렇게 말했다. "사람들에게 무슨 말을 해야 할지 모르겠다. 그들은 모든 것을 너무 분명하게 표현한다. 이것은 반려견이고 저것은 집이며, 이것은 시작이고 저것은 끝이라고. 나는 그들의 오만한 사고방식이 놀랍다. 그들은 현재와 미래의 모든 것에 대해 자기들이 다 안다고 생각한다. 그래서 어떤 산을 보아도 감탄하지 않으며 자신들의 정원과 재산이 최고라고 생각한다. 내게서 멀어져라. 나는 그런 생각을 항상 경계하고 막을 것이다. 나는 모든 사물의 소리를 기쁘게 듣는다. 하지만 사람들은 사물을 만지고도 무감각하며 아무 반응도 보이지 않는다. 그들은 모든 사물을 죽이고 있다."

내가 생각하는 숲의 가장 좋은 점은 숲이 말을 못 한다는 것이다. 나무들이 나를 쉬게 해주는 것 같았다. 우리는 잘 맞았다. 조용히 서 있고 빛을 사랑하는 이 생명체는 좋은 길을 지키는 존재였다. 수백 년 동안 시인들은 숲이 품은 낯설고 어색하면서도 친근한 매력을 노래했다. 특별히 섬세한 단어들을 골라 쓰면서. 새벽 여명 같은, 표현할 수 없이 아름다운. 이제는 의사와 과학자들이 나무뿌리와 나뭇가지를 유심히 관찰하고 옛 시인들이 느꼈던 것들을 이야기하고 있다. 나무가 정서를 안정시킨다고, 혈압을 떨어뜨리고 우울증을 개선한다고 말이다.

일본인들은 심지어 숲에 관한 의학까지 만들어냈다. 의사들이 스트레스성 질환으로 고통받는 환자들에게 삼림욕 치료를 처방한다. 삼림욕이란 숲으로 목욕한다는 의미다. 환자들은 숲속에서 아무것도 하지 않으면서 자신의 모든 것을 씻어낸다. 나무 기둥에 기대어 몸의 긴장을 푼다. 삼림욕은 만병통치약이다. 위장 문제를 없애주고 면역력을 높여주며 꽉 막혀 있던 몸의 기운을 풀어준다. 숲이 치유할지니. '숲 치료'는 이제 새로운 트렌드가 되었다.

숲이 건강에 유익한 이유는 나무가 내뿜는 보이지 않는 성분때문이다. 피톤치드라고도 불리는 휘발성 물질이 해충과 질병으로부터 나무들을 보호하는데, 우리가 이걸 들이마시면 질병과 싸우는 면역세포들의 성장이 빨라진다고 한다. 나중에 나는 진드기와 함께 여행을 해야 했는데, 이걸 알았다면 바로 숲으로 들어갔을 것이다. 그래도 내겐 충분한 면역력이 쌓여 있었다. 숲에서 하루를 보내면 일주일간 버틸 수 있는 힘이 생긴다는 말도 있지 않은가.

독일의 중심

튀링겐 방향으로 계속 걸어가 아이히스펠트를 어느 정도 지났을 무렵 아들이 나와 동행하게 되었다. 아이들에게 강요하지 않는다면 아이는 성인이 되어 부모가 좋아하는 것을 역시 좋아하게 된다. 내 아들도 걷는 여행을 무척 좋아했다. 우리는 건초 위에서 잠을 잤고 아들이 길을 안내했다.

아이히스펠트는 이곳 토박이들이 말하는 것처럼 몹시 울퉁불퉁한 땅이었다. 흑사병이 돌았던 시대를 기억하게 하는 돌 십자가들, 30년 전쟁 후에 찾아온 구원 같은 평화를 기념하며 심은 백 살 넘은 보리수나무들이 길가를 장식하고 있었다. 하이니히 국립공원, 하르츠 산지, 졸링 지역의 풍경은 환상적이었다. 이곳은 독일의 중심이었다. 여기를 지나는 라이네, 류메, 할레, 프리다, 발제 강은 빠른 속도로 베라강과 베저강을 향해 흘렀다. 루네, 운슈트루트, 비퍼 강도 잘레강으로 합류되어 나중에 엘베 강줄기를 이루었다.

너도밤나무 숲을 통과하여 야생 마늘이 자라는 시냇가를 따라 걸었다. 처음 들어보는 이름의 끈적민뿌리버섯이 이곳에 있었다. 무척 보기 드문 버섯이라고 했다. 역시 보기 드문 나무인 개쉬땅나무도 있었다. 이곳에는 대부분의 식물에 이름표가 달려 있었다. 나는 밀밭을 가로질러 걷다가 쐐기풀과 가시덤불을 헤치고 빠져나와야 했다. 풍경을 보기 위해 교회 탑에 올라가기도 했고, 큰 도로가 자연을 반으로 가르지 않는 길, 마을과 논밭을 지나는 색다른 길을 찾아 걸었다.

우리 인간은 자연을 볼 때도 완만하고 탁 트인 풍경을 좋아한다. 시야를 막는 너무 높은 산맥은 별로 좋아하지 않는다. 완만한 언덕과 그늘을 만들어주는 나무를 보면서 편안함을 느낀다. 적당히 자연스러운 느낌을 좋아하지, 너무 야생 그대로인 자연에게는 두려움을 느낀다. 원시림, 황무지, 습지, 사막은 자연 보호의 대상이 아니다. 한번은 하이킹 전문가 라이너 브래머 씨와 대화할 기회가 있었다. 브래머 씨는 대다수 하이킹 여행자들이 숲속보다는 더 안전하다고 느껴지는 숲 가장자리를 따라 여행한다고 말했다.

전설이 많은 마을 한슈타인의 잘 보존된 망대에서는 튀링겐의 숲과 라이네강, 베라강까지 볼 수 있었다. 이곳에서 중세 시대를 배경으로 하는 드라마 〈메디쿠스〉를 촬영했다고 했다. 비교적 최근의 역사는 〈녹색 띠〉라는 다큐멘터리로 제작되었다. 과거 이곳에는 동독과 서독을 가르던 1,400킬로미터 길이의 철조망이 있었다. 동독이 무너진 후에는 고속도로를 건설하려고 했지만 환경 단체들이 이를 막아섰다. 현재 이곳을 지배하는 존재는 다른 곳에서는 희귀해진 식물들이다. 희귀한 난초인 벌노랑이도 이곳에 서식한다. 나는 용담을 보기 위해 꼭 산에 올라갈 필요가 없다는 사실을 이곳에서 깨달았다. 괴테는 용담 꽃을 보고 이렇게 썼다. "빛나는 별, 아름답게 깜빡이는 작은 눈. 내가 꺾으려 하자 꽃이 우아하게 말했다. 마른 꽃을 보겠다고 나를 꺾을 생각이니?" 즉 만지지 말고 눈으로만 보라는 소리다.

돌이 깔린 길을 따라 걸었다. 과거에 동독 수비대가 순찰하던 길이었다. 그들은 아무도 도망칠 수 없도록 밤낮으로 이곳을 지켰다. 내게는 목숨을 걸고 서쪽으로 넘어온 동독 출신 친구들이 몇 명 있다. 그중 한 명은 3년간 구소련의 여러 혹독한 기후 지역을 돌며 전투 훈련을 받았다. 다시 베를린으로 돌아온 그는 반체제 인사를 죽이라는 명령을 받았지만 지시대로 움직이지 않고 급히 베를린에서 도망쳤다. 훈련하며 배운 대로 온몸에 타르를 바르고 밤새 발트해를 헤엄쳐서 서쪽 세계로 건너갔다.

또 한 명의 탈동독 영웅은 이곳에서 멀지 않은 곳에 살았다. 안드레아스 키엘링은 수풀에 숨어 경계 지역까지 기어가서 경비병이 교대하는 사이에 울타리를 넘어 도망쳤다. 그러나 순식간에 모든 조명이 켜지고 밤하늘이 대낮처럼 밝아졌다. 안드레아스가 자유를 찾아 엘베강에 뛰어들었을 때 총알이 빗발치듯 강물로 쏟아졌다. 지금 이 모험가는 세계를 여행하며 곰과 고릴라와 시간을 보내고 있다. 아무도 그의 자유에 울타리를 치지 못했다. 안드레아스는 내게 자신이 튀링겐에 살던 어린 시절, 잘레강의 작은 섬에서 물고기를 잡고 잭 런던의 《야성의 부름》을 세 번이나 읽었다는 이야기를 해주었다. 그는 이제 소년 시절부터 꿈꾸던 삶을 살고 있으며 여유가 생길 때마다 자연을 찾아간다. 야생 전문 작가 잭 런던

이 쓴 것처럼 "이상하지만 행복한 갈망"과 "야성의 부름"에 이끌려 산다.

친구 안드레의 경우는 운이 그렇게 좋지 않았다. 그는 열일곱 살 때 친구와 함께 엘베 강변의 사암 절벽을 넘어 도망치는 데 성공했으나 유고슬라비아군에게 붙잡혔다. 그리고 자유를 꿈꾼 대가를 감옥에서 치러야 했다.

많은 동독 출신 사람들이 결코 자유롭지 않았던 옛 동독 시절을 그리워한다는 사실을 듣고 나는 무척 당황했다. 통일된 독일에서 정착할 곳을 찾지 못한 이들은 다시 장벽을 세우길 원한다.

나는 열심히 동서를 오가며 걸었다. 옛 동독 땅을 밟았다가 다시 옛 서독 땅을 밟았다. 그런 행동에 큰 의미는 없었지만 분단 때문에 고통받을 필요가 없어진 사실에 감사했다. 아직도 곳곳에 과거에 대한 경고처럼 철조망의 잔해가 남아 있었다. 한순간 나는 내가 자유를 얼마나 사랑하는지 깨달았다. 하지만 자유를 감당할 수 있어야 한다는 사실도 깨달았다.

착각과 피곤

공기가 점점 따뜻해지더니 갑자기 소나기가 쏟아졌다. 하지만 해가 뜨자 길과 도로의 물기는 금세 사라졌다. 나는 이 시기에 하루에 거의 30킬로미터씩 걸었다. 한번은 그것보다 훨씬 많이 걸은 게 분명했다. 게랄트의 집에 휴대폰 충전 케이블을 놓고 오는 바람에 GPS가 정확하게 안내해주는 지도 서비스를 이용할 수 없었다. 그래서 그날은 저녁때 제발 시원한 맥주를 마실 수 있길 바라며 정신없이 숲속을 걸었다. 숲에서 나와서 발견한 첫 번째 집에서 여관으로 가는 길을 물었더니, 속옷만 입고 문을 열어준 남자가 그곳에서 최소한 15킬로미터는 더 가야 한다고 했다. 이미 저녁 7시였다.

어느새 튀링겐을 벗어나 헤센에 들어섰다. 이 두 지역은 경계선이 애매하게 위치하고 있다. 루드비히슈타인 유스호스텔에서 나는 인상적인 문장을 읽었다. "헤센에는 높은 산만 있고 먹을 것이 없다. 술잔은 크지만 와인이 시큼하다. 아무도 헤센에 가고 싶어 하지 않는다."

나는 헤센에서 자고 싶었다. 호텔의 푹신한 침대에서. 그러나 목표 지점에 거의 도착했을 즈음, 걸은 만큼 다시 걸어야 하는 줄로 직감하고 계속 걸었다. 베라 강변의 자전거 길에서는 정말 지쳐 있었다. 커스틴이 그 순간의 나를 봤다면 대서양 너머로 크게 "그만"이라고 외쳤을 것이다. "더 이상 걸으면 안 돼"라고. 나는 절룩거렸고 힘이 다 빠져 있었다. 휴식도 없이 40킬로미터 정도를 걸은 뒤였다. 헬기를 탈 수 있으면 정말 좋겠다고 생각했다.

헬기를 탄 적이 있었다. 친구 슈테판의 헬기였다. 그는 남아프리카의 자기 농장을 방문하기 위해 함부르크에서 헬기를 타고 7주 동안 여행을 했다. 미하엘 폴리자 씨가 동행하며 사진을 찍었다. 대단한 취재였다. 돈이 있으면 할 수 있는 일이 많다. 하지만 슈테판에게도 없는 게 있다. 신발이다. 그는 맨발로 걸어 다녔다. 도시에서 걸을 때도, 은행에 갈 때도. 그는 지금의 아내를 은행에서 만났다. 그녀는 그가 맨발로 선 모습을 보고 깜짝 놀랐다. 그런데 그녀의 상사가 중요한 고객이라며 그에게 인사를 건넸다고 했다. 슈테판은 사람들이 자신을 이상하게 쳐다보는 것에 개의치 않는다. 그리고 한 번도 아픈 적이 없었다. 감기에도 걸린 적이 없었다. 맨발이 그를 건강하게 만드는 것 같았다.

그러나 이런 기억도 도움이 되지 않았다. 베라 강변에는 오가는 사람이 거의 없었다. 휴대폰을 빌려줄 만한 친절한 자전거 여행자가 한 명만 지나갔으면 하고 바랐다. 마침 시장에서 돌아오는 사람이 있었다. 나는 호텔에 전화를 걸어 언제 문을 닫는지 물었다. 호텔 직원이 내게 서둘러달라고 말했다. 자신은 이웃 마을 비첸하우젠에서 6월 말이면 열리는 장터 축제의 체리주 분수를 보러 가야 한다고. 그날 저녁은 유난히 아름다웠다. 웅장한 구름이 하늘을 장식하고 있었다. 나만이 모든 것을 누릴 수 없었다.

　이번 여행을 시작한 후부터 어떤 일에 크게 당황하지 않게 되었다. 하지만 이때만큼은 여유를 부릴 수 없었다. 갑자기 친구 쿠노가 목을 긁으며 즐겨 부르던 노래가 생각났다. 오스트리아 출신 가수 우도 위르겐스의 노래다. "밤이 되었는데, 아가씨, 나는 잘 곳이 없네요. 아가씨 집으로 날 데려가주오. 다른 욕심이 있는 건 아니라오. 그저 약간의 휴식이 필요할 뿐. 여행을 하느라 지쳤어요. 게다가 이만하면 다른 남자보다 괜찮은 편이잖아요."

　멀리서 느긋하게 걸어가는 한 남자가 보였다. 체리가 열리는 계절이라 체리를 찾아보는 것 같았다. 조금 뒤 나는 그를 따라잡았다. 도와달라는 신호를 보냈다. 날 데려가주오. 당신이 아가씨는 아니지만. 간단히 소개하면 그의 이름은 에버하르트 폰 아이넴. 베를린의 도시공학자였다. "제가 모셔다드릴 수 있어요. 차가 옆 마을에 있습니다." 그가 말했다. 나는 너무 지쳐서 고맙다는 말도 하지 못했다. 이번에도 운이 참 좋았다.

　이 신사는 16세기에 지어진 목조 건물에서 지내고 있었다. 장미와 협죽도가 핀 넓은 안마당에 들어서자 내게 냉장고에서 마음껏 꺼내 먹으라고 친절을 베풀어주었다. 잠시 후 그는 호텔에 나를 데려다주었다. 나는 그날 내가 걸을 수 있는 거리를 완전히 착각했다. 그래도 다시 한번 운 좋게 곤경에서 벗어날 수 있었다.

　여러 번 그런 행운을 만났다. 신문에서도 종종 읽게 되는데, 나는 요즘 사회가 삭막해졌다는 이야기는 사실이 아니라고 생각한다. 뮌헨의 한 심장 전문의도 해가 지기 직전에 바이에른의 어느 시골길에서 나와 비슷한 상황을 겪었다고 했다. 그도 누군가의 도움을 받아 숙소까지 찾아갈 수 있었다. 내가 유독 운이 좋아서가 아니라, 나는 어떤 문제라도 결국에는 잘 해결될 거라는 믿음이 있다.

기업 자문가로 일하는 다른 커스틴은 내가 상황주의자라고 했다. 나로서는 처음 듣는 단어였다. 상황주의자란 상황에 따라 행동을 바꾸는 사람을 뜻한다. 다른 행동을 하기 위해 그전에 하던 일은 언제나 버릴 수 있다고 생각하는 사람 말이다. "나는 우연과 함께 자랐다. 내가 나 자신의 주인이 되기 위해서는 항상 아무 준비도 되지 않은 상태여야 했다." 철학자 프리드리히 니체의 문장이다. 역시 그는 자기 자신과 대화할 수 있는 능력이 나보다 훨씬 뛰어났던 것 같다.

저녁때 내 무릎에 진드기가 붙어 있는 것을 발견하고 그놈을 떼어냈다. 그런데 다음 날 또 한 마리가 보이는 것이었다. 아마 내가 뒤늦게 알아챈 것이겠지만 녀석들은 벌써 한참 전부터 내 여정에 동행한 것 같았다. 사람들이 친절하게 나를 병원에 데려다주겠다고 제안했지만 병원에 가면 항생제나 처방할 것 같았다. 이제는 다시 충전할 수 있게 된 휴대폰으로 함부르크에 있는 내 주치의인 마누엘라에게 전화를 걸었다. 마누엘라는 침착함과 전문성을 동시에 갖춘 의사다. 그녀는 진드기 사진을 찍어서 자신에게 보내고, 붉은 반점이 생기지 않았다면 일단 지켜보라고 했다. 나는 종종 LA의 물리치료사 커스틴에게도 연락하여 내가 걷는 동영상을 찍어 보냈다. 보낸 지 몇 초 만에 그녀가 내 움직임 전체를 한꺼번에

볼 수 있는 영상을 다시 찍어달라고 답했다. 바지에 무릎이 가려서 잘 파악이 되지 않는다고. 새삼 놀라웠다. 단 몇 초 만에 먼 곳에 있는 사람들과 이렇게 연락을 할 수 있다니. 기술이 만들어낸 이런 기적에 너무 익숙해서 감탄하는 법을 잃어버리면 안 되겠다고 생각했다.

그다음 날 아침에 지역 신문의 독자 투고란에서 흥미로운 기사를 읽었다. 키르쉬호스바흐에 사는 한 여성이 농장 산업에 관해 쓴 글이었다. 그녀는 자유에 대해, 숲과 들판과 논밭에 대해 썼다. 요점은 식물에게 자유를 허락하라는 내용이었다. 많은 사람들이 독성 있는 가시를 지닌 쐐기풀을 싫어하기 때문에 몇몇 공동체에서 농작물을 제외한 모든 잡초를 제거하려고 대형 예초기를 구입했다고 했다. "쐐기풀이 없으면 공작나비나 빨강제독나비, 쐐기풀나비와 같은 나비들이 사라질 것이다"라고 쓰면서 글쓴이는 초롱꽃과 물레나물, 프랑스 국화와 야생 당근 같은 들풀도 법적 보호를 받아야 한다고 주장했다.

작은 식물들이 자유롭게 생존하기가 얼마나 어려운지 나는 그로스부르샬라에서 분명히 보았다. 튀링겐의 주지사 보도 라멜로프가 내게 그로스부르샬라에 가보라고 추천했다. 그는 동독에 있을 때 알게 된 친구다. 이 마을은 냉전 시기에 장벽으로 완전히 포위되어 40년간 동독 지역으로 격리되었으며, 지어진 지 1,200년이 지난 오랜 교회가 그대로 남아 있는 특별한 장소였다.

보도가 이야기한 작은 국경박물관을 구경하고 싶었지만 길에 사람이 하나도 없어서 박물관이 어디에 있는지 물어볼 수가 없었다. 지나가는 차를 세워보려 했지만 실패했다. 한참 뒤에 어느 인도 사람이 가던 길을 멈추었다. 그는 셔츠 주머니에 휴대폰을 꽂고 뒷좌석에 배달 가방을 싣고 있었다. 옆 마을 반프리트에 있는 '리미니 피자 가게'에서 피자 배달을 하고 있다고 했다. 그 역시 내게 아무런 도움을 주지 못했다.

하지만 나는 포기하지 않고 20킬로미터쯤을 더 걸었다. 다른 할 일이 없었기 때문에 마을 게시판에 붙은 공고문을 유심히 읽어보았다. 거기에는 '불안정한 묘비'는 '즉시 전문적으로' 고정될 거라고 쓰여 있었다. 그리고 '묘지 사용자'가 일으킨 피해는 배상해야 한다는 경고도 함께 쓰여 있었다.

멀리 보이는 창문이 장식된 것을 보고서 사람을 만날 수 있을 거란 생각에 가까이 다가갔다. 그런데 그곳은 그 지역 바이에른뮌헨 축구팀의 팬클럽이 설치해둔 전시용 건물이었다. 아쉬웠던 찰나, 건물 마당에서 마음을 흔드는 글을 발견했다. 머릿돌에 "1914년 7월 8일, 고트프리트 호스바흐, 그의 아내 안나 마리(태어날 때의 성은 라트게버), 그리고 그들의 외아들 고트프리트"가 건물을 지었다고 나와 있었다. 바로 옆 비석에는 이렇게 쓰여 있었다. "사랑했던 하나뿐인 아들 고트프리트 호스바흐를 기억하며. 83부대의 대체 예비병, 1890년 7월에 태어나 1914년 10월 25일에 프랑스 릴에서 쓰러지다." 쓰러지다, 다시 일어서지 못했다는 이야기다. 언어는 사람을 죽이고 한 걸음 뒤로 물러난다. 쓰러지다, 군대의 언어는 죽음을 직접 말하지 않는다.

한참을 헤매다가 마침내 박물관 열쇠를 가진 룬 씨를 찾아냈다. 아담한 박물관은 분단에 관한 내용과 동서독 국경에서 일어난 크고 작은 일들을 전시하고 있었다. 예를 들면 1920년 4월 27일의 기록은 학생인 아담 슈미트가 오전 10시 30분에 엉덩이에 매를 여덟 대 맞았다는 내용이었다. "이 소년은 개똥지빠귀 둥지를 꺼내어 새끼 세 마리를 도끼로 찍었다." 공동체가 공산당 의회에 물품을 보내달라고 요청한 내용도 흥미로웠다. "아이제나흐의 미엘케 동지에게, 화장실 변기 보급에 관하여. 사안이 시급하므로 우리는 가능하면 신속한 처리를 요청하는 바다."

가장 기억에 남는 사건은 힐데 루틀란트의 이야기였다. 1973년 5월 22일 베라 강가에서 이 여성과 두 딸 마그렛과 배르벨은 서독에서 방문한 친척에게 윙크를 했다. 이 행동이 멀리서 망원경으로 그들을 지켜보던 국경 경찰에게 발각되어 벌금을 내야 했다. 서독 국민에게 한 번 윙크한 대가는 50마르크 85센트였다. 마르크가 더 이상 사용되지 않아 정확한 환율 계산은 어렵지만, 유로화가 도입될 당시에 1유로가 1.95583마르크인 것으로 계산하면 25.999유로(한화로 약 3만 5,000원)로, 1970년대 물가를 감안하면 매우 큰 금액이다.

이런 시절이 다 지나가서 다행이었다.

또 다른 순례길

베라 강변을 따라 아이제나흐 방향으로 걸었다. 베라강이 유유히 흘렀다. 한때 동서독의 경계였던 강은 이제 평범한 하천이 되었다.

강 저편으로 넘어가고 싶으면 다리를 건너면 되었다. 울타리도 철조망도 없었다. 현재의 독일은 통일 국가이며 절망적이었던 지난 세월의 흔적은 아주 조금만 남아 있었다. 며칠 전에 나는 휠펜스 산에 올라갔다. 씩씩한 프란치스코회 수도사들이 한때 제한구역이었던 그곳에 작은 수도원을 짓고 살며 여행자에게 친절을 베풀고 있었다. 나는 산 아래 마을의 한 성당에서 미사를 알리는 종을 쳐볼 수 있었다. 미사를 드리는 사람은 요하네스 신부님과 나이 든 두 여성, 그리고 나 말고도 순례자가 한 명 더 있었다.

나는 텅 빈 성당들을 많이 보았다. 신이 (있다면) 지금도 있거나 한때 있었던 장소들. 또 나는 어디선가 독일 동부 지역보다 무신론자가 많이 사는 곳은 없다는 이야기를 들은 적이 있다. 그래서인지 실패한 것처럼 보이는 지역에 신앙을 전하려고 애쓰는 사람들의 노력이 더 감동적이었다. 요하네스 신부님은 내게 작별의 선물로 줄을 꼬아 만든 작은 십자가를 주었다. 그 십자가는 완성을 상징했다. 프란치스코회 신자는 신과 연결되어 있다는 의미로 이 십자가를 지니고 다닌다. 워낙 오래된 상징이라 암석에 새겨진 모양을 길에서 종종 볼 수 있었다.

요하네스 신부님은 내게 만약 이탈리아에 가게 되면 프란치스코 기사단의 길을 걸으면 어떻겠냐고 제안했다. 피렌체에서 아시시를 거쳐 로마까지 가는 여정이었다. 나는 생각해보겠다고 대답했다. 그리고 가장 인기 많은 순례길을 선택했다. 독일에서 따뜻한 날씨를 즐기며 걷고 싶은 사람들에게는 최고의 길이다.

이 길은 비교적 새로 생긴 길이다. 고대의 '왕의 대로', 비아 레기아(Via Regia)를 이어서 만든 길로, 한때 실크로드의 종점이었던 키예프와 박람회의 도시 라이프치히와 프랑크푸르트를 잇는 길이다. 동방에서는 나무와 거울이, 서방에서는 네덜란드산 옷감이 이 길을 따라 이동했다. 공상가들이 몇 년 전에 이 길을 다시 살려냈다. 방을 정돈하고 부엌을 개방했다. 이들은 상거래나 수익, 광고에 별로 관심이 없었고 모든 일을 정직하고 진지하게 했다. 놀라운 일이었다. 이들은 또 주소와 지도가 실린 소책자를 발행하고 언제든 돕겠다는 감동적인 열정으로 순례자를 기다렸다. 그래서인지 지금은 지나가는 사람 수에 비해 더 많은 수입을 얻고 있었다.

많은 이들이 야고보의 순례길이 스페인의 산티아고에만 있다고 생각한다. 그곳의 여관들은 이층 침대로 빽빽하다. 매년 만 명 이상의 독일인이 야고보의 무덤이 있는 산티아고 데 콤포스텔라를 향해 부지런히 걸어간다. 스페인 평원 위에 건설된 이 바로크

식 도시는 콜럼버스가 바다 건너편 땅을 꿈꾸기 전, 중세 시대에 땅의 끝이라 생각했던 힝구로무터 100킬로미터 떨어진 곳에 있다. "거기 갈 필요 없어"라고 마르틴 루터는 말했다. "거기에 성자 야고보가 묻혔는지, 죽은 개나 말이 묻혔는지는 아무도 몰라. 그러니 가고 싶은 사람은 보내고 자네는 집에 있게."

나는 이 인기 좋은 순례길의 한 구간을 걸은 적이 있었다. 괴를리츠에서 출발하는 구간이었다. 독일 슐레지엔 지방의 일부이며 독일 최동부 도시인 괴를리츠는 특히 은퇴한 연금생활자들이 살기 좋은 잘 정돈된 도시다. 예루살렘까지 걸을 수 없는 순례자는 이곳의 알디 슈퍼마켓 뒤편으로 가 예수의 무덤을 그대로 본떠 만든 모조품을 구경하면 된다. 소르브인 슬라브 계통의 소수민족 들의 거주지를 지나서 라이프치히를 통과하면 잘레강과 베라강을 따라 걷게 된다. 이 길에서 누리는 환대는 정말 인상적이다. 잘레강 상류에 있는 고성에서는 성주가 순례자들을 위한 방을 제공한다. 쾨니히스브뤼크 교회는 짚으로 만든 매트리스가 있는 옛 빈민자 숙소를 그대로 체험할 수 있게 꾸며놓았다. 크로스트비츠 소르브인 마을 의 여관 모니카에는 친절이 가득하고, 또 다른 도시 바차에는 흥미로운 이야기가 가득하다. 아이제나흐의 성당 숙소는 침대 옆에 발 마사지 용품을 비치해둔다. 순례자는 이 모든 서비스를 무척 저렴한 가격으로 이용할 수 있다.

잠시 베라강을 따라 바차로 걸어가는 길로 갈까 고민했다. 바차에 1989년에 세워진 동서독 국경은 이 작은 소도시 국가의 역사 속에 세워졌던 수많은 국경 중에서 가장 마지막에 생긴 것이었다.

나는 전에도 바차에 간 적이 있는데 정말 좋은 곳이라고 생각했다.

이곳 현무암으로 된 돌다리로부터 멀지 않은 곳에서 모험심 많은 도보 여행가였던 작가 요한 고트프리트 조이메가 헤센의 군 징병관들에게 납치되었다고 한다. 당시에는 전쟁에 투입할 병사가 모자라서 젊은 남자들을 그런 식으로 모집했다.

조이메의 《시라쿠스 여행기》는 도보 여행 문학의 고전이다. 명목상 편집자로 일했지만 그 일에 싫증을 내던 조이메는 어느 출판사의 부탁으로 시인 클롭슈톡의 문장을 고쳐야 했는데, 쉼표를 어디에 넣어야 하는지를 가르치는 듯이 말하는 이 시인의 참견에 잔뜩 화가 났고, 1802년 어느 화창한 아침에 입버릇처럼 말하던 "나의 배낭"을 메고 돈도 없이 작센의 그리마에서 이탈리아로 떠났다. "나는 걷는 일이 사람이 할 수 있는 가장 경이롭고 자주적인 일이라고 생각한다"라고 조이메는 썼다. "사람들이 더 많이 걷는다면 모든 것이 지금보다 좋아질 것이다. 지금처럼 마차에 앉아 있는 모습은 인류 최초의 모습과 많이 다르다. 사람들은 더 이상 자신의 모습을 똑바로 순수하게 드러내지 못한다. 타는 행동은 무력감을, 걷는 행동은 힘을 나타낸다."

바차 출신의 수도사 헤르만 퀴니히도 긴 여행을 떠나 15세기 말에 독일에서 가장 오래된 순례 안내서 《성 야고보에게 가는 길》을 썼다. 또 나폴레옹이 이곳의 '검은 독수리' 호텔에서 자기 말에게 고기 파이를 먹였다고 전해진다. 나폴레옹이 그의 말 니콜을 위해 "빵 뿌르 니콜(Pain pour Nicole)" 불어로 '니콜을 위한 빵'이라는 뜻 하고 주문하는 모습을 호텔 주인과 저녁마다 맥주를 마시던 사람이 들고 '펌퍼니클'통곡물로 만든 검은색 호밀빵을 만들었다는 이야기도 있다. 그 빵은 지금 세계적으로 유명하다. 어떤 사람들은 이 이름이 오히려 '방귀 뀌는 니콜라스(furzender Nikolaus)'에서 나왔다고 생각한다. 왜냐하면 호밀가루가 뱃속에서 소화되는 동안 가스가 잔뜩 생기기 때문이다.

바차에도 최근에 생긴 장소에 대한 흥미로운 이야기가 거의 없다. 동네의 중심이 대형마트, 베이커리 체인점, 주차장이 되었기 때문이다. 하지만 독일 역사의 크고 작은 이야기들을 많이 아는 사람이 운영하는 서점이 있었다. 그는 한때 기와 얹는 일을 했는데, 30년 전쟁이 남긴 폐허를 중동에서 일어나는 비극과 연결하여 이야기했다. 전쟁이 전쟁을 낳는다는 무서운 예언도 들려주었다. 전쟁 후 거의 200년이 지나서야 바차는 예전과 같은 인구수를 회복했다.

바차는 또한 저널리스트 미하엘 홀자크가 걸어 다니며 쓴 위대한 무전여행기《돈 없이 독일 여행》에서 그가 1980년 여름에 서독 쪽에서 아주 안타까운 마음으로 바라본 도시다. 그때까지는 장벽과 철조망이 있었다. 그리고 장벽 뒤에 살던 사람들은 자신의 가능성을 하나도 발휘하지 못했다.

치료용 신발을 만드는 사람

2주 내지 3주 동안 걸어 다니면 몸이 걷는 데 익숙해져서 더 이상 힘들지 않다고들 한다. 나는 몸을 바로 세우고 어떻게 해야 몸이 가장 균형을 잘 잡고 자연스럽게 움직이며 어떤 움직임을 하든 잘 반응할 수 있는지 관찰했다. 평생 앉아만 있었으니까. 지금처럼 계속 움직인 적은 한 번도 없었으니까. 그렇게 낮이 지나고 밤이 지났다.

잘 걸을 수 있는 몸을 만들어준 자연에게 고마움을 느꼈다. 내 몸은 내 것이 아니라는 걸 안다. 빌린 몸은 언젠가는 다시 반납해야 한다. 물론 '내 몸을 자연으로 돌려보내는 일'을 내가 직접 하진 않겠지만.

내 몸을 받쳐주는 발이 자랑스러웠다. 뼈 26개, 관절 30개, 근육 60개, 그리고 100개가 넘는 인대와 200개 이상의 힘줄로 이루어진 발은 내 신체의 모든 조직이 잘 움직이도록 견고하게 받쳐주는 항공모함이었다. 체중이 실린 다리에서 뇌의 중심에 위치한 뇌줄기까지는 신호가 직통으로 전달된다. 몸이 가진 기록만 다 써도 기네스북이 한 권 나올 것이다.

걷고 뛰는 움직임은 몸이 만들어내는 기적이다. 두 발, 근육, 힘줄. 이것들은 모두 생긴 대로 움직임을 위한 각각의 역할을 감당한다. 발의 뒤쪽 뼈들은 아래위로 붙어 있고, 중간과 앞쪽 뼈들은 옆으로 나란히 붙어 있다. 그 덕분에 발 안쪽에는 가로로 된 아치가 생기고 발 뒤쪽에는 안에서 밖으로 뻗어나가는 세로로 된 아치가 생긴다. 인대와 힘줄은 아치를 잡고 있는 근육을 안정적이게 고정시킨다. 그래서 우리가 걷거나 뛰면 모든 부위가 동일한 힘을 받게 된다. 근육과 지방으로 이루어진 쿠션은 강한 충격을 흡수한다. 또 중력에 저항하려면 발에게 정보를 전해주어야 한다. 그래서 발바닥에는 수많은 신경이 존재하며 그 신경들은 쉬지 않고 발이 처한 상황을 보고한다.

걷는 움직임은 여덟 단계를 거쳐 일어난다. 발뒤꿈치가 바닥에 닿는 짧은 순간부터, 바닥의 충격을 흡수하는 단계와 서 있는 중간 단계, 그리고 다른 쪽 다리를 뻗고 들어 올리는 동안 미국 사람들이 '마지막 스윙'이라고 부르는, 몸을 앞으로 던지는 단계까지가 한쪽 발에서 일어나는 단계들이다. 이 과정을 제대로 이해하려면 슬로 모션을 보면서 움직임을 여러 단계로 쪼개어 관찰해야 한다.

운동 전문가들은 가장 자주 관찰되며 통증을 유발하는 43가지 잘못된 걸음을 분류했다. 그리고 복사뼈 관절, 발가락, 무릎, 엉덩이, 몸통과 골반에서 원인을 분석했다. 두뇌가 관계와 경험을 통해 학습하고 하나를 다른 것과 연결시키는 것처럼, 신체 역시 연쇄적으로 작용하고 반응하는 원리로 움직인다. 그래서 통증의 원인과 결과를 설명하기란 무척 어렵다. 아픈 부위가 항상 통증의 원인이 있는 부위는 아니기 때문이다. 통증도 몸의 이곳저곳을 돌아다닌다.

우리 신체는 바쁘게 움직이고 싶어 한다. 그러므로 우리는 할일을 골고루 분배해야 한다. 어떤 부분도 소외되지 않도록 신경을 써야 한다. 자신의 선수들을 골고루 출전시켜야 하는 트레이너처럼 말이다. 왜 자꾸 쟤만 뛰는 거지요? 왜 나를 내보내지 않는 건가요? 나의 800개의 근육이 말을 할 수 있게 된다면 내게 이렇게 물을 것 같다. 이들은 협력하여 함께 활동해야 하는 존재다. 계속 벤치에만 앉아 있게 한다면 어떤 선수라도 화를 낼 것이다. 퇴장하거나 활동을 중단하고 더 이상 우리와 함께하지 않을 것이다. 우리 인간이 본래 가진 능력의 겨우 5퍼센트 정도만 사용한다는 사실을 아는가? 그러니 우리 신체는 삐걱거릴 가능성이 아주 높다.

문제는 우리가 세상을 늘 머리부터 위에서 아래로 내려다본다는 것이다. 머리가 생각을 하고 대화를 주도하긴 하지만 머리를 받치는 것은 다른 지체(肢體)들이다. 근육과 힘줄과 머리가 척추를 따라 연결되어 자세를 결정한다. 맨 위에서 머리가 군림하고, 이 척추의 왕은 제멋대로 생각하는 경향이 있다. 뇌는 자기만의 생각과 전제를 지니며 인생 전체가 예상한 대로 이루어지는 것이라 여긴다. 저 위쪽에서 너무 많은 일을 하다 보니 아래쪽은 빠르게 잊힌다. 머리는 발과 머리가 아무 상관도 없는 것처럼 행동한다. 저 아래에서도 7만 개가량의 신경세포가 일하고 있는데 말이다.

그럼에도 일단 몸은 머리의 하인이다. 몸은 머리가 하고 싶은 모든 일을 즐겁게 하며 말없이 실행한다. 하지만 몸도 가끔씩 우리와 대화하고 싶어 한다. 문제를 알리기 위해. 문제가 있으면 몸은 크거나 작은 신호를 보낸다. 그런데 우리가 그 신호를 잘 듣지 않는 것이 문제다. 아니면 또 저러다 말겠지 생각한다. 큰 착각이다. 몸은 절대 그냥 넘기는 법이 없다. 모든 것을 기억한다. 우리가 몸에게 너무 무심할 뿐이다.

이런 생각이 든 것은 어느 날 아침 아이제나흐에서 트립슈타인 씨가 운영하는 상점에 들어갔을 때였다. 상점은 아이제나흐의 니콜라이 문 아래, 게오르그 성당에서 두세 골목 떨어진 곳에 있었다. 이 성당에서 요한 제바스티안 바흐가 세례를 받았고, 마르틴 루터는 수도사 시절 미사를 도왔다. 나도 성당에서 신부님을 돕는 일을 한 적이 있는데 개종하지 않고 가톨릭 신자로 남았다.

마르틴 루터는 많은 도시를 걸어서 방문했다. 1510년 가을에는 54일 만에 에르푸르트에서 로마까지 갔다. 수도회 회칙과 교황의 교서가 서로 맞지 않는 문제를 해결하기 위함이었다. 당시에는 그런 일이 자주 있었다. 원래의 기대와 달리 루터는 교황과 대화를 할 수 없었다. 로마 교황청이 정직하지도 않았다. 그래서 다시 걸어서 에르푸르트로 돌아왔다. 하지만 걸으면 걸을수록 '세계의 머리'라 불리는 로마에서 본 광경 때문에 분노가 치밀어 올랐다. 교황이 손쉽게 구원을 얻게 해준다는 면벌부를 팔고 있었다. 그래서 루터는 독일에서 종교개혁을 일으켰다. 사람을 혼자서 걸어 다니게 하면 이런 일이 벌어진다. 새로운 아이디어가 생긴다.

나는 남쪽을 향해 계속 걸어야 했고 아프지 않아야 했다. 다행히 트립슈타인 씨의 상점이 내가 지나가는 길에 있었다. 아니 나는 운명처럼 그 상점을 만나게 되었다.

쇼윈도에 "과학적 걸음 분석 시스템"이라는 홍보 포스터가 걸려 있었다. 어깨와 등, 목에 생기는 통증의 원인을 찾아준다는 설명이 함께 붙어 있었다.

일주일 넘게 발이 욱신거려서 검사를 받아보고 싶었다. 잠시 설명을 하자면 볼프강 트립슈타인 씨는 치료용 신발을 제작하는 장인이다. 그가 하는 일은 사실 모든 사람에게 필요한 것이었다. 발에 맞는 신발을 만드는 일. 하지만 의료보험의 지원을 받아 그의 신발을 사려면 먼저 매우 아파야 했다.

트립슈타인 씨가 의자를 가져다주었다. "여기 앉으세요. 발이 아프시겠네요, 그렇죠?" "아니요." 나는 사실과 다르게 대답했다. "이 상점에서 무엇을 만드는지 궁금해서 들어와봤습니다." 진짜로 통증보다는 호기심 때문에 온 거니까. 저렇게 직접적으로 물어보면 늘 속마음을 감추게 된다. 아뇨, 괜찮습니다, 전혀요. 자동적으로 이렇게 말하게 된다.

나는 이런 상점에 처음 와봤다. 누구든 이 상점에 들어서면 자신에게 어딘가 결함이 있는 것처럼 느낄 것이다. 의료기기 전문점. 왠지 내가 무덤에 발 한쪽을 넣은 듯한 느낌이 들었다.

아이제나흐에서 어느 학술 토론회에 참여한 적이 있었다. 토론 주제는 걷는 여행과 도보 여행 문학, 그리고 최근의 하이킹 붐이 일시적인 유행인지 아닌지에 관한 것이었다. 토론자들은 대부분 걸어서 여행하는 사람들이었고, 우리는 현대인들이 기차로 여행을 하면서도 창문 밖을 구경하지 않고 휴대폰을 바라보는 행태에 관해 이야기했다. 또 수천 킬로미터를 걸어 다니며 여러 가지 발견을 했던 훔볼트에 관해, 그리고 현대 인간은 단지 기능할 뿐이라 관계도 기능상의 개념이라고 주장했던 하이데거에 관해 이야기했다. 늘 그렇듯 여기서도 빠지지 않고 등장하는 괴테는 과거에도 모든 것이 너무 빠르게 진행된다고 걱정했다.

나는 독일 남부 오버스도르프에서 알프스를 넘어 이탈리아 메란까지 가는 하이킹 코스가 혼자 여행하는 여성들에게 인기가 있으며, 야고보 길의 마지막 코스가 새로운 히피 트레일 1950~1970년대에 젊은이들이 히치하이킹이나 값싼 버스를 이용하여 유럽에서 아시아까지 이동하던 여행 경로이 되어 예전보다 더 많은 사람들로 붐빈다는 사실을 알게 되었다(싱글 남자들은 기억해두길).

그리고 나는 이제 트립슈타인 씨의 상점에 앉아 있었다. 그가 내게 말했다. "신발을 벗어주세요." 그가 내 신발을 안쪽부터 살피기 시작했다. 가죽은 합격. "하지만 변형되었네요. 발가락이 파고들어가겠어요. 여기 왼쪽과 오른쪽에 움푹 들어간 곳이 보이지요? 게다가 이 신발은 두 사이즈 정도 작네요. 발가락 끝이 신발에 계속 부딪혀요."

나는 잠자코 있었다. 오랫동안 나와 함께해온 좋은 신발을 버리게 하려는 수작인 것 같았다. 루드비히슈타인 유스호스텔에서도 몇몇 사람이 내 신발에 관심을 보였다. 어떤 사람은 내 신발이 마음에 든다고 했다. 한바그(Hanwag) 브랜드의 이 가죽 운동화는 발목 윗부분과 바닥 부분이 두 줄의 재봉선으로 붙어 있었다. 1921년에 시장에 나왔고 현재까지 수많은 여행자들이 품질을 인정했다. 신발이 많이 구겨지고 닳긴 했지만 나는 이 신발이 좋았다. 이 신발이 나를 자연의 아들로 만들었다.

"저는 이 신발이 편한데요." 내가 말했다. 평소 나는 평화주의자다. 그런데 일자목 증후군 외에 내가 가진 질병이 하나 더 있는데 바로 의인 콤플렉스다. 뭔가 올바르지 못한 일이 벌어지면 꼭 참견을 해야만 하는 병이다. 나는 내 신발이 억울한 대우를 받는 것을 참을 수 없었다.

트립슈타인 씨의 상점을 찾는 이들은 대부분 여러 명의 의사를 거쳐 온 사람들이었다. 의사 선생님은 대개 늘 바쁘다. 그래서 대다수 의사는 환자의 통증을 잘 분석하여 치료하려고 하지 않고, 통증이 잘못된 신발 때문에 생기는 거라고 대답한다. 발에 맞는 신발을 신으면 통증이 사라질 거라고 알려준다. 사람들이 그의 상점을 찾아오는 이유였다. 트립슈타인 씨가 해준 이야기다. 트립슈타인 씨는 아픔의 원인과 결과를 무척 잘 이해하는 사람이어서 단순한 몇 개의 문장으로 모든 것을 설명하는 데 유능했다. 예를 들어 발목을 너무 자주 써서 통증을 느끼는 사람이 의사에게 가면 이런 대답을 듣는다. "퇴행성관절염입니다." 퇴행성관절염이 무엇인지 자세하게 설명해주면 좋을 텐데. 우리 몸의 연골에는 신경이 없기 때문에 문제가 생겨도 머리에 신호를 보내주지 못한다. 그래서 머리는 연골이 더 이상 유연하지 않다는 사실을 알지 못하고, 그런 채로 시간이 지나면 관절이 손상되어 더 이상 움직일 수 없거나 통증을 느끼게 되는 것이 퇴행성관절염이다.

독일에서만 500만 명의 사람들이 퇴행성관절염으로 괴로워한다. 고래 같은 다른 척추동물도 골관절염에 시달린다는 사실은 우리에게 위로가 되진 않는다. 녀석들이 아픈 이유는 운동 부족이 아니기 때문이다. 퇴행성관절염을 가진 사람은 아스팔트나 콘크리트 바닥을 걷는 일을 삼가야 한다. 그럴 때는 푹신푹신한 깔창을 신발에 끼는 것이 도움이 된다. 그런데 깔창은 관절염이 더 이상 심해지지 않을 때만 도움이 된다. 관절염이 계속 진행된다면 깔창은 오히려 해롭다.

내 느낌에, 트립슈타인 씨는 진짜 문제가 무엇인지 사람들이 알게 되길 바라는 것 같았다. 그는 의사도, 진단서를 끊어주는 사람도 아니었다. 오히려 무엇이 왜 잘 작동하지 않는지 정확하게 알고 싶어 했다. 더 나아가 어떻게 하면 잘 작동하게 할 수 있는지 알고 싶어 했다. 오랫동안 많은 사람들이 그의 상점을 찾아와 통증을 호소했다. 트립슈타인 씨는 그들의 이야기를 열심히 들어주었다. 그러다가 더 이상 계속 그렇게 하면 안 된다는 생각이 들었다고 했다. 그는 기계공학을 전공했기 때문에 모든 것을 분석적으로 생각했다. 그리고 다른 기술자들과 힘을 합쳐 해법을 고민하다가 마침내 '보행 분석 연구소'를 열었다.

그는 앞으로 일어날 통증에 대한 일종의 경고 시스템을 만드는 일이 가능한지 궁금했다. 모르는 사이에 쌓인 힘이 결국 전체를 무너뜨리기 때문이다. 그러므로 가장 큰 잘못은 작은 것을 대수롭지 않게 생각하고 무시하는 것이라고 했다.

나는 이제 관찰 대상이 되어 양말을 벗었다. 발을 작은 상자에 넣고 발바닥을 촬영했다. 전형적인 발 측정 방식이라 아직까진 별로 새롭지 않았다. 발바닥을 촬영하면 발의 어느 부분이 바닥에 닿는지, 발의 어느 곳에 압력이 가해지는지 알 수 있었다.

언젠가 발은 1톤도 받칠 수 있다고 들었는데, 검사 결과 내 발은 90킬로그램의 하중을 받고 있다고 했다. 나는 걸으면서 종종 귀를 막고 내 발이 땅을 울리는 걸 느끼기 위해 집중한 적이 있었다. 매번 희미한 소리밖에 들리지 않았는데, 90킬로그램이라니. "왼쪽 발은 정상입니다." 트립슈타인 씨가 말했다. "전형적인 오목발이에요. 장거리를 걷기에 아주 적합한 훌륭한 발입니다. 엄지발가락과 새끼발가락이 약간 구부러졌지만 그건 신발이 작아서 그럴 겁니다. 하지만 오른발은……." 트립슈타인 씨는 심각한 표정을 지으며 안경테 너머로 나를 보았다. "걸을 때 평발이 되네요. 게다가 상당히 오른쪽으로 기울어 있고요."

트립슈타인 씨가 서랍에서 뭔가를 꺼내며 말했다. "고문 기구를 보여드리지요. 사람을 굉장히 아프게 하는 기구예요." 그건 화려한 색상의 운동화였다. 밑창이 납작하고 앞코가 평평했다. 운동화 속에 광고 라벨이 잔뜩 들어 있었다. 2006년 브랜드 대상. 이 신발은 그해에 등장해서 세계적인 스니커즈 유행을 불러일으켰다. 스포츠 브랜드 EXR에서 2006년에 내놓은 스니커즈를 말한다. 모두가 스니커즈를 신고 다녔다. 아니 발을 질질 끌고 다녔다. 이 신발을 신는 사람들에게 신발이 어떤지 물어보면 무척 편하다고 대답한다. 특히 아스팔트 위에서 편하다고 한다. 독일 사람들은 이 운동화를 무척 즐겨 신는다. 트립슈타인 씨는 이 신발을 종아리 경련 및 근육 파열과 연관 짓는다. 디스크라고 불리는 추간판 탈출증과도. 이 운동화가 브랜드 대상에 선정된 후에 많은 부모가 자녀를 데리고 그를 찾아왔다. 아이의 운동신경이 갑자기 이상해졌다고 말이다. 트립슈타인 씨는 매번 아이들의 신발을 눈여겨보았다고 했다.

트립슈타인 씨는 아이제나흐와 잘 어울렸다. 마르틴 루터가 걸으며 관찰하며 점점 자신의 생각을 정리한 것처럼, 그 역시 시간이 지나면서 자신의 생각에 확신을 가져 사회에 목소리를 내게 되었다. "저는 현대인들에게 많은 질병을 가져온 책임이 과자나 캔디 산업보다 신발 산업에 있다고 주장했습니다."

그는 이어서 큰 한숨을 내쉬었다. 그리고 내가 처음 듣는 이야기를 해주었다. 30년 전부터 신발 회사들이 신발 밑창으로 고무와 가죽 대신 폴리우레탄 같은 폼 소재를 사용하기 시작했다. 그리고 한때 발을 오염과 습기에서 보호하기 위한 존재였던 신발은 본래의 의미를 잃어버리고 개인의 라이프 스타일을 보여주는 도구가 되었다. "대다수 신발이 부풀린 플라스틱 폼으로 만들어집니다. 거품처럼 부풀린 플라스틱이지요. 이런 밑창은 잘못된 걸음걸이와 움직임에 따라 눌려서 변형되는 특징이 있어요."

나는 신발 가게에 들어가는 걸 즐기지 않는다. 괴롭기 때문이다. 세일 상품을 쌓아둔 곳에서 나는 접착제 냄새가 점막을 자극한다. 운동화 전문점도 끔찍하다. 온갖 조명으로 눈부시고 화려하게 꾸며진 곳에서 신발들이 나에게 소리친다. 지금이 아니면 나를 가질 수 없어! 당장 나를 사! 또한 신발에 관한 신조어를 들으면 황당하다. 걷기를 가르쳐준다는 신발이 그랬다. 대체 무슨 소리지? 우리 발이 학교에 가야 한다는 말인가? 수백만 년 동안 인류가 스스로 익힌 걸음걸이가 잘못되었다는 소리인가? 또 맨발 같은 신발은 뭔가? 신발을 신어야 맨발로 걷는 것처럼 걸을 수 있다고?

마지막으로 하나만 더 보자. 발을 위한 침대. 광고는 발이 쉬어야 한다고 누누이 강조한다. 아니, 일어나지도 않는데 발이 침대에 누워야 한단 말이야? 솜털처럼 부드러운 침대에 누워 가만히 안정을 취하라고 한다. 단순한 운동 부족으로는 충분하지 않은가 보다. 트립슈타인 씨는 잠깐 뜸을 들이더니 말을 이었다. "평발은 질병이 아니에요. 대개 어릴 때 생겨납니다. 아이 때부터 안 좋은 신발을 신기 때문이지요."

요즘 신발은 원단 절단, 접착, 고온 처리 공정을 거쳐 만들어진다. 하지만 더 안 좋은 소식은 따로 있다. 근육은 사용하지 않으면 줄어든다는 것. 약해져서 제 역할을 감당하지 못하게 된다. 퇴화되는 것이다. 트립슈타인 씨가 말했다. "모든 위험한 신발 중 최고는 발 모양이 고정된 샌들입니다. 코르크 밑창에 발 닿는 모양이 아예 조각되어 있는 버켄스탁 샌들이 그 예지요. 발 모양대로 굴곡이 만들어져 있는 밑창은 처음에는 편하게 느껴집니다. 하지만 이런 '코르셋' 안에 갇힌 신경은 계속 벽에 부딪히는 느낌을 받게 되고, 그 결과 두통이나 피로감이 생겨요. 자신도 모르게 신발과 하루 종일 싸우는 거지요. 그래서 밤이 되면 몹시 지쳐서 잠이 들게 되고요."

트립슈타인 씨는 열정적으로 설명했다. 그는 병원 간호사들의 만성피로 역시 원인은 늘 신고 있는 편안한 샌들 때문이라고 했다. '나이키 프리(Nike free)' 같은 기능성 밑창 역시 문제가 된다고 했다. "그런 신발을 신은 지 며칠도 안 되어 몸이 완전히 경직된 사람들을 많이 알고 있습니다. 계속 그런 신발을 신는다면 6주 후에는 등이 아파 정형외과를 찾아야 할 거예요. 하지만 그런 기능성 밑창이 요즘은 인기가 있어요. 청소년 중에 허리 통증이 없는 아이는 거의 없지만요."

나는 마음이 불편해졌다. 트립슈타인 씨가 말했다. "일어나서 조금 걸어보세요." 그는 내 걸음걸이를 바로 파악했을 텐데도 아무 말을 하지 않았다.

맨발로 왔다 갔다 해보았다. 트립슈타인 씨가 고개를 끄덕이는 듯했다. 나는 몹시 불안해졌다. 남의 걸음걸이를 지켜보는 게 어떤 건지 잘 알기 때문이었다. 나도 사무실에서 동료들과 자주 지나다니는 사람들을 관찰했었다. 그리고 그 모습을 따라 하면서 서로 누구를 따라 하는지 맞히곤 했다. 때로는 크게 웃었고, 웃지 않기도 했다. 상체를 잔뜩 숙이고 발로 카펫을 차는 사람들이 있었다. 또 어떤 사람들은 좌우로 뒤뚱거렸다. 내가 생각하는 가장 보기 좋은 걸음걸이는 오바마 전 미국 대통령의 걸음이다. 그는 항상 무심한 듯 편안하게 걸었다. 이제는 TV에서 잘 볼 수 없지만.

"절뚝거리시네요." 트립슈타인 씨가 말했다. "엉덩이가 괜찮은 게 기적인데요?" 나는 크게 심호흡을 했다. 내 소중한 몸, 오랜 친구. 이렇게 내 몸에 실망하게 되는 것인가? 갑자기 어머니가 생각났다. 어머니는 엉덩이를 수술하고도 여전히 테니스를 잘 치고 계신다.

나는 이제까지 잘 걸어왔다. 가끔 몹시 피곤하기는 했지만 하루 종일 걷고도 피곤하지 않을 사람이 있겠는가. 트립슈타인 씨가 미소를 지었다. "제 생각에 손님은 통증을 잘 잊어버리는 재능이 있는 것 같아요." 그런 사람이 있다고 나도 들은 적이 있었다. 의지가 더 강한 사람들. 생각이 신체 반응을 일으키고, 생각이 감각을 만들어내는 사람들. 느끼는 것이 현실이 된다. 끔찍한 것을 떠올리면 몸에서 스트레스 호르몬이 나온다. 아름다운 것을 생각하면 힘을 얻고 강해진다. 그러고 보니 20일 전부터 나는 좋은 것만 보고 생각한 것 같았다.

다시 의자에 앉았다. "마실 것을 좀 드릴까요?" 트립슈타인 씨의 아내가 친절하게 물었다. 그녀의 남편은 이제 아무리 사소한 것이라도 잘못된 자세가 시간이 지나면서 가져올 안 좋은 결과를 나열하기 시작했다. 퇴행성관절염과 아킬레스건 통증, 반월상 연골 손상, 슬개건 증후군, 변형성 슬관절증과 고관절증, 요추과 경추의 추간판 탈출증, 만성 허리통증, 섬유근육통, 골다공증. 처음에는 사소한 자극만 느껴지던 발가락 부분의 측면 압박이 신발로 인해 계속되면 하지불안 증후군을 일으키게 된다. 이 증후군은 낮에는 괜찮다가 밤만 되면 온몸을, 특히 다리를 움직이고 싶어서 참을 수 없이 불편한 질병이다.

트립슈타인 씨는 내게 심장마비는 걱정하지 않아도 된다고 말했다. 등이 살짝 굽었지만 심하지 않다고 했다. 하지만 점점 더 심해질 수 있다고 했다. 내가 고장 난 기계가 된 것 같았다. 어서 이곳에서 도망치고 싶었다.

트립슈타인 씨는 검사 결과가 나오려면 시간이 많이 필요하다고 했다. 그는 내게 계속해서 상점 안을 걷게 했다. 이제는 일종의 재활치료가 시작된 것 같았다. 그는 발에 가해지는 각종 압박이 각각 어떤 증상으로 이어지는지 자세히 설명하는 책을 쓰려고도 했다고 말했다. 어떻게 해야 최소의 자극으로 놀라운 효과들을 만들어낼 수 있는지에 대해. "신으면 두통이 생기는 신발을 만들어드릴 수 있어요." 그가 말했다. 나는 속으로 그러지 않았으면 좋겠다고 생각했다.

트립슈타인 씨는 바닥에 공기가 들어간 신발과 7밀리미터 폴리에스테르 거품이 들어간 우레탄 밑창이 있는 신발을 신지 말라고 했다. 나는 트립슈타인 씨가 TV 건강 프로그램에 출연하면 좋겠다는 생각을 했지만, 그는 그런 홍보에 나서고 싶지 않고 능력도 없다고 말했다. 그가 말하는 진실은 불편하고 대중의 인기를 끌 만한 종류가 아니었다. 물리치료 전문가 커스틴 괴츠 노이만도 비슷한 이야기를 했다.

"괜찮으시면, 한 가지 더 시도해보면 어떨까요?" 트립슈타인 씨가 말했다. 나는 고개를 끄덕였다. "이건 제가 발명한 겁니다." 그는 내 신발에 깔창을 깔고 뚫린 구멍에 두 개의 둥글고 납작한 조각을 끼워 넣었다. 발이 땅을 디딜 때의 각도를 측정하는 센서라고 했다. 소프트웨어가 압박을 인식했다. 그는 연방 경제기술부의 자금 지원을 받아 헤센 공대 전문가들과 함께 이것을 개발했다고 했다. 이 장치를 더 발전시켜줄 투자자를 수년간 찾아다녔지만 쉽지 않았다. 그는 할 수만 있다면 스마트폰 앱도 개발하고 싶다고 했다.

나의 예쁜 트레킹화는 이제 최첨단 신발이 되었다. 내 신발 속 코르크 밑창에는 눈이 달려 있어서 이제부터 나의 모든 걸음을, 그리고 발에 얼마나 높은 압력이 가해지는지를 감시할 예정이었다. 발목의 내전과 외전, 발볼의 각도, 바닥에 닿는 면적 등 90분 넘게 큼지막한 내 발의 모든 것을 측정할 터였다.

"시내를 한번 걷고 오실래요?" 트립슈타인 씨가 제안했다. 나는 어슬렁어슬렁 걸어서 바흐 생가를 찾아갔다.

나는 바흐에게 내 친구 하디와 비슷한 점이 있는지 알고 싶었다. 하디는 항상 자신의 영혼이 바흐의 영혼과 여러 측면에서 맞닿아 있다고 주장했기 때문이다. 유리 진열장 속에 바흐의 얼굴을 뜬 마스크가 있었다. 그의 생김새를 하디의 얼굴과 비교해보았다. "비슷한 점이 있을지도 모르겠네." 나는 혼잣말을 했다. 하디는 약간 바로크 사람처럼 생겼다.

요한 제바스티안 바흐는 내가 이번 여행을 실제로 시작한 작은 동네 뤼네부르크와 연관성이 있다. 1700년 바흐는 열다섯 살의 나이로 학교 친구 게오르그 에르트만과 함께 아이제나흐에서 350킬로미터 떨어진 뤼네부르크까지 걸어가 가난한 가정의 아이들을 위한 합창단에 지원했다. 어느 표현에 따르면 그는 늦지 않기 위해 "건반 위를 구르는 손가락처럼" 빠르게 발을 내디뎠다. 바흐가 죽은 뒤에 라이프치히의 해부학 교수는 그의 골반과 허리, 발꿈치 뼈의 연골이 화석화된 것을 발견했다. 오늘날 이런 상태를 지칭하는 진단명은 '오르간 연주자 병'이다.

두 시간 정도 걸은 후에 다시 트립슈타인 씨의 실험실으로 가며 나도 이와 비슷한 나쁜 소식을 예상했다. 물론 어떤 결과가 나오든 크게 흔들리지 않을 것이었다. 발 전문가는 좋은 소식부터 이야기 했다. "하우저 씨 왼발은 전혀 문제가 없어요. 걸음도 곧고 최상입 니다." 이제 오른발 이야기를, 별로 안 좋은 소식을 말하겠지. 나는 상태가 심각하다면 내 여행을 이쯤에서 끝낼 마음의 준비를 했다.

"오른발은요." 트립슈타인 씨가 색깔로 표시된 숫자들을 가 리키며 말했다. "오른발은 걸을 때마다 최소 10도씩 오른쪽으로 기울어집니다. 그래서 골반이 바깥으로 기울고, 통증이 엉덩이 쪽 에 생겨요." 그는 벽에 걸린 화면에 내 근육 사진을 띄웠다. 내 몸에 상당한 긴장이 생긴 것이 보였다. "다만 몸을 계속해서 움직이니 까 통증이 느껴지지 않는 겁니다." 그가 말했다.

예상치 못한 이야기였다. 트립슈타인 씨가 말한 내용이 맞다 면 나는 걸을 때마다 나와 싸우는 셈이었다. 몸 전체가 서로 다른 방향으로 움직이면서 균형을 잡는 것이었다. 나도 내가 조금 특이 하게 걷는 건 알고 있었다. 내 여자친구가 언젠가 내 걸음걸이를 묘사해준 적이 있다. 뒤꿈치로 땅을 때리고, 골반을 돌리며, 양팔 을 앞뒤로 흔든다고 했다. 그녀는 내가 걷는 모습을 처음 보고 나 서 뭐 이렇게 걷는 사람이 다 있나 싶었다고 했다. 다행히 내게는 파란 눈동자와 귀엽게 생긴 무릎이 있고, 그녀는 그것으로도 만족 하는 듯했다.

그러면 이제 어떻게 해야 하나? 트립슈타인 씨가 처방을 내려주었다. "하우저 씨는 그 신발을 몹시 좋아하는 것 같으니까……."
그가 작업대로 걸어가더니 깔창을 하나 꺼내어 기계로 깎아주었
다. 내 걸음을 보완해줄 정도로만 기울어진 깔창이었다. "일단 이
걸 사용하세요."

튀렝게티에서

지금까지도 내가 왜 아이제나흐에서 그냥 새 신발을 사지 않았는지 모르겠다. 나는 물건에 애착을 가지는 사람이 아니라서 예전에도 차 한 대를 그냥 폐차시켜버린 적이 있기 때문이다. 포기하고 떠나 보낼 때는 과감해야 한다. 하지만 그렇지 못한 사람들이 많다. 예를 들어 어떤 커플은 서로 사랑하지 않는데도 익숙함을 떠나기 싫어서 계속 함께하기도 한다.

이외에도 나는 아이제나흐에서 해야 할 일이 많았다. 바지를 수선해야 했고 진드기를 없애야 했다. 내가 묵었던 성당 숙소를 관리하는 우르줄라 수녀님이 아침 기도시간 후에 나를 찾아와 쟁거 박사님을 찾아가보라고 했다. 그는 마침 시간도 있었고 내게 좋은 조언을 해주었다. 그냥 마구 걸어 다니지 말고 당나귀나 말을 탈 수 있는 방법을 찾아보라고 했다. 그러면 진드기들도 행복해하며 나를 떠날 수 있을 거라고. 그는 도보 여행자를 위한 특별한 상품을 제작하는 중이었는데, 진드기가 옮기는 박테리아 보렐리오제가 야외 활동으로 인한 질환 중에서 가장 까다로운 대상이라고

했다. 이것을 너무 걱정할 필요는 없지만 과소평가해서도 안 된다
고 했다. 나는 아직까지 보렐리오제 증상이 없어서 괜찮은 것 같았
다. 보렐리오제 균에 감염되면 독감 같은 증세가 나타난다.

　수선집의 마이젤 씨와 우르줄라 수녀님도 진드기를 대수롭
지 않게 생각했다. "아, 진드기는 어디에나 항상 있지요. 어떤 사람
은 가슴에서, 또 어떤 사람은 귀 뒤에서 진드기가 나왔대요." 진드
기를 지닌 사람은 다른 사람들과 쉽게 이야기를 할 수 있게 되는
것 같았다. 마치 애완동물을 기르는 사람들처럼. 쟁거 박사님에게
세상에 진드기가 존재하는 이유를 물어보니, 진드기는 아무 짝에
도 쓸모없다는 대답이 돌아왔다.

　나는 아이제나흐를 떠났다. 친구이자 튀링겐 주지사인 보도
가 튀링겐의 옛길을 함께 걷자며 나를 초대했다. 이 코스의 이름은
'렌슈타이크'로, 소식을 무척 빠르게 전달하기 위해 만들어진 옛길
이었다. 숲을 통과하여 일메나우 인근의 861미터 높이의 키켈한
산에서 끝나는 이 길에는 유명한 여행자였던 시인도 찾아와 유명
한 시구를 남겼다. 요한 볼프강 폰 괴테는 1780년 9월 6일 몹시 바
쁜 하루를 보내고 "사막 같은 도시, 탄식, 욕망, 인간의 절망스러운
혼란"에서 벗어나기 위해 마차를 타고 자연으로 도망쳤다며 그가
사랑했던 슈타인 부인에게 편지를 썼다.

　그곳에서 그는 긴 의자에 앉아 밤의 고요를 즐겼다. "풍경이
웅장하면서도 소박하다." "순수하고 고요하며, 아름다운 영혼이
가장 평온한 상태일 때처럼 따분하다." 그는 자신이 느낀 것을 키
켈한 산의 어느 산장 벽에 연필로 썼고, 그 시 〈나그네의 밤노래 2〉는 24

개 언어로 번역되어 세계적으로 사랑받았다.

> 모든 봉우리에는
>
> 안식이 있고
>
> 모든 나무 꼭대기에는
>
> 바람 한 점 느껴지지 않네
>
> 작은 새들은 숲에서 침묵하네
>
> 그저 기다려라 곧
>
> 그대도 쉬게 되리니

보도가 그 근처에서 걷고 있었다. 보슬비를 맞으며 슈네코프 봉우리에 올라갔다. 작은 새들은 숲에서 침묵했고, 춥고 축축했다. 보도는 트레킹을 좋아해서 사람들을 초대해 함께 걷는 것을 좋아했다. 우리는 한참 수다를 떨었다. 보도가 말했다. "로마에 가면 말이야. 트라스테베레의 산 에디지오 공동체에 가서 친구 체사레에게 내 안부를 전해줘." 로마에 있는 이 기독교 공동체에 대해서는 익히 알고 있었다. 이들은 사회의 약자들을 돌보며 가난하고 집 없는 사람들과 난민에게 따뜻한 공간을 내주었다. 나는 한 여성에게 이 공동체의 주소를 받았다. 로마로 가려면 '프란치제나 길'을 택해야 했다. 이 길은 예수 그리스도가 태어난 후 천 년이 되기 직전에 영국의 캔터베리 대주교가 로마의 교황을 만나기 위해 걸은 길이다.

산 정상에 오르자 음악과 함께 튀링겐 소시지를 먹을 수 있는 곳이 있었다. 보도는 전망대까지 포함하여 튀링겐에서 유일한 해발 1,000미터 높이의 산꼭대기에서 19번째 정상회담을 주최한 적이 있었다. 이곳을 방문하는 사람들은 포크송 그룹과 사냥뿔 연주 밴드의 음악을 비롯한 다양한 라이브 음악을 들을 수 있다. 또한 노인 밴드의 순서도 있었다. 물론 보도와 내가 발표해야 하는 순번은 아니었다.

나는 이곳에서 괴테가 시를 썼다는 산장에 꼭 가보고 싶었다. 하지만 나를 안내해줄 안내자가 필요했다. 보도는 산장 말고 튀렝게티에 가보라고, 하인츠가 안내해줄 거라고 말했다. "튀렝게티? 야생 국립공원 같은 건가?" 보도는 훨씬 더 좋은 곳이라고 말했다.

하인츠도 나처럼 비를 맞고 서 있었는데, 짙은 녹색의 점퍼를 입고 있어서 마치 산지기 같아 보였다. 진흙탕이 된 길을 터벅터벅 걸어서 그의 차로 가는 동안, 나는 가는 방향을 바꿀 생각이었다. 하인츠가 온풍기를 켜주어서 몸을 말리며 튀링겐 숲의 구불구불한 길을 구경했다. 우리는 오버호프 마을 쪽으로 이동했다.

하인츠는 내게 주지사와 오래 알고 지냈냐고 물었다. 나는 우리가 어릴 때부터 알고 지냈다고, 그가 노동조합 임원일 때부터 알았다고 말했다. 하인츠는 보도가 무척 따뜻하고 좋은 사람이라, 좌파인데도 함께 일할 만하다고 했다. 하인츠는 CDU 당원이다. 클로펜부르크 출신이라는 지역적 배경을 들으니 그럴 것 같았다. CDU는 우파 정당인 독일기독교민주동맹이다. 클로펜부르크가 있는 독일 서북부 니더작센은 유독 보수적인 지역으로 지금도 극우 정당이 활발히 활동하는 곳이다.

하인츠는 원래 클로펜부르크에서 농장을 운영하며 2,000마리의 돼지와 소를 길렀다고 했다. 은퇴한 후에 독일 동부의 야생 지역에 와서 새로운 사업을 하려고 이곳저곳을 다니다가 우연히 튀링겐 출신의 한 여성과 사랑에 빠졌고 이 지역의 풍경도 사랑하게 되었다고 했다. 어느 날 그는 과거에 국유재산이었던 거대한 소 농장을 덜컥 구입했다. 그러나 1997년 광우병 사건으로 소들을 모두 처분하고 하수 찌꺼기와 닭 배설물을 비료 목적으로 판매했다. 그 후 공장식 축산 유행이 불어서 축산업자들이 많은 돈을 벌 수 있었다. 그러나 그의 땅은 공장식 축산을 할 수 없는 곳이었다. 그곳의 들판과 평야, 논밭은 현대적인 산업 활동을 할 수 없게 묶인 땅이었기 때문이다. 채소를 심었더니 서리가 한 해에는 너무 빨리 내렸고 한 해에는 너무 늦게 내렸다. 하인츠는 그 땅을 구입한 이후 한 번도 만족할 수 없었다. 최고의 결과를 내기 위해 노력했지만 소득이 나지 않았다.

하인츠는 넓은 땅을 소유했지만 어떻게 해야 할지 몰랐다. 그러던 어느 날 환경부에서 나온 지질학자와 조류학자가 그곳을 방문했다. 하인츠는 그들의 이야기를 유심히 들었다. 그들은 그의 땅에 건조한 목초지와 석회질 토양, 산악 목초지와 시냇가 계곡, 습지와 늪지, 저지대 초지와 덤불숲이 있다고 말하면서 그런 환경에서 무슨 종이 자라는지 알려주었다. 그리고 만약 그가 땅에 아무것도 짓지 않고 자연 상태를 유지한다면 자연과 생태 보호를 위한 명목으로 유럽연합에서 지원금을 주겠다고 제안했다.

나는 옆자리에 앉아서 하인츠의 이야기를 즐겁게 들었다. 어릴 때 자전거를 타면서 흥얼거리던 오래된 노래 가사가 떠올랐다.

그건 원자력 발전에 반대하고 환경 보호를 외치는 시위대가 부르던 노래였다. "몸에서 탈취제 냄새를 풍기지 않는 모든 사람, 삶이 무엇인지 아는 사람, 주는 것이 곧 받는 것임을 아는 사람, 과거의 모든 쓰레기를 원하지 않는 사람은 모두 일어나라." 오스트리아 가수 게오르그 단처의 〈아침놀(Morgenrot)〉 가사다.

하인츠는 밤새 계약서를 자세히 읽고 다음 날 모든 농사와 공사를 중지했다. 그는 항상 자신의 새로운 고향이 무척 특별하다고 여겨왔고 이번이 하늘이 준 기회인 것 같았다고 했다.

나는 이런 이야기가 참 좋다. 사람들의 인생이 변하는 이야기. 숲의 구부러진 길을 돌아 하인츠가 차를 왼쪽의 좁은 길로 몰며 기어를 사륜으로 바꿨다. 비포장 길로 들어서는 듯했다.

"자, 이제 막이 열립니다." 그가 말했다. 나무들 사이에서 갑자기 새로운 풍경이 나타났다. 하인츠가 차를 멈추고 창문을 내렸다. "제 땅에 오신 것을 환영합니다." 그렇게 말하며 그가 양팔을 벌렸다. 나는 낮은 들판과 멀리 보이는 높은 산을 바라보았다. "라인스베르게 산맥입니다." 그가 말했다. 이곳 높은 곳에서 바라보고 있으니 예전에 세렝게티의 응고롱고로 분화구에 올라서 봤던 경치를 또 보는 것 같았다. 그때도 도보 여행을 했으니 더욱 비교가 되었다.

하인츠가 만족한 듯이 고개를 끄덕였다. "제가 늑대라면 여기 높은 곳에 올라서서 조용히 먹잇감을 찾았을 겁니다." 이곳에는 진짜 야생이 살아 있었다. 멀리 말과 양이 눈에 들어왔다. 나는 갤러웨이 말과 스코틀랜드 하일랜드 포니, 독일 앙구스 소와 헤리

퍼드 소, 헤크 소를 알아볼 수 있었다. 코닉 말과 웝블러드 말, 양과 염소도 보였다. 그리고 그 가운데에는 이곳 야생의 왕 하인츠가 있었다.

우리는 몇 시간 동안 그의 왕국을 구경했다. 작은 연못에는 오리가 떠 있었고 수풀에서 새들이 날아올랐다. 가시검은딱새, 노랑멧새, 붉은등때까치. 한참을 소리치던 나는 내가 마치 세상 사람들에게 모든 새가 여기 있다는 것을 알려야 하는 조류학자인 것처럼 느껴졌다. 누군가가 멸종 위기의 조류 목록을 들고 이곳을 찾는다면 희귀 조류의 깃털을 계속해서 발견할 수 있을 것이다. 그리고 이곳에 엉겅퀴가 무성하게 자라기 때문에 엉겅퀴 덤불에 사는 홍방울새도 있었다. 나는 하인츠에게 이 새들이 다 어디서 오는지 물었다. "저도 몰라요. 이곳에는 2,500종의 동식물이 살고 있어서 하나하나 다 알 수가 없어요. 하지만 이곳이 살기 좋다는 소문이 벌써 전 세계로 퍼진 것 같네요." 그가 씩 웃었다. 수년간 그는 질소비료로 이 땅을 괴롭혔었다. 하지만 이제는 눈 색깔이 노란색인 금눈쇠올빼미가 다시 돌아왔다고, 녀석이 이곳의 풍부한 곤충 세계를 마음에 들어 하는 것 같다고 했다. 이 올빼미는 거의 30년 동안 이곳에서 자취를 감추었던 종이라고 했다.

그가 하는 일 중에서 가장 힘든 일이 무엇이냐고 물었더니 하인츠는 아무 일도 하지 않아야 하는 게 제일 어렵다고 말했다. 저절로 살아가도록 내버려두는 것. 그의 마음이 이해되었다. 나는 이 야생의 모든 자유로운 영혼들 속에서 끝없는 편안함을 느꼈다. 하나같이 얼마나 정교하고 아름다운 존재인지. 하인츠가 그중에서 가장 좋아하는 대상은 점박이푸른부전나비였다. 이 나비가 생존하려면 나비의 먹이인 오이풀 꽃이 있어야 했다.

　나는 배낭을 메고 울타리를 넘었다. 한 무리의 소떼와 인사를 하고 스무 마리가 넘는 말들을 지나쳐 튀렝게티를 떠나왔다. 이 자신감 넘치는 동물들은 나를 따라와서 초원으로 달렸다. 이제 나는 말들에게도 인사를 하고 남쪽의 프리드리히로다 방향으로 발을 옮겼다.

뢴 산악지대

물론 튀렝게티에는 늑대도 돌아다녔다. 그곳에서 멀지 않은 지역에 어떤 검은색 래브라도가 암컷 늑대와 어울리며 새끼 여섯 마리를 낳았다고 했다. 인근 소도시인 오어드루프에서 찍힌 사진을 분석해본 결과 새끼들은 의심의 여지없이 개와 늑대 사이에서 태어난 혼종이었다. 이 녀석들은 곧 양들을 마구 잡아먹을 터였다. 그래서 나는 항상 애완견에게 목줄을 해야 한다고 생각한다.

당시 중부 독일 라디오 방송이 다음과 같은 질문으로 설문조사를 했다. "여섯 마리 어린 새끼들을 죽여야 하는가?" 응답자의 67퍼센트는 그건 학살이니 반대한다고 답했고, 16퍼센트는 그래야 한다고 답했다. 17퍼센트는 동물원에 넣어 관리해야 한다고 답했다. 아무도 나와 같은 대답을 한 이는 없는 것 같았다. 관심 없음. 나는 대도시에 살기 때문에 그건 나와 관계없는 질문이었다.

하지만 중부 독일은 내가 개인적으로 모두에게 추천하는 지역이다. 땅이 척박하고 기후가 거칠지만 사람들은 한없이 따뜻한 곳. 그리고 수많은 이야기가 존재하는 곳. 튀렝게티 동쪽에 위치한 요나스 계곡에서는 2차 세계대전이 끝나기 직전에 부헨발트 포로 수용소에 있던 포로들이 산을 넘어서 도망쳤다. 히틀러는 이곳에 새로운 군 본부를 세우고 싶어 했다. 그러나 나는 이쪽 이야기를 포기하고 뢴 산악지대로 가기로 했다.

이날도 하루 종일 힘차게 걸은 뒤 숲을 지나던 차를 세우고 길을 물어봤을 때는 이미 늦은 저녁이었다. 운전사가 내게 말했다. "내 차를 타고 같이 올라가시지요. 저녁때 마실 맥주를 냉장고에서 꺼내오려고 하거든요." 그는 음악가였고 숲 바로 앞에 살고 있었다. 이곳에서는 마음껏 소리를 내도 괜찮기 때문이라고 했다. 차는 심하게 덜컹거리며 구불구불한 길을 따라 숲으로 올라갔다. 걸어 올라갔다면 더 빨랐을지도 모르겠다.

그는 나를 이정표 앞에 내려주었다. 가로등이 있는 왼쪽 덤불 숲이 나를 기다리고 있었다. 나는 숲을 지나 초원을 걸어서 이웃 마을에 도착했다. 우른하우젠의 이웃 마을인 베른하우젠에 있는 레스토랑 '그뤼넨 쿠테'를 찾아갔다. 유명하다는 뢴 지방 양 요리를 맛보고 싶었다.

어두워지기 직전에 레스토랑에 들어가는 데 성공했고 레스토랑 주인이 사진을 찍어주었다. 떠돌이 여행자는 가야 하는 길 때문에 마음이 급하기 마련이지만 사람들이 계속해서 질문을 한다. "신을 위해 걷는 건가요?" 식당 직원이 내게 물었다. "아니면 죄를 용서받기 위해서?" 다른 직원이 질문을 덧붙였다. 재미있다는 생각이 들었다. 나는 순례의 개념에 대해 수년 전쯤 글을 쓴 적이 있었다. 순례가 어느 순간부터 많은 사람이 동경하는 여행이 되었고,

단어 분류에서는 '힐링' 카테고리 아래에 들어가게 되었다는 내용이었다. 나는 그 글의 제목으로 프리드리히 2세의 말을 인용했다. "천천히 가시오. 급하니까." 프리드리히 2세는 그의 마부가 너무 빠르게 길모퉁이를 돌거나 길을 몰라서 당황해하면 마부에게 이렇게 말했다고 한다. 내 글이 나간 지 몇 주 후에 독자로부터 편지를 받았다. 그는 사신이 이 마부의 오랜 후손이라고 소개했다. 프리드리히 황제의 이 한마디를 그의 가족들은 대대로 기억하고 있다고 했다.

나 역시 느긋해지는 것이 너무 힘들었다. 나는 재빨리 상황을 파악하고 답을 생각해내는 것을 좋아하며, 의사도 내 상태를 빠르게 알아내는 의사가 좋다. 응급실 의사의 대처가 늦으면 환자는 죽으니까. 나는 축구 경기의 빠른 전개도 무척 좋아한다.

문득 괴팅겐의 데네케 씨가 생각났다. 만약 내 여행 계획에 이름을 붙인다면 무엇이 좋을지 그에게 물어봤었다. "산책, 하이킹, 순례, 어느 것이 좋을까요?" 걸어서 여행을 하면 분명히 사람들이 왜 이런 여행을 하는지 물을 것이 뻔했으므로, 괜찮은 대답을 준비하고 싶었다. 그냥 신선한 공기를 마시고 싶었다고 대답하면 사람들이 지루해할 것 같았다. 데네케 씨는 잠시 고민하더니 말했다. "제 생각에 하우저 씨는 트램프 같아요." 트램프는 미국의 떠돌이 노동자다. 계속 이동하면서 오늘은 이곳에서, 내일은 저곳에서 일을 하고 홀쩍 떠난다. 가난한 부랑자라기보다는 정착하지 않고 이동하며 행복을 찾는 노마드에 가깝다. 나도 트램프가 마음에 들었다. 이제 길가에서 엄지손가락을 들고 있어도 당당할 수 있을 것 같았다.

다음 날 아침, 눈부신 햇살 때문에 아침도 먹기 전에 일어나 밖으로 산책을 나갔다. 튀링겐 전통 음식인 감자고기 클로스^{뭉쳐서} ^{만든 경단}를 직접 만드는 이 아늑한 여관에서 멀지 않은 곳에 나무로 둘러싸인 호수가 있었다. 베른호이저 쿠테라는 이름의 이 호수는 다양한 색의 사암이 45미터 깊이로 움푹 들어가 생긴 것으로, 지질학자들은 지면함몰 호수라고 부른다. 땅 밑에 있던 동굴이 꺼지는 바람에 주변의 물이 이곳으로 모였다. 이 호수는 정확하진 않지만 아마도 2억 5,100만 년에서 2억 5,700만 년 전의 고생대 페름기 마지막 시기에 생겼을 것이다.

이 호수에서 나는 신비로운 현상을 보았다. 어떻게 그런 일이 생겼는지 조금 설명을 해야겠다. 나는 신비주의에 조금 관심이 있는 편인데 일반적인 가톨릭 신자는 신비주의를 가까이 하지 않는다. 신비주의자는 자신의 내면에서 평온을 찾으려고 노력하며 사회를 볼 때도 사회 이면에 숨겨진 세계가 사회를 움직인다고 생각하며 그것을 이해하려 애쓴다. 여기서 신비주의를 더 설명할 수는 없지만, 밝은 빛이 때로는 중요한 역할을 하고 하늘이 갑자기 열리는 신비로운 일이 생길 때가 있다. 어머니는 케벨라어 근처 마을에서 태어났다. 케벨라어는 성모 마리아의 기적이 일어난 세계의 여러 중요한 장소 중 한 곳이다. 전해지는 이야기에 따르면 1641년 성탄절 전날에 암스테르담에서 쾰른으로 가는 길과 뮌스터에서 브뤼셀로 가는 길 사이의 교차 지점인 교역로에서 어떤 상인이 성모 마리아를 보았다고 한다. 그의 아내도 그 밤에 아주 빛나는 빛을 보았고, 그래서 두 사람은 그 장소를 기념하기 위해 성당을 짓고 성모의 성상을 만들었다. 나는 어릴 때 모든 고통받는 사람들을 위로하는 어머니 마리아를 보기 위해 일 년에 한 번씩 그곳으로 순례 여행을 갔다. 우리에게 그곳은 기적의 장소였다. 그 성당에는 목발이 여러 개 걸려 있었는데 그곳에 와서 기도한 후 다시 걸을 수 있게 된 사람들이 걸어놓은 것이라고 했다.

그날 아침 호수에서 본 것은 타오르는 듯한, 바람처럼 빠르게 지나가는 빛이었다. 처음에는 물고기가 뛰어오른다고 생각했다. 호수 표면은 잔잔했다. 빛은 몇 분간 작고 반짝이는 반딧불 같은 모습으로 나타났다. 하지만 낮에 반딧불이 보일 리 없었다. 나는 무척 놀란 동시에 아무런 목소리도 들리지 않길 바랐다. 여행을 계속하고 싶었으니까.

나처럼 나이를 많이 먹은 사람은 많은 것을 믿는다. 하늘로 승천할 때는 "마리아여, 옷자락을 펼쳐주소서"라고 기도해야 하며, 뭔가를 잃어버렸을 때는 성자 안토니우스에게 기도해야 한다는 식으로 말이다. 철학자 키에르케고르는 두 가지 착각이 존재한다고 했다. 하나는 진실이 아닌 것을 믿는 것이고, 다른 하나는 진실인 것을 믿지 않는 것이다.

나중에 그게 무엇이었는지 확인하기 위해 인터넷을 뒤졌다. 독일 환경부에서 공개한 환경, 자연 보호 및 원전 안전성에 대한 연구 보고서가 있었다. 거기에 독일의 아름다운 호수에 관한 대목이 있었다. 그 호수들에 외울 수 없이 복잡한 이름을 가진 작은 생명체들이 살고 있다는 내용이었다. 크립토모나스 오바타, 크립토모나스 에로사 및 로도모나스 미누타와 시네코시스티스 종, 그리고 클로로피세아 에우테트라모리스 포티이였다. 나는 아직도 그 생명체들을 알지 못한다. 생물학을 잘 모르기도 하고.

어쩌면 그 빛은 이런 알 수 없는 작은 생명체였는지도 모른다.

가끔씩은 너무 많이 알지 않는 것이 좋은 때도 있다. 그저 자연이 보여주는 기적을 감탄하면 되니까. 이날도 나는 굉장히 많이 걸어 다녔다. 뢴은 독일에서 가장 아름다운 트레킹 장소였다. 나는 원뿔처럼 생긴 휴화산에 올라가서 꾸밈이 전혀 없는 자연 풍경을 눈에 담았다.

경치가 너무 아름다워서 또 길을 잃었다. 이른바 산맥길이라고 부르는 길은 정말 훌륭한 트레킹 코스였다. 그 길을 걷다가 길 왼편에서 작은 사다리를 하나 발견했다. 아마도 사냥꾼이 철조망에 바지가 찢기는 것을 방지하기 위해 놓아둔 것 같았다. 갑자기 좋은 생각이 났다. 이 사다리에 올라가면 이곳에서 이어지는 길을 내려다볼 수 있을 것 같았다. 나는 억센 나무들이 서 있는 완만한 능선을 가로질러 걸었다. 언덕에 서니 바세르 쿠페의 벌거벗은 정상으로 행글라이더를 타려는 사람들이 올라가는 모습이 보였다.

뢴 산맥은 탁 트인 경치가 매력적인 땅이라고들 한다. 또 유네스코를 비롯한 국제 보호 단체의 보호를 받고 있었다. 그래서 이렇게 발전된 국가에 아직도 날씨 좋은 날이면 수백 킬로미터 밖까지 한눈에 둘러볼 수 있는 자연이 남아 있다. 독일 환경부에 따르면 놀랍게도 이 나라의 사분의 일이 아직도 "교통으로 인해 구간이 나뉘지 않고 교통량이 적은 지역"으로 남아 있다고 했다. 이런 곳은 낮 시간에 산책하는 동안 지나다니는 교통수단의 소음에 방해

받지 않거나, 교통수단 때문에 시야가 가려지지 않는 공간이 100제곱킬로미터 이상 이어지는 지역을 말한다. 열차 선로나 고속도로, 선박이 지나다니는 운하가 없는 지역은 독일에 아직 600곳이나 있다고 했다. 독일 북동부 브란덴부르크 주와 메클렌부르크포어포메른 주 면적의 절반 이상이 그런 지역이며, 튀링겐과 내가 걷고 있는 이 일대가 또한 그랬다.

식물학자들은 뢴 지역을 사랑했다. 희귀한 식물들이 살고 있기 때문이다. 금색 야생 귀리밭에는 참제비고깔, 주머니장구채, 아르니카, 수레국화 및 연리초속 식물들이 자란다. 칼루나와 양지꽃 근처에는 나드 나무가 있고, 자갈밭 사이로 줄기를 곧게 내민 독일 섬꽃마리가 적갈색 꽃잎을 늘어뜨린다.

화려한 색깔이 물결치는 바다를 조심조심 건너며 내 마음은 밝게 빛났다. 신비주의자들의 표현 같긴 하지만, 나는 지금 신의 약방에 있었다. 내 주변의 모든 것이 속삭이며 웅성거렸다. 사진에 이 생명들을 그대로 담아보고자 애를 써봤다. 나중에 사진으로 보니 호박벌이 가장 좋아하는 노란 꽃잎의 금불초가 눈에 띄었다. 아주 많이 피어 있던 꽃은 '성 요한의 풀'이라고도 불리는 물레나물이었다. 손으로 꽃잎을 문지르면 붉은 즙이 나오는데 과거에는 이것을 염색이나 채색을 위한 색소로도 사용했다고 한다. 이 풀이 가진 성분은 근육통에 자주 사용되며 빛에 과민반응을 보이는 피부에도 효과가 좋다. 내게 식물에 대한 지식은 많이 없었지만 꽃들이 지닌 황홀한 아름다움에는 완전히 푹 빠질 수 있었다.

마치 꿈을 꾸고 있는 것 같았으나 아무리 봐도 충분하지 않았다. 그리고 의외로 이제까지 가는 곳마다 흔적을 남기고 다녔던 위대한 재상 괴테가 이 아름다운 장소에는 왔다는 이야기가 없었다.

황홀한 꿈의 세계에서 몇 시간을 걷다가 큰길로 나오니 맞은편에 커다란 흰색 표지판이 서 있었다. "들어가지 마시오. 출입금지. 귀중한 문화유산." 저녁때 숙소로 가기 위해 전나무 숲을 걷고 있는데 또 진드기가 보였다.

진드기는 노상강도와 같다. 그것도 인내심이 아주 많은 강도. 2년까지는 아무것도 먹지 않아도 살아남을 수 있어서, 살아 있는 동안 대부분의 시간을 먹이가 지나가기를 기다리며 보낸다. 사실 우리는 어떤 기생충이 근처에 있는지 알 수가 없으며 기생충을 골라서 옮을 수도 없다. 하지만 뭔가 있다면 치밀한 전략을 짜야 한다. 내 발소리는 멀리서도 들을 수 있었다. 나는 정말이지 조용히 걷지 못한다. 내 아래층 사람도 그렇게 말했고 커스틴도 그렇다고 이야기했다. 내가 모든 근육을 사용하지 않기 때문에 걸음을 내디딜 때마다 엄청난 힘을 쏟아야 한다는 게 커스틴의 설명이었다.

지금 내가 처한 상황을 정리해보았다. 진드기는 분명 누군가가 오고 있음을 뛰어난 감각으로 느꼈을 것이다. 내가 잠깐 움직임을 멈춘 사이에 녀석은 내 몸에 올라타서 발의 갈고리로 단단히 붙은 뒤 피를 빨 수 있는 적당한 장소를 물색했을 것이다. 나는 낮 동안 자연에 너무 심취해 있어서 진드기의 공격을 눈치챌 수 없었다. 진드기는 피부에 소량의 독을 주입해 마비시킨다. 그래서 느긋하게 피를 빨며 주변을 살필 수 있다.

우리는 모기와 등에게 고마워해야 한다. 적어도 이 녀석들은 우리가 알아채고 쫓을 수 있으니까. 하지만 진드기는 정말이지 무조건 조심, 또 조심해야 한다.

다행히 저녁 늦게 찾아간 숙소에 친구들과 여행을 온 의사가 있었다. 그들은 서로 무척 친한 것 같았다. 뢴 지방의 거친 사람들 속에 자연스럽게 섞여 대화를 나누려면 유머감각이 있어야 한다. 신뢰는 좋은 것이고, 조심하는 것은 더 좋은 것이다.

만일의 경우를 위해 여행에서 돌아온 후 바로 피 검사를 받았다. 두 차례 검사한 결과는 동일했다. 검사실 직원은 내 면역검사 결과란에 "자연스럽게 치유되거나 완전히 치유된 보렐리오제 감염"이라고 썼다. 관리를 받아야 한다는 권고도 없었다. 내 몸은 스스로 박테리아를 몰아냈다. 늘 그랬듯이 조용히 비밀스럽게.

내가 뢴 지방을 찾아간 또 다른 이유는 밤 풍경이 아름다웠기 때문이다. 독일에서 하늘을 자연 그대로 감상할 수 있는 지역은 많지 않다. 이곳의 칠흑 같은 밤하늘을 올려다보면 무수히 많은 별들이 쏟아질 듯 하늘을 가득 채우고 있다. 자비네 프랑크 씨는 아마 여기 주민 중에서 가장 특이한 직업을 가진 여성일 것이다. 그녀는 야간 보호 위원이다.

그녀의 직업을 듣고 나는 이 직업이 오히려 함부르크의 홍등가에 더 어울릴 것 같다는 생각이 들었다. 하지만 그곳의 밤은 프랑크 씨에게 너무 밝을 터였다. 그녀는 뢴 지역이 '국제 검은 하늘 협회'의 '별 공원'으로 지정될 수 있도록 노력하고 있었다. 하늘의 자연 보호 구역인 셈이다. 프랑크 씨는 빛 공해와 싸운다. 스포트라이트와 조명은 밤이 어둡지 못하게 하는 동시에 철새를 혼란스럽게 한다. 어느 마을 공동체가 아름다운 성당 건물을 고작 조금 더 돋보이게 하려고 설치한 조명 때문에 앞이 보이지 않게 된 새들은 무리에서 이탈하게 된다.

자비네 프랑크 씨가 밤 열한 시에 전나무 숲 앞으로 나를 태우러 왔다. 얼스터 계곡 중간에 지어진 작은 도시는 유랑자들이 세운 도시라고 한다. 보니파시우스 성인 8세기 독일 이교도의 개종을 위해 교황이 보낸 선교사 이 오기 훨씬 전에 아일랜드에서 온 승려들이 '부코비나'라고도 불리는 부헨란트에 정착했다. 오늘날 이곳에는 매트리스 세척 기계가 있고, 최근에 독일에서는 보기 힘들어진 도축장 겸 술집이 두 곳이나 있다.

프랑크 씨는 뢴 지역의 하늘을 설명하기 위해 언덕으로 차를 몰았다. 내가 자비네 프랑크 씨에게 연락한 것은 베른하우젠에 있을 때였다. 그곳의 캠핑카는 지붕이 유리라서 날씨가 좋으면 안드로메다 성운까지 볼 수 있었다.

프랑크 씨는 완벽한 준비를 해왔다. 중요한 별과 행성이 그려진 지도와 쿠키까지. 아주 캄캄한 밤이면 이곳의 산꼭대기에서 망원경으로 이미 없어졌을지도 모르는 시간을 관찰할 수 있다. 수백만 광년 떨어진 곳에 있는 은하수와 블랙홀을. 50억 광년 전에 지구를 향해 출발했을 빛을. 이런 시간과 규모가 좀 너무 비현실적인가? 최근에 과학자들과 예술가들이 모여서 새로 발견된 별로 성간 메시지를 보냈다. 그 별의 이름은 로스 128b, 작은개자리에 위치한 적색왜성이다. 만약 이 항성에 생명체가 있어서 답변을 보내온다면 가장 빠른 시기는 2042년으로 예상된다고 했다.

프랑크 씨가 가방에서 지구 궤도를 꺼냈다. 우주의 실제 크기 비교가 나와 있는 그림이라 금세 겸손해질 수 있었다. 그런데도 우리 인간은 지구에 살면서 우리가 가장 대단하다고 생각한다. 프랑크 씨가 말했다. "지구는 우주가 한 번 내뱉은 한숨에 불과해요." 그러고는 빅뱅 이후 수십억 년 동안 우주가 지나온 과정을 설명했다. 늦은 시간이라 내 눈이 자꾸 감겼다. 그러다 프랑크 씨가 혜성이 언제든지 지구에 떨어질 수 있다는 이야기를 하는 순간 정신이 번쩍 들었다. 나는 우산도 없는데.

멀리 불빛이 보였다. 프랑크 씨는 내일 마을에 가서 사람들에게 조명을 끄게 할 거라고 말했다. 새들을 위해서.

느리게 흐르는 시간

뢴 산맥에는 이곳저곳에 돌로 된 이정표가 있었다. 이 이정표들은 목적지, 예를 들면 프랑크푸르트까지의 거리를 나타내는 대신, 그곳까지 가는 데 걸리는 시간을 표시했다. 18세기에서 19세기로 넘어가면서 역참제도는 역마차를 이용하는 한 시간을 0.5마일, 환산하면 약 3.75킬로미터로 정했다. 헤센 공국의 끝에서 끝까지는 약 5킬로미터에 달했다. 그 거리는 짐을 가득 실은 짐마차가 한 시간이면 갈 수 있는 거리였다.

나도 거리를 시간으로 계산하여 한 시간에 대략 3.5킬로미터씩 걷는다고 계산했다. 걷기는 꽤 효율이 좋은 활동이라 다른 신체활동에 비해 거의 에너지를 쓰지 않는다. 그래서 에너지가 머리로 전해지고 뇌가 그것을 고맙게 받아서 사용한다.

복싱을 하면서 생각을 해보려고 한 적이 있었다. 불가능했다. 게임이 끝나는 종소리가 울릴 때까지 날아오는 주먹으로부터 나를 보호하려고 몹시 집중해야 했다. 탁구를 칠 때도 정신없이 움직여야 했고, 스키를 탈 때도 넘어지지 않는 것에 감사해야 했다.

내 생각에 나의 이번 여행은 어쩌면 내 정신을 점점 가득 채웠던 소급함와 분주함에서 멋어나려는 행위였던 것 같다. 나 자신은 물론 다른 사람의 빠른 일상에서, 늘 내 마음에 있었던 '빨리빨리'에서, 또 '전부 지금 당장'이라는 생각에서 도망치고 싶었던 게 아닐까? 하지만 빠르게 걷는 데는 한계가 있다. 오른쪽 발은 왼쪽 발에 체중을 실은 뒤에야 비로소 앞으로 나아갈 수 있다. 모든 걸음은 다음 걸음을 위한 토대가 된다. 모든 단계에서 나의 발은 땅과 맞닿아 있다. 나는 땅과 연결되어 있다는 느낌이 들었다. 걷기는 내게 고향과도 같았다.

우리 인간은 역사 속에서 단 한 번도 시간을 지배하지 못했다. 우리가 속도라고 부르는 것에 늘 쫓기기 일쑤였다. 예나 지금이나 멈추지 못하는 사람들이 존재한다. 2,000년 전에 로마의 희극 작가 플라우투스는 이렇게 썼다. "이 도시는 저주받은 시계로 가득 차 있다. 신들이 시간을 나누는 방법을 처음으로 생각해낸 사람을 저주한다. 나도 이곳에 해시계를 설치해서 내 하루를 이렇게 끔찍하게 나누고 분 단위로 쪼갠 사람을 저주한다."

햇빛이 하루 일과를 정할 때는 해가 지고 난 후에 아무도 일하지 않고 아무도 빵을 굽지 않았다. 해가 지고 나서 일하는 사람은 악마의 일을 한다고 생각했다. 산업혁명이 이런 질서를 전부 파괴했다. 시간과 공간은 물론, 인간과 동물의 질서까지도. 역사학자들은 산업화가 인류의 기반을 흔들어놓았다고 확신한다. 많은 이들이 괴로워하면서 새로운 시대에 적응해야 했고, 새로운 시대는 그들에게 결코 깨어날 수 없는 악몽이 되었다.

나중에야 사람들은 적당한 박자가 있음을 깨닫고 적절한 시간과 적절한 양을 가늠할 수 있게 되었다. 원래 일과(daily task)란 사람이 낮에(daily) 해야 하는 일이다. 밤에 해야 하는 일이 아니다. 그러나 피뢰침을 발명한 벤저민 프랭클린은 새로운 시간 개념을 단 한마디로 정리했다. "시간은 금이다." 산업화로 인해 종교개혁가 츠빙글리와 칼뱅의 청교도적 직업윤리^{근면, 성실, 절제를 강조한다}도 힘을 얻었다. 두 사람이 시계 산업의 중심지인 제네바에서 활동한 점은 우연이었을까? 이들은 실용적이지 않은 모든 활동을 비난했다. "인간은 결코 빈둥거려서는 안 되며 끊임없이 생산적인 활동을 해야 한다."

이때부터 모든 작업에 시간이 정해졌다. 시계의 초침이 국민을 지배하는 도구가 되었다. 시간을 지키지 못하는 노동자들은 공장에서 얻어맞았다. 그때까지 자연의 리듬을 따르며 닭이 울면 깨고 해가 지면 잠들던 농부들은 농기계가 움직이는 속도에 적응해야 했다. 시인 하인리히 하이네는 증기기관에 대해 불평한 적이 있다. "철도 때문에 공간이 죽고 있다. 남는 시간은 어쩌란 말인가."

하지만 산업 발전의 속도는 느려지지 않았다. 지금의 발전도 놀랍지만 그 당시 사람들은 모든 것이 가능하다는 사실에 놀라며 감탄하고 매혹되었다. 1876년 미국 전신^{모스 부호 등으로 정보를 주고받는 통신} 회사였던 웨스턴 유니언의 직원들은 전화에 대해 "통신수단으로 진지하게 생각하기에는 너무 약점이 많다"고 말했다. "나는 말을 신뢰한다"고 말했던 독일 황제 빌헬름은 10년 후 "자동차는 잠시 나타난 유행일 뿐"이라고 말했다.

IBM 사장이었던 토머스 왓슨은 1943년에 "세계에서 컴퓨터를 사고 싶은 사람은 다섯 명밖에 없을 것"이라고 말했다. 영화 제작자들은 1946년에 "머지않아 사람들이 매일 저녁 집에 묶여서 작은 상자만 들여다보는 일을 지루해할 것"이라고 말했다. 그 상자란 TV였다.

우리는 그 후에 무슨 일이 벌어졌는지 잘 안다. 오스트리아의 경제학자 조지프 슘페터는 기술 혁명이 일으키는 일을 "창조적 파괴"라고 표현했다. 오늘날에도 너무 빠른 속도를 죄악이라고 생각하는 민족들이 있다. 파푸아뉴기니 섬에서 사냥과 채집으로 살아가는 카파우쿠족은 이틀 연속 일을 하면 큰일 나는 줄로 생각한다. 알제리 북부에 사는 카바일족은 서두르는 것을 '품위가 없다'고 여긴다. 그들에게 시계는 '악마의 수레바퀴'다. 나는 오랜 옛날부터 시계를 차지 않았다. 어머니는 내가 어릴 때부터 시계를 빼놓고 다녔다고 했다. 나의 시간은 언제나 지금이었다.

프랑켄 지방의 특징과 기적

높고 평평한 고원을 따라 남쪽으로 계속 걸었다. 날짜 감각은 잃어버렸다. 나의 하루는 출발과 도착으로, 아침 세계와 저녁 분위기로 나뉘었다. 종달새의 지저귐과 보리수의 향기, 그리고 내 노력으로 여기까지 왔다는 흡족한 성취감이 전부였다.

자연 풍경이 나를 초대하면 즐겁게 그 초대를 받아들였다. 길가에서 남자들이 체리를 따고 있었다. 땅에 떨어지는 과실이 하나도 없도록 나무마다 그물망이 걸려 있었다. 한 농부가 나도 체리를 딸 수 있게 해주었다. 그는 트럭을 몰고 체리 나무 아래로 가더니 사다리를 세우고 나더러 올라가라고 했다. 사다리 위는 체리 천국이었다. 나는 양동이 하나 가득 체리를 땄고 내가 수확한 소득으로 하루 종일 배를 채웠다.

렌슈타이크 길을 따라 걸었다. 긴급한 소식을 전하는 말과 마차를 위해 만들어진 아주 오래된 길이다. 그리고 한 씩씩한 여행자는 하스베르게 고원 아래의 작은 동네 쾨슬라우에서 요청하지도 않았는데 고생한 발도 좀 쉬게 하라며 뜨거운 물이 담긴 대야를 가

저다주는 친절한 장소를 만났다. 알렉산드라의 정원 카페는 직접 구운 과일 케이크와 신선한 크림이 있는 작은 천국이었다. 나는 이곳에 하루 종일 앉아 있고 싶었다. 블루베리 타르트와 딸기 타르트, 구즈베리 머랭 타르트.

원래 노인과 병자를 간호했다는 카페 주인은 카페를 여는 게 꿈이었다고 했다. 그녀는 자기 친구가 예루살렘에 여행을 갔다가 몇 주 동안 걷지 못하게 되었다고 했다. 너무 많은 일정을 소화하려 했던 탓이라고. 행군골절, 피로골절 등은 모두 장거리를 걸을 때 생길 수 있는 뼈의 골절이다. 나는 그 정도는 아니었지만 내 상태도 이와 비슷했는지도 모르겠다. 매일 계속해서 30킬로미터씩 걸었으니까.

벌써 아이제나흐에서 무척 멀리 왔다. 걸을 때마다 오른발 밑 깔창이 발을 왼쪽으로 밀어냈다. 도움이 되는지 아닌지 잘 몰랐지만 그저 트립슈타인 씨와 그의 경험을 믿을 수밖에 없었다.

처음으로 내 발을 유심히 관찰했던 순간을 지금도 분명히 기억한다. 풀밭에 누워 파란 하늘을 바라보고 있었다. 날씨가 맑고 구름이 한 점도 없었다. 맥주가 없는 것만 빼면 나는 마치 광고에 나오는 사람들처럼 누워 있었다. 한쪽 다리를 꼬고, 오른손은 머리를 받치고. 내가 누운 곳 맞은편에 크로이츠베르크 수도원이 있었다. 이곳은 성스러운 프랑켄 산 위에서 프란치스코회 수도사들이 빚는 맥주로 유명하다.

누운 채 무릎 너머로 보이는 풍경을 감상하고 있던 찰나, 갑자기 왜 이제까지 내 발에 관심을 갖지 않았는지 깨닫게 되었다. 발이 내 눈에서 너무 멀리 떨어져 있었다. 내 손으로도 발을 만진 적이 거의 없었다. 손을 코에 가져가는 것은 쉬웠지만 발까지 가져가기는 어려웠다. 발뒤꿈치 아래의 아치보다 내 입과 눈이 손과 더 가까웠기 때문이다.

차례대로 발가락을 움직여보았다. 제일 큰 엄지발가락부터 새끼발가락까지. 그리고 햇살을 받게 해주면서 앞으로는 더 관심을 주겠다고 발에게 약속했다. 지금보다 더 많이 관찰하고 중요하게 생각하기로 했다. 다만 내가 몰랐던 사실은 내 새끼발가락이 이미 오래전에 인내심을 잃어버렸다는 것이었다.

여전히 내겐 통증이 없었다. 오히려 자연 풍경을 감상하는 데 정신이 팔려 있었다. 자연은 그 구조와 모양이 얼마나 다채롭고 얼마나 신비로운지 모른다. 길과 마을이 생긴 모양, 나무가 줄지어 심긴 모양, 강물이 흐르는 방향, 그리고 언덕과 산 위에 왕관처럼 지어진 성들을 바라보았다. 들판을 비추는 빛과 바람에 밀려나는 솜사탕 같은 구름을 보았다.

나는 장기간 여행을 하면서도 계속 좋은 풍경과 전망, 좋은 느낌을 찾아다녔다. 데네케 씨는 내게 옛길을 조심하라고 알려주었다. 왜냐하면 옛길은 사방으로 수천 킬로미터에 걸쳐 깔려 있었기 때문이다. 나는 점차 길을 찾아다니지 않고 가다가 발견하는 법을 터득했다. 길을 발견하면 즐거워하며 길과 보조를 맞춰 걸었다. 옛날부터 내게는 길을 찾기보다는 발견하는 재능이 있었다.

강가에 있는 옛길은 대개 강 옆의 경사면에 높이 자리하며 햇빛을 고스란히 받는다. 긴 창을 휘두를 만큼의 대략 3미터 너비를 가진 옛길은 거의 대부분 왕과 왕의 군대가 다니던 길이다. 주변에 수풀이 나지 않도록 항상 관리되어서 재산과 생명을 잃지 않고 싶은 사람들이 주로 이용했다. 선한 의도로 다가오는 사람을 만나면 그 길은 아름답다. 그러나 나쁜 일을 꾸미는 사람이 다가온다면 공포의 길이 된다.

마을 중심부와 아랫마을, 윗마을을 두루 걸었다. 목축 마을, 도로변 마을, 선형 마을을 보았다. 집들은 도로를 따라 나 있거나 한데 모여 있거나 농가주택처럼 멀찍이 하나씩 있었다. 건물은 한 동만 있거나 마당의 삼면 혹은 사면을 건물이 감싸는 형태였다. 건물의 주재료는 채석장에서 캐낸 사암, 석회암, 경사암과 지구 내부에서 나오는 화강암, 현무암, 응회암, 그리고 강한 압력으로 변형된 암석인 규암과 대리석이었다.

그런데 텃밭을 거의 찾아볼 수 없었다. 옛날에는 집집마다 텃밭이 있어서 아마란스와 허브의 일종인 딜을 키웠다. 그뿐인가. 샐러리와 당근, 딸기, 완두콩, 엘더베리, 겨자, 상추, 쇠비름, 파스닙, 누에콩, 렌틸콩, 마늘, 양배추, 병아리콩, 무화과와 호로파, 고수와 파슬리, 사리풀, 꽈리, 양귀비, 목서초와 대마를 키웠다. 텃밭에는 늘 알록달록한 꽃이 피어 있어서 모든 색상의 불꽃놀이가 열리는 느낌이었다.

현재는 수국과 철쭉만이 놀이터와 바비큐 그릴을 지키고 있었다. 푸크시아와 협죽도, 재스민 꽃도 본 것 같다. 사람들이 정원을 가꾸고 흙을 파는 모습은 거의 볼 수 없었다.

한번은 트랙터를 탄 적이 있었다. 뢴 산악지대에서 프랑켄의 스위스 쪽으로 갈 때였다. 독일에서 해수면보다 몇 미터 높은 동네는 다 스위스라고 부르는 듯하다. 독일에는 스위스라는 이름을 가진 동네가 세계에서 가장 많다. 130개 정도. 하지만 그 많은 스위스 중에서 가장 맛있는 맥주는 이곳 프랑켄 스위스에 있다. 땅 면적당 맥주 양조장이 가장 많이 모여 있는 지역도 이곳일 것이다.

긴 하루를 보내고 오븐에서 막 꺼낸 쇼이펠르^{절인 돼지 어깨살을 오랜 시간 오븐에서 구워낸 요리}에 양배추 절임과 감자 클로스를 곁들여 먹고 싶었다. 이날도 숲에서 아주 늦게 빠져나왔다. 오늘의 최종 목적지를 슈타펠슈타인 근처에 있는 슈툽랑 마을의 딩켈로 잡았기 때문이다. 딩켈은 가족이 운영하는 레스토랑 겸 여관이었다.

건물이 보이자 제대로 된 식사를 기대하며 식물이 가득한 마당에 들어섰다. 마당 한가운데에 가지를 무성하게 펼친 보리수가 있었다. 보리수 아래에서 맥주를 마실 수 있게 테이블을 두었다면 참 좋았을 텐데. 그때 마당 구석에서 기분이 좋은 듯한 세 남자가 아이들처럼 킥킥거리고 있었다. "어서 오시오. 맥주 한잔 드릴까요?" 그는 맥주 장인 후베르트 씨였다. "어디서 오셨어요?" 뚱뚱한 남자가 물었다. 그는 채석장에서 일하는 필립 씨였다. "어디로 가는 중인가요?" 마지막 남자가 물었다. 시몬 씨는 자신을 벽돌공이라고 소개했다. 후베르트 씨가 말했다. "우리 가족이 운영하는 레스토랑에 가신다고요? 멀지 않아요. 트랙터로 모셔드릴게요."

이 이야기를 할 때 나는 이미 두 번째 맥주잔을 손에 들고 있었다. 호밀을 볶아서 만든 독한 맥주였는데도 입에 착 달라붙고 향기로운 것이 매우 특별했다. 그런데 후베르트 씨의 트랙터, 1954

년식 하노마크 16-PS가 움직이지 않았다. 세 남자가 번갈아가며 트랙터를 들여다보고 뭔가 만져댔지만 트랙터는 움직이지 않았다. 후베르트 씨의 아내가 와서 여관 레스토랑은 벌써 영업이 끝났다는 말을 전해주었다.

유쾌한 저녁이었다. 북부 프랑켄 지방 사람들은 항상 즐겁고 편하고 느긋하다. 알고 보니 잘 정리된 침대가 나를 기다리는 여관은 그곳에서 300미터밖에 떨어져 있지 않았다. 그런데도 후베르트 씨가 나를 꼭 트랙터로 데려다줘야 한다고 해서 나는 그가 만든 맛있는 맥주를 조금 더 마셨다.

어느새 트랙터 주변으로 남자 여섯 명이 모여들었다. 이제 의용소방대만 만들면 되겠다고 내가 말하자 곧 그들이 소리를 질렀다. "우리가 바로 의용소방대야!"

세 시간쯤 후에 마침내 후베르트 씨의 애마가 움직였고 우리는 덜컹거리며 길을 나섰다. 나는 이들이 저마다 트랙터를 수집한다는 사실을 알게 되었다. 필립 씨는 35PS 방식인 1963년식 펜트파머 2를, 시몬 씨는 더블 클러치가 달린 1965년식 도이츠 D30을 가지고 있었다. 트랙터는 모두 예쁜 초록색이었고 바퀴 안쪽 금속 부분만 빨간색이었다.

우리는 모두 각자의 트랙터를 타고 일렬로 전진했다. 여관으로 직진하지는 않았다. 해는 이미 자취를 감추었지만 여름 저녁은 따뜻했다. 시냇가를 건너 높은 언덕으로 올라가니 그리운 뢴 지역 일대가 보였다. 오른쪽으로는 프랑켄 지방의 자랑인 슈타펠베르크 절벽이 보였다. 독일 시인 요제프 빅토르 폰 셰펠이 이곳에서 프랑켄의 노래를 썼다. "자 이제, 공기가 상쾌하고 깨끗하니 계속 앉아 있다간 몸이 녹슬겠어. 아름다운 햇살이 비치니 하늘을 만끽해야겠다. 떠나는 청년들이여, 이제 내게 지팡이와 모자 달린 외투를 넘겨주게. 나는 아름다운 여름 속으로, 프랑켄 땅으로 떠날 걸세." 나는 후베르트 씨에게 이렇게 늦은 밤에 시끄럽게 트랙터를 끌고 다니면 주민들이 불평하지 않느냐고 물었다. 그랬더니 그는 아무도 뭐라고 하지 않는다고 했다. 다들 지금 트랙터를 타고 있으니까.

　　나는 예상치 못한 만남을 좋아한다. "뭐 혼자 여행을 한다고?" 함부르크의 한 친구는 내게 이렇게 물었다. "지루하지 않을까?" 그러자 내 여자친구가 웃으면서 울리는 절대 혼자 여행하지 않을 거라고, 그럴 수가 없다고 말했다. 그리고 실제로 그랬다. 아무도 나를 기다리지 않았지만 내가 이곳에 왔고 나는 이곳이 고향처럼 느껴졌다. 신뢰와 소속감, 인정과 존중이 느껴졌다. 나는 먼 도시에서 왔지만 이 사람들과 아무런 거리감이 없었다. 도시에는 선이 존재한다. 적당한 거리를 유지하라는 적정선이다. 그러나 여행을 하다 보니 친근함밖에 없었다. 인사를 할 때 우리는 한 사람을 높인다. 존중을 표현한다. 독일어 인사인 '할로(hallo)'는 어원적으로 상대를 찬양한다는 뜻을 지닌다. 영어의 '헬로(hello)'와 거룩하다는 뜻의 '홀리(holy)'도 같은 어원을 가지고 있다.

　　사람들과 대화하기 위해 노력할 필요가 없었다. 대화를 시도할 수 있는 상황도 아니었다. 나는 숲에서 방금 나온 사람이었다. 신발을 깨끗이 닦거나 넥타이를 했느냐는 중요하지 않았다. 옷은 사람을 만들기도 하지만 완벽하게 감추기도 한다.

북부 프랑켄에서는 친구 요르그가 나와 동행했다. 그는 자연 속을 걸으면서 맛좋은 맥주를 마시고 싶어 했다. 경쾌한 강인 비젠트 강변에서는 수완 좋은 사람들이 길가에 있는 소규모 양조장을 모두 둘러볼 수 있는 '맥주 루트'에 참여하라고 지나가는 사람들을 꾀고 있었다.

우리가 만난 첫날 프랑크푸르트에서 온 요르그는 몹시 지친 모습이었고 내게 자기 직장에서 생길 수 있는 모든 일을 이야기했다. 요르그는 마케팅 일을 한다. 나는 열 시간을 걸은 상태라 온몸이 나른했지만 요르그가 계속 이야기했기 때문에 계속 떠들게 놔두었다. 기분 좋게 지친 상태로 말없이 이야기를 들으며 고개를 끄덕여주었다.

우리는 강을 따라 걸었다. 많은 양조장이 마당에 냉장고를 두고서 지나가는 사람들이 한 모금씩 마실 수 있게 했다. 밤에는 에글로프슈타인 지역의 전통 깊은 여관 추어포스트에서 잠을 잤다. 이곳에서 바이로이트와 밤베르크는 멀지 않았고 나는 두 도시를 모두 보고 싶었다. 하지만 그러려면 멀리 돌아가야 했다. 나는 리하르트 바그너를 포기하기로 했다. 그 대신 제시를 만났다.

우리는 저녁마다 몹시 지쳐서 여관의 나무 테이블에 앉아 있었는데 갑자기 노랫소리가 들렸다. 누군가가 가수 로베타 플렉의 명곡 〈킬링 미 소프틀리〉를 부르고 있었다. 나도 굉장히 좋아하는 노래였다. 처음에는 스피커에서 나오는 음악인 줄 알았지만 스피커는 보이지 않았다. 한 여성이 노래를 부르고 있었다. 마치 녹음

한 것 같은 실력이었다. 나도 작은 소리로 함께 따라 불렀다.

요르그는 눈을 반짝이며 노래를 들었다. 노래에 푹 빠진 것 같았다. 우리는 소리가 나오는 곳이 어딘지 두리번거렸다. 자리에서 일어나 건물을 한 바퀴 돌았다. 반쯤 열린 문 안쪽을 들여다보니 제시가 있었다. 여관 주인의 딸 제시는 영수증을 정리하며 반쯤 공상에 잠겨 있었다. 나는 다시 원래 자리로 돌아가 요르그에게 제시와 나의 이중창을 계속 들려주었다. 다음 노래는 사이먼 앤 가펑클의 곡이었던 것 같다.

요르그와 나는 서로를 쳐다보았다. 하루 종일 많이 걸었더니 지쳐서인지 아름다운 멜로디가 특별하게 느껴졌다. 상상을 해보았다. 만약 우리가 매일 저녁 이곳 난로 앞에 앉아 노래를 부르게 된다면 이곳에 머무르는 시간 동안 전혀 다른 일을 하게 될 것이다. 트루바흐 계곡의 에글로프슈타인에서 제시의 아름다운 목소리를 들으며.

그런데 갑자기 제시의 목소리가 사라졌다. 우리는 작별인사를 하는 소리를 들었다. 방금 알게 되었는데 벌써 가다니. 다음 날 우리는 제시와 이야기를 나눌 수 있었다. 그녀는 이곳을 떠날 거라고 했다. 이 여관을 물려받지 않을 거라고 했다. 일할 사람은 없는데 할 일이 많아서 주변의 자연을 산책할 시간도 없다고 했다. 이 여관은 같은 자리를 백 년 동안 지키고 있었지만 곧 추억 속으로 사라질 예정이었다. 그 저녁 시간 내내 나를 괴롭힌 질문이 있었다. 대체 무엇이 이 공간을 황홀하게 만드는 걸까? 노랫소리는 아는 노래였으니 따라 불렀을 뿐이었다. 이 장소와 나 사이에 뭔가 연결고리가 있는 것 같았다. 요르그에게도 특별한 느낌이 있었던 것 같았다. 우리는 이제 지녁의 그 황홀한 순간을 기억하자고 다짐했다. 그 기억을 결코 잊어버리지 않을 터였다.

다음 날 아침 제시가 요르그를 역까지 데려다주었다. 다시 현실로, 사무실로 돌아가야 하는 시간이었다. 그녀는 나도 어느 마을 앞에 데려다주었고 나는 곧 숲속으로 들어갔다.

한참을 걷고 있는데 갑자기 굵은 빗방울이 쏟아졌다. 큰 도로 쪽으로 나가려던 참이었다. 타이밍이 절묘하다고 생각했다. 큰 도로에 서서 엄지손가락을 들고 있으니 화물차 한 대가 멈추었다. 난방유를 운반하는 차였다. 나이 든 운전사가 말했다. "더 젖기 전에 빨리 타요."

그와 악수를 했다. "편하게 빌리라고 부르쇼." 그가 말했다. 예전에는 항구까지 트럭을 몰고 다녔다고 했다. 상대를 편안하게 해주는 사람이었다. "하우저 씨를 도울 수 있게 되어 좋네. 나도 도움을 많이 받았기 때문에 누군가를 도울 수 있게 되면 참 좋다오."

우리는 텅 빈 도로를 한참 달렸다. 햇빛과 비는 공존할 수 없다. 나는 싸움에서 어느 쪽도 옳지 않으며 어느 쪽도 이기지 못하는 것을 좋아한다. 세상도 항상 애매한 위치에 머물렀으면 좋겠다. 모든 것을 항상 칼같이 규정해야 할 필요는 없으니까.

빌리에게 로마까지 걸어가려는 나의 계획을 이야기했다. 빌리는 잠시 고민하는 것 같았다. "나도 같이 가면 참 좋겠는데. 하지만 무릎이 아파서 그럴 수가 없소." 나는 그에게 자신을 믿으라고 말했다. 그러나 빌리는 말했다. "이제는 나이가 많아서 가까운 곳을 돌아다니는 게 좋아요." 길 위의 표지판이 프랑켄의 여러 스위스 마을을 나타내고 있었다.

길모퉁이를 돌아갈 때 빌리가 운전대 쪽으로 몸을 숙이며 말했다. "저기 위를 보쇼. 저게 슈타우펜베르크 성이오." 몹시 우거진 숲 위로 모습을 드러낸 바위 절벽에 성이 있었다.

내 생일인 7월 20일까지는 아직 며칠이 남아 있었다. 그날은 클라우스 폰 슈타우펜베르크 백작이 히틀러를 죽이고 전쟁을 끝내려 했던 날이기도 하다.^{이 히틀러 암살 작전은 영화 〈작전명 발키리〉로도 만들어졌다.} 나는 이 이야기에 관심이 많다. 그래서 나이 든 사람들을 만나면 당시에 그들이 몇 살이었을지 암산을 해보곤 한다.

슈타우펜베르크의 암살 작전은 히틀러를 죽이려 했던 수많은 작전 중 가장 마지막으로 실패한 작전이었다. 나는 그처럼 히틀러에게 등을 돌린 또 다른 군인을 만날 기회가 있었다. 카를 콘라드 빌헬름 알렉산더 폰 데어 그뢰벤 씨는 슈타우펜베르크도 알던 사람이다. 그는 자기 친구였던 악셀^{악셀 폰 뎀 부세는 슈타우펜베르크와 발키리 작전을 함께 계획한 독일 군인이다}의 모험 이야기를 내게 들려주었다.

부셰 소령은 1943년 말에 히틀러에게 폭격을 가하고 싶었다. 그뢰벤 씨의 말에 따르면 그는 키 크고 잘생긴 북유럽 장교의 전형적인 외모를 가지고 있었기 때문에 히틀러가 있던 지휘본부 볼프스산체^{'늑대소굴'이라는 뜻}에서 러시아 전쟁을 위해 디자인된 새 육군 겨울 군복을 입고 히틀러에게 보여주는 임무를 맡게 되었다. 부셰는 우크라이나에서 나치군이 유대인을 학살하는 모습을 보고 히틀러를 싫어하게 되었다. 그는 슈타우펜베르크와 함께 폭탄을 설치할 기회를 찾고 있었다. 또 자신이 기꺼이 희생하려고 했다. 그는 새 군복 안에 폭탄을 매고 기침하는 척하며 폭탄에 불을 붙인 뒤에 히틀러를 끌어안을 생각이었다. 말하자면 자살테러를 할 계획이었다.

그러나 작전은 계획대로 되지 않았다. 새 겨울 군복을 실은 열차가 베를린으로 가던 중 연합군에게 공격을 당했다. 군복 결정 시점이 뒤로 미뤄졌다. 몇 주 후에 한 번 더 기회가 찾아왔을 때는 그의 상사가 그를 내보내지 않았다. 상사는 부셰의 작전을 전혀 몰랐지만 자기 병사들은 마네킹이 아니라고 주장했던 것이다. 부셰 소령은 러시아 전쟁에 투입되어 다리 한쪽을 잃었다. 그에겐 행운이었다. 7월 20일의 공격, 그리고 그 후 배신자를 색출하는 기간 내내 그는 부상병동에 누워 있었기 때문이다.

그뢰벤 씨는 그곳에 있는 그를 찾아갔었다고 했다. 부셰가 그를 보더니 잘 왔다고 하면서 침대 아래에서 가방을 꺼냈다고 했다. 아직 폭탄이 하나 더 있다면서. 움직일 수 없는 부셰는 그걸 없앨 기회가 없었던 것이다. 그래서 그뢰벤 씨가 폭탄을 가지고 가서 새벽 2시쯤 호수에 던졌다고 했다. 정말 엄청난 임무였다고 그가 말했다.

나는 그뢰벤 씨에게 깊은 인상을 받았다. 편안하고 단호하게, 감정에 휩싸이지 않고도 이런 이야기를 할 수 있다니. 그가 내게 말했다. "그때 난 거기 있었지만 진짜로 있었던 것은 아니라네. 나는 너무 어렸어. 조금 더 컸을 때는 전쟁이 끝났지." 그뢰벤 씨는 전쟁이 끝난 후 재단을 만들어 평화 사업을 벌이면서 특히 차별과 착

취에 반대하는 시민단체들을 후원하고 있다. 그가 말했다. "부유한 것은 부끄럽지 않지만, 부유하게 죽는 것은 창피한 일이라네."

그뢰벤 씨는 어릴 때의 사고로 오른팔을 잃었다. 그래서 전쟁 병사로 징집되지 않았다. 1945년 1월 그는 아내와 함께 말을 타고 러시아군을 피해 서쪽으로 도망쳤다고 했다.

빌리가 나를 산 정상까지 태워주었다. 그라이펜슈타인 성이 화강암 산맥 위에 있었다. 무기와 기사, 갑옷이 박물관처럼 전시되어 있었다. 이 가문은 수백 년간 이 지역을 통치했다. 슈타우펜베르크 백작도 이곳에 손님으로 자주 왔다고 했다. 1944년 6월 1일 그가 아내와 아이들을 데리고 와서 쓴 방명록에는 이름 옆에 괄호로 "대령?"이라고 쓰여 있었다. 그해 7월 1일 그는 실제로 대령이 되었고 20일 후에 사살되었다.

깊은 샘이 있는 그라이펜슈타인 산맥을 지나 밤베르크로 가는 길에는 무척 인상적인 보리수 가로수길이 있었다. 성에 방문할 수 있어서 행복했다. 입구를 돌로 된 사자상이 지키는 모습도 인상적이었고, 내가 태어나기 18년 전에 자신의 모든 용기를 쏟아낸 한 남자에 대해 조금이나마 더 알 수 있어서 좋았다. 내가 그때와 다른 시대에 살 수 있음에 감사하다. 시대를 골라서 태어날 수는 없으니까. 하지만 모든 사람은 자기가 사는 시대를 위해 헌신해야 한다. 겁먹고 아무 일도 하지 않으면 안 된다. 성의 성당에서 라틴어로 된 성경 구절을 보았다. 누가복음이었다. "그에게서 능력이 나와서 모든 사람을 치유했다"라고 번역해볼 수 있었다.

이게 설명이 될 수 있을지 모르겠다. 왜냐하면 내게 무슨 일이 일어났는지 잘 설명하기가 거의 불가능하기 때문이다. 왜인지 모르겠지만 나는 항상 올바른 장소에 가게 된다. 누군가가 나를 태워주기도 하고, 혼자 찾아가기도 한다. 모든 현상이 모든 것과 서로 연결되어 있는 것 같은 거대한 전체 세계의 일부가 된 것 같았다.

절룩거리며

여자친구에게 계속해서 사진을 보냈다. 강과 땅을 배경으로 서 있는 내 모습, 그리고 허공에 떠 있는 발 사진까지. 생각해보니 몇 년간 그녀를 잘 챙겨주지도 않았으면서 이제 내 모습으로 앨범을 도배하고 발가락 사진을 보내다니 나는 참 끔찍한 애인이었다. 하루는 저녁에 여자친구가 문자를 보냈다. "자기 엄청 피곤해 보여. 정말 괜찮은 거야?" "물론이지. 컨디션 최상이야." 벌써 6주째 독일 땅을 걷고 있었다. 내 세계는 천국 같았다. 깔창이 조금 거슬리긴 했지만 곧 적응할 터였다. 상상을 하며 걸었다. 어떤 사람이 내 옆에 서서 한 걸음 내디딜 때마다 나를 밀면서 이렇게 말하는 것이다. "헤이, 울리. 똑바로 걸어."

깔창은 크게 신경 쓰이지 않았다. 중요한 결정을 내려야 하는 시점이 찾아왔기 때문이다. 밤베르크에서 레겐스부르크를 지나 란츠후트로 간 뒤 뮌헨으로 갈 것인가, 아니면 오래된 나무와 희귀한 황금딱정벌레와 작은 올빼미가 사는 슈타이거 숲을 지나 타우버강을 따라 야고보의 길을 걷다가 아우크스부르크에서 국경을 넘을 것인가. 두 경로 모두 흥미로운 길이 나를 기다리고 있었다.

나우비상 유역의 노시 로텐부르크에는 여섯 개의 실이 교자하며 여전히 중세 모습이 남아 있었다. 뇌르틀링겐에는 유럽에 재앙이 닥친다는 신호로 여겨졌다던 운석이 있다. 약 1,500만 년 전에 떨어진 이 운석이 지구에 떨어진 속도는 시속 7만 킬로미터였을 것이라고 예측된다.

나는 란츠후트로 가기로 결정했다. 이 도시의 시민들은 4년마다 한 번씩 중세 후기에 했던 것과 똑같은 결혼식 축제를 연다고 했다. 중세 시대에 나그네들이 걸었던 길을 똑같이 걷고 싶었다.

마인탈에 도착했다. 아스파라거스가 나는 계절에 출발했는데 어느새 딸기 철도 끝나고 체리가 가장 인기 있는 계절이 되었다. 머지않아 와인 포도를 딸 것이다. 그날 저녁에는 와인 양조장에 잠시 들렀다. 그곳에서 짧은 밤을 보내고 다음 날 새벽 일찍부터 길을 나섰다. 강을 따라 밤베르크로 향했다. 평화로운 새벽 시간을 즐기며 느긋하게 걸었다. 전쟁에도 파괴되지 않은 중세 건물들이 가득한 아름다운 도시로. 그런 도시가 독일에는 많지 않다.

너무 이른 시간이어서 문을 연 빵집을 찾기 힘들었다. 나중에 대성당의 계단에 앉아서 주교가 눈에 띄는 의상의 수행원들과 함께 밖으로 나와 신자들을 축복하는 모습을 지켜보았다. 가톨릭의 미사는 항상 연극을 하는 것 같았다. 화려한 장식이 달린 옷을 입은 성직자와 시중을 드는 복사들 위에서 그들의 주님은 벌거벗은 채 십자가에 달려 있다. 나중에 나는 밤베르크 주교의 궁을 방문해서 반짝반짝 빛나는 깨끗한 바닥에 내 더러운 신발의 흙을 묻히고 다녔다.

오후에는 레그니츠강에서 수영을 했다. 강은 나무와 풀에 둘러싸여 도심 공원 옆으로 유유히 흘렀다.

구시가지에서 3유로짜리 책을 한 권 샀다. 책 제목은 《로마 가이드》. 바티칸 성당에 있는 독일인 묘지 수도원의 부원장 에두아르드 슈툼멜 박사가 가톨릭 신자들과 부활절에 로마를 찾는 세계 여행자들을 위해 1949년에 쓴 책이다. 바지 주머니에 딱 맞는 크기의 작은 책이었지만 저자의 당찬 글에 매료되었다. "로마 순례를 위해 가장 중요한 것은 출발하기 전에 철저하게 준비하는 것이다. 그렇지 않으면 순례자는 굉장히 거대한 로마제국에 와서 며칠도 되지 않아 눈이 아프고 혼란스럽고 지치고 피곤해질 것이다. 기대하던 로마 여행의 결실을 전혀 얻지 못하게 된다."

로마에서 수천 킬로미터 떨어진 이곳에서 나는 내 발이 지치고 피로하다는 사실을 점점 느끼고 있었다. 이 사실을 처음 느낀 시점은 프랑켄 알프스에서 알렉스와 막스, 프란츠를 만났을 때였다. 성당 앞에서 공을 차고 놀던 아이들이 같이 하자고 나를 불렀다. 나는 축구를 정말 사랑한다. 그런데 발로 공을 차려고 하는 순간 발이 너무 아팠다. 아하, 나는 생각했다. 이게 바로 함부르크의 커스틴 괴츠 노이만과 아이제나흐의 볼프강 트립슈타인이 말했던 거였다. 통증이 느껴질 거라고. 한 소년이 내게 버터 바른 빵을 주고 마을까지 부축해주었다. 옆 마을까지 그리 멀지는 않았는데, 가보니 그곳에서는 성당 헌납 축제가 진행 중이었다. 성당을 신에게 바치는 여자들과 남자들이 탁자 위에 올라서서 아코디언을 연주하고 마을을 돌고 있었다. 식사를 마치고 성당 부엌에서 요거트를 조금 얻었다. 그것으로 부어오른 오른발을 감쌌다. 곧 괜찮아지겠지 생각했다.

그러나 괜찮아지지 않았다. 다음 날 내가 할 수 있었던 유일한 노력은 슬리퍼를 신는 것이었다. 챙겨 간 슬리퍼가 있어서 슬리퍼를 신고 걸어보기로 했다. 딱히 더 좋지는 않았다. 배낭에 매단 무거운 등산화가 계속 덜렁댔고 나는 계속해서 너무 멀지 않은 곳에 있는 여관을 찾아야 했다.

안 그래도 여관을 찾는 일은 점점 어려워지고 있었다. 내가 있는 곳은 바이에른 동부의 국경지역이었다. 나는 "휴가 중"이라고 문에 써 붙이는 여관 주인에게 그날 잘 수 있는 방 하나만 달라고 부탁했다. 그녀는 말했다. "아침은 차려드릴 수 없어요. 식당 영업도 끝났고 내일 휴가를 떠나야 하거든요. 일할 사람이 없어요." 나는 종종 여관이나 호텔 사람들에게 안타까움을 느꼈다. 그들은 휴가 기간이 아니면 하루도 쉬지 못한다. 여행자와 노숙자는 숙소를 찾느냐 여부에 따라 결정된다. 여행은 묵을 곳이 있어야 할 수 있다. 머물기 잘했다는 느낌이 드는 곳에서. 그곳이 바로 길 위의 고향이며 진정으로 쉴 수 있는 장소다.

저녁에 방값을 미리 지불하고 새벽에 해가 뜨자마자 밖으로 나왔다. 하늘이 붉은색이었다. 숲을 가로질러 직선으로 걸었는데 아무리 가도 길이 끝날 기미가 보이지 않았다. 고속도로와 국도가 있는 쪽으로 내려와서 갈림길에 서 있다가 젊은 여성이 몰고 가는 차를 세웠다. 그녀는 가톨릭 복지 병원의 간호사로, 집에서 나올 수 없는 사람들을 한 번씩 돌봐주기 위해 가는 중이었다. 나는 그녀가 내게 태워줄까 하고 묻기를 바라며 그녀를 쳐다보았을 뿐 끝내 나를 좀 태워달라고 부탁하지 못했다. 차에 타라고 했다면 분명히 탔을 것이다. 나는 편한 길로 갈 것인지, 숲으로 갈 것인지를 그 간호사의 마음에 맡겼다.

약 다섯 시간 후에 커다란 성당이 있는 작은 마을에 들어섰다. 성당 맞은편에 여관이 있었다. 여관 문에는 "오늘부터 휴가"라는 문구가 붙어 있었다. 조금 실망했지만 문이 열려 있다는 것을 눈치챘다. 안으로 들어가니 사람들이 아침을 먹고 있었다. 스파클링 와인도 있었다. 30분 정도 지나자 음식이 전부 치워졌다. 나는 조용한 구석에 앉아 신발을 한쪽에 벗어놓고 쉬었다. 영원히 신발을 벗고 싶었다.

하지만 다시 길을 나섰다. 오른쪽 다리가 퉁퉁 부었고 움직일 때마다 아팠다. 조심스럽게 한 걸음 한 걸음 내디뎠다. 또다시 국도까지 가는 길은 숲속이었다. 살았다고 생각했다. 나는 아스팔트 위를 몇 킬로미터 걸어가서 엄지손가락을 최대한 위로 들어올렸다. 제발, 어떤 차든 나를 태워다오.

사람들은 나를 불쌍하게 생각했다. 그래서 나는 벨부르크의 레베 마트 주차장까지 갔다가 파르스베르크의 알디 마트 주차장으로 이동했다. 사람들이 나를 그곳에 내려주어서 아픈 발을 진정시켜줄 저렴한 브랜디와 아르니카 성분의 근육통 크림을 살 수 있었다. 그곳에서 버스를 타고 레겐스부르크로 이동했다.

강에서 발할라로 가는 유람선을 탔다. 아테네의 파르테논 신전과 똑같이 생긴 발할라는 독일어를 사용했던 위대한 위인들을 기념하기 위해 세워진 명예의 전당이다. 나는 배의 난간에 다리를 올려놓았다. 여기서 내 여행은 끝났다는 생각이 들었다. 명예롭지 못했다.

중앙역으로 가는 길에 유명한 귀족 가문 트룬 운트 탁시스 (Thurn und Taxis)의 성 주변을 한 바퀴 구경했다. 그리고 열차에 몸을 실었다. 정말 기분이 좋지 않았다. 이 상황이 싫었다.

란츠후트와 결혼식 축제

란츠후트에 입성하는 내 모습을 나는 더 괜찮게 상상했었다. 이렇게 걷지 못하고 기차를 타고 올 줄은 몰랐다. 그래도 도시는 예쁘게 꾸며진 모습으로 환영해주었다. 밤이 되어도 사람들이 옹기종기 모여앉아 있었다. 밤공기가 무척 따뜻하고 부드러웠다. 와인을 마시고 노래를 부르는 기분 좋은 분위기가 도시에 가득했다.

이 도시에서 몸을 조금 회복하고 싶었다. 내일은 내 생일이었고, 나는 몸이 많이 상해 있었다. 나에게 주는 생일 선물로 진통제를 샀다. 사면서 약사에게 얼마나 오랫동안 휴식을 취하면 좋겠는지 물어보았다. 약사는 그러지 말고 의사에게 가보라고 했다. 병원이 바로 맞은편에 있다고 했다. 병원에 가고 싶진 않았지만 어리석게 행동하는 것이 더 나쁘다고 생각했다.

의사는 무능했다. 이상한 질문을 던지다가 마지막에 혈전증만 아니면 괜찮을 거라고 말했다. 그리고 내게 혈전증은 없는 것 같다고 말했다. 혈전증이란 단어는 어머니에게 딱 한 번 들은 적이 있다. 속으로 의사에게 물었다. 만약 당신이 이곳에서 여행을 중단

해야 하고, 자기 몸이 내는 소리를 듣지 못해서 통증 속에서 먼 길을 걷다가 뾰족한 신발을 신어야 한다면 어떻게 하겠는가?

의사는 항생제를 처방하고 다른 의사에게 가보라며 연락처를 건네주었다. 커스틴에게 연락했더니 지금 어느 계곡에 있어서 전화가 안 된다고 음성 메시지를 보내왔다. 지금보다 더 엉덩이 근육을 쓰고 장딴지를 훈련해야 한다고, 할 수 있을 때마다 발을 높은 곳에 올려두라는 내용이었다. 커스틴은 잠시 말을 멈췄다가 좋은 의사를 소개해주겠다고 했다. 그녀의 '걷기 이해하기' 프로그램을 실제로 적용하는 의사였다. 캘리포니아에 있는 이 여인은 즉시 SNS 그룹 초대 기능을 이용해서 나를 바이에른 북부의 한 여성 의사에게 연결해주었다.

무능한 의사가 소개해준 다른 의사의 대기실에는 무척 아파 보이는 나이 든 여성이 앉아 있었다. 그녀는 곧 울 것처럼 보였고 두려워하는 것 같았다. 갑자기 내가 한쪽 발 때문에 난리법석을 피운 게 부끄러워졌다. 또 한편으로는 내가 너무 무심했다는 생각이 들었다. 내 발가락이 계속해서 아프다는 신호를 위로 보냈을 텐데. 머리가 제발 뭔가 조치를 취해주길 바라면서 말이다. 이번 의사도 내게 혈전증이 아니라고 했다.

절룩거리며 호텔로 돌아왔다. 싫지만 안정을 취해야 했다. 바다소금을 탄 뜨거운 물에 발을 담갔다. 생일이니까 특별히 거품을 얹어주었다. 진료 보고서를 읽어보았다. "뤼네베르크에서 로마까지 걷는 중. 아이제나흐에서 깔창을 받음. 그때부터 아마도 발등에 통증이 있었을 것. 이틀 전부터는 슬리퍼를 신고 걸음. 다리에 혈전증 징후 없음. 하루 종일 걷는 여행으로 신체 과부하. 발목의 건초, 근막 등에 염증. 휴식과 냉찜질, 연고 처방."

란츠후트는 2주 내내 거대한 결혼식 행사를 열었다. 이 행사의 기원은 1475년 가을에 열린 무척 의미 있었던 두 귀족 가문의 결혼식이다. 세계는 그때도 혼란스러워서, 오스만 터키군이 콘스탄티노플을 점령했고 유럽 기독교는 분노하며 머리를 모았다. 그 결과 폴란드 카지미르 대공의 딸이 란츠후트로 와서 바이에른의 게오르그 대공과 결혼을 하게 되었다.

란츠후트 시민들이 행사에 참여한다고 신청하면 이른바 배역 결정 위원회가 각 시민이 맡을 역할을 정했다. 연회 의자에 앉는 귀족이 될 수도 있고 횃불을 들고 걷는 농민이 될 수도 있었다.

이 행사에 참석하는 사람들은 몇 개월간 머리를 자를 수 없다. 그래서 지금 이 도시에는 남녀노소를 불문하고 히피족 같은 사람들이 돌아다녔다. 맞춤 제작한 옷을 입고, 장신구를 몇 개씩 겹쳐 달고, 신발에는 깔창을 여러 개 깔았다. 절뚝거리며 걷는 사람이 나만이 아닌 것이 위로가 되었다.

이 축제의 모든 것이 과거의 모습을 아주 세세하게 재현했기 때문에, 미국에서 왔다는 여행자가 놀라워하면서 이런 '인상적인 집들'을 지으려면 얼마나 오랜 시간이 걸리며 언제 이런 세트가 철거되는지 물었다. 고딕 후기 양식을 보존한 란츠후트는 2차 세계대전 당시 빠르게 대처했고 행운도 따라서 거의 파괴되지 않았다. 많은 역사 애호가들이 과거의 모습을 보기 위해 수세기 동안 끊임없이 이곳을 찾았다. 130미터 높이의 종탑이 있는 마르틴 교회와 궁전과 성 등 거의 모든 것이 500년 전 모습 그대로다.

이 도시의 시민들은 100년이 넘도록 4년마다 도시를 행진한다. 높은 말을 탄 주교와 갑옷을 입은 기사들, 말과 당나귀, 매가 귀족들과 함께 지나간다. 지나가던 여행자도 참여할 수 있어서 나도 의상을 입었다. 작은 신발을 신으려니 몹시 힘들었다. 엑스트라 중에도 의사가 많이 있었고, 내게 조언하는 사람들도 매일 더 많아졌다. 어떤 사람은 뮌헨의 이자르강에 발을 담가야 한다고 말했고, 또 어떤 사람은 생전 처음 듣는 약초의 연고를 발라야 한다고 했다.

숙소 근처에 약국이 하나 있었다. 약국에서 1분 거리에 발 관리숍 '해피네일'과 야외 스포츠 용품점 '알펜슈트란트'가 있었다. 이곳에서 새 신발을 찾아보다가 과거에 구급대원으로 일했다는 남자를 알게 되었다. 아르민 씨는 이 상점의 주인이기도 했다. 그는 내 차림을 마음에 들어 하지 않았다. 어린이용 배낭은 윗부분이 찢어졌고, 건빵바지는 여러 번 기워서 누더기 같았으며, 신발은, 그가 차갑게 말했다. "죽었네요." 신발은 부활할 수 없을 거라고 말하며 그는 진열대에서 새로운 신발을 꺼냈다. 아마도 내게 물건을 팔 계획이었겠지만 어쨌든 그 신발은 나를 기다리고 있었던 것 같았다.

함부르크에서 아무것도 사지 않고 모아두었던 돈을 비로소 그의 상점에서 썼다. 내 배낭은 크기가 두 배로 커져서 히말라야도 충분히 올라갈 수 있을 듯했다. 새 등산화는 걸을 때 몸이 자연스럽게 앞으로 쏠리는 것을 버텨줄 수 있었다. 아르민 씨의 직원인 카티가 신발 끈을 바르게 묶는 법과 신발에 기름을 발라 보호하는 법을 알려주었다. 그녀는 또 혈액순환을 도와준다며 압박 스타킹을 하나 건넸다. "산악인들은 이런 걸 신어요." 그녀가 말했다. 나는 이런 건 양로원에서만 신는 줄 알았다.

아르민 씨가 낡은 신발을 상자에 담아 함부르크로 보내주기로 했다. 내 이별의 고통을 달래주기 위해 그는 식사를 대접하겠다고 했다. 나는 구급대원이 이런 전문용품점을 인수하려면 어떻게 해야 하는지 물었다. 아르민 씨가 말했다. "어느 날 갑자기 인생이 만족스럽지 않았습니다. 다른 사람들을 돌보고 도울 수 있는 꿈의 직업이었는데 갑자기 끔찍한 일이 되어버렸어요. 제 자신을 돌볼 시간이 전혀 없었지요. 사람들이 계속 도와달라고 부르니까요." 그는 결국 우울증에 걸렸다고 했다. 커다란 압박감이 그를 짓눌렀다. 그는 의사로 일할 수도 있었지만 환자를 공감하고 돌보기보다 수입을 생각해야 해서 포기했다고 했다.

아예 구급의료 분야에서 빠져나왔더니 자세도 바뀌었다고 했다. 그는 조금 구부정하게 걸었는데 다시 허리를 펼 수 있게 되었다고 했다. 아르민 씨는 걸어서 여행하는 사람 중에서 몸이 안 좋아진 사람이 나만은 아니라고 했다. 열 명 중 일곱 명은 그렇게 된다고 했다. "사람들이 올바르게 걷는 법을 잊어버리는 것 같아요."

나는 계속해서 많은 사람들이 왜 적게 움직이는지에 대해 생각했다. 움직이지 않는 경향은 꽤 어릴 때부터 시작된다. 초등학교만 보아도 그렇다. 똑같은 책상과 의자, 좁은 교실, 조용히 하고 앉으라는 말. 성인이 되면 이 말을 듣는 곳이 어디인 줄 아는가? 감옥이다. 이렇게 어릴 때부터 우리는 우리 몸이 원하는 것을 무시하는 데 익숙해진다. 나는 아이가 쉬운 수학 문제도 풀지 못해 밤늦게까지 아이와 식탁에 앉아 문제를 푸는 어머니를 안다. 그 어머니는 또 의사를 찾아가 부주의하고 산만한 아이를 위해 안정제를 처방받기도 했다. 어느 날 새로 담임이 된 선생님이 아이에게 가장 하고 싶은 게 무엇인지 물었더니 아이는 뛰고 싶다고 대답했다. 그 선생님은 아이에게 그럼 나가서 뛰면서 문제를 계산해보라고 시켰다. 소년은 땀을 흘리며 밝은 얼굴로 돌아와서 문제의 답을 말했다고 한다. 나는 학교가 아이들에게 뛰는 것을 가르치면 미래가 달라질 거라고 생각한다. 적어도 의자를 치우고, 웅크리고 앉아 있게 하는 대신 더 많은 운동을 가르쳤으면 한다.

"왜 학교 체육시간에 들어올리기, 나르기, 당기기, 밀기, 땅파기, 삽질하기, 돌리기, 문지르기를 가르치지 않지요? 인생에서 읽기와 쓰기보다 덜 중요해서인가요?" 80년 전에 이 질문을 던진 사람은 도레 야콥스, 체육학에 중요한 역할을 한 위대한 여성이다. 그녀는 1925년 독일 에센에 체력 단련과 율동 교육을 위한 국립학교를 설립했다. 1932년에 처음 집필하고 전쟁 동안 여러 차례 개정된 책 《인간의 움직임(Die menschliche Bewegung)》에서 그녀는 우리가 신체적인 움직임으로 존재를 받아들인다고 썼다. 그러니까 나는 생각한다, 고로 존재한다가 아니라는 이야기다. 그녀는 또 이렇게 썼다. "현대인은 걷는 법을 잊어버렸다. 심지어 걷기가 움직임이라는 사실도 모른다. 그들은 걷기가 단순한 이동인 줄로만 안다. 사실 걷기는 다른 움직임과 달리 일종의 표현이다. 걷는 방식에 그 사람의 성격이 담겨 있고, 걸음걸이를 보면 그 사람의 신체적 상태, 정신적 상태를 알 수 있다." 모든 독일인이 획일적이고 절도 있는 동작을 강요받던 시대에서 이 글은 용감한 발언이었다. 1944년 그녀는 스위스와 독일의 경계인 보덴 호수 부근에 숨어서 나치 경찰의 감시를 피했다.

무용가 출신인 이 교사는 사람들이 아기 때 갖고 태어나는 재능을 너무 빠르게 잃어버린다는 점에 분노했다. 움직이는 재능, 다리와 골반과 흉곽의 균형을 잘 잡는 재능을 잃어버리는 것을 안타까워했다.

야콥스가 그 당시에 관찰한 것은 오늘날에도 마찬가지다. "사람들이 자기 몸을 어떻게 만들었는지 보라. 자신이 신의 형상대로 만들어졌다는 사실을 알면서도, 그들은 달릴 때 머리를 숙이고, 몸에 힘을 주며, 다리는 막대기처럼 뻗고, 팔은 국수가닥처럼 덜렁이게 둔다. 아무런 열정 없이 지친 몸으로 자신을 밀어내는 사람의 얼굴을 보면 굳어 있고 무관심하다. 두려워하고 억압된 몸은 동작이 작고, 꼭 붙은 무릎과 짓눌린 팔 때문에 종종걸음을 걸어야 한다. 어떤 이들은 활기차게 움직이는데, 진짜가 아닌 자신감으로 움직이기 때문에 발만 내밀고 상체를 뒤로 젖힌다. 이들은 달릴 때조차 가슴을 앞으로 내밀지 않는다. 무감각한 모습, 힘과 표정이 없는 모습, 결코 인간적이지 않은 모습으로 움직인다."

나는 란츠후트에서 친절한 사람들을 무척 많이 알게 되었다. 아르민 씨는 헤어질 때 내게 바지 하나를 내밀며 잘 어울릴 거라고 말했다. 나는 그 바지를 샀다. 나중에 산에서 미끄러진 적이 있었는데 이 바지는 전혀 찢어지지 않았다. 뒷면 엉덩이 쪽이 보강된 것이라 살 만한 가치가 있었다.

아르민 씨는 또 이렇게 말했다. "충분히 쉬다 출발하는 게 좋겠어요. 부상이 재발할 수 있으니까. 조금만 참읍시다, 북쪽 양반."

일주일간 란츠후트에 머무르며 이 도시와 친해졌다. 이곳 사람들은 다 괜찮았다. 나와 이들에게는 실패라는 공감대가 있었다. 왜냐하면, 냉정하게 볼 때, 화려했던 그 옛날의 결혼식이, 조심스럽게 표현하자면, 헛수고였기 때문이다. 폴란드에서 온 헤드비히 공주는 아들을 여럿 낳았지만 오래 버티지 못했다. 게오르크 공작이 너무 일찍 작성한 유언장에서 딸에게 많은 재산을 주기로 하는 바람에 뮌헨의 다른 귀족 청년들이 상속을 위한 전쟁을 벌였고, 중세의 핵심 도시가 될 수 있는 지름길에 서 있던 란츠후트는 세력을 잃고 중요성도 잃어버리게 되었다.

결국 란츠후트는 니더바이에른 지역의 수도가 되는 것으로 만족해야 했지만 그 덕분에 생겨난 장점도 있었다. 다른 어느 곳보다 살기 좋은 곳이 되었기 때문이다. 물가가 저렴하고 집세 역시 충분히 감당할 수 있는 수준이며 근처 노이슈타트에서 열리는 주말 시장에는 송로버섯과 말소시지가 나온다. 꿈같은 삶이다. 이곳 사람들은 과거를 추억할 시간이 있다. 그래서 모든 노력을 기울여 역사 다큐멘터리를 제작하는 중이다. 이들의 최종 목적은 이 도시가 유네스코 문화유산으로 지정되는 것이다. 이 프로젝트의 책임자는 의사인 클라우스 팀머 교수다. 그는 란츠후트 결혼식 축제의 책임자 중 한 명이며 축제 기간이 아닐 때도 머리를 길게 땋고 다닌다. 그는 또 노인 재활을 위한 전문 클리닉을 운영하고 있었다. 그가 내게 말했다. "괜찮으시면 우리 센터에서 무슨 일을 하는지 보여드릴게요."

다른 선택권이 없었다. 나는 절룩거리며 그의 차에 올라탔다.

노인 재활 센터

나는 내 꿈을 접을 마음의 준비를 했다. 포기하자. 로마까진 기차로도 갈 수 있어. 나는 노인처럼 걸었고 지금은 노인들과 함께 있었다. 로텐부르크 재활 센터에서 휠체어를 타고 나오는 노인들이 반갑게 인사를 건넸다.

팀머 교수는 이곳을 VIP를 위한 병원으로 만들었다. 로텐부르크 성을 리모델링해서 만든 이 작고 아늑한 병원에서는 오후에 케이크를 먹을 수 있고, 다른 곳과 비교하면 거의 별 네 개짜리 호텔 서비스를 제공받는다. 좋은 장소와 좋은 사람들이라고 그가 말했다. 그의 센터는 독일에서 가장 유명한 클리닉 중 하나다. 공원을 한 바퀴 돈 후에 그는 유리로 된 정자에 앉아 직접 만 담배를 입에 물었다. "그렇죠. 걷기는 굉장히 복잡한 과정입니다. 걷기 위해서는 운동 능력과 자세 통제력이 필요해요. 앞으로 나아가는 움직임과 내가 어떻게 어디로 서는지 계속 확인하는 능력이지요."

우리는 '표준 걸음 속도'와 '보행 능력' 평가에 대해 이야기했다. 이 평가는 예를 들면 환자가 횡단보도에서 녹색등이 켜졌을 때

횡단보도를 다 건널 때까지 얼마나 오래 걸리는지를 측정한다. 또 '시간 측정 걷기' 평가가 있다. 준비물은 의자와 시계. 환자가 일어서서 3미터 걸어간 뒤 다시 3미터 걸어오기까지 시간을 측정하는 것이다. 10초 이내에 돌아오면 균형 능력이 괜찮은 것이다. 건강보험은 항상 수치를 필요로 하므로, 이런 평가는 부족한 운동 능력을 수치로 변환하여 보행 도움을 받을 수 있게 하는 도구가 된다. "물론 평가가 아무런 의미가 없을 때도 있어요." 팀머 교수가 말했다.

그의 센터에서 환자들은 운동복을 입고 아침을 먹는다. 이들은 보행기손으로 잡고 몸을 지탱하며 걸을 수 있는 바퀴 달린 기구에 의지해서 길을 빠르게 건너는 훈련을 한다. 쇼윈도에서 쇼윈도까지 걷는 훈련을 하기도 한다. 노인들이라 근육이 빠르게 회복되지 않기 때문이다. 팀머 박사는 나이 든 사람들이 몇 걸음 걸어서 쇼윈도 앞까지 간 뒤 우두커니 서 있는 현상을 쇼윈도 병이라고 불렀다. 그들이 쇼윈도 안을 바라보는 이유는 상품이 궁금해서가 아니라 몇 걸음 걷지 못하는 게 부끄럽기 때문이라고. 팀머 박사는 노인들에게 약을 먹는 방법보다는 허벅지에 최대한의 힘을 실을 수 있는 방법을 가르치고 있다.

"피로회복제를 팔면 많은 돈을 벌 수 있지요." 그가 말했다. 그러나 노인을 다시 움직일 수 있게 하는 것, 우리 몸의 회복 능력을 믿는 것, 쓰지 않아서 퇴화된 근육을 다시 깨우는 것이 더 가치 있는 일이라고 했다. 또 조금의 훈련으로도 많은 노인들은 보행기가 필요 없어진다고 했다.

"저는 모든 병을 책에 나오는 대로만 치료하고 싶지 않아요.

사람들이 다시 자신의 몸과 친해질 수 있도록 격려하고 싶어요."

　　　나는 보행 훈련 기계 사진을 몇 장 찍었다. 나와 내 친구들에게 일종의 경고가 될 수 있도록. 그리고 시간을 내어 친절하게 센터를 구경시켜준 클라우스 팀머 박사에게 감사를 표했다. 그는 나를 중앙역까지 데려다주었고 나는 뮌헨으로 가는 열차에 올랐다. "발 조심해요." 그가 작별인사를 하며 말했다.

뮌헨의 발 전문가들

열흘쯤 지나자 발이 어느 정도 회복되었다. 묶여 지내는 생활도 한 동안은 즐거웠다. 하지만 사람은 쉴 구석이 생기면 늘어지게 마련이다. 배낭이 자꾸만 정리해달라는 신호를 보냈다. 방에만 앉아 있으면 아무 일도 할 수 없었다. 나는 걸어야 했다. 시내로 나갔다. 바이에른의 주도 뮌헨, 내겐 아픈 도시였다. 그곳에서 지갑과 여권, 운전면허증까지 전부 잃어버렸다. 선물이 담긴 소포를 부치려고 우체국에 걸어가던 중이었다. 조카가 아버지가 되었다고 연락을 했기 때문이다. 잠시 한눈을 판 사이 손가방이 사라졌다. 그런 일을 당하고 나서 오랜 친구 게르트를 만났더니 내게 100유로를 찔러주었다.

얼마 전에 대체의학자이자 발 건강 전문가인 카스텐 슈타르크 씨의 집을 찾아갔었다. 그와는 TV 방송의 한 토크쇼에서 알게 되었는데 그는 내게 다음과 같은 약속을 받아냈다. "뮌헨에 오시면 반드시 우리 집에 놀러오세요." 우리는 내가 걸으며 한 경험을 놓고 대화를 나누었다. 그는 진료실에서 겪은 이야기들을 들려주었다. 예를 들면 어떤 여성들은 자녀의 발이 완전히 성장하고 척추가 바로 서게 되는 여섯 살이나 일곱 살이 될 때까지 기다리지 못하고, 자녀가 아직 어린데도 X자 다리가 될 것 같으니 다리 교정기를 처방해달라고 의사를 찾아온다고 했다. 슈타르크 씨는 아이들의 발은 뼈가 아니라 연골이라며 이를 '바보 같은 짓'이라 표현했다. "아이들은 엄마가 시키니까 교정 깔창을 신게 되고 발이 안쪽으로 굽어요. 그러면 엄지발가락이 변형되고 결국 척추에 문제가 생기지요. 그러니 아이들이 스무 살 혹은 스물다섯 살이 되면 정형외과를 찾아갑니다. 정형외과 의사는 새로운 깔창을 처방하고요. 의사는 5분도 걸리지 않는 진찰로 250유로를 받습니다. 또 의료용 깔창 제작 회사가 의사에게 별도로 매달 500유로씩 건네줍니다. 의사 부인이 주변 엄마들에게 잘 이야기해주면 좋겠다는 식이지요. 이 업계가 그렇게 돌아가요."

슈타르크 씨는 내게 조금 더 시간을 할애해주었다. 그의 진료를 받기 위해 아주 먼 곳에서 찾아와 발을 보여주는 사람들도 있었다. 그들에 비하면 나는 그리 먼 거리를 온 것이 아니었는데도. "그나저나 하우저 씨 신발이 너무 작네요." 나는 몹시 당황했다. 몇 주째 이곳에 머물면서 걷기에 일가견이 있는 사람처럼 행세하고 다녔는데, 정작 내 발에 맞는 신발을 신고 있는지조차 모르고 있었다니. 발가벗고 있는 기분이었다. "그럼 맨발로 다니면 어떨까요?" 내가 물었다. "안 됩니다. 그러지 않으시는 편이 좋아요. 맨발로 걸으려면 오랜 시간이 필요합니다. 발이 적응해야 하거든요." 그는 그렇게 말하며 맨발로 자갈이 담긴 상자에 올라가 성큼성큼 뛰었다. "이게 가능하시면 맨발로 걸어도 됩니다."

물론 가능하지 않았다. 자갈을 밟으니 발뒤꿈치가 몹시 아팠다. 슈타르크 씨가 내 발을 자세히 살펴보았다. "하우저 씨의 발은 요족 아치가 높은 발 도 평발도 아닙니다. 오히려 발목이 약간 안쪽으로 휘는 것 같네요." 그가 내린 진단은 내가 실제의 운동 능력에 못 미치게 움직인다는 것이었다. 작은 신발이 발가락에 움직일 공간을 주지 않으니, 네 번째와 다섯 번째 발가락은 아픔을 견디느라 바빴다. 모든 근육이 물 흐르듯 움직이지 못해 불편할 수밖에 없었다. 나는 모든 발가락을 사용하는 대신 몇 개만 혹사시켰다. 한 걸음 걸을 때마다 모든 근육을 써서 부드럽게 발가락을 굴리는 대신 발꿈치로 떨어졌다. "하우저 씨는 걸을 때 발을 내딛는 게 아니라 구부리고 있어요." 슈타르크 씨가 말했다.

그의 말은 경험에서 우러난 것이었다. 그는 서른 살에 극심한 허리 통증에 시달리는 바람에 아침마다 약 먹을 시간을 잊지 않도록 알람을 맞춰야 했다. 어떤 의사도 주사도 깔창도 도움이 되지 않았고, 그나마 디스크 수술이 단기간 효과가 있었다. 그토록 좋아하던 스키를 탔는데 온몸이 아파서 절망했다고 했다. 머리와 허리가 아팠고, 눈에선 눈물이 흘렀다. 그가 스키 신발을 구입한 상점에 가서 신발이 너무 불편하다고 했더니 상점 주인이 그의 발을 보여달라고 했다. "놀랍지도 않네요. 손님 발은 외반족 발의 안쪽이 내려앉고 바깥쪽이 솟아오른 발 입니다. 신발이 문제가 아니에요." 그 이야기가 슈타르크 씨의 인생을 바꾸었다. 몹시 실망하고 조금은 화가 난 상태로 집에 오던 길에 갑자기 이런 생각이 들었다고 했다. '아

니, 저 주인이 내 발을 관찰하고 아픈 원인을 알려준 거잖아?' 그때
까지 어떤 정형외과 의사나 물리치료사, 접골사도 그의 발을 관찰
한 적이 없었다. 슈타르크 씨는 즉시 핸들을 돌려 상점으로 돌아갔
다. 더 많은 것을 알고 싶었다. 그때부터 그는 진지하게 통증의 원
인을 찾아다녔고 의사의 말만 듣지는 않기로 했다.

  그는 내게 몇 가지 동작을 알려주었다. 우선 엄지발가락만 위
로 들고 나머지 네 발가락을 접으라고 했다. 쉽지 않았다. 그다음
은 발가락 사이를 최대한 벌리라고 했다. 나는 내 몸 제일 아랫부
분의 근육을 깨워야 했다. 발가락이 잘 벌려지지 않았다. 슈타르크
씨가 말했다. "하우저 씨는 복싱보다 발가락 운동을 더 자주 하셔
야 할 것 같아요. 발 앞쪽에 무척 높은 압박이 가해져요. 새끼발가
락이 부어 있네요. 걸을 때마다 신발에 몹시 짓눌릴 겁니다."

  그의 말을 들으면서 마음이 불편해졌다. 그는 또 이렇게 말했
다. "하우저 씨는 발을 끌고 걸으시네요." 신기한 것은 나는 걸으면
서 내가 발을 끈다는 생각을 한 번도 한 적이 없다는 것이다. 사람
의 느낌은 정말 믿을 것이 못 된다. 나중에 여행에 동행하게 된 친
구 후베르투스도 발을 끌며 걷기에 비슷한 이야기를 해주었다. 그
는 걸을 때 몹시 신경을 썼는데 내가 내 경험을 토대로 그의 걸음
걸이를 지적하자 몹시 화를 냈다. 자신은 똑바로 걷는 느낌이 드는
데 내가 좀 오래 걸어 다녔다고 우쭐해하며 억지를 부린다는 것이
다. 황당했다.

  커스틴에게 다시 전화를 했더니 그녀는 내게 이렇게 철저한
준비 없이 장기 여행을 하는 게 대단한 일이라며, 자기가 보기에는

내가 내 몸에 너무 많은 것을 요구하는 것 같았다고 말했다. 여행 전에도 이야기했지만 그녀는 반드시 여행을 가고자 하는 내 고집을 보고 더 머무르라고 강요하지 않았다고 했다. 슈타르크 씨도 커스틴과 비슷한 입장이었지만 조금 더 실용적이었다. "가능하면 자주 뒤로 걸으려고 해보세요. 발목과 발에 가해지는 부담이 줄어들 겁니다." 나는 뒤로 걷기도 시도해본 적이 있었다. "그리고 시냇물에 발을 담그고 풀밭 위로 걸으세요. 하우저 씨의 감각을 조금 더 잘 느껴보세요."

나는 또 내가 좋아하는 낡은 등산화를 제작한 공장을 방문하고 싶었다. 공장은 도시 외곽의 산업지역에 있었다. 트램을 타고 공장으로 갔다. 숲에서 그렇게 많은 시간을 보내고 나니 시내 교통을 이용해서 이동하는 것이 어색했다. 그러나 트램 창문 너머로 보이는 자동차와 건물들의 풍경에 익숙해지고 싶지 않았다.

몇 주 동안 내 신발을 만든 한바그 브랜드의 아무에게나 연결되길 바라며 연락을 시도했지만 헛수고였다. 나는 등산화를 만드는 이 회사 사람들이 너무 열정적이어서 숲속을 누비고 다니느라 전화를 안 받는 것이라고까지 상상했다. 우연한 기회로 죽어버린 내 신발을 만든 공장을 방문할 수 있게 되었다. 란츠후트의 카티 덕분이었다. 그녀는 한바그 대표와 친구라며 개인 번호로 전화를 걸어 내게 넘겨주었다. "위르겐이에요. 원하는 거 뭐든지 이야기하세요." 그렇게 연결된 위르겐 지그위트 씨는 나를 그의 공장으로 초대했다.

자신을 작업반장이라고 소개한 젊은 친구는 서른세 살로 젊은 나이에도 경험이 많았다. 그의 정확한 이름은 잊어버렸지만 옌스라고 했던 것 같다. 그가 공장을 안내해주었다. 우리는 압핀과 못, 사슴 뼈로 만든 접착제 이야기를 했다. 지독한 냄새가 났지만 참을 만했다. 옌스는 신발 하나를 만들기 위해서 원단부터 마무리까지 스물다섯 명의 사람이 일을 해야 한다고 말했다. 나는 접착제 냄새를 맡으며 한 작업자와 이야기를 나누었다. 그는 저녁마다 쓰러지듯 잔다고 했다. "머리가 마약에 중독된 것 같긴 하지만 먹고 살려면 돈을 벌어야지요."

내가 궁금했던 것은 내 신발에 문제가 생긴 이유였다. "신발 관리를 전혀 안 하셨네요." 작업반장이 말했다. 땀 때문에 내부 충전재에 구멍이 생겼고, 그게 부서지고 찢어져서 결국 납작해졌다고 했다. 신발의 오염을 제거하고 왁스를 발라주면 그렇게 빨리 망가지지 않는다고 했다. 싸구려 핸드크림만 발라줘도 괜찮다고.

죄책감에 고개를 끄덕이다가 무심코 상대방이 신은 신발을 바라보았다. 등산화 장인은 나이키 에어맥스를 신고 있었다. 스타일 혁명, 안정감 있는 충격 흡수, 신상 운동화의 전설, 모든 것을 뒤바꾼 그 신발. 나이키 에어맥스를 인터넷에 검색해보면 나오는 표현들이다.

나는 조금 충격을 받았다. 정형외과용 신발 제작과 인체공학을 배우고 기능성 신발 디자인 교육을 모두 이수했다는 등산화 장인이 말했다. "아, 이건 제 외출용 신발입니다." 그래서? "슬프게도 발을 아프게 하는 신발이지요. 열흘 정도 제 오른쪽 엄지발가락에 아무런 감각이 느껴지지 않은 적이 있었어요. 바늘로 찔러봤는데도 아무런 느낌이 없었어요. 의사에게 갔더니 제 척추 사진을 찍어 보고는 무슨 신발을 신느냐고 묻더라고요. 신발을 보여줬더니 앞 코가 너무 뾰족하다고 하더군요.”

나도 모르게 숨을 깊이 들이마셨다. 미안한 감정과 더불어 일종의 안도감이 찾아왔다. 나는 혼자가 아니었다. 내 앞에 서 있는 이 남자는 나보다 신발과 발에 대해 더 잘 알면서도 '발을 무조건 망가뜨리는' 신발을 130유로나 내고 산 것이다. “그런데 하우저 씨, 제 생각에는 신발을 한 치수 크게 신으셔야 할 것 같아요. 새끼 발가락이 움직일 공간이 없어 보이네요.” 그가 내 신발을 가리키며 말했다.

벌써 여러 번 듣는 이야기였다. 그에게 신발을 빨리 늘이는 방법이 없는지 물어보았다. “한번 노력해볼게요.” 그는 내 새 신발을 일종의 고정 장치에 끼우고 하룻밤 두자고 했다.

그리고 다음 날 점심 때 한바그 대표 지그워트 씨가 직접 신발을 들고 나를 찾아왔다.

새로운 출발

함부르크에서 700킬로미터 떨어진 이곳에서 여행을 새롭게 시작할 준비를 마쳤다. 많이 걸었고 많은 것을 깨닫게 되었다. 새로운 여정은 조금 더 조심스럽게 시작하고 싶었다. 적어도 생각은 그랬다. 그래서 뮌헨에서 이어지는 야고보의 길을 택했다. 이 길은 뮌헨 외곽에서 보던 호수 방향으로 이어지며, 호수를 건너면 스위스의 도시 아인지델른에 이른다. 예전에 이 구간을 한 번 걸은 적이 있어서 낯설지 않았고 자전거를 타고도 여러 번 왔었다. 거대한 산이 우뚝 서 있는 이 지역이 좋았다. 높은 산은 목표 지점이 멀기 때문에 나같이 어슬렁거리며 걷는 여행자에게 충분한 공간과 고요함을 선물하기 때문이다.

슈타른베르크 호수를 끼고 있는 도시 툿칭에서 맨발로 부드러운 풀밭을 걸었다. 언덕이 많은 이곳의 초원은 여름에도 촉촉했고 습지의 진흙도 물기를 머금고 있었다.

푹신한 이끼에 앉아 휴식을 취했다. 이끼는 지구만큼 나이가 많다고 한다. 손가락으로 부드러운 쿠션감을 느껴보았다. 옛날에 농부들은 베개와 매트리스에 이끼를 채워 넣었다고 한다. 천식과 기관지염에도 좋다는데 내게 그런 효과는 필요 없었다.

하지만 내 발은 축축한 초원이 주는 치료 효과를 마음껏 누렸다. 나는 거의 앞으로 나아가지 못하고 웅덩이에 발이 빠진 소년처럼 허우적댔다. "가능하면 많은 근육에게 말을 걸어보세요. 발을 내디딜 때마다 균형 잡는 일에 정신을 집중하세요." 뮌헨에서 카스텐 슈타르크 씨가 해준 조언을 기억했다.

혼자만의 즐거움을 듬뿍 누렸다. 이곳을 지나가는 사람은 거의 없었다. 이 길은 오직 나만을 위한 길이었다. 굉장했다. 알프스 산기슭에는 호수가 정말 많다. 주차장이 있는 호수 입구 주변에는 버스가 많았지만 조금만 안쪽으로 들어오면 세상이 고요했다. 비스 성당은 세계적으로 유명한 로코코 양식의 건물이다. 매년 수백만 명의 여행자가 찾아와서 무척 아름다운 실내 장식과 수도사 요한 밥티스트 짐머만이 설계한 돔을 보기 위해 평균적으로 12분 정도 머문다. 나는 이곳의 신부님을 만날 계획이었다.

그 성당은 정말 환상적이었다. 천장 구석의 프레스코화는 천국으로 가는 문을 그린 것이었고, 문 앞에는 시간의 신 크로노스가 낫과 모래시계를 들고 쓰러져 있었다. 이 그림은 18세기 중반에 그려졌다. 영원의 문에는 요한계시록의 한 구절이 쓰여 있었다. "이제부터 시간은 존재하지 않는다." 나는 일 년 전쯤 하필 이곳에서 시간을 망각하고 걸어 다니다가 잘 곳을 찾지 못하는 위기 상황을 맞았었다. 그런데 자정이 되기 직전에 성당 신부님이 성구실^{제사 도구 등을 보관하는 작은 방} 뒤편에 매트리스를 깔아주었다. 다음 날 아침

미사가 끝나고 그는 나를 아침 식사에 초대했다. 우리는 성상 아래에 앉아 성당 부엌에서 직접 만든 쐐배기 모양의 빵을 먹고 고담배를 즐겼다. 내가 친절에 감사하다는 말을 했더니 신부님이 라틴어로 대답을 했다. 성경 베드로전서에 나오는 구절이었다. "서로에게 친절을 베풀기를 원망 없이 하라."

나는 한 번 더 이곳을 방문해서 감사를 전하고 싶었다. 성당 관리자가 내게 미안해하며 신부님은 디스크 치료 때문에 병원에 갔다고 했다. 나는 진심 어린 감사를 전해달라고 부탁했다. 풀밭 위를 걸어서 슈타인가덴으로 향했다. 정육점과 붙어 있는 아주 오래된 여관 '그라프'에 방을 잡아두었다. 가는 길에 또 진기한 경험을 했다. 독일 전역에서 모여든 불꽃놀이 전문가들이 넓은 들판을 배경으로 숨 막히게 환상적인 불꽃 쇼를 벌였기 때문이다. 퓌센에서는 매년 8월 25일 백조성을 지은 왕 루드비히 2세의 생일을 기리는 불꽃놀이가 열린다.

퓌센에서 미국으로

퓌센에 도착했다. 사실 별로 오고 싶지 않았다. 퓌센에는 문제가 있었다. 너무너무 아름답다는 것. 또 높은 절벽에 모습을 드러낸, 하얀 석회암을 두른 성도 문제다. 백조성이라고도 알려진 노이슈반슈타인 성 말이다. 사람을 만나기 싫어했던 바이에른 왕 루드비히 2세는 숲속 절벽 위에 동화 같은 장소를 만들려 했다. 그는 그 성을 자신이 죽은 후에 허물라고 지시했다고 전해진다. 오늘날 매년 1,400만 명이 위대한 미치광이 왕이 자기 혼자만을 위해 지은 이 성을 보기 위해 퓌센을 찾는다.

　　이 야단법석을 피하고 싶었다. 하지만 내 마음대로 되지 않았다. 강한 폭풍우를 만났기 때문이다. 하늘에 먹구름이 잔뜩 끼고 번개가 쳤다. 처음에는 아주 먼 곳의 하늘이 그랬는데 점점 내 쪽으로 다가오는 것이었다. 근처에는 피신할 장소가 없었고 지붕이라곤 성모상 위에만 있었다. 순식간에 주변이 어두워지고 성모상 앞에 피워놓은 촛불이 위태롭게 펄럭였다. 성모 마리아에게 기도했다. 도와주세요. 저는 아직 죽으면 안 됩니다.

그때까지 그날 묵을 숙소를 정하지 않고 있었다. 가장 가까운 도시는 퓌센이었고, 이곳에서 고작 몇 킬로미터 떨어져 있었다. 내가 낼 수 있는 가장 빠른 속도로 뛰었다. 폭풍이 워낙 강했으므로 그날 밤에 죽은 사람도 있었다. 도시 가까이에 수도원이 하나 있었다. 문이 열려 있어서 그냥 들어갔다. 저녁 8시 30분이었다. 문 앞에 전화기가 있었다. 숙박 문의는 66번을 누르라고 되어 있었다. 전화를 걸었다. "안녕하세요. 좋은 저녁입니다." 수화기 너머에서 미안하지만 모든 방이 다 찼다고, 임시로 묵을 만한 장소도 없다고 했다. 온몸이 축축했다. 누군가가 나를 쥐어짠다면 물이 한 양동이 가득 나올 것 같았다.

다급한 마음으로 다섯 곳의 호텔에 더 전화를 했다. 좋은 국제 호텔이라 중국과 일본, 최근에는 멕시코에서 온 돈 많은 사람들이 묵는 곳들이었다. 월풀 욕조가 딸린 스위트룸이 할인된 가격으로 하루 숙박에 180유로라고 했다. 이곳에서 10킬로미터 떨어진 곳에 있고 창문으로 호수가 보인다고 했다. 주변은 이제 아주 캄캄했다.

일단 시내로 뛰어가기로 결심했다. 특별히 갈 곳이 없으면 중앙역 바닥에 앉아서 잠을 잘 생각이었다.

오랫동안 이런저런 경험을 하면서 마음속에는 나 스스로에 대한 확신이 쌓여 있었다. 평안하자. 침착하자. 괜찮아질 거야. 휴대폰 배터리가 아직 남아 있던 중에 문자가 왔다. "울리, 잘 지내? 에르푸르트에서 만난 토어스텐이야. 전에 말했던 논스톱 걷기 신기록을 세우는 데 실패했어. 217킬로미터쯤 걸었는데 너무 심한 폭풍을 만났거든." 나는 지금 퓌센에 있다고 답장을 보냈다. 토어스텐은 퓌센에 자기가 아는 여행사 사장님이 있다고 답했다.

토어스텐에게 전화를 걸었다. "문자 고마워. 폭풍 때문에 기록을 세우지 못했다니 아쉽네. 하지만 나한테 정말 적절한 타이밍에 연락한 거 알고 있니?" 토어스텐 호이어는 이번 여행에서 사귄 친구다. 비록 아이제나흐에서 만나 단 두 시간 정도만 함께 있었지만 금세 친구가 되었다. 그는 매우 열정적이고 언제든 남을 도울 준비가 되어 있으며 도전 정신도 있었다. 그는 전에도 쉬지 않고 알프스를 넘은 적이 있고 지칠 때까지 아일랜드와 뜨거운 사막을 걷는 도전을 했다. 내 생각에 그가 나와 함께 (내가 걷는 속도로) 여행을 했다면 아마도 나를 둘러업고 걸었을 것이다.

금세 전화가 걸려왔다. 30분 후에 나는 여행사 사장 슈테판 프레들마이어 씨와 1970년대 스타일의 오래된 건물 안에 앉아 있었다. 이 고풍스러운 호텔은 중국인이 운영한다고 했다. 호텔 지배인이 말하길, 폭풍 속에 여행객 네 명이 실종되어 수색 중이라고 했다. 다행히 나는 뽀송한 공간에 앉아 맥주를 마시고 있었다. 슈테판 프레들마이어 씨는 토어스텐이 뭔가 부탁하면 즉시 들어주겠다는 약속을 했다고 말했다. "하우저 씨 숙박비는 제가 지불하겠습니다."

나는 그의 마케팅 전략에 대해 들었다. 그는 사람들이 얼마나 걷고 싶어 하는지에 대해, 그리고 산악 구조대의 다음 주요 고객이 누군지에 대해 이야기했다. 자기 체력을 과대평가하여 전기바이크를 타고 산에 오르는 튼튼한 노인들이라고 했다. 그가 또 말했다. "여기서 로마까지는 금방 갈 수 있습니다. '클라우디아 아우구스타 길'을 따라 도시를 지나져서 식진하면 금방이지요." "아 그렇군요." 내가 말했다. 휴대폰으로 검색하니 원래 가려던 셉티머 길은 수백 킬로미터 더 떨어져 있었다. 직선거리로 말이다.

퓌센 시내에서 클라우디아 아우구스타 길에 대한 정보를 조금 더 찾아보았다. 이 길은 자동차, 캠핑카, 버스로도 지나갈 수 있고, 특이한 점은 많은 사람들이 이 길을 만남의 광장처럼 이용하기 때문에 물물교환과 공동생활이 곳곳에서 이루어진다는 것이었다. 나는 그 대목에서 이 길은 내 길이 아니라는 확신이 들었다.

마침내 퓌센을 떠나려고 했는데 하루 더 머무를 일이 생겼다. 중앙역 앞 휴대폰 가게에서 친구 감제를 만났다.

감제는 프랜차이즈 휴대폰 판매점을 인수했다고 했다. 휴대폰 용량이 꽉 차서 해결 방법을 얻기 위해 우연히 들른 곳이 그녀의 가게일 줄이야. 내 기기는 많은 사진과 동영상을 지닌 채 어쩔 줄을 몰랐다. 나는 여행을 시작한 후로 떠오르는 생각들을 휴대폰에 음성으로 녹음하고 있었다. 내비게이션 역시 배터리를 많이 썼다. 다른 사람이었다면 준비를 더 많이 했을 텐데, 나는 새로 뭔가를 장만할 생각이 없었다. 너무 많으면 지우면 되고, 배터리가 없으면 꺼냈다가 필요할 때 쓰면 되었다.

감제는 내 휴대폰 자료를 두 시간 내내 메모리스틱으로 옮겨주었다. 나는 감사의 표시로 초콜릿을 사서 선물했다. 감제의 컴퓨터에서 출력된 종이를 보니 그녀의 이름 칸에 66이라는 숫자가 쓰여 있었다.

나 : "누구?"

감제 : "에, 이건 우리도 어떻게 바꿀 수가 없어. 시스템이 원래 그래."

나 : "네 이름은 숫자가 아니잖아."

그러자 그녀 옆에 있던 실비오가 세련된 말투로 말했다. "맞아, 그건 옳지 않아." 실비오는 감제와 둘이서 상점을 운영하고 있었다. 좀 특이한 사람이었다.

다시 나 : "그럼 내가 너희를 칭찬하려면 누구에게 전화를 해야 하지?"

두 사람 : "아니, 손님은 불편 사항만 접수할 수 있어. 아니면 이메일을 써야 해."

나 : "시스템이 정말 이상한 것 같아."

두 사람이 동시에 고개를 끄덕였다.

사람을 수치나 숫자로 부르고 평가하는 건 싫다. 그렇지만 그런 경우를 꽤 자주 본다. 뮌헨에서 지갑을 잃어버렸을 때 신용카드 콜센터에 전화해서 카드를 정지시켰다. 그리고 전화를 받은 직원에게 도둑이 벌써 카드를 썼는지 물어보았다. 나를 담당했던 람피오니 씨는 무척 친절했다. 나는 카드회사에 전화를 걸어서 칭찬하고 싶은 마음이 들었다. 그때 람피오니 씨가 잠시 내게 전화를 끊지 말아달라고 부탁했고, 이어서 음성 메시지가 들렸다. 담당 직원의 업무평가를 해달라는 내용이었다. 만족도에 따라 1~6점을 매겨야 했다. 또 전화가 연결되기까지 얼마나 오래 기다려야 했는지도 점수를 매겨야 했다.

나 같은 사람 때문에 알고리즘과 시스템 개발자들이 힘들 것이다. 전부 디지털로 바꿀 수 있는데 아날로그를 유지해야 하니까.

갑자기 또 다른 사건이 떠오른다. 스위스 도시 투시스에서 우체국에 갔을 때였다. 창구가 비어 있었고 나는 번호표를 뽑지 않았다. 창구 뒤편에 있던 친절한 직원에게 소포를 부쳐달라고 말하며 창구 유리 아래 서랍에 돈을 놓았다. 직원은 내가 접수 과정을 무시하고 일을 부탁했음에도 처리해주었다. 직원에게 혹시 이렇게 그냥 처리해주면 나중에 혼나는지 물었더니, 음, 모든 손님에게 이렇게 해주면 자신이 어느 날 저녁 혹은 연말쯤 상사에게 불려가 일을 잘 안 한다는 소리를 들을지도 모른다고 대답했다.

퓌센에서 계속 이어지는 언덕진 초원으로 알프스 산맥을 바라보며 계속 걸었다. 높고 웅장한 산 뒤에 바라던 남쪽 나라가 있었다. 내가 동경하는 곳. 따스하고 햇빛이 빛나는 땅. 그리고 그 땅에서 맛볼 수 있는 맛있는 음식들. 마음이 설레었다.

지금까지 아름다운 길을 정말 많이 걸어왔다. 매일 저녁 숙소를 찾아 도시와 마을로 들어갈 때면 내가 가장 좋아하는 상위 세 개 지역이 매번 바뀌어 있었다. 벤틀란트를 떠나 다음 마을로 향하는 촉촉한 초원길에서 개구리들이 나를 환영해주던 바트보덴타이허가 한동안 1위를 차지했었다. 지금은 어디가 어딘지 명확히 기억할 수가 없다. 그곳이 브라이팅엔 근처 트루세탈이었나? 폭풍우 치던 밤에 번개가 내리치는 모양이 마치 성모 마리아의 모습 같았는데 아침에 일어나보니 마법 같은 빛에 쌓여 있었던 곳이? 홀펠트에서 아우프세스로 가던 도중이었나? 나는 너무 많은 것을 보앉고 너무 많은 것을 경험했다. 한번은 뢴 산악지대의 홀츠 산에서 원래는 사냥터 오두막이었던 벽난로와 석유램프가 있는 여관에 묵은 적이 있었다. 여관 주인이 산속 생활 이야기를 들려주었다. 야생의 삶에 관한 간단하고도 충분한 설명이었다. 울타리를 벗어난 황소는 5일 만에 야생 소가 된다는 이야기였다. 수사슴의 강한 뿔은 5년을 꼬박 기다려야 크게 자란다. 사냥꾼의 벽장식이 되면 좀 슬프지만. 멧돼지는 몸무게가 30 내지 40킬로그램쯤 되었을 때 가장 맛있다. 수컷 멧돼지는 발정이 나기 전에 잡아야 한다. 흥분해서 날뛰기 시작하면 지방이 사분의 일로 줄어들기 때문이다.

또 교수들이 사설 의료보험료를 어떻게 감당하는지에 대해서도 들었다. 염소 몇 마리를 사들이고 농업인 자격을 얻으면 훨씬 더 저렴한 지방 의료보험으로 바꿀 수 있다고 했다. 일종의 농업 보조금인 셈이다. 이런 이야기들은 하나같이 무척 흥미로웠다. 하지만 나는 모두 뒤로하고 계속 걸었다. 내 몸에 더 많은 관심을 쏟았다. 오늘날의 전문용어로는 고유 수용성 감각을 키운다고 한다. 고유 수용성 감각이란 근육과 인대의 감각을 통해 신체의 상태를 인식하는 것이다. 나는 계속 연습했다. 연습은 대충 이런 식이다. 왼쪽 다리를 든다. 허리를 숙여 몸을 구부린다. 그 자세에서 오른발을 쭉 편다. 앞뒤로 몸을 흔든다. 내 밸런스보드^{균형을 잡아야 설 수 있는 발판}는 초록색 초원이었다.

나는 또 발에 관심을 기울였다. 약국에서 아르니카 근육통 약, 오스트리아에서 유향 성분의 젤, 스위스에서 카모마일 성분의 젤을 구했다. 또 혈액순환에 좋다는 오일을 카스텐 슈타르크 씨가 선물해주었다.

틈만 나면 맨발이 되려고 노력했다. 내 발을 감옥에서 꺼내줘야 했다. 냇가를 만나면 꼭 발을 담갔다. 얼음처럼 차가운 물이 발가락 사이사이로 흘러갔다. 뒤꿈치, 발바닥, 발가락으로 씩씩하게 돌 위를 디뎠다. 그러고는 시냇물이 흐르는 방향으로 걸었다. 샘물을 만나면 꼭 발에 물을 끼얹어서 열기를 식혔다. 커스틴이 먼 곳에서 중얼거렸다. 그래, 맨발이 가장 좋지. 계속 그렇게 해봐.

어느 순간 나는 미국에 와 있었다. 아름다운 알고이 지역을 이곳 사람들은 미국이라 불렀다. 내 친구 얀테가 이곳에 살기 때문에 나는 전부터 알고이를 알고 있었다. 아주 작은 동네인 방겐 뒤쪽으로 걸어가면 왼편에 내리막이 나오고 그곳에서 숲이 시작된다. 얀테의 농장 가운데로 오솔길이 나 있었다. 저녁마다 그녀는 마당에 앉아 와인을 마시며 나무들을 구경했다.

얀테는 여행을 많이 다녔다. 워낙 여행을 좋아해서 몇 주 만에 모든 곳을 다 돌아보려고 한 적도 있었다. 하지만 여름이면 고향집에 돌아가서 우리들을 초대하곤 했다. 얀테는 사람들을 초대하기를 좋아했다. 나는 원하면 항상 그녀의 집에서 잘 수 있었다. 그녀가 어느 곳을 여행하고 있든 상관없이. 커피를 마시러 가도 되냐고 물었더니 이런 말을 들었다. "언제 오려고? 우리 집에 지금 친구들이 잔뜩 묵고 있어서 말이야." "아마 오후쯤?" 내가 말했다. "지금 어딘데?" "호펜 마을, 마거 씨네 근처. 치즈 공장 옆이야. 별로 멀지 않아." "아니, 굉장히 먼데? 원하는 대로 해. 우린 어디 안 가니까." 나는 바로 출발하겠다고 말했다. 직선거리로 25킬로미터, 길을 따라 걸으면 38킬로미터였다.

빗방울이 떨어질 때쯤 얀테의 집에 도착했다. "말을 타고 왔더라면 더 멋졌을 텐데." 얀테가 말했다. 그녀는 과장해서 말하는 걸 좋아했다. 내가 맨발로 걸어온 것도 곧 화제가 되었다. "우리도 어릴 때 맨발로 추수가 끝난 밭을 달렸어. 가장 오랫동안 버티는 아이가 이기는 거야."

이곳부터는 언덕을 넘어 슈바벤 쪽 알프스에 올라 보이론 수도원에 들렀다가 도나우강을 건널 계획이었다. 나는 이 지역이 좋았다. 둥근 언덕을 넘는 일은 하늘을 향해 걷는 것과 같았다. 이곳 초원에는 울타리가 없었고 아이들은 자유를 만끽했다. 좁지만 마음이 넓은 마을. 이곳의 빵을 '젤레'독일어로 '영혼'이라는 뜻 라고 부르는 것이 놀랍지 않았다. 이 빵은 지금도 손으로 반죽하며 일반 밀가루와 스펠트 밀가루, 발효종과 효모, 소금과 물이 들어간다. 얀테는 가장 맛있는 빵은 방겐의 500년 역사를 지닌 피델리스 빵가게에서 살 수 있다고 했다. 얀테는 이 지역의 모든 것을 알고 있었다.

얀테의 집에서 하룻밤 자고 갈 수 있게 되었다. 출판 일을 하는 그녀의 방에는 책이 가득했다. 내면 세계. 외부 세계. 생각들. 단어들. 문장들. 나는 200년 전에 물리학자 게오르그 크리스토프 리히텐베르크가 생명을 연장할 수 있는 방법에 대해 쓴 재미있는 문장을 몇 개 발견했다. 그는 이렇게 썼다. "첫 번째 방법은 각 시점인 '탄생'과 '죽음' 사이를 크게 벌린다. 즉 탄생에서 죽음까지 가는 길을 늘이는 것이다. 이 길을 늘이기 위해 사람들은 너무 많은 기계와 물건을 발명했다. 그래서 하나씩 놓고 보면 과연 이것이 보통 길이라도 늘일 수 있는지 믿을 수가 없다. 그래도 이 분야에서 몇몇 의사들은 큰 성과를 거두었다. 또 다른 방법은 '탄생'과 '죽음' 시점을 신이 예정한 대로 두고 더 천천히 걷는 것이다. 철학자들이 이 방법을 고안했다. 가장 좋은 것은 지금 당장 식물 채집을 떠나는 것이다. 지그재그로 걷되 이때 구덩이를 보면 뛰어넘었다가 다시 넘어오라. 그리고 또 아무도 보지 않는다면 제자리에서 공중제비를 넘어라."

얀테는 산에 올라가면 실스마리아 마을을 찾아가라고 했다. 숲속의 집에 들어가 인사를 하라고 했다. 니체가 살던 곳을 둘러보라고 했다. 니체는 너무 가난해서 지인에게 연탄을 보내달라고 부탁했다고 한다. 하지만 그의 유산 상속인은 아무것도 몰랐다고 한다. 얀테가 알려준 대로 니체가 살던 집 앞에 섰다. 한숨이 나왔다.

얀테의 집을 방문하느라 길을 좀 돌아가야 했지만 무척 아름다운 길이었다. 아주 길고 느긋한 아침 식사를 한 뒤 다시 풀밭 위를 걸어 방겐으로 돌아왔다. 오후에 그곳에서 출발하는 열차를 타고 보덴 호수와 가까운 동네인 샤이덱으로 갈 예정이었다. 친구 베르너가 자신이 운영하는 순례자 숙소에 나를 초대해주었다. "사람이 별로 없어서 거의 독방처럼 쓸 수 있을 거야." 그가 말했다. 우리는 저녁때 식당에서 만나기로 했다. 베르너를 알게 된 것은 저번에 그의 순례자 숙소에 들렀을 때였다.

그는 원래 회사를 운영하고 있었는데 전부 정리한 후 산티아고 데 콤포스텔라 순례길에 올랐다. 경영자와 고용주의 위치에 있으면서 그는 감옥에 갇힌 것처럼 고립되고 힘들었다. 순례길은 그에게 신대륙 발견과도 같았다. 세계를 보게 하고 인생 너머를 보게 했다. 걸으면서 그는 '만족스러운 시간'의 느낌을 알게 되었다고 한다. 베르너가 순례를 시작한 나이는 예순셋. 동요 〈꼬마 한스〉를 부르며 걸었다고 한다. 독일에 돌아온 그는 순례하는 모든 사람을 위한 만남의 장소를 만들겠다고 개신교 공동체에 제안했다. 그는 순례자들과 가까이 있고 싶었다. 숙박이 해결되면 먼 순례길도 즐 거울 것이라고 그는 생각했다. 그리고 지금까지 모두를 환영하고 있다. 베르너는 손님에게 정말 잘해준다.

방겐 중앙역에서 시리아에서 왔다는 남자를 만났다. 그는 내 게 자신의 여행담을 이야기해주었다. 나는 기차를 놓치고 말았다. 시간에서 자유로운 도보 여행을 하다 보니 시간을 체크해야 하는 일마저 완전히 까먹은 것이다. 정확히 어느 시간까지 어디에 가야 한다는 사실 자체가 나를 불안하게 했다. 그동안 완전히 다른 사 람이 되어버렸다.

하지만 베르너와의 약속을 깰 수는 없었다. 할 수 없이 도로 에 나가 섰다. 낡은 벤츠가 가던 길을 멈췄다. 아주 친절한 사람이 었다. "어디로 가시려고요? 제가 태워드릴게요." 차를 타고 가면서 나는 그에게 어제 정말 멋진 장소를 지났는데 '반항의 계곡'이라는 간판이 붙어 있었다고 말했다. "무슨 뜻인가요?" "아, 슈타인가덴 과 에글로프슈탈 사이 도로변 마을이에요. 좋은 사람들이 많이 사 는 동네지요. 농부들과 기술자들이 살아요. 그들은 자동차가 많아 지는 걸 반대해요. 그래서 한 정치인이 이들을 반항아라고 불렀어 요."

머릿속으로 농기구를 든 남자들이 플래카드를 들고 이렇게 외치는 모습을 상상했다. "반성하라. 두 발로 걸어라! 자동차로 쟁기를 만들어라! 도로를 사람에게 돌려줘라! 너희를 못 쓰게 만드는 것을 못 쓰게 하라!" 남자가 말을 이었다. "아, 그리고 이곳엔 아직도 신발 장인이 있어요. 그 기술을 가진 사람 중에서는 마지막일 거예요."

"오, 전 그런 사람을 만나고 싶었어요." 내가 말했다. "그렇죠. 그런데 아직 살아 계신지 모르겠어요. 꼭 알아보고 찾아가세요."

할 수만 있다면 차에서 내려서 그 장인을 찾아가고 싶었다. 하지만 약속이 있었다. 벤츠의 남자는 정확히 베르너가 기타를 치고 있는 장소에 나를 내려주었다. 지나가던 사람들이 즐거워하며 베르너가 부르는 노래를 듣고 있었다.

"알프스의 장관이 보이는 언덕에서. 축제 같은 분위기에 주변 풍경은 장엄하네. 그리고 이 사람은 로마를 향해 걸어가는 율리." 베르너는 그렇게 관중에게 나를 소개하며 내 여행에 대해 짧게 소개해달라고 했다. 그러고는 작별의 노래인 〈형제의 노래〉를 부르고 작별인사를 했다. 관중이 자연스럽게 흩어졌다. 태양이 산 뒤로 넘어가면서 붉은 노을을 남겼다.

반항의 계곡

반항의 계곡은 교통량이 많은 두 국도 사이에 움푹 들어간 계곡이었다. 빠르게 바뀌는 시대 속에서 옛것을 잘 보존하는 마을이었다. 이곳에서는 남들에게 관찰당하고 싶지 않은 사람들을 관찰할 수 있었다. 이 땅과 사람들을 지켜보면 대단한 성격과 기질을 발견할 수 있다. 이곳을 배경으로 촬영한 코미디 영화도 있다. 〈고향에서 사람이 죽어간다(Daheim sterben die Leut')〉(1985)로 농부 알가이어 씨가 주인공이다. 그의 집 마당에는 우물이 하나 있는데 그는 마을 사람들이 우물에 수도관을 연결해 물을 퍼 가려는 걸 반대한다. 갖은 술수와 욕심, 알고이 서쪽 동네 사람들의 담담한 자기 풍자가 이 지방 특유의 강한 사투리와 함께 등장하는 잘 만든 영화다. "귀행 슈람 죽기 왜 죽넹. 포슈터겡 너메 귀내 팔시넹슈 해 명안 죽대(고향에서 사람이 죽긴 왜 죽어. 포스트 여관 건너편은 지난 80년간 한 명도 안 죽었어)." 저자가 진짜 알고이 지방 억양으로 된 문장을 써서 비슷한 느낌이 나도록 바꿔 번역해보았다. 호텔에 가니 정말 모든 사람이 이런 말투로 말하고 있었다. 놀라웠다.

계곡 마을은 크지 않았다. 길이로 4킬로미터쯤 될까. 알고이에는 계곡이 셀 수 없이 많은데 모든 계곡에 이름이 있는 건 아니었다. 길가의 첫 번째 농가는 문 앞에 거름 더미를 쌓아두었고 마지막 건물은 목재 공장이었다. 이 계곡을 위에서 내려다보면 누구나 양손의 엄지와 검지로 네모를 만든 뒤 그대로 사진으로 남기고 싶어질 것이다.

아르겐이라는 강에는 다리가 하나 있다. 이 작은 강을 경계로 독일 남부가 반으로 갈라져 하나는 바이에른 주, 하나는 뷔르템베르크 주가 된다. 이곳의 나이 많은 사람들은 지금도 서로 강 저편 사람들이 이상하다고들 한다. 아르겐이 나눈 것을 사람이 하나로 합칠 수 없다고 반항의 계곡 사람들은 말한다.

또한 사고의 위험도 있었다. 강을 가로지르는 다리는 화물차가 다니기에 안전하지 못해서 다시 짓고 길과 연결할 예정이었다. 가까운 도시 방겐에서 오는 차가 다리를 건너가면 8분 정도 시간을 단축할 수 있었다. 마을 의회는 이를 위해 수백만 유로를 지출하기로 결정했다.

길이 넓어지면 교통량도 많아질 것이다. 2000년대 초부터 독일 녹색당은 바이에른 땅에서 뮌헨, 뉘른베르크, 아우크스부르크, 레겐스부르크, 퓌르트만큼 큰 면적이 아스팔트 아래로 사라졌다고 말했다. 그저 조금 더 빠르게 물건을 배송받기 위해, 아니면 우리가 사는 곳에서 공장을 더 멀리 짓기 위해. 공장지대는 함석지붕과 컨테이너, 평평한 지붕으로 되어 있어서 보기에 좋지 않다. 마침 시골은 인구가 줄고 있었고. 반항의 계곡 사람들은 이런 상황을 더 이상 참을 수 없었다고 했다.

물건을 배송하는 데 드는 비용은 획기적으로 줄어들었다. 거리는 문제가 아니었다. 더 이상 기다릴 필요가 없다. 모든 것을 온라인으로 구매하면 끝. 배송 출발. 이때 필요한 것이 넓고 빠른 길이다. 아마존은 한 시간 내에 배송하는 서비스를 제공할 거라고 약속했다. 어떤 사람들은 아침마다 화장실에 그만큼 앉아 있는데!

이곳 사람들은 조용히 있는 것을 싫어한다. 그렇다고 이상한 사람들은 아니다. 이곳에 사는 사람들은 거리가 멀어지면 더 많이 움직일 수 있다고 생각한다. 비행 마일리지를 말하는 것이 아니다. 이곳에는 롤란드형제단이 있다. 일종의 도보 여행 동아리로 보면 쉬운데 3년 3일을 걸어 다니며 세상을 알아가는 모임이다. 커다란 모자에 검은색 나팔바지를 입고 고향에서 최소한 50킬로미터 떨어진 '타지'에서 일거리를 찾아다닌다.

반항의 계곡 시민들은 주로 여관에서 모임을 가진다. 농부 서너 명, 기술자 서너 명. 아름다운 하라트리트 마을에는 아직도 모든 것이 나무로 이루어진 여관이 있었다. '독수리' 여관.

나는 여관 주인이 내려올 때까지 10분이나 기다렸다. 남편이 세상을 떠난 뒤부터 혼자 식당과 여관을 관리하기 때문이었다. 그녀의 남편은 30년 전에 트랙터를 몰다가 심장마비로 세상을 떠났다. 일을 하다가 남편이 일하는 모습을 보려고 창문을 내다보았는데 남편의 트랙터가 이상하게 계속 빙글빙글 돌고 있었다고 했다. "모두가 충격에 빠졌지." 프리들 씨가 말했다. "정말 좋은 사람이었는데." 벽난로 위에 그의 사진이 걸려 있었다.

프리들 씨는 80대 중반이었다. 그녀의 부모가 어렸을 때는 황제가 통치했다고 했다. 가끔씩 그녀는 어두운 색의 곡눌죽인 브렌타를 끓인다고 했다. 귀리 가루와 월계수 잎을 오븐에서 어두운 색이 될 때까지 굽는다. 여기에 물을 붓고 알고이 지역에서 나는 에멘탈 치즈를 갈아 넣고 뭉근하게 끓인다. 요리하는 사람에 따라 25분 또는 40분 끓인다고 했다.

프리들 씨는 즐겁게 계속 이야기했다. 몇 주마다 한 번씩 롤란드형제단이 일층의 방 하나를 빌려서 비밀 모임을 한다고 했다. 그러고는 그들 중 한 명을 수련생으로 떠나보낸다고 했다. 혼자 돌아다니며 목공이나 수공업 기술을 익혀오도록 말이다. "그런 일에는 결단이 필요하겠지요. 저는 아무것도 물어보지 않았어요." 프리들 씨가 말했다. 더 알고 싶었다는 말투였다.

나는 신발 장인에게 가고 싶어서 만나는 사람마다 그 사람에 대해 물어보았다. 한 농부가 길을 가르쳐주었는데 억양 때문에 하나도 제대로 이해하지 못했다. 그래도 '곰들' 쪽으로 가라는 것은 이해했다. 만족스럽게 휘파람을 불며 걷는데 한 여성이 나를 보더니 아침에 휘파람을 불면 저녁에 고양이가 찾아온다고 말했다.

마침내 시끄러운 고속도로변에 도착했다. 내 옆으로 화물차들이 쌩쌩 달렸다. 계곡에는 화려한 색의 덧문과 널빤지 벽장식이 달린 여관 '춤 베렌'^{'곰에게'라는 뜻}이 있었다. 종업원이 라디오를 크게 틀어놓았다. 도로의 소음을 참을 수 없는 듯했다. 나는 커다란 테이블에 앉아 교통방송을 들었다. 여관 주인에게 신발 장인이 어디에 사는지 물었다. "너무 늦게 오셨네요." 주인이 말했다. 그는 작년에 세상을 떠났다고 했다. "그러면 작업장은 아직 남아 있나요?" 내가 물었다. 주인은 멀지 않다고 했다. 알려준 대로 걸어갔더니 언젠가 내가 한 번 와본 곳 같았다.

숲 왼쪽에 집이 한 채 있었다. 나이 많은 남자가 마당에 불을 피우는 것이 보였다. "안녕하세요." 내가 말했다. "신발 장인 발저 씨인가요?" "그래요." 그가 말했다. 나는 속으로 깜짝 놀랐지만 기뻤기 때문에 내색하지 않았다. 발저 씨는 이웃 여관 주인이 자신이 죽었다고 생각하는 줄 몰랐다. 그의 이웃도 그가 살아 있는지 몰랐다. 나는 매년 부활절마다 사람이 다시 살아날 수 있다는 것을 점점 더 믿게 되었기 때문에 별로 놀라지 않았다. 영원한 삶은 구하는 사람이 얻을 수 있다. 발저 씨에게 작업장을 보고 싶다고 말했다. "따라오세요. 내 딸이 저녁 먹으라고 부르기 전까지 시간이 조금 남았어요."

그의 작업장은 내가 열 살 때 우유를 배달하던 신발 가게의 작업장과 꼭 비슷한 모습이었다. 그 공간은 참 조용했다. 새삼 옛날 추억에 잠겼다. 이곳에도 연장이 많았다. 망치와 집게, 펜치, 반원 모양의 구두장이 칼, 숫돌, 끌, 뿔 주걱, 청소용 나무막대. 한쪽에 증조할아버지에게 물려받았다는 오래된 가죽 가방이 놓여 있었고, 오븐 옆 장식장 위에는 못이 달린 나무 구둣골^{발 모양으로 생긴 틀}이 있었다. 발저 씨는 자신의 기술에 대해 설명해주었고 나는 나의 새 신발을 보여주었다. 그가 사이즈를 대보았다. "길이가 짧네요." 그가 일어나더니 한마디 더 했다. "작아요." 그 순간 그의 딸이 들어와서 저녁이 다 되었다고 말했다.

한바그 대표에게 전화를 걸었다. 아무래도 신발을 더 늘여야 할 것 같다고. 나는 휴대폰에 대고 서의 속삭이듯 말했다. "여전히 맞지 않아요." "그렇군요." 대표가 말했다. "사이즈를 더 늘일 방법이 있는지 알아볼게요. 작은 신발을 신고 여행할 수는 없지요."

샤이덱과 번아웃

반항의 계곡에서 시끄러운 고속도로를 따라 다시 샤이덱으로 돌아왔다. 중간에 만난 한 여성은 커다란 화물차가 계곡을 지나가면 아이들이 더 이상 바깥에서 마음껏 놀 수 없게 될 것 같다며 걱정했다. 그래도 이곳은 아직 오염되지 않은 세계인 것 같았다.

어느덧 스위스 국경 부근까지 왔다. 이제 어디로 갈지 결정해야 했다. 조언을 구하기 위해 데네케 씨에게 전화했다. 옛날처럼 지금도 쿠어와 키아벤나 사이를 지나는 길들이 있었다. 뮌헨부터는 잘 닦인 브렌너 길이 있었지만, 나는 뮌헨에서 멀리 와 있었다. 데네케 씨는 옛 로마 순례길에 대해 설명해주었다. 보덴 호수를 건너서 푸사흐로, 거기에서 다시 라인탈을 지나 셉티머 길을 이용하라고 했다.

그 전에 나는 이탈리아의 항구도시 트리에스테로 가기 위해 구간별로 나누어진 알프스 지도와 밤을 보낼 대피소 주소들을 준비했었다. 새로운 경로로 가려면 아무런 준비 없이 새로 시작해야 했다.

내게는 새로운 도전이 기다리고 있었다. 나는 아직도 도전해야 한다는 생각에 익숙하지 않았다. 고산지대에 오르면 눈이 내릴 수도 있었다. 데네케 씨 집에 있던 순례자 잡지에서 눈 덮인 길에서 시체로 발견된 순례자 이야기를 읽었었다. 뼈가 땅에 파묻혀 있었다고 했다. 얼마 전에 만난 폭풍우를 떠올렸다. 대책 없는 사람이 되고 싶지 않았다. 추위에 떠는 것은 더 싫었다.

남쪽 지역에서 차를 얻어 타면서 라인탈로 가는 차가 많다는 사실을 알게 되었다. 하지만 자동차만 보면서 걷고 싶지 않았다. 그러면 트럭 운전사들이 묵는 숙소에서 잠도 자게 되겠지.

거대한 산맥은 더 이상 배경이 아니었다. 내가 넘어야 할 산이었다.

내 여권은 아들을 통해 새로 발급받았지만 다른 증명서들은 아마도 뮌헨의 어느 수풀 속에 뒹굴고 있거나 쓰레기통에 던져졌을 것이다. 경찰서에서 어떤 사람이 내게 말했다. "도시에서는 많은 이들이 당신이 실수하기만을 기다리고 있지요."

하루하루 출발을 미루고 있었다. 어느 길로 갈지 결정할 수가 없었다. 순례자 숙소 주인 베르너는 정말 친절했고 함께 묵고 있던 목사님과 그의 가족도 좋은 사람들이었다. 내 방 앞에는 작은 시내가 졸졸 흘렀다. 베르너는 아침마다 최고의 빵을 가져왔고 저녁에 '사슴' 식당에 가면 정갈한 음식을 먹을 수 있었다. 나는 샤이덱에서 편안함을 느꼈다. 생각해보았다. 이곳도 따지고 보면 남쪽이지. 좋은 곳이 가까이에 있는데 나는 왜 먼 곳에 가려고 하는 거지?

숙소에 내 방이 있었고 짐을 펼쳐놓을 침대가 있었으며 여유롭게 주변을 구경할 수 있었다. 이곳에서는 탁 트인 전망을 감상할 수 있었고 울리히 성인을 모신 성당이 있었다. 아우크스부르크 출신의 이 성인은 도보 여행가였다가 나중에 주교가 되었다. 로마를 순례하고 돌아온 성인이 발을 디딘 곳에 샘물이 솟아났다고 한다. 그 샘물을 마시면 눈이 맑아진다고 해서 나는 배가 부르도록 샘물을 마셨다.

샤이덱은 정말 정이 가는 동네였다. 베르너가 내게 등산가이드 토니 씨를 소개해주었다. 그에게서 라인탈의 길에 관한 정보를 얻었다. 그는 달이 차오르는 시기에 산에 올라야 날씨가 안정적이라고 말했다. 내가 그에게 혹시 내 길에 동행해줄 수 있는지 묻자 그는 얼마든지 가능하다고 대답했다. 하지만 당장은 다른 예약이 있다고 했다. 베르너는 내가 순례자 숙소에 원하는 만큼 오래 있어도 된다고 했다. "내 여자친구가 만드는 케이크는 꼭 먹어봐야 해. 그리고 이곳에 유명한 번아웃 치료 클리닉이 있는데 의사 선생이 걷기에 관해 무척 많은 지식을 가지고 있어. 예약하기가 좀 힘들다는 단점이 있어서 그렇지. 몇 달씩 예약자가 꽉 차 있거든."

나는 곧장 전화를 걸었다. 의사는 30분쯤 시간이 있으니 잠깐 들르라고 했다. 닥터 볼프 위르겐 마우러는 배려심 많은 친절한 사람이었다. 그가 어떻게 사람들을 다시 웃게 하는지 몹시 궁금했다. "글쎄요." 그가 대답했다. "저희는 환자들의 관심을 앞으로 올 일에 두게 하려고 노력하는 편이에요. 과거의 실패는 바라보지 않도록. 환자들은 이곳에서 자신과 걱정거리를 분리하는 법을 배우지요. 그래야 자기에게 진짜 필요한 게 뭔지 알 수 있으니까요."

그는 좋은 심리학 책에 나올 법한 이야기를 했다. 하지만 바로 이게 문제다. 많은 이늘이 책을 너무 많이 읽는다. 독서가 문제를 해결해줄 거라 믿는다. "어쩌면 치유 상담이 인생을 보상해준다고 믿는지도 몰라요." 의사 선생이 씩 웃었다. 참 가식 없는 신경정신과 의사였다. 동시에 열정적인 치료자였다. 그가 말했다. "계속 옛일을 끄집어낸다면 결코 좋아지지 않습니다. 예를 들면 어릴 때 탁자에서 떨어진 적이 있어서 어쩔 수 없다는 이야기요. 사실 우리는 모두 다칠까 봐 두려워하는 존재예요. 저는 환자들에게 사람을 대할 때는 가면을 벗고 뭔가 잘못할까 봐 두려워하는 마음도 버리고 사람 대 사람으로 대하라고 말하지요."

사람들은 꽤 참을성이 많다. 그래서 자신을 속인다. 그러다 보면 어느 순간 심장, 혈액순환, 감각에 문제가 생긴다. 그다음부터는 아무것도 할 수가 없다. 밤에 호흡이 곤란해진다. 물론 그것까지는 버틸 수 있다. 그러나 낮 동안 내내 피곤하다. 어느 순간 쓰러진다. 누워 있게 된다. 폭풍이 지나간 후의 나무처럼 쓰러진다.

그렇게 에너지가 소진된 사람들을 나는 몇 명 알고 있다. 그들은 맥주를 마시러 가자고 해도 늘 바빠서 함께할 수 없다고 말한다. 하지만 항상 그들보다 더 늦게까지 일하는 사람들이 존재한다.

나는 마우러 씨가 무척 마음에 들었다. 그 역시 양말을 신고 있지 않았다. 평생 살고 싶은 좋은 동네를 찾다가 그는 아내와 이곳에 정착하게 되었다. 집을 알아보기 위해 퇴근하고 함께 스위스에 가보기로 했다가 이곳을 발견했다고. 충분히 이해가 되었다. 나 역시 이 동네가 너무 좋으니까. "재미있는 게 뭔 줄 아세요? 우리는 환자에게 걸으라고 격려합니다. 할 수 있는 만큼 천천히 말이지요. 그들은 걸으며 다시 감각을 느끼고 매번 걸을 때마다 신체와 가까워집니다. 그게 치료에 큰 도움이 돼요."

그는 러닝머신이 아니라 야외에서, 한 주에 세 번, 매번 45분간 천천히 걷는 훈련이 심리치료만큼 효과적이라고 했다. 힘들면 쉬었다 걸어도 괜찮지만 목표치를 정해놓고 걸음 수와 맥박을 재는 헬스워치만 바라보는 건 안 된다고 했다.

그렇게 샤이덱에서는 70일이 아니라 그 절반의 시간만 지나도 환자들이 예전처럼 활기차게 새로운 삶을 시작할 수 있다고 했다. 자기 자신을 조금 더 신뢰하라는 당부와 함께. 마우러 씨는 말했다. "저는 사랑의 힘을 믿습니다. 그리고 우리가 모든 것을 통제할 필요가 없으며 그럴 수도 없다는 것을요. 가끔은 상황을 있는 그대로 받아들이는 것이 도움이 됩니다. 그러면 어느 순간 저절로 상황이 해결되지요." 나라면 같은 내용을 이렇게 멋지게 표현하지 못했을 것이다. 나는 샤이덱에서 하루 더 머무르기로 했다.

숲속의 수도사 친구

8월 초였다. 이탈리아에는 좋은 뉴스가 없었다. 산불이 크게 나서 화염이 마을을 덮치고 또 어느 지역에서는 큰 지진이 일어났다. 무엇이 나를 기다리고 있을지 몰랐다. 나는 뭐가 나를 덮치거나 발밑이 흔들리는 경험을 하고 싶지 않았다.

옛날 사람들은 여름에 걸어서 이탈리아까지 여행하기를 꺼렸다. 알프스 남쪽에서 여행자를 기다리는 것은 포강 유역의 벌레와 말라리아 모기였다. 로마에 도착하기 직전의 늪지도 마찬가지였다. 여유가 되는 사람들은 가을에 출발해서 알프스에서 겨울의 시작을 맞이했다.

어슬렁어슬렁 걸으며 지나온 독일은 정말 아름다웠다. 나는 생각했다. 만약에 보덴 호수에 들렀다가 슈바르츠발트 독일 남서부의 침엽수 삼림으로 '검은 숲'이라는 뜻 를 지나서 라인강을 따라 걷다가 부드러운 곡선을 그리며 독일 북동부로 올라가면 어떨까? 어차피 함부르크로 다시 돌아갈 거니까. 그러면 독일 전체를 커다란 원을 그리며 도는 셈이었다. 하지만 란츠후트에서 나는 순례자 페터 씨를 만났다. 내 생각에 그는 아주 친절한 건축가이자 경험 많은 여행자였다. 그는 걸어서 많은 곳을 여행했다. 그에겐 언젠가 노르카프 노르웨이에서 가장 북쪽에 위치한 도시 에서 시칠리아까지 걸어서 여행하겠다는 꿈이 있다. 다만 아내는 그런 꿈을 전혀 모르고 있다고 했다.

페터 씨는 이번 란츠후트 결혼식 축제에서 풍부한 성량을 선보였던 보병대 합창단에서 노래를 불렀다고 했다. 노래 가사의 내용은 모험을 즐기는 용병 부대의 이야기였다. 지금도 가사가 기억난다. 첫 소절은 이렇게 시작한다. "우리는 전쟁터로 나간다." 세 번째 소절에서 그들은 벌써 이탈리아까지 진군해 있다. "우리는 프리울리 이탈리아 북동부 지역 에 왔다. 이제 빵과 맥주로 배를 채우면 한이 없겠네."

그가 피렌체에서 로마까지 걸은 이야기는 너무나 매혹적이었다. 프란치스코 순례길로도 불리는 그 길은 아페닌 산맥을 넘어 마을과 도시와 교회와 수도원을 지나가며 수백 킬로미터를 걸어야 한다. 아시시의 성자가 맨발로 걸으며 가난한 사람들에게 설교했던 그 길에 지금은 친근한 눈빛과 맛있는 와인, 환상적인 음식이 기다리고 있다. 또 프란치스코 성인이 창설한 '작은형제회'가 살았던 동굴, 오래된 은신처와 마법에 걸린 것 같은 공간이 곳곳에 남아 있다.

페터 씨는 순례자로 로마에 갔다고 했다. 또 교황을 만났다고 했다. 사실 교황은 쉽게 만날 수 있다. 순례자들은 인터넷으로 교황 접견을 신청할 수 있기 때문이다. 단지 자전거나 도보로 최소 100킬로미터 이상 이동했다는 별도의 순례자 증명서가 필요하다.

발급 방법은 인터넷에서 찾을 수 있다.

페터 씨는 무척 놀랐다고 했다. 교황을 호위하고 있던 스위스 용병이 접견하는 사람들 가운데에서 그를 불러 교황에게 데려갔기 때문이다. 프란치스코 교황이 그의 어깨를 두드리며 잘했다며 칭찬해주었다고 했다. 페터 씨는 산티아고 데 콤포스텔라 성당에 매일같이 2,000명의 순례자가 찾아가는 반면 로마를 방문하는 순례자는 열 명가량이라고 했다. 그날은 열한 명 중에서 운 좋게도 그가 뽑힌 것이었다.

그러나 내가 있는 곳에서 로마는 아주 멀리 떨어져 있었고, 그의 매혹적인 이야기만 듣고 출발할 수는 없었다. 나는 야코부스에게 전화를 걸었다. 그는 뮌헨에서 보덴 호수를 지나 걸어본 적이 있었고 내게 이쪽 길을 추천한 사람이다. 야코부스는 숲에서 혼자 산다. 그가 말했다. "괜찮다면 만나서 이야기하지. 멀지 않아."

샤이덱에서 그가 사는 곳까지는 걸어서 스무 시간, 버스와 기차로 두 시간 걸리는 거리였다. 야코부스가 사는 곳은 여기보다 북쪽이고, 그러니까 그곳으로 가면 함부르크에 조금 더 가까워지는 것이었다. 나는 그가 보고 싶었다. 이번에는 교통편을 이용하기로 했다.

버스를 타러 보덴 호수로 갔다. 프리드리히스하펜 선착장에 가니 호숫가 산책로에 관광객이 가득했다. 아이스크림 가게 앞은 줄이 길었고 레스토랑마다 앉을 자리가 없었다. 모두가 야외에 앉아서 저 멀리 훌륭한 풍경을 자랑하는 알프스를 구경하고 싶어 했다. 심지어 이곳에서도 사람들은 아름다움을 찾아다녔지만 앉아서 구경하고 싶어 했다. 호수는 은빛으로 반짝였다. 숲과 초원의 남자는 이곳에서 얻을 게 별로 없었다.

버스는 만석이었다. 차들이 마을을 가득 메웠다. 좁은 길에도 차가 가득했다. 이곳의 삶은 조용하고 지루한 교통체증 같았다. 나는 임멘슈타트에서 내렸다. 그리고 복잡한 호숫가에서 사람이 별로 없는 구석을 찾아가 물에 들어갔다. 수영복을 따로 챙기지 않았기 때문에 최대한 눈에 띄지 않도록 하며 수영을 했다. 호숫가에 앉아 와인을 마시거나 통화 중인 사람들은 내게 관심이 없었다. 며칠 전에 어떤 여성은 내게 바이에른에서는 아무도 나체로 수영하지 않는다며 화를 냈었다.

보덴 호수에서는 다행히 화를 내는 사람이 없었다. 수영으로 상쾌해진 기분으로 포도원 사이로 난 오솔길을 걸었다. 야코부스와는 헤르스베르크 성에서 만나기로 했다. 보덴 호수 근처에 있는 이 성은 오늘날 가톨릭 공동체의 모임 장소로 쓰이지만 독특한 이력을 지녔다. 2차 세계대전이 끝나갈 무렵 한 용감한 신부님이 나치 친위대가 죽이려 하던 남성 22명을 구해냈다. 이들은 7월 20일의 암살 실패 후 배신자로 체포되었다가 소련군의 공격이 있자 이곳으로 이송된 고위급 군인들이었다. 신부님이 기지를 발휘하여 체포된 사람들을 근처 마을에 잘 숨겼다고 한다.

성 앞에서 그날의 사건이 적힌 글을 읽으며 야코부스를 기다렸다. 그는 일주일에 한 번씩 이 성에 와서 명상을 가르친다고 했다. 그를 만날 생각에 무척 기뻤다. 빠른 걸음 소리가 나더니 그가 문을 열고 얼굴을 내밀었다. "이거 정신이 확 드는데!" 그가 말하며 양손을 내밀었다. 그는 나를 꼭대기 층으로 안내하고는 창문을 닫고 조용히 앉았다.

이 건물 숙소에서 하룻밤을 자기로 했는데 갑자기 그러고 싶지 않다는 생각이 들었다. 사람들 때문은 아니고 바깥 도로에서 나는 시끄러운 소리 때문이었다. 나는 몇 주 동안 고요함에 익숙해져 있었다. 야코부스가 말했다. "원한다면 나랑 같이 가도 좋아. 내 오두막에서 자도 돼." 그의 초대가 고마웠다. 숲의 은둔자가 나를 꺼리지 않는다는 점이 무척 특별하게 느껴졌다.

성에서 명상을 한 후에 우리는 그의 차를 타고 비가 세차게 내리는 농촌을 지나갔다. 어두운 마을들을 통과했다. 너무 어두워서 야코부스의 숲으로 들어가는 갈림길을 지나칠 뻔했다. 차는 비포장도로를 달리다가 자갈길을 달렸다. 어느 순간 야코부스가 가속페달을 세게 밟았다. 그렇게 밟지 않으면 오르막길을 오를 수 없다고 했다. 차는 바퀴로 진흙을 마구 튀기며 가파른 오르막을 올랐다. 갑작스러운 급커브 후에 차는 장작을 잔뜩 쌓아놓은 곳 앞에서 멈췄다. 나무에 감싸여 밖에서는 보이지 않던 작은 오두막이 숲속에서 모습을 드러냈다. 정말 완벽한 은신처였다. "문이 열려 있으니 그냥 들어가면 돼." 야코부스가 말했다.

천장에 머리를 부딪히지 않기 위해 허리를 많이 숙여야 했다. 야코부스가 계단을 가리키며 올라가면 침대가 있으니 거기서 자라고 했다. 배낭을 내려놓고 집을 둘러보았다. 부엌이 마치 대학생들이 모여 사는 집 부엌 같았다. 젊은 사람들은 다 이렇게 살지 하고 생각했다. 쥐 한 마리가 지나가는 게 보였다. 야코부스가 차를 마시려고 물을 끓였다.

그는 내게 탁자에 앉으라고 말하며 종이뭉치와 책들을 조금 밀어냈다. 빠르게 눈으로 훑어본 그의 나무 책장에는 동서양의 위대한 철학가와 사상가, 또 황무지 같던 분야를 개척한 위인들, 예컨대 유대인 수용소 경험을 글로 남긴 정신의학자 빅터 프랭클 같은 사람들의 지식이 빽빽이 자리하고 있었다.

구석에 의자 두 개와 벽난로가 있었는데 이제부터 불을 피워서 공간을 데우려면 시간이 많이 걸릴 것 같았다. 나는 겉옷을 입고도 오들오들 떨었다. 우리가 있는 곳은 해발 800미터의 고지대였다. 빙하시대에 형성된 높은 언덕은 과거에 성이 있던 곳이라 두꺼운 성벽이 주변을 두르고 있었다. 야코부스는 친구들의 도움으로 이 집을 지었다고 했다. 벽난로 옆에 작은 난방기기가 있었다.

야코부스는 35년 전에 베네딕트회 수도사가 되었다. 그러다 어느 날 수도원장에게 수도원 공동체 밖에서 살고 싶다고 자유를 요청했다. 고독한 생활을 선택했다. 그의 하루는 여러 번의 기도 시간으로 나누어져 있었다. 아침에 찬송가를 부르는 일부터 시작해서 저녁까지 공부와 기도를 반복하는 일정이었다. 그는 자신보다 먼저 살다 간 선배들의 글을 공부했다. 자신을 발견하기 위해 애쓰고 그 안에서 자신에게 계시된 신의 뜻을 발견하기 위해 노력했던 사람들이었다.

야코부스는 1,700년 전에 이집트 사막에서 시작된 생활을 이어가고 있었다. 당시에 어떤 사람들은 세계 역사에서 최초로 집을 떠나 동굴에 들어가 살며 세상과 단절된 채 살았다. 그들은 스스로를 에레모스(eremos)라고 불렀다. 그리스어로 '사막에 사는 사람들'이라는 뜻이다. 그들이 외로움을 선택한 목적은 온전한 인생을 살기 위함이었다. 구름 한 점 없는 하늘 아래에서 자기 존재의 의미를 찾으며 계속 똑같은 물음을 자신에게 던졌다. 어떻게 살아야 하는가. 어떤 사람이 되어야 하는가. 살면서 무엇을 남겨야 하는가.

야코부스가 차를 따라주며 물었다. "이제까지의 여행은 어땠어? 꽤 많이 걸었잖아." 그는 스스로도 도보 여행을 자주 다니며 독일 남부에 야고보의 길이 만들어지기까지 많은 기여를 했다. "광활한 대지를 걷는 느낌이 꽤 괜찮지?" 나는 내가 겪은 일을 설명하고 자연과 일체된 느낌을 이야기했다. 모든 것이 잘될 거라는 내 확신과 나 자신이 생각보다 무척 종교심 깊은 사람이란 걸 깨닫게 된 이야기도 했다. 야코부스가 말했다. "고요 속으로 점점 더 자주 더 깊이 들어가면 더 성장할 수 있어."

나를 잃고 다시 나를 찾는 법, 나의 생각과 지식의 한계를 깨닫는 법, 좋고 나쁜 생각과 상상과 실제를 구분하는 법, 나에게 집착하지 않고 나를 분석하는 법. 이런 방법을 통해 인생을 이해할 수 있고 어쩌면 존재의 이유를 발견할 수 있다고 야코부스는 말했다. "우리 모두에게는 두 개의 자아가 있어. 어디에서 한 자아가 시작되고 다른 자아가 끝나는지 안다면 최고의 현자일 거야. 우리의 주관적인 자아는 무척 감정적이고 외부 영향을 많이 받거든." 이 자아는 본질적으로 고집스럽고 연약하며 겁이 많기 때문에 '우리가 믿고 의지할 만한' 존재가 아니다. 이와 달리 감정적이지 않은 다른 자아가 하나 더 있는데, 이 자아가 바로 '우리의 진짜 모습, 전부를 담고 있으며 신의 영광을 나타내는' 존재다. 야코부스는 이 자아로 사는 삶이 더 낫지 않겠냐고 말했다.

그는 또 명상하는 법을 잘 알았고 내면의 생각과 감정을 들여다보는 기술을 알았다. 그에게는 깊은 침묵이 자신의 필요와 동시에 자기 자신을 알 수 있는 수단이었다. 정신을 안정시키고 '마음보다도 더 안쪽에 있는 공간에 들어가는' 방법이었다.

그의 설명이 내게 아주 새로운 것은 아니었다. 예전에 명상에 관해 찾아본 적도 있었고 한때는 한 시간가량 조용히 앉아 있을 수 있었다. 지금은 그렇게 할 수 없지만 이런 명상으로 얻는 좋은 효과는 잘 알고 있다. 세계적인 영적 교사 에크하르트 톨레는 이런 질문을 던졌다. "왜 밖에서 찾아 헤매는가? 왜 자신 안에 머물며 자신이 가진 보물을 찾지 않는가? 여러분은 자기 안에 모든 지혜를 가지고 있다."

먼저 깨달아야 한다. 혹은 이해하려고 노력해야 한다. 하지만 따지고 보면 우리 인생 자체가 기적 아닌가. 믿음과 소망과 사랑, 이 중에 한 가지만 알아도 행복하지 않은가. 또 우리에게는 무엇인가 갑자기 깨달아지는 순간이 있다. 혹은 인생을 갑자기 송두리째 뒤집는 순간이 있다.

야코부스는 명랑한 남자다. 자라고 싶은 대로 자라난 인상적인 눈썹이 돋보이는 태연한 사람이다. 그가 웃으며 말했다. "어차피 사람은 무엇 하나 마음대로 할 수 없는 존재야."

그는 머릿속을 정리하는 편이 좋다고 했다. 왜냐하면 우리의 머리가 모든 순간의 장면과 판단과 평가, 가정으로 가득하기 때문이다. 물음이 끊임없이 생각에 대고 소리를 지른다. 이걸 선택할까, 저걸 선택할까. 내가 원하는 것을 얻을 수 있을까. 내가 가진 것을 잃어버리지 않을 수 있을까. 많은 사람들이 이런 생각들로 정신을 괴롭힌다. 그래서 세상에 점점 더 많은 마음챙김 기술이 생겨난다. 걷고, 눕고, 달라이 라마를 찾고, 또 다른 상담 선생을 찾고. 야코부스는 이런 기술들을 전부 알고 있었다. 더 이상의 새로운 기술을 찾을 수 없었을 때 그의 나이는 스물다섯 살이었다고 했다. 여자친구는 그를 떠났고 법학 공부도 의미가 사라졌다. 장교가 되고 싶다는 꿈도 사라졌다. 그가 믿었던 모든 것이 허무하고 무가치했다. 그러다가 슬픔 중에 위로처럼 갑자기 깨달음이 찾아왔다. 인생에 자신이 생각하는 것보다 더 큰 의미가 있을 거라는 생각이었다.

나는 야코부스에게 신에 관해 물었다. 그는 신은 존재한다고 말했다. 나는 보이지 않는 존재와 함께 사는 것이 어떤 느낌인지 물었다. 그가 대답했다. "신은 우리 생각과는 아주 달라."

야코부스가 나를 보며 말했다. "꽤 오랜 시간 걸어서 여행하면서 어떤 생각이 들었어?" "나도 내가 신을 믿는다고 생각해." 내가 대답했다. 여행을 하는 동안 만났던 많은 아름다운 순간들을 말하며, 잘 설명할 수는 없지만 누군가가 나를 이끌어준다는 느낌이 들었다고 이야기했다.

시간이 거의 자정쯤 되었다. 하루 종일 바빴던 야코부스는 몹시 피곤해 보였다. 그는 자기 전에 성당에 간다며 원하면 나도 따라가도 좋다고 했다. 우리는 어둠 속을 걸었다. 촛불이 켜진 건물에 문이 열려 있었다. 소박한 성당에는 긴 의자 몇 개가 놓여 있고 오래된 성화가 벽에 걸려 있었다. 야코부스가 기도문을 외웠다. 그러고는 각자 알아서 오두막으로 돌아왔다.

다음 날 아침 그는 일찍부터 두꺼운 담요를 덮어쓴 채 기도실에 앉아 깊은 명상에 빠져 있었다. 나는 부엌 한쪽에 앉아 잠자코 있었다. 나중에 아침을 먹으면서 야코부스는 자신의 모험은 결코 산만하지 않다고 했다. 그는 항상 더 깊이 기도하려고 노력하며, 대부분의 사람들이 집중하고 싶을 때 노력하는 정도의 긴장감을 항상 유지한다고 했다. 중요한 것은 디스크레티오 ^{라틴어로 '분별력'이} ^{라는 뜻}, 착각과 실제를 구별할 수 있는 능력이라고 했다. "비둘기를 신의 영이라고 착각하지 말아야 해."

그는 참 편안한 사람이었다. 나를 가르치려고 애쓰는 선교사가 아니었다. 그의 오두막에 머물면서 편안했다. 그의 말은 그의 말투와 같았다. 그는 권위적으로 가르치거나 명령하지 않고 자신이 생각한 것을 조심스럽게 고백했다. 그에게 자신을 현자라고 생각하는지 물었다. 야코부스가 크게 웃었다. "그렇게 생각하는 사람이 아주 드물게 있지만 대부분의 사람들은 나를 정신병자로 생각하지." 헤어지면서 그가 나를 축복해주었다. "많은 것을 보고 듣고 냄새 맡고 느끼길. 무엇보다도 지혜의 폭이 넓어지길."

나중에 감사의 표시로 야코부스에게 와인 한 박스를 보냈을 때, 그는 여섯 병 중에서 네 병을 이웃에게 선물했다고 했다. 소유는 그의 것이 아니었다.

우유 트럭을 타고

숲에서 나와 좁은 길로 걸으며 어느 마을에서 길을 물어보았다. 오른쪽으로 가면 함부르크 방향이었고 왼쪽 길은 보덴 호수로 이어졌다. 기분이 들떠 있었다. 성 아우구스티누스는 영원은 변함이 없는 지금과 같다고 했다. 어제 잠들기 전에 침대에 누워서 읽은 문장이었다. 과거도 미래도 존재하지 않는다. 나는 지금 길을 걷고 있었다. 내가 아는 것은 이 길이 어디로 이어진다는 것뿐. 그럼에도 내 마음에는 지금 이대로도 좋은, 기분 좋은 확신이 있었다. 기분을 좋게 하려고 한 일은 전혀 없었다. 그저 몸을 움직였을 뿐.

　아스팔트 위에 내린 비는 작은 물웅덩이를 만들어놓았다. 달팽이가 길을 건너고 있었다. 초원 뒤에 숲이 넘실거렸고, 내가 지나치는 동네에 붙은 이름은 마음의 밭, 영혼의 땅이었다. 이곳을 여행할 수 있어서 감사했다. 내 친구들과 부모님은 건강했고, 어느 것도 내가 여행하는 것을 막지 않았다. 여든세 살인 어머니는 지금도 나이 든 다른 사람들을 보면 딱하다고 말한다. 그리고 여든 살인 아버지는 내가 건강이 어떠냐고 물을 때마다 "그래 어떨 것 같으냐? 별일 없다"라고 대답한다. 두 분은 큰아들인 내가 항상 뛰어 놀게끔 두었다. 요즘 어떤 부모는 아이들을 놀지 못하게도 한다는데 우리 부모님은 그렇지 않았다.

야코부스는 기독교를 움직이는 종교라고 생각했다. 최초의 기독교인들은 중동의 사막에서 나와 전 세계로 퍼졌다. 그리고 인생을 나그네 길, 잠시 머물다 가는 것이라 생각했다. 자신의 문제를 해결하고 변화하는 것보다 '세상에 나가 예수를 전하는 것'이 그들의 사명이었다.

걸어 다니는 전도자들의 말이 전부 옳다면 예수는 꽤 많은 좋은 이야기와 좋은 일을 했다. 권력자들의 생각을 씻어주고 가난하고 병든 자들의 발을 씻어주었으니까.

한 5킬로미터쯤 갔을까. 길 한쪽에 작은 농장이 보였다. 울타리 문이 열려 있었고 연기가 피어오르고 있었다. 한 남자가 네온 빛 같은 뿌연 연기 속에서 쓰레기를 쓸고 있었다. 나는 그 자리에 박힌 것처럼 서서 그를 바라보았다. 그는 내 존재를 기분 나빠 하지 않았고 금세 자기가 하는 일에 대해 떠들기 시작했다. 그가 기르는 열한 마리 소. 아파서 누워 있는 동생이 있어서 자신이 돌봐야 한다는 이야기. 모든 일을 자신이 혼자 다 해야 한다는 이야기. 그리고 어느 날 마을 대표가 찾아와 농지를 더 이상 빌려줄 수 없다고, 그의 과일밭이 조만간 건축 부지가 될 거라고 말한 이야기까지.

농부는 자신이 기르는 소들을 이름으로 불렀다. 어떤 소의 이름은 프리다였다. 그가 분무기로 뭔가를 소의 젖꼭지에 뿌렸다. "그게 뭔가요?" 내가 물었다. "아르니카예요. 소들이 아프지 않게 해주지요." 아르니카는 나도 좋아하는 허브였다. 내가 말했더니 그가 내 무릎에도 그것을 뿌려주었다.

농부는 머지않아 농장을 정리해야 한다고 말했다. 살아남는 것이 별로 없고 죽는 것이 더 많다고 했다. 그는 만약 과일나무가 스무 개 정도 더 있었다면 보조금을 받을 수도 있었다고 말했다.

그런 뒤 농부는 우유통을 굴려 길가로 나가 그의 우유를 받아가는 우유 트럭을 기다렸다. 우유 트럭 운전사는 농부가 불쌍한 사람이라고 말했다. 그는 메스키르히로 가는 중이어서 나를 태워주기로 했다.

수백 미터쯤 가서 운전사는 거대한 금속 탱크 통 앞에서 차를 멈추었다. 그곳의 농부는 거대한 시설을 만들어놓았는데 열린 문틈으로 작은 로봇이 왔다 갔다 하는 것을 볼 수 있었다. 이곳 젖소 농장은 기계가 먹이를 주고 청소를 하는 것 같았다. 요즘 말로는 '정밀농업'이라 부른다지. 몇 분 만에 우유 수백 리터가 채워졌다. 나는 트럭 운전사에게 큰 설비를 갖춘 농부가 열한 마리 소를 키우는 농부보다 더 잘사는지 물어보았다. 운전사는 고개를 저었다. "더 큰 농장을 운영하려면 빚을 더 많이 내야 하지요." 운전사도 원래는 농부였는데 농장을 정리했다고 했다. 그는 사람들이 식료품에 대해 아무것도 모른다고 말했다.

발을 좋아하는 영혼들

야코부스는 내게 메스키르히에 가보라고 추천했다. 사람들이 지금도 중세 시대와 똑같이 일하며 살아가는 수도원 공동체 캠퍼스 갈리 때문이기도 했고, 자우마르크트 '가축시장'이라는 뜻에 있는 헤르만 뮐러 씨의 신발 가게 때문이기도 했다.

　메스키르히는 다소 우울한 슈바벤 알프스 지역과 아주 발랄한 보덴 호수 사이에 있다. 남쪽의 호수를 기점으로 양쪽에 높은 산맥이 이어지는 이 지역의 주민들은 자신들의 고향을 '천재를 내는 고장'이라고 생각한다. 이곳에서 유명한 사람이 많이 태어났기 때문이다. 가장 유명한 사람은 철학자 마르틴 하이데거다. 그는 집 뒤편에서 긴 산책을 하면서 존재에 대한 자신의 철학을 정리했다고 한다. 이 위대한 철학자는 참나무 아래에서 사색을 하고 오솔길과 대화했다. "오솔길에 존재하는 모든 성숙한 사물이 지닌 깊이가 우주를 보여준다. (중략) 그러나 오솔길이 주는 격려는 그 풍경이 낳은 이 격려를 들을 수 있는 사람에게만 전해진다."

　그 오솔길은 현재 아스팔트길이 되었지만 안개가 길 위에 계속 무게를 더하고 있었다. 하늘의 높음과 땅의 어둠은 그대로였다. 숲 가장자리를 따라 걸으며 언덕에 올라 다시 내려가면서 나도 그처럼 대단한 생각을 해내려고 노력했지만 오솔길이 내게는 도움을 주려 하지 않았다.

나는 그저 거인의 포도밭에서 헤매는 작은 떠돌이라는 생각이 들었다. 가벼운 신발을 신고 들판을 걷고 있자니 들판이 내게 주는 깨달음이 있었다. 이 모든 풍경을 의미심장하게 표현할 수 있을 정도로 내 상상력이 대단하지 않다는 깨달음이었다. 나는 거인의 글에서 위안을 얻었다. "단순함 속에 영원과 위대함에 관한 수수께끼가 담겨 있다. 그것은 어느 날 갑자기 사람에게 들이오지만 아주 오랜 성숙을 필요로 한다."

천재의 고장에서 평범한 사람은 그곳에서 누릴 수 있는 것을 모두 누리면 된다. 나는 겸손하게 자우마르크트에 있는 헤르만 뮐러 씨의 신발 가게를 찾아갔다. 우리는 발을 좋아하는 영혼들이라 금세 친구가 되었다. 헤르만은 마치 청진기처럼 보이는 안경을 쓰고 있었다. 그가 빨간 양말을 신고 있는 게 눈에 띄었다. 그가 말했다. "여기 앉아봐. 발을 좀 봐야겠어. 손도 보고."

내 손을 보겠다고? 손이 발과 무슨 연관성이 있다는 거지? "손과 발의 유전자는 동일해." 헤르만이 말했다. "손의 길이만 보고도 발 길이를 추론해볼 수 있어. 예를 들어 날씬한 손을 가진 사람의 발은 보통 날렵하고 발가락도 길지."

헤르만에게 내 손을 보여주었다. 가늘고 긴 손가락은 뼈마디가 어떻게 생겼는지까지 다 알 수 있었다. 나는 엄지손가락을 구부려 정확한 직각을 만들 수 있었다.

헤르만은 줄자를 가져다가 치수를 쟀다. 손가락 마디 끝부터 팔꿈치까지의 길이를 쟀다. 내 경우에는 38센티미터였다. "자네 같은 발을 가진 사람들은 대부분 이 정도 길이가 나와. 미안하지만 자네 신발은 그 긴 발을 감당할 수 없을 것 같은데?"

정말 미칠 지경이었다. 지금까지 만난 어떤 신발 전문가도 이런 방식으로 접근한 적이 없었다. 줄자만으로 말이다. 지금까지 했던 방식은 발과 신발을 대보는 것이었지, 손으로 발을 잰 적은 없었다.

헤르만은 자신이 스승에게 어떤 기술을 배웠는지 들려주었다. 손을 여러 경계선으로 나누는 법과 관절 중앙부터 가운데손가락 끝까지 길이를 재어 발의 실제 크기와 이상적인 크기를 계산하는 법. 또 발을 세 구획으로 나누어 발뒤꿈치부터 발의 중심점까지, 중심점부터 발볼이 가장 넓은 지점까지, 발볼에서 발가락 끝까지 나누어 생각하는 법. 그의 스승은 신발을 구매하려는 사람들에게 신발 가게에서 직접 신발 안쪽 길이를 재라고 조언했다. "거의 모든 신발에 발가락을 위한 1.5~2센티미터 공간이 부족하다. 그래서 모든 사람이 잠시 혹은 평생 발가락을 움직이지 못하는 벌을 받게 된다."

내가 낮은 의자에 걸터앉자 헤르만이 무릎을 굽혀 내 발을 바라보았다. "무지외반증이 있네. 엄지발가락이 공간이 없으니까 밖으로 굽는 거야. 조심해야겠어." 나는 엄지발가락을 바라보았다. 튀어나온 뼈 부분이 빨개져 있었다.

내 신발은 예전에 신던 신발보다 훨씬 커졌지만 헤르만은 여전히 너무 작다고 했다. 내게 맞는 신발 사이즈가 무엇인지 도무지 감이 오지 않았다. 305, 310, 315? 그가 종이 한 장을 들고 와서 놓고 내 발을 그 위에 올리라고 했다. 그는 몸을 숙이고 연필을 집어 들어 내 발꿈치와 발가락 끝부분을 따라 그렸다. 그런 다음 몸을 일으켜 세우고 발 모양 바깥으로 조금 넓게 새로 선을 하나 그렸다. 꽤 넓은 공간이 만들어졌다. "이 정도로 큰 공간이 자네 신발에 필요해."

사실 예전부터 내가 너무 큰 신발을 신는다고 생각했다. 사람들이 내 신발을 보면 놀라며 이렇게 말했기 때문이다. "이린애 요람만 한 걸 신고 있네." 나는 이제 사람이 자기 발을 신발에 넣고 장례를 치를 수 있다는 사실을 알게 되었다. 발에 맞지 않는 신발은 발가락을 위한 무덤이나 다름없었다. 처음에는 발가락이 신호를 보내지만 곧 포기하고 잊힌다.

또 다른 큰 문제는 대부분의 신발 가게가 세 가지 신발 폭만 제공한다는 것이다. 헤르만의 가게는 열두 종류를 제공한다. 최근에 그는 어떤 여성에게 원래 신던 신발보다 다섯 사이즈나 큰 신발을 팔았다. 그 여성은 240밀리미터에 발폭 G인 신발을 신고 왔다가 265밀리미터에 발폭 C인 신발을 사 갔다고 했다. 앞쪽은 길고 뒤쪽은 좁은 신발로 말이다.

나는 이제껏 신발 가게에서 발볼에 관해 들어본 적이 없었다. 판매 사원들은 대개 신발 앞코를 손가락으로 누르며 내 두꺼운 엄지발가락이 신발에 닿지만 않으면 된다고 말했다. "혹시라도 길이가 맞지 않으면 가져오세요." 이 말이 내가 신발 값을 결제하기 전에 항상 마지막으로 듣는 말이었다.

헤르만은 내게 지금도 사람 발 치수를 정확하게 재고 신발을 제작하는 장인들 이야기를 해주었다. 스승인 카를 게오르그 헹켈 씨는 그에게 많은 기술은 물론 바르게 걷는 방법도 가르쳤다고 했다. 사람의 발이 수천 년 동안 들판과 초원, 바위와 돌밭을 걷는 일에 익숙해진 데 반해 아스팔트와 콘크리트 길에는 익숙해지지 않았다는 이야기도. "신발을 만들 때는 앞쪽에 적어도 3센티미터의 여유를 남겨야 해. 그래야 땅에서 발을 뗄 때 발가락이 신발 끝에 닿지 않을 수 있어."

그의 스승이 아직 살아 있는지 물었다. "선생님은 지금 여든셋이야. 원하면 전화번호를 알려줄게. 정말 대단한 분이셔. 책도 한 권 쓰셨는데, 제목은 《발의 일생》이라고 하지. 선생님은 여전히 황제가 통치하던 시절에 이런 지식을 신발 장인들에게 배우셨어. 그들은 또 부모로부터 이런 지식을 전수받았지." 나는 몹시 흥분했다. 조상 대대로 내려온 제화 기술의 계보가 있다니. 게다가 이렇게 전수된 지식을 마지막으로 간직하고 있는 사람을 직접 만나볼 수 있다니! "헹켈 선생님은 프리드리히 대왕 1740년에 즉위해 프로이센을 강국으로 발전시킨 프리드리히 2세를 말한다 의 주치의가 쓴 책도 한 권 가지고 계셔." 헤르만이 말했다. "그 주치의는 1777년에 최고의 신발 형태에 관한 글을 썼어. 그 책은 전 유럽에 세 권밖에 남아 있지 않지. 우리 선생님이 갖고 계신 게 그중 한 권이고."

나는 헹켈 선생님을 꼭 찾아가야겠다고 생각했다. "그런데 걸어서 선생님께 가려면 며칠 걸릴 거야." 헤르만이 말했다. "방금 왔으니 일단은 이곳에서 하루 머물지 그래?"

아니제나흐, 란츠후트, 뮌헨, 그리고 이곳 메스키르히. 모든 도시에서 나는 매번 새로운 진단으로 놀라고 새로운 처방을 받았다. 아이제나흐의 볼프강 트립슈타인 씨는 내 엉덩이가 주저앉지 않은 것에 놀랐다. 란츠후트의 아르민 단틀 씨는 내가 과도하게 몸을 써서 걷는다고 말했다. 뮌헨의 카스텐 슈타르크 씨는 내가 발꿈치로 떨어지며 걷는다고 했다. 그리고 커스틴의 가장 의미심장한 한마디가 있었다. "울리, 당신은 걸을 때조차 앉으려고 하는군요."

나의 절망스러운 상황에 조용히 우울해하고 있을 때 헤르만이 박스를 하나 들고 왔다. 그는 마술사가 모자에서 토끼를 꺼내듯 하얀 종이에 싸인 신발을 꺼냈다. 샌들이었다. 말도 안 된다고 나는 생각했다. 예수의 샌들이라고도 부르는 고전적인 디자인의 가죽 샌들이었다. "이제부터 요것을 신어." 헤르만이 약간의 지역 사투리를 섞어 말했다. "알프스도 충분히 넘을 수 있을 거야. 무지외반증도 없어질 거고."

샌들은 갈색 가죽으로 된 것으로 튼튼한 밑창과 발등을 고정하는 끈이 있었다. 헤르만이 말했다. "이 샌들은 영국에서 바느질해서 만든 거야." "그거 좋군." 나는 샌들을 자세히 살펴보았다. "근데 메이드 인 베트남이라고 붙어 있는데?" 내가 말했다. "그건 스티커를 잘못 붙여서 그래." 헤르만이 대수롭지 않다는 듯이 말하며 샌들을 내 발 옆에 내려놓았다. "추워지면 양말을 신으면 돼." 양말에 샌들이라. 상황이 점점 더 심해졌다. 하지만 놀랍게도 샌들을 신어보니 발이 무척 편해졌다. 사방이 뚫려 있으니 시원했다.

헤르만이 이야기를 이어갔다. 머리가 신체의 모든 것을 조율하지만 발은 조금 다르다고, 요즘은 어린아이들조차 맨발로 뛰는 모습을 거의 볼 수가 없다고 했다. 부모들은 아이의 발이 일곱 살이 되어 전부 굳을 때까지 기다리는 대신 깔창을 처방받는다. 그리고 그 깔창이란. "사실 발에겐 깔창보다 자연스럽게 움직일 수 있는 자유가 필요해. 안타깝게도 깔창은 오늘날 거대한 의료 산업의 일부가 되었지. 의사와 의료용 신발 전문가들은 서로에게 환자를 보내고 있어. 어디서나 이런 기브 앤드 테이크가 일반화되어 있다니까."

비슷한 이야기를 뮌헨의 카스텐 슈타르크 씨가 했던 것이 생각났다. 헤르만은 가죽 끈을 잡으며 말했다. 사람들은 좋은 신발을 사는 것보다 스마트폰을 사는 데 더 많은 돈을 쓴다고. 그리고 깔창 한 쌍에 400유로라도 너도나도 구입하는 반면, 신발은 50유로가 넘어가면 큰일 나는 줄 안다고. 한화로 400유로는 약 50만 원, 50유로는 약 6만 5천 원이다. 1980년대 이후 신발은 더 저렴해지기 시작했다. 니켈과 크롬, 구리를 이용한 화학적 가죽 처리는 알레르기를 유발했다.

"열 명 중 아홉 명은 자신의 건강을 해치는 신발을 신고 돌아다녀." 헤르만이 말했다. 열 명 중 아홉 명이라니 정말 그렇게 많을까 싶었다. 그게 정말이라면 우리는 어떻게 해야 할까? 건강을 해치는 신발에 "이 신발은 당신의 건강을 해칩니다"라는 스티커라도 붙여야 하나? 아니면 공공장소에 신고 들어가는 것을 금지하든가. "건강을 해치는 신발은 출입이 금지됩니다." 신발 규제를 마약 규제처럼 하면 어떨까? 갑자기 나는 이런 여러 가지 생각에 휩싸였다. 작은 신발 가게 사장은 자신의 말이 내게 얼마나 큰 파장을 일으켰는지 전혀 모른 채 나를 친근하게 쳐다보았다. 내게 헤르만은 혁신을 일으킨 사람이었다. 하지만 아직 자신의 생각을 업계와 사회에 알릴 생각은 없어 보였다.

그는 신발 혁신을 주도하기보다는 조용히 숲속을 걷는 일을 택할 것이다. 그가 말했다. "내가 사람들을 도울 수 있을 때면 정말 기뻐. 그게 내가 받는 큰 선물이야. 내가 오히려 감사함을 느껴."

헤르만은 이어 말했다. "삶은 찰나의 아름다운 순간 때문에 아름다운 거야." 새것이 아니게 되어버린 나의 새 신발도 그랬다. "이건 이제 집으로 보내줄게. 자네 발은 넓은 공간이 필요해. 알겠지?"

내 발에 넓은 공간이 필요하다고 말하는 사람은 항상 나를 이긴다. 나는 여유가 좋다고 생각하는 사람이니까. 샌들을 신은 내 모습은 마치 환경운동가 같았다.

상점 문 앞으로 결혼식에 가는 여성들이 신나게 또각또각 소리를 내며 지나갔다. 높고 매끈한 하이힐을 신고 있었다. 하지만 나는 아름다움을 위해 발가락이 마구 짓눌리고 구부러지며 엄지발가락 뼈가 옆으로 심하게 튀어나왔을 그녀들의 발을 떠올렸다. 누굴 위한 아름다움인가 하는 생각이 들었다.

헤르만의 스승에게 전화를 걸었다. 그는 굼머스바흐의 집에서 전화를 받았다. "나는 이제 늙은 노인이에요." 그가 말했다. "하지만 아직도 아는 것은 많지요. 내가 아는 것에 관심이 있다면 한

번 집에 오세요. 나는 자우어란트에 살고 있어요." 그곳은 독일 서
북부, 내가 있는 곳에서 아주 먼 곳이었다. "하지만 괜찮다면 잠깐
내 책을 읽어줄 수 있어요." 그가 말했다. 그는 내게 5분 후에 다시
전화를 하라며 책을 가져오겠다고 했다.

5분 후 헹켈 씨의 번호를 눌렀다. 헤르만의 스승은 전화를 받
자마자 책을 읽었다. "에, 구두골은 발의 영혼이다. 발볼이 맞지 않
는다면 아무리 길이가 괜찮아도 그건 맞는 신발이 아니다. 발이나
몸의 상처를 줄이거나 아예 방지하기 위해서 나는 다음과 같은 것
들을 추천한다. 발볼이 가장 넓은 부분에 신발 너비를 맞춘다. 엄
지발가락은 무조건 여유롭게 움직일 수 있어야 한다. 신발 앞코로
부터 1센티미터 뒤쪽을 쟀을 때 엄지발가락의 위치에서 구두골의
수직 높이는 어린아이들의 경우 최소 19밀리미터, 여성의 경우 20
밀리미터, 남성의 경우 21 내지 22밀리미터가 되어야 한다. 엄지
발가락에서 이어지는 중족골 발바닥을 지탱하는 다섯 개의 뼈 은 발등에서
가장 두껍고 강한 뼈이므로 발등까지의 높이를 이 뼈에 맞춰야 한
다. 구두골 앞쪽의 갈라지는 부분은 엄지발가락 옆에 있어야 하며
구두골 정중앙 부분이 늘어나면 안 된다."

나는 헹켈 씨의 구두골 강의를 장거리에서 수강할 수 있었다.
"별것 아니에요." 겸손한 신발 장인이 말했다. "중요한 건 신이 만
든 모습대로 이해하고 관리하고 유지하는 것이지요. 잘못된 발은
존재하지 않아요. 잘못 만든 신발만 있을 뿐. 그리고 우리의 관절
이 아주 크게 움직일 수 있기 때문에 발 역시 길게 늘어날 수 있어
요. 하지만 많은 사람들이 오랫동안 그렇지 않은 신발에 익숙해져

서 더 이상 신발이 발을 누르는지도 느끼지 못하는 게 문제예요. 뒤꿈은 짧게, 앞쪽은 실게 공간이 있어야 착화감이 좋고 잘 걸을 수 있어요. 이게 바로 이 늙은 신발공이 말해줄 수 있는 중요한 지식입니다."

나는 그의 강의에 감사하며 전화를 마무리하려고 했다. 그때 헨켈 씨가 한마디 더 꺼냈다. "이건 프리드리히 대왕의 주치의 페트루스 캄퍼 선생이 쓴 문장이에요. 우리는 유능한 사람들이 항상 말과 노새와 소의 발굽에 세세하게 신경 쓰는 반면 정작 자기 가족, 자기 아이들의 발은 방치하는 상황에 탄식해야 한다."

스위스로

나는 나이 든 사람들의 이야기를 좋아한다. 그들에게서는 배울 것이 많다. 그래서 아흔다섯의 나이에도 신발 고치는 일을 하고 있는 레온하르트 크레츠도른 씨를 만나러 가는 길도 즐거웠다. 그는 아마도 독일에서 가장 나이가 많은 신발 장인일 것이다. 헤르만이 그를 꼭 만나보라고 추천했다. 나를 보자마자 크레츠도른 씨는 내 신발을 칭찬했다. 나는 잠시 헤르만이 내게 그 샌들을 팔기 위해 교묘하게 작전을 세운 게 아닐까 싶었지만, 바로 류머티즘 환자용 무릎담요를 덮어볼 기회가 생겨서 더 이상 생각하지 않았다. 크레츠도른 씨는 나의 의심과 상관없는 사람이었다. 그에게 인생에서 가장 중요한 것이 무엇인지 물었더니 그는 이렇게 대답했다. "겸손하기. 그리고 주변 사람에게 친절 베풀기."

크레츠도른 씨는 자신이 러시아에 전쟁포로로 잡혀 있었을 때 추위를 막으려고 한 장의 가죽으로 신발을 만들었던 경험을 이야기했다. 그 후에 '이런 플라스틱'이 등장하고 신발이 빠르게 찍어내는 상품이 되었다는 이야기를 했다. "갑자기 사람들이 발에 이상한 걸 신고 다니기 시작했어요." 그가 말했다. "그런 생각을 누군가가 할 수 있을 줄은 우리는 정말 몰랐어요. 사람들은 온갖 일에 돈을 쓰지요. 헤어스타일을 위해, 옷을 위해. 그렇지만 발에는 돈을 아끼기 시작했어요. 걷지 못하게 되면 사는 것 자체가 힘들어지는데도 말이에요."

크레츠도른 씨의 아늑한 작업장에 더 오래 있고 싶었다. 하지만 그날 오후에는 시간 여행을 떠나야 했다. 도시 외곽에 위치한 캠퍼스 갈리에서는 몇 년 전부터 수공업자들이 독일에서 하나밖에 없는 실험을 감행하고 있었다. 그들은 1,200년 전의 설계도를 기초로 수도원 도시를 새로 세우고 있었다. 그것도 당시의 연장과 도구를 이용해서. 수백 년에 걸쳐 진보한 기술을 철저히 배제하고.

역사학자 에릭 로이터 씨가 여러 곳을 안내해주었다. 여자들이 양털을 염색하고 남자들이 달군 철을 때리고 있었다. 그 전에는 풀무를 만들었다고 했다. 이곳에서 모든 것은 전부 손으로 만들어졌다. 진흙을 발라 만든 오두막 안에서 화려한 옷을 입은 사람들이 앉아서 식물 껍질로 줄을 만들거나 자작나무 진액으로 만든 아교를 불로 끓였다. 목수들이 껍질을 벗긴 헤이즐넛 막대기로 나무못을 조각했다. 소가 끄는 돌이 가득 실린 수레가 마을 광장을 덜그럭거리며 지나가고 울타리 뒤에서 돼지가 소리를 냈다.

사람들은 아주 천천히, 그러나 아주 집중해서 일했다. 이곳에서 속도는 중요하지 않았다. 로이터 씨는 카롤링거 르네상스 8세기 말에 일어난 프랑크 왕국의 문화 부흥 운동 의 학자 라바누스 마우루스에 대해 설명했다. 그는 당시의 지식을 스물두 권의 책에 담았고 이 수도원 도시의 설계도 역시 기록으로 남겨놓았다. 로이터 씨는 또 맨발로 걷기에 담긴 종교적인 의미도 설명해주었다. 겸손의 표현인 동시에 창조자에 대한 경의의 표현이었다고 했다. 발은 아래로는 항상 땅과 연결되어 있어야 했으며 위로는 하늘로 아무것도 가리는 것이 없어야 했다.

발은 당시에 사물의 크기를 재는 척도였다. 길이와 너비, 높이 등을 발로 재어 모든 건축물을 지었다는 사실이 지금은 놀랍기만 했다. 대성당과 성당, 수도원들이 그렇게 지어졌다. 발 척도는 규칙이 있었다. 발 하나는 손바닥 네 개를 이어놓은 것 또는 손가락 열여섯 개의 길이와 같았다. 손과 발을 동원해서 그렇게 잰 발 하나는 정확히 계산하면 30센티미터였다. 신성로마제국 시대의 이른바 '카롤링거 발 크기'는 이보다 약 2센티미터 더 길었고, 그랑 나시옹 ^{'위대한 민족'이란 뜻} 프랑스의 발 하나는 이보다 조금 더 길었다. 라인 지역의 '라인의 발'은 31.4센티미터였다.

갑자기 야코부스가 우리 앞에 나타났다. 그는 옛 영성훈련에 관한 자신의 지식을 동원하여 이 수도원 도시 건설을 돕고 있었다. 야코부스를 따라다니는 한 여성이 있었다. 그녀는 자신을 파비엔느라고 소개했다. 파비엔느 씨도 스위스에서 은둔생활을 하고 있었다. 그녀는 구경하러 왔다가 역시 이 수도원 도시 건설에 관심을 갖게 되었다고 했다. 파비엔느 씨는 오후에 차를 타고 장크트갈렌으로 간다고 했다. 혹시 내가 원하면 그곳까지 태워주겠다고 했다.

내가 뭐라고 답했을까? "정말 신의 선물이네요." 로마가 이제 다시 도전할 만한 거리에 들어왔다.

파비엔느 씨는 정말 좋은 사람이었다. 우리는 콘스탄츠에 잠시 들러 한바그 대표가 보내준 등산화를 받았다. 이번에는 315밀리미터였다. 이미 샌들이 있었으므로 나는 조금 망설였다. 하지만 만약을 위해 챙겨가기로 했다.

산에서 혼자 살고 있는 파비엔느 씨는 예전에 병원에서 일했다고 했다. 주 업무가 죽는 사람을 지켜보는 일이었고, 환자가 최대한 편안하게 마지막 순간을 맞이할 수 있도록 노력하는 일이었다. 그리스의 철학자 세네카는 모든 하루를 자신에게 허락된 날로 여겨야 한다고 말했다. 달리 표현하면 이렇게 되겠다. 의식적으로 매일을 자신의 마지막 날처럼 살아야 한다. 파비엔느 씨는 그걸 실천하는 중이라고 했다.

장크트갈렌에서 그녀는 나를 어느 순례자 숙소 앞에 내려주었다. 그곳에서 멀지 않은 곳에 세계적으로 유명한 수도원 성당이 있었다. 그곳의 도서관이 서양의 지식을 모두 보존하며 소장하고 있는 점 때문에 유명했다. 수백 년 동안 이곳의 수도사들은 어두운 필사실에 앉아 양피지에 깃펜으로 서적을 필사했다. 8세기에 어떤 수도사가 남긴 글이 있었다. "오, 행복한 독자들이여, 손을 깨끗이 씻고 책을 만져라. 책장을 넘길 때는 부드럽게, 손끝이 글자에 닿지 않게 하라. 글자를 써보지 않은 자는 이것이 고된 노동임을 모를 것이다. 아아, 글자를 쓰는 일은 얼마나 어려운가. 눈은 흐려지고, 장기는 뒤틀리며, 팔다리가 동시에 고통의 비명을 지른다. 세 개의 손가락만이 글자를 쓰지만 온몸이 고통을 받는다."

하룻밤만 지나면 나는 공식적인 야고보길 순례자였다. 5일

길만 더 가면 많은 순례자들이 모이는 아인지델른 수도원이 나온다. 순례자들은 그곳에 들렀다가 산티아고 데 콤포스텔라 대성당까지 걸어가거나 4,100킬로미터 떨어진 예루살렘까지 간다. 하지만 나는 다른 방향으로, 로마로 갈 터였다. 나는 옛 로마 군인처럼 샌들을 신고 걷는다. 내 발은 아주 자유롭다.

맨발로 산을 넘다

스위스는 정말 좋았다. 가보니 내 생각이 너무 짧았다는 사실을 깨달았다. 도보 여행자에게 스위스는 비싸기만 한 여행지일 거라고 단정하고 있었기 때문이다. 장크트갈렌에서 하룻밤 묵는 데 든 비용은 15프랑 한화로 약 1만 6천 원, 유명 빵집인 '애스바'에서 몇 걸음만 더 가면 전날 구운 빵을 반값에 팔았다.

산에서는 말과 소가 가는 길을 따라 걸었다. 나는 침묵과 조용한 삶을 연습하며 높은 산의 초원에 앉아 졸았다. 가파른 산비탈에서 아이들이 풀을 베며 놀다가 소젖을 짜고 나오는 부모와 함께 신선한 우유를 마시는 모습이 보였다. 글라스파스에서 자비네와 빌리 씨가 운영하는 산장 베버린에서는 산에서 수정을 채집하는 남자를 만났다. 그는 몸을 자주 구부리고 무릎을 굽혀야 하지만 통증을 느낀 적은 없다고 했다. 아흔 살이 넘어 보이는 농가 아주머니가 우리의 대화에 끼어들어 자신이 전통적인 아르니카 연고를 어떻게 만드는지 알려주었다. 나는 그녀의 집에도 방문하고 싶었지만 너무 멀어서, 나중에 약국에서 아르니카 연고를 샀다.

샌들을 배낭 옆에 매달고, 새로 건네받은 등산화는 배낭 맨 아래에 넣었다. 그리고 맨발로 걸었다. 초원이 너무 아름다워서 꼭 맨발로 걷고 싶었기 때문이다. 젊은 사람들은 나를 쳐다보았고 나이 든 사람들은 고개를 끄덕였다. 그들도 어릴 때 항상 그렇게 다녔으며 나이가 들었어도 발에 아무런 문제가 없기 때문에 고개를 끄덕였을 거란 생각이 들었다.

하루는 해가 뜨기 전에 잠에서 깨어났다. 갑자기 초원에서 뒹굴고 싶었다. 밖으로 나가 부드럽고 이슬로 촉촉한 풀밭에 몸을 뉘었다. 최고의 크나이프식 치료 건강을 위해 이슬이 맺힌 풀 위나 얕은 물에서 걷는 등의 치료법였다. 게다가 무료였고 야외에서 마음껏 받을 수 있었다. 지금도 그날 아침의 편안하고 따뜻했던 느낌이 계속 그립다. 예기치 않게 만난 그날의 특별한 순간을 기억으로 남기기 위해 풀을 조금 뜯어서 재킷 주머니에 넣었다. 그 초원이 어딘지는 나만 알고 싶으니, 근처에 쓰러져가는 오두막이 있는 마법에 걸린 초원이었다고만 쓰겠다. 심하게 경사진 초원은 계곡으로 이어졌고 오래지 않아 해가 천천히 떠올랐다. 길을 걸으며 겪었던 많은 아름다운 아침 중에서도 정말 아름다운 아침이었다.

드디어 비비오에 왔다. 셉티머 길이 시작하는 마을. 마을 이름이 라틴어인 것으로 보아 길의 이름에도 어느 로마 황제가 자신의 이름을 붙인 것 같았다. 라틴어 '비비움'은 갈림길을 뜻한다. 옛날부터 이곳에는 알프스를 가장 빨리 넘을 수 있는 두 개의 길이 있다. 동남쪽 길은 아주 잘 닦인 길로 율리에르 길(Julier Pass)로 이어지며 생모리츠로 갈 수 있다. 서남쪽 길은 높은 고개를 넘으면 바로 셉티머 길을 걸을 수 있다.

　도착을 자축하는 의미로 고기를 감싼 양배추 롤, 베이컨과 함께 구운 감자와 미니 당근을 먹었다. 단골손님 전용 테이블에 한때 스위스의 봅슬레이 국가대표 선수였던 지안카를로 토리아니가 앉아 있었다. 그는 가족이 대대로 운영하는 여관 주인이 되어 있었다. 생모리츠에서 경기를 치른 지가 그리 오래되지 않았는데. 그는 아주 명랑하고 대담한 사람으로 말을 타고 순례길을 가던 제니브 씨와 결혼했다.

　주변이 너무 아름다워서 며칠 더 머물기로 했다. 이곳에서 이탈리아의 키아벤나까지는 몇 시간만 걸으면 되었고, 조금 더 가면 옛 로마 순례자들이 조각배를 타고 건넜다는 코모 호수가 있었다. 산을 넘고 계곡을 하나 지나면 금세 로마였다.

　높은 골짜기를 따라 이어지는 길은 환상적이었다. 수백 년간 이 길을 통해 상인들이 나귀를 끌고 네덜란드산 양모와 영국산 옷감을 남쪽으로, 포트와인과 비단을 북쪽으로 전달했다. 나는 아마도 석기시대에 사람들이 무언가를 담으려고 구멍을 판 것 같아 보이는 구멍 뚫린 커다란 바위를 보았다. 어쩌면 자연이 만든 모양일지도 몰랐다. 누가 만들었는지는 중요하지 않았다. 걷다 보니 농장과 돌로 쌓은 담이 나타났다. 황무지를 지나 과거에 로마 군대가 주둔했다는 웅장한 산봉우리가 눈에 들어왔다. 이곳에서 로마 병사들은 불을 피워 몸을 데우고 눈을 녹여 마셨을 것이다. 납을 녹여 총알도 만들었을 것이다. 고고학자들은 이곳에서 천막을 치는 말뚝과 말편자 외에도 제3군단과 제12군단의 표시가 찍힌 고무줄

새총용 총알을 발견했다.

셉티머 길은 보덴 호수에서 북부 이탈리아로 곧장 넘어갈 수 있는 빠르고도 위험한 길이다. 예전에는 혹독한 경로였다. 잔디밭은 가파르게 경사져 있었고 길은 좁았으며 숲속에서 물을 구해야 했다. 바위는 미끄러웠고 눈이 자주 산을 뒤덮었다. 또 나무도 풀도 없는 황무지를 지나야 했다. 옛 기록을 찾아보면 여름에도 급격한 날씨 변화로 인해 많은 이들이 "셉티머 길로 가다가 불구가 되거나 얼어 죽었다"고 나와 있다.

내가 짧은 바지를 입고 가는 모습을 본 어느 네덜란드 사람이 이 길은 몹시 춥다고 알려줬다. 그가 워낙 마른 체격이라 바람에 휘청거리는 것처럼 보이긴 했다. 나는 그에게 고맙다고 말한 뒤 계속 걸었다.

비비오에서 며칠 머물며 계곡 위로 세 번이나 올라갔다 내려왔다. 처음에는 귀여운 고산지대 동물인 마멋을 보기 위해서였다. 녀석들은 흥분해서 끽끽거렸다. 두 번째는 영화 〈알프스 소녀 하이디〉를 촬영한 마을을 찾기 위해서였다. 계곡 언덕 맞은편의 비탈을 미끄럼 타듯 바지로 쓸며 내려갔는데도 두 배로 강화된 내 바지 바닥은 멀쩡했다. 그렇게 내려간 곳에서 알프스 소녀 하이디를 만났다. 그 소녀는 사실 독일에서 온 자원봉사자로 여름 동안 하이디 복장을 하고 소젖을 짠다고 했다.

한번은 옛 봅슬레이 선수이자 현 여관 주인인 지안카를로 씨가 자신의 동창이라며 마우로 씨를 소개해주었다. 마우로 씨도 세계적인 인물이었다. 그는 프란치스코 탁발수도회의 분파인 카푸

친 수도회의 최고 성직자였다. 이 수도회는 회원이 전 세계에 약 만 명이 넘는다. 마우로 씨는 로마에 오면 자신을 찾아오라고 초대 해주었다. 또 나에게 '깊은 내적 경험'을 하길 바란다고, 그게 가장 중요하다고 말했다.

나는 1,000킬로미터가 넘는 거리를 앞에 두고 걷기 시작했 다. 이제 이곳에 왔고 계속 더 갈 수 있었다. 이쯤부터는 발끝으로 살살 걸어야 했다. 그렇지 않으면 걸을 수가 없었다.

며칠 전에 나무 조각 하나가 내 발뒤꿈치에 박혔다. 처음에는 알아채지 못했고 어느 순간부터 발을 절게 되었다. 발의 굳은살도 쭉쭉 갈라지기 시작했다. 최근 들어 발 관리에 열을 올리고 있었는 데도. 아르니카도 베타딘도 도움이 되지 않았다. 나는 발뒤꿈치에 붕대를 감고 뒤꿈치로 딛지 않기 위해 애썼다. 그런 상태로 알프스 를 넘었다. 이것도 한 과정이라고 생각했다.

이때 가브리엘라가 동행해주었다. 나는 그녀에게 이 길을 꼭 알려주고 싶었는데, 그렇게 내가 있는 곳으로 달려와준 가브리엘 라의 차 트렁크에는 신발이 여섯 켤레나 들어 있었다. 그러나 그중 에 등산화는 없었다. 다른 사람에게 빌려줬다고 했다. 나는 그녀 에게 대나무로 된 스키 막대를 선물했다. 가죽 손잡이가 달려 있는 그 막대를 나는 비비오 부근의 오래된 호텔에서 10프랑을 주고 샀 다. 그렇게 우리는 함께 힘을 모아 산을 넘었다. 한 사람은 막대기 에 의지하고, 다른 한 사람은 발에 붕대를 감고서. 우린 말 그대로 가련한 나그네들이었다.

가브리엘라는 좋은 동행이었다. 모두가 절망할 때 격려하는 사람이었다. 다른 사람들이 포기할 때 끈질기게 걸어가는 사람이었다. 다른 사람이 무시하는 것도 세워주었다. 가끔 그녀는 일요일에 교회에서 찍은 사진들을 내게 보내주었다. "우리는 모두 신이 인도하는 대로 사는 거야." 그녀가 말했다. 하지만 내가 내 몸을 너무 안 돌보는 것에는 그녀도 참지 못했다.

산행을 마치고 그녀는 나를 실스마리아의 엥가딘까지 태워주고 죄책감이 들 정도로 비싼 호텔에서 잘 수 있게 해주었다. 가브리엘라는 거기서 그치지 않고 호텔에 부탁해서 의사를 찾아달라고 했다. "이제는 제발 의사에게 진찰받고 치료를 받도록 해." 그전에 나는 친절한 농부 자코모 씨의 도움으로 상처의 고름을 짜냈었다. 상처를 세게 눌러 피가 날 때까지 고름을 짜냈는데도 나무 조각 일부가 남아 있는 것 같았다.

내키지 않았지만 길 건너편에 있는 사설 병원으로 갔다. 접수를 받는 간호사에게는 그냥 뭘 좀 물어보러 왔다고 말했다. 그녀는 종이를 내밀며 빈칸을 채우고 들어가는 모든 비용을 지불하겠다는 내용에 서명하라고 했다. 별것 아닌 일에 많은 돈을 지불하기가 무서워서 절룩거리며 병원을 그냥 나와버렸다. 그때 자동차가 한 대 와서 섰다. 나는 운전사에게 혹시 의사냐고 물었다. 그가 대답했다. "아뇨, 하지만 제 아내가 간호사예요." 옆에 앉은 여성이 몸을 내밀고 무슨 일이냐고 물었다. 그녀는 내게 팅크제 ^{알코올로 생약 성} ^{분을 뽑아낸 액체}를 권했다. 어떤 성분이었는지 지금은 생각나지 않는다. 그때 가브리엘라가 호텔에서 나와 말했다. "또다시 낯선 사람들에게 물어보고 있구먼. 울리, 내가 뮌헨까지 태워줄 테니 거기서 사흘 정도 푹 쉬어. 아니면 생모리츠 종합병원으로 데려갈 거야!"

생모리츠라고? 그거 괜찮은데!

혼자 오랫동안 여행을 다니면 사람은 조금 이상해진다. 아무도 신경 쓸 필요가 없으니까. 하지만 내가 원한 것은 야생과 좀 더 가까워지는 것이었지, 보살핌이 싫어서 떠난 것은 아니었다. 그리고 가브리엘라의 말이라면 들을 마음이 있었다.

그녀는 나를 큰 병원에 데려다주었다. 나는 생모리츠에서는 문제를 일으키지 않기로 했다. 이 작고 아름다운 도시를 편견 없이 만나고 싶었다. 이번에는 불명예스러운 일을 만들지 말아야지. 게다가 이 병원은 정말 신뢰를 불러일으키는 이름을 가지고 있었다. 좋은 병원(Klinik Gut). 이곳에서 마를린과 마르틴이 내 발을 치료해주었다. 그렇게 비싸지도 않았다. 나는 모든 일이 항상 생각대로 되는 것은 아니며 항상 걱정한 만큼 나빠지지도 않는다는 점을 깨달았다. 일주일 후에 내 발은 다시 완전히 회복되어 원래처럼 걸을 수 있게 되었다. 고마워, 가브리엘라.

산사태

우리는 다시 실스마리아로 돌아갔다. 그리고 나는 가브리엘라에게 감사의 표시로 환상적인 풍경이 보이는 산장 호텔에서 식사를 대접했다. 음악실에 자동재생 피아노가 있는 19세기 벨에포크 스타일의 호텔이었다. 식당 홀도 굉장히 넓어서 탁구를 치거나 심지어 기차를 들여놓아도 될 정도였다.

작가 헤르만 헤세가 이곳을 드나들었고 알버트 아인슈타인, 토마스 베른하르트와 요셉 보이스가 이곳의 단골손님이었다. 근처에는 안네 프랑크가 자신의 부유한 고모와 즐거운 휴가를 보낸 장소도 있었다. 호텔에서 나가면 길모퉁이에 니체가 7년 동안 여름을 보낸 장소가 있었다. 그는 상점 위층에 있는 난방도 되지 않는 방을 하루에 1프랑씩 내고 머물렀다고 한다.

지나다니는 차가 거의 없는 실스마리아는 내게 좋은 추억을 만들어주었다. 이곳 지명이 옛날에 낙농업자들이 모여 젖소를 키우며 우유를 배달하며 살던 시대에 생겨났기 때문만은 아니었다. 오히려 이곳 사람들이 가진 관대함 때문이었다. 나는 그 산장 호텔에서 염치없게도 그 호텔 말고 조금 저렴하게 묵을 수 있는 괜찮은 곳이 없는지 물었는데 호텔 리셉션의 할터 씨가 니체 생가를 추천했다.

니체 생가에 도착했을 무렵 담당자가 전화기를 넘겨주었다. 할터 씨였다. "괜찮으시면 이 방을 그냥 제공해드릴 테니 편하게 하루 묵으시면 어떻겠습니까? 앞으로도 많이 걸으셔야 하니까요." 나는 아주 새하얀 붕대를 발에 칭칭 감고 있었다. 내 모습을 본 사람들이 불쌍히 여겼을 것 같았다. 몹시 감동받았다. 고마워하며 그 제안을 받아들였다.

다음 날 아침, 멋진 풍경이 보이는 창가에서 아침을 든든히 먹고 길을 나섰다. 호텔 앞에서 신발 끈을 묶다가 호텔로 걸어오는 작사가 루트 베르펠 씨를 만났다. 우리는 잠깐 산책을 하며 사람이 오고 가는 일에 대해 즐거운 대화를 나누었다. 그런 후 나는 정말로 길을 떠났고, 휘파람을 불거나 아주 큰 소리로 노래를 부르며 걸었다. 내가 부른 곡은 두 곡이었다. 하나는 본회퍼 목사의 찬송시 〈선한 능력으로〉였다. "선한 능력으로 보호받는 우리는 앞으로 일어날 일을 기대하네." 다른 하나는 싱어송라이터 후베르트 폰 고이제른의 유명한 요들송 〈시간이 흐르는 소리〉의 한 소절이었다. "들리지 않니 시간이 흐르는 소리가. 어제만 해도 사람들은 아주 다르게 떠들었지. 청년은 나이를 먹었고 노인은 세상을 떠났어. 어제는 오늘이 되었고 오늘은 곧 내일이 될 거야."

나는 실스 호수를 지나갔다. 이곳은 부지런한 산책가 프리드리히 니체가 '영원회귀'를 깨달은 곳이다. 그는 이렇게 썼다. "호수를 따라 6,000보쯤 걸었더니 인간적인 생각보다 더 높은 생각을 하게 되었다." 니체는 정말 많이 걸어 다녔다. 하루의 다섯 시간 내지 일곱 시간을 걷는 데 사용했다. 심한 두통 때문에 침대 옆 양동이에 토하지 않아도 되면 그는 걸으러 나갔다. 그는 야외에서 생각해내고 몸의 근육이 춤출 정도로 자유롭게 움직이며 떠올린 생각이 아니면 신뢰하지 않았다. 그런 생각만 자신의 것이라 생각했다. 그래서 그는 "가능하면 앉지 말자"라고 생각했다.

이틀간 나는 엥가딘에서 베르겔까지 내려왔다. 처음에는 낙엽송 숲을 지났고 나중에는 밤나무 숲을 지났다. 내가 걷는 길은 옛 로마인들이 셉티머 길에서 계곡으로 내려갈 때 지나다니던 오래된 길이었다. 비비오에서 알게 된 지안카를로 씨가 가족과 함께 머무는 집이 이곳에 있었다. 그가 자기 집에서 하룻밤 묵어도 된다고 친절을 베풀어주었다. 하지만 이곳에서 나는 심각한 재난을 경험하게 되었다. 산사태가 일어났다. 해발 3,300미터 높이의 봉우리 피즈 센갈로가 무너진 것이었다. 며칠 전에는 그곳의 햇살을 즐기며 셉티머 길이 아주 곧은 직선으로 난 것을 보고 신기해했는데 말이다. 꽤 오랫동안 얼음과 눈으로 단단히 얼어 있던 절벽이 녹아서였다. 높은 봉우리에서 거대한 돌덩이들이 우르르 계곡으로 떨어졌다. 굴러 떨어진 화강암 하나가 여행자와 등산객들을 덮쳤다. 주변 지역 전체에 재난경보가 울렸다. 130년 만에 일어난 거대한 산사태라고 했다. 길은 통제되고 사람들은 절망했다. 골짜기가 안전한 장소라고 생각했던 주민들의 확신이 깨졌다. 나 역시 다른 사람들처럼 산 맞은편으로 대피했고 피즈 센갈로에서 꽤 떨어진 고

지대 솔리오에 가서야 안심할 수 있었다. 이곳에서는 독특한 분위기가 감돌고 있었다. 나는 산사태가 일어나기 직전에 그곳에 있었던 여행자들을 만났다. 그들은 자신들이 있던 바로 그 장소에서 사람 여덟 명이 돌과 흙에 파묻혔다고 말했다.

그들이 구출될 수 있는지에 대한 물음에 지질학자들은 냉정한 숫자를 내밀었다. 성인 한 명의 신체가 가지는 부피는 약 0.075 세제곱미터이고, 이번 산사태에서 이들을 짓누른 바위와 흙의 부피는 400만 세제곱미터라고 했다. 죽은 사람들이 산사태 경고 문구를 보고 조심하지 않았다고 말하는 사람들도 있었다. 거의 경고의 의미가 없었을 그 문구는 이랬을까? "다음 주나 다음 달에 산사태가 일어날지도 모르고 봉우리의 바위가 떨어질지도 모르니 조심하시오."

다음 날 그곳에 또 한 번 산사태가 일어났다. 나는 솔리오에서 그 모습을 지켜볼 수 있었다. 땅이 울리는 소리를 들었고 자욱한 먼지를 보았다. 정말 끔찍하다고 생각했다. 인간은 얼마나 작은 존재인가.

코모 호수에서 로마로

이탈리아 국경을 넘어 들어선 첫 번째 길의 이름은 '로마 길'이었다. 가슴이 뜨거워졌다. 드디어 내가 오고 싶었던 곳에 오게 되었다. 코모 호숫가의 작은 식료품점에서 질 좋은 파르미지아노 치즈와 토마토 몇 알을 샀다. 내가 로마로 가는 길이라고 말하자 상점 주인이 5유로를 건넸다. 그는 자신을 위해 초 하나에 불을 켜달라고 했다. 나는 나중에 정말로 바티칸 성당에서 그를 위한 촛불을 켰다.

여행하면서 정말 놀라웠던 것 중 하나는 걷기가 생각을 떠오르게 한다는 점이었다. 힘들게 고민하지 않고도 머리에서 아이디어가 솟구쳤다. 도리오 마을의 호숫가 테이블에 앉아서 글을 쓰기 시작했을 때 이 사실을 깨닫게 되었다. 도로가 바로 옆에 있었고 자동차들이 내 옆을 쌩쌩 지나가고 있었다. 그런데 이상하게도 바깥의 소음이 아무렇지 않았다. 나는 내 속의 고요함을 누리고 있었다. 충분히 돌아다니고 경험한 뒤에 오는 고요함이었다. 마치 나의 근육과 힘줄과 뼈가 우리 지금까지 정말 열심히 움직였다고 말하며 주는 보상 같았다.

호숫가에서 이틀을 보낸 후 나는 어느 방에서 전나무 원목을 끼워서 만든 오래된 서재 책상 앞에 앉아 있었다. 한때 이 호수 마을 도리오에서 정말 오랫동안 계시던 돈 단테 베스테티 목사님의 목사관에 있던 것이라고 들었다. 바깥이 소란스러워서 창문을 닫았다. 마치 저절로 되는 것처럼, 글자들이 나를 걷게 한 이 아름다운 경험들을 실에 구슬을 꿰듯 문장으로 만들고 있었다. 내가 발로 걸으며 장소들을 찾아가 그 의미를 즐겼던 것처럼 내 생각들이 최고의 줄거리로 나를 찾아와 이제 세상으로 나가고 싶어 했다.

계절은 무화과와 포도와 다양한 열매로 가득했다. 이제 겉옷도 니트도 필요 없었다. 일상에 기쁨만 가득했다. 이제까지 한 번도 해본 적 없는 방식으로 맛보고 냄새 맡고 먹었다. 글을 쓰고 또 썼다. 저녁마다 호숫가로 나가서 물가에 앉아 발을 담갔다. 9월이 막 시작되려 하고 있었고 과일이 익어갔으며 포도가 일 년 중 제일 맛있는 때였다.

친구 후베르투스가 전화를 걸어 뭘 하고 있냐고 물었다. 나는 정말 행복하게 하루하루를 살고 있다고 말했다. 후베르투스가 말을 이었다. "그거 정말 잘됐네. 있잖아, 혹시……." 내가 그의 말을 끊고 말했다. "이곳에 와! 나랑 같이 가자!" 그가 대답했다. "그러면 정말 좋을 것 같아. 아내랑 이야기해볼게." 몇 분 후에 그가 오겠다는 연락을 해왔다. "여기서 멀지 않으니 금방 갈게." 나는 기다리겠다고 했고 우리는 피렌체에서 만나기로 했다.

피렌체에서 우리는 아시시로 가는 열차를 탔다. 아시시에서 로마까지는 250킬로미터 정도 더 걸어야 했다. 후베르투스가 마지막으로 모자와 우산을 사고 난 다음 우리는 출발했다. 두 친구가 프란치스코의 길을 걸어 '영원한 도시'로 가고 있었다. 아침마다 우리는 저녁이 되기를 기다렸다. 태양이 그날의 마지막 빛을 길게 땅 위에 뿌리고 하늘에 마법을 부려서 온 세상이 수많은 빛깔로 물드는 시간이 되길 기다렸다. 우리는 교회와 성당에 들렀고 샘물에서 물을 마셨다. 하루는 비가 오기에 여관 테라스에 앉아 와인과 소시지, 치즈를 먹으며 운치 있게 오후를 보냈다. 빗물이 떨어지는 톡톡 소리, 초원에 비가 내리는 �솨쏴 소리, 배관을 타고 빗물이 내려가는 졸졸 소리, 지붕에서 물이 떨어지는 텅텅 소리. 우리는 짧은 바지를 입고 비가 만드는 음악을 들으며 비를 위해 와인 잔을 들어 건배했다. 하늘이 땅에 선물하는 모든 축복을 위해.

후베르투스는 그의 친구 리치와 함께 배를 타고 3년간 전 세계를 돌아다녔다. "지금 우리가 하는 이 여행이 훨씬 나아." 그가 말했다. 자발적으로 따라나서긴 했지만 그는 이제까지 이렇게 긴 도보 여행은 처음 해본다고 했다. 나중에는 조금 힘들어했다. 발이 너무 아프다고 했다. 그래서 결국 나는 혼자 로마로 가게 되었다. 그리고 역시나 길을 잃었다. 높은 곳과 작별인사를 하겠다고 산에 올라간 것이 문제였다. 길가에서 멈춰 섰다. 표지판에 성 프란치스코가 남긴 세 개의 문장이 영원히 새겨져 있었다. "반드시 해야 하는 일을 하라. 그런 다음 할 수 있는 일을 하라. 그러면 이제는 불가능한 일을 해낼 수 있을 것이다."

성 베드로 광장의 프란치스코

로마에 입성하기 이틀 전에 나는 내 모습을 도시에 걸맞은 모습으로 꾸미기 시작했다. 미용실에 가서 머리를 자르고 셔츠와 긴 바지, 넥타이를 샀다. 가브리엘라가 자신도 로마로 오겠다고 연락을 했다. "나도 갈래. 함께 교황을 만나면 정말 즐거울 거야." 내 여자친구를 로마로 부르면 더 좋았겠지만 그녀는 시간을 낼 수 없었다. 도주한 범인들을 잡아야 해서 정말이지 무척 바쁜 것 같았다.

친구 베네데토의 도움으로 교황을 접견할 수 있는 입장권을 두 장 마련할 수 있었다. 베네데토는 교황의 관저에서 일하는 독일인 신부님에게 전화하면 입장권을 받을 수 있을 거라고 말했다. 그는 또 교황과 아주 가까이에서 대화를 하고 싶으면 주교의 추천서가 필요하다고 말했다.

나는 꽤 친구가 많은 편이지만 주교가 된 친구는 없었다. 하지만 가브리엘라는 누군가를 알 가능성이 있었다. 그녀는 비엔나 주교의 사촌 펠리시타스 폰 쉰보른을 알고 있었다. 그리고 쉰보른 씨는 '왕자'라 불리는 로마의 중요한 인물을 알고 있었다. 이런 인맥은 수백 년 동안 부모에서 자식 세대로 계속 이어져온 것이었다. 그녀가 항상 말하듯 유럽의 절반과 친척 관계인 이 고마운 펠리시 타스가 로마에 연락을 해주었고, 우리는 교황과 고작 몇 미터 떨어 진 맨 앞줄 세 좌석을 차지할 수 있게 되었다. 그리고 나중에 알게 되었지만 바티칸 성당으로 바로 들어갈 수 있는 큰 계단도 이용할 수 있었다.

나의 계획은 아름다운 9월의 햇살 아래 베드로 성당을 바라 보며 로마로 들어가는 것이었다. 그게 가능할까? 알 수가 없었다. 나는 몇 번이고 덤불숲에 걸려 넘어졌지만 마침내 내 직감을 좇은 결과 멀리서 성당을 바라볼 수 있었다. 멀리서 베드로 성당이 논밭 쪽을 쳐다보고 있었다. 이런 상황이 실감이 나지 않았다. 지금 내 가 로마에서 15킬로미터 떨어진 곳에 서 있고 내 앞의 모든 길이 활짝 열려 있다니. 한 노인에게 저기 보이는 건물이 베드로 성당인 지 물었다. 그는 귀찮다는 듯 고개를 끄덕였다.

이제부터 눈에 보이는 도시를 향해 '무조건 직진'했다. 식물의 가시에 긁혀 상처가 나고 다리에서 피가 났지만 마치 등에 날개가 달린 것처럼 걸었다. 가던 길이 어느 순간부터 둥근 돌이 깔린 길 로 바뀌었다. 고대 로마인들이 만든 돌길이었다. 나는 고대의 길을 걷고 있었다.

갑자기, 진짜로, 소나무에서 "로마"라 쓰인 하얀 표지판을 보 았다. 아쉽게도 휴대폰 배터리가 방전되어 그걸 사진으로 남길 수 없었다. 하지만 이 순간을 그림으로라도 남기고 싶었다. 가까운 곳 에 집 한 채가 있었고 어린아이들과 노인이 마당에 앉아 있었다.

몇 번 왔다 갔다 하며 설명하니 한 여성이 내가 무엇을 원하는지 알아차렸다. 그리고 표지판 앞에 서 있는 내 모습을 그림으로 그려 주었다. 그녀는 이 집이 원래 바티칸의 소유물이며 이들은 세를 내며 살고 있을 뿐이라고 말했다. 목표 지점이 멀지 않았지만 아직도 12킬로미터를 더 걸어가야 했다.

어느새 늦은 시간이 되었다. 셈피오네 공원을 거쳐 트레비 분수를 지나 도시를 정복하려는 계획은 로마에 왔다는 만족감에 밀려 별로 중요하지 않게 되었다. 내가 도시 외곽 도로를 걸어 시내로 들어갈 때쯤 하늘은 벌써 어두워져 있었고 도로의 차들은 거의 나를 밀쳐낼 듯 다니고 있었다. 갑자기 뒤에서 차 한 대가 섰다. 경찰 두 명이 차에서 내렸다. "What are you doing? Where are you from?(여기서 뭐해요? 어디서 왔어요?)"

경찰은 그리 친절하지 않았고 나는 할 말이 없었다. 고속도로 진입로를 따라 걸으려고 했는데 복잡한 도로와 온갖 소음 때문에 어떻게 해야 할지 모르던 상태였다. 모든 길이 로마로 통한다는 말은 맞는 말인 것 같았다. 하지만 로마로 제대로 들어가려면 모험을 해야 했다. 나는 경찰에게 미안하다고 말했고 마침내 한 시간 이상 차들에게 위협받으며 걷지 않을 수 있게 되었다. 지하철역을 발견했기 때문이다. 표를 사서 지하철을 타고 로마 시내로 들어갔다. 30분 후 나는 베드로 광장에 서 있었다. 그리고 독일인 묘지의 사제학교에서 숙소를 얻었다. 그곳은 바티칸 성당 근처에 있는 아주 오래된 순례자 숙소였다. 학교 교장인 한스 페터 피셔 씨가 나중에 옥상 테라스에서 환영의 인사를 건넸다. 고작 이곳에서 200미터 떨어진 곳에 교황이 살고 있었다. 베네데토와 가브리엘라와 후베르투스, 그리고 고마운 펠리시타스가 와서 내 로마 입성을 축하해주었다.

저녁때 우리는 티베르강 근처 트라스테베레의 산에디지오 기독교 공동체를 찾아가 미사에 참여했다. 나는 그곳에서 체사레 씨를 찾아 튀링겐의 보도가 전해달라고 부탁한 인사를 전했다. 산타마리아 대성당의 사람들이 신의 은혜를 찬양하자 나는 더 이상 내 감정을 숨길 수 없었다. 눈에서 눈물이 쏟아졌다.

다음 날 아침 날씨는 맑고 아름다웠다. 베드로 광장은 폐쇄되었고 교황의 접견 시간을 위해서는 굉장히 많은 수고가 필요했다. 경찰이 곳곳에 배치되고 안전이 최우선 순위가 되었다. 말끔히 면도한 얼굴로 가브리엘라와 함께 조용히 베드로 성당을 바라보았다. 교황과 만나는 사람은 우리밖에 없는 것 같았다. 몇몇 성직자가 복사들과 함께 수많은 제단 앞을 스쳐 지나갔다. 나는 측면 예배당에 서 있었다. 한 소년이 이곳에서도 미사를 드릴 수 있냐고 묻기에 고개를 끄덕여주었다. 꼬마는 내가 경비원이라고 생각하는 듯했다. 나는 최대한 권한을 가진 사람 같은 표정을 지었다.

성당 앞 장소를 전 세계에서 온 순례자들이 채우고 있었다. 우리가 앉을 의자가 맨 앞줄에 마련되어 있었다. 교황의 성좌는 10미터 거리쯤 되어 보였다. 스위스 용병들이 서 있었고 사복을 입고 검은 선글라스를 끼고 귀에 이어폰 같은 것을 낀 안전요원들이 있었다. 갑자기 군중이 환호했다. 파파모빌레(Papamobile)라고 부르는 교황 전용차가 등장했다. 나는 교황이 잘 걷지 못하는 모습에 무척 놀랐다. 계단을 내려와 의자에 앉는 동안 그는 몹시 피곤해 보였다. 다양한 대표단이 교황에게 경의를 표시하는 동안 한 시간 정도가 흘렀다. 프란치스코 교황이 사랑과 믿음에 대한, 그리고 이 세계에 용기와 신뢰가 필요하다는 짧은 인사말을 전했다.

그런 뒤에 교황이 돌면서 모든 사람과 악수를 했다. 그가 우리에게 올 때까지 또 한 시간이 흘렀다. 그는 갑자기 생기가 도는 것처럼 보였다. 마치 사람들과의 만남이 그에게 힘을 준 것 같았다. 마침내 내 차례가 되어 교황이 미소를 지으며 다가왔을 때 나는 당황해서 무슨 말을 해야 할지 알 수 없었다. 가브리엘라가 내 옆에서 영어로 교황에게 말했다. "이 남자는 교황님을 만나기 위해 함부르크에서 로마까지 걸어왔어요." 프란치스코 교황은 잘 알겠다는 듯이 고개를 끄덕였다. 나는 속으로, 그건 사실이 아니라고, 뤼네부르크에서 출발했다고 말했다. 교황이 가브리엘라의 손을 잡자 그녀는 또 말했다. "제 유대교와 이슬람교 친구들이 다 교황님을 위해 기도한답니다." 그러자 교황이 씩 웃으며 말했다. "나를 위해서인가요, 아니면 나를 싫어해서인가요?" 그러고는 그는 계속 걸어갔다.

교황을 보좌하는 갠스바인 대주교가 내게 묵주를 하나 선물해주었다. 나는 그에게 어머니를 위해 하나만 더 달라고 부탁했다. 대주교는 웃었고, 나중에 어머니는 몹시 좋아했다. 나는 행복했다.

나는 로마에서 이틀 더 머물다가 집으로 출발할 생각이었다. 아아, 이번 여행은 정말 최고였어.

마치며

여행에서 돌아온 지 벌써 몇 달이 지났다. 하지만 그동안의 즐거움과 기쁨, 여름 내내 걸어 다닌 기억이 뼛속까지 고스란히 남아 있다. 이제 매일 몇 걸음이라도 더 걷지 못하면 아쉽다. 짧은 길이든, 먼 길이든. 맨발로도 걷는다. 겨울일지라도. 몸의 감각은 조금 바뀌었다. 발은 더 강하고 당당해졌다. 더 이상 작은 신발에 짓눌리는 것을 참지 않는다.

길에서 만난 사람들을 자주 떠올린다. 우리의 즐거웠던 만남과 대화, 그들에게 내가 받은 친절과 도움을. 중간에 만난 사람이 너무 많아서 모두 나열할 수가 없다. 이들 중에는 늦은 밤에 내가 걷는 것을 보고 차를 돌려 태워준 사람도 있고, 비가 온 뒤에 커피를 사 준 사람도 있다. 늘 내 편이 되어준 토어스텐, 내가 뮌헨에서 지갑을 잃어버렸을 때 부탁하지 않은 돈을 내 주머니에 찔러주고 다시 받지 않으려 했던 게르트, 자신의 모든 지식과 공감능력으로 여행 내내 도와준 커스틴에게 고마움을 전한다. 깔창과 설명으로 나를 도와준 아이제나흐의 트립슈타인 씨, 내게 시간을 내어준 두

더슈타트의 푸슈 씨와 뮌헨의 슈타르크 씨, 나를 스위스까지 태워준 파비엔느 씨, 그리고 오랫동안 길 안내자가 되어준 야코부스, 신발 사이즈 때문에 애써준 위르겐 지그위트 씨에게 감사를 전한다. 란츠후트에서 만난 친구들, 메스키르히의 헤르만, 토로의 귀도, 많은 조언을 해준 게랄트와 얀테, 필립. 교황을 만날 수 있게 도와준 로마의 베네데토와 가브리엘라와 펠리시타스에게 고맙다는 인사를 전한다. 그리고 곁에 고마운 사람들이 참 많다. 이 책의 교정을 도와준 내 동생 슈테판과 친구 마르틴. 출판 과정에서 나를 격려해준 브리타, 볼프강과 율리아. 동료 아르네와 크리스티안, 다르마르. 나를 지지해준 사랑하는 아들 니클라스와 내 길에 동행해준 요르그와 후베르투스와 마르틴. 내가 여행을 하는 동안 걱정 없이 세상으로 나갈 수 있도록 아프지 않고 잘 버텨준 내 부모님과 형제들. 마지막으로 내가 떠날 수 있게 해주고 함께 따라오고 싶어 했던 하나뿐인 내 사람 아야. 그녀가 나 같은 떠돌이를 사랑해주어서 얼마나 고마운지 모른다.

　내가 지나간 논밭의 모든 농부들에게 미리 허락을 받지 않은 점에 대해 용서를 구한다. 농작물에 피해가 가지 않도록 무척 조심하며 지나갔다는 걸 알아주길 바란다.

　내가 갔던 몇몇 장소와 만났던 사람들의 이름을 이곳에 남긴다. 할 수만 있다면 이 장소와 사람들 곁에 더 오래 머무르고 싶었다.

내가 만난 장소와 사람들

- **괴르데** : 늑대의 흔적을 따라 산책하며 늑대에 관해 더 알고 싶다면 바바라와 케니의 호텔에 방문하라. www.kenners-landlust.de
- **베를렙슈 성** : 베라 강가에 동화처럼 서 있는 성에 방문하면 중세 시대 공연 외에도 많은 것을 체험할 수 있다. www.schlossberlepsch.de
- **아이제나흐** : 자신의 발에 대해 자세히 알고 싶다면 바르트부르크의 치료용 신발 장인 볼프강 트립슈타인 씨를 찾아가라. www.ingasys.de
- **튀렝게티** : 튀링겐 숲속에 있는 자연 보호 구역. 아프리카처럼 지프차를 타고 무성하게 자란 녹지를 관찰하고 말과 양떼를 구경할 수 있다. www.agrar-crawinkel.de/thueringeti
- **휠펜스 산 수도원** : 친절한 프란치스코회 수도사들이 제공하는 숙소. 한때 동서독의 경계였던 장소의 아름다운 풍경 속에서 잠을 잘 수 있다. www.huelfensberg.de
- **뢴 산악지대의 베른하우젠** : 지역 재료로 요리하는 레스토랑과 하늘의 별을 즐길 수 있는 곳. 캠핑 트레일러도 빌릴 수 있다. www.gruene-kutte.de
- **뢴 지방의 비쇼프스하임** : 최고의 아침식사와 숲에서 잡은 짐승 고기 요리를 맛볼 수 있다. 뢴 지역의 생물 보호 구역 한가운데에 있는 옛 사냥용 궁전. www.holzberghof.de

- 프랑켄의 바트슈타펠슈타인 : 가족이 운영하는 양조장의 맛있는 맥주와 트랙터를 모으는 취미가 있는 친절한 여관 주인을 만날 수 있다. www.dinkel-stublang.de/familienbrauerei-dinkel

- 란츠후트 : 세계에서 가장 아름다운 결혼식 축제가 4년마다 한 번씩 열리는 바이에른 남부의 작고 예쁜 도시. 축제 운영진은 유럽 역사를 아주 잘 이해하고 있다. www.landshuter-hochzeit.de. 마르크트 광장에는 아주 좋은 야외 스포츠 용품점이 있다. 이곳 사장은 과거에 응급요원으로 일했다. 이곳의 아르민과 카티에게 인사를 전한다. www.alpenstrand.de

- 뮌헨 : 대체의학자 카스텐 슈타르크 씨는 수년간 자신의 통증으로 고생하다가 인생의 전환점을 만났고, 이제 자신의 경험을 토대로 통증이 있는 다른 이들을 돕고 있다. www.meinefuesse.de

- 반항의 계곡 : 보덴 호수에서 멀지 않은 곳에 있는 에글로프슈탈에는 우리 시대의 폐단에 맞서 싸우는 중년 농부들과 젊은 기술자들이 뜻을 모아 함께 살고 있다. www.allgaeu-humor.de

- 샤이덱 : 여행자를 위한 가장 좋은 숙소 중 한 곳. 지금도 노래를 부르고 요리를 하며 모든 것을 완벽하게 관리하고 있는 베르너에게 내 인사를 전한다. www.pilgerzentrum-scheidegg.de

- 보이론 수도원 : 야코부스 형제가 이곳에서 명상을 가르친다. 두 사람은 신을 만나려면 어떻게 해야 하는지 잘 설명해주고 있다. www.erz-abtei-beuron.de

- 메스키르히 : 한때 기계공으로 일하다가 지금은 신발 장인으로 일하는 치료용 신발 제작자 헤르만 뮐러 씨는 발에 여유 공간을 충분히 주어야 한다고 생각한다. www.schuhhaus-mueller.com 이곳의 수공업자들은 서양의 가장 오래된 설계도에 따라 1,200년 전에 있었던 수도원 도시를 새로 짓고 있다. www.campus-galli.de

- **장크트갈렌** : 세계와 옛 유럽의 모든 지식을 소장한 도서관이 이곳에 있다. www.stibi.ch 도서관에서 멀지 않은 곳에서 괜찮은 가격의 좋은 숙소를 찾고 있다면 추천한다. www.pilgerherberge-sg.ch

- **라인탈 상류** : 라인탈 상류와 마법에 걸린 듯한 초원에서 고생한 발을 위해 새벽의 이슬 산책을 해볼 것을 권한다. 친절한 자비네와 빌리가 운영하는 산장 호텔을 추천한다. www.berggasthaus-beverin.com

- **비비오** : 그라우뷘덴의 이곳에서 시작하는 수천 년 된 셉티머 길을 걸으면 해발 2,310미터의 높은 베르겔까지 오를 수 있다. 말을 타고 갈 수도 있다. 이곳 최고의 숙소를 내게 제공해준 지안카를로와 제니브, 그리고 그레고리오 토리아니에게 인사를 전한다. www.hotelsolariabiv-io.com

- **실스마리아** : 모든 사람이 그렇듯이 이곳의 관대하고 친절한 호텔도 자기만의 고유한 매력을 품고 있다. www.waldhaus-sils.ch 이곳에서 잠을 자려면 거의 일 년 전부터 예약해야 하지만 갑자기 찾아갔을 때 행운이 생길 수도 있다. 니체가 여름을 지내던 니체의 생가에서 하룻밤을 보내고 싶다면 방문해보라. www.nietzschehaus.ch

- **솔리오** : 이탈리아 화가 조반니 세간티니가 이곳, 천국으로 들어가는 입구인 베르겔에서 그림을 그렸다. 스위스에서 가장 아름다운 마을에서 잠을 자고 평화로운 염소 목장을 구경하고 싶다면 연락해보라. 펠릭스와 브레니 브뤼거, 0041-(0)81-8221083

- **코모 호수의 도리오** : 이 레스토랑의 주방장 안드레아는 함부르크에서 요리를 배웠다. 호수를 바라보며 최고의 재료로 만든 신선한 음식을 맛보고 싶다면 추천한다. www.locandadellera.it/index.php/de

- **베르가모** : 최고의 슬로푸드 레스토랑. 미식가들에게 저평가된 동네 베르가모에서 서점 맞은편에 위치한 이 레스토랑은 음식과 음료에 일가견이 있는 사람들이 일하는 곳이다. www.ristorantemimmo.com

- 프란치스코의 길 : 성자 프란치스코의 발자취를 따라 피렌체에서 로마 까지 가는 세계에서 가장 아름다운 길 중 하나다. 좋은 사람들과 질 좋은 음식과 사랑에 빠질 수밖에 없는 풍경을 만날 수 있다. www.viadifrancesco.it/de

- 로마 : 볼거리가 정말 많은 도시. 세 가지만 기억하라. 첫째, 베드로 광장에서 가까운 호텔 콜럼버스에 묵기. www.hotelcolumbus.net 둘째, 주교들도 식사하는, 영성과 친절이 있는 레스토랑에서 먹기. www.ristorantelavittoria.com 셋째, 저녁마다 트라스테베레 구역의 산타 마리아 대성당에서 열리는 저녁 모임과 세계적으로 유명한 가톨릭 공동체의 미사에 참석하기. 가톨릭은 이런 모습이어야 한다는 걸 보여주는 곳이다. www.santegidio.org

- 물리치료사 커스틴 괴츠 노이만을 잊으면 안 된다. 그녀의 강의와 훈련에 참가하면 몸을 움직이는 기술에 관한 깊은 지식을 배울 수 있다. www.gehen-verstehen.de

- 한스 위르겐 폰 데어 벤제의 생각과 글은 소규모 출판사인 베를리너 블라우-베르케 출판사에서 출판된 것이다. www.blauwerke-berlin.de

지은이

울리 하우저 *Uli Hauser*

독일의 언론인이자 작가. 1962년생으로 30년 가까이 유명 주간지 〈슈테른 (Stern)〉 기자로 일하고 있다. 전 세계를 여행하며 사람들의 이야기를 듣는 것을 좋아하고, 수년간 직장 바깥에서 다양한 사회적 프로젝트와 캠페인을 통해 목소리를 내고 있다. 독일의 퓰리처상이라 불리는 '테오도르 볼프 상'을 수상했으며(1987) 독일 연방 내무부로부터 '민주주의 친선대사' 칭호를 수여받았다 (2013). 세계적인 뇌과학자 게랄트 휘터와 함께 베스트셀러《존엄하게 산다는 것》《모든 아이들은 특별한 재능이 있다》를 출간했다.

옮긴이

박지희

서강대학교에서 생물학과 독문학을 전공하고 국제특허법인에 들어갔으며, 글밥 아카데미 수료 뒤 바른번역 소속 번역가로 활동하고 있다. 옮긴 책으로는 《다빈치가 자전거를 처음 만들었을까》《이 문제 정말 풀 수 있겠어?》《서른과 마흔 사이 나를 되돌아볼 시간》《데미안》《수레바퀴 아래서》등이 있다.

걷기를 생각하는 걷기

초판 1쇄 펴낸날 2021년 6월 22일

글쓴이.   울리 하우저
옮긴이.   박지희

펴낸이.   김민정
펴낸곳.   두시의나무
            경기도 부천시
            소향로13번길 14-22 802호
등록.   제2017-000070호
전화.   032-674-7228
팩스.   070-7966-3288
전자우편.   dusinamu@gmail.com

ISBN   979-11-962812-4-3 03850